〔宋〕嚴粲撰
李輝點校

詩緝

下册

中華書局

詩緝卷之二十四

嚴粲述

魚藻之什　小雅

《魚藻》，音早。**刺幽王也。言萬物失其性，王居鎬京，**鎬，豪之上濁。**將不能以自樂，**音洛。**故君子思古之武王焉。**

此詩止刺幽王，《後序》因詩有「在鎬」之文，遂云思武王耳。

魚在在藻，《箋》曰：「藻，水草也。」○長樂劉氏曰：「夏月之時，淺水生藻。」○《補傳》曰：「水必淺涸，然後魚在藻間，此乃魚窘迫之狀，喻民處亂世，其蹙迫恐懼，亦若魚之在藻也。」○藻，解見《采蘋》。**有頒其首。**頒音焚。○《傳》曰：「頒，大首貌。」○《補傳》曰：「首大而尾長，乃魚之瘠者。」**王在在鎬，**今曰：「王，幽王也。」**豈樂飲酒。**豈樂，音愷洛。○《箋》曰：「豈，亦樂也。」

興也。水深則魚樂，所謂躍淵縱壑，相忘於江湖者也。今魚何在乎？淺水生藻而魚在焉，露其頒然之大首，猶言魚在于沼，亦匪克樂，喻民之窮蹙窘迫也。幽王何在乎？在鎬京，豈樂而飲酒。民安而後君安，今民失其所而王獨樂，其能久乎？《孟子》所謂「雖有臺池鳥獸，豈能獨樂哉」。

魚在在藻，有莘其尾。莘音詵。○《傳》曰：「莘，長貌。」**王在在鎬，飲酒樂豈。**潛魚願深渺，今既露其首，復驚逝而露其莘然之長尾，蓋在淺水之處，故逃竄窘迫，首尾俱見也。

魚在在藻，依于其蒲。《補傳》曰：「蒲生於岸，姑依此以匿其形耳。」**王在在鎬，有那其居。**那音儺。○《箋》曰：「那，安貌。」藻猶在水之中，蒲生近岸，則水又淺矣，愈更窘促也。幽王在鎬，安然以居，不知危亡之將至也。

《魚藻》三章，章四句。

《采菽》，音叔。**刺幽王也。侮慢諸侯，諸侯來朝，**音潮。**不能錫命以禮，數徵會之，而無信義，**數音朔。**君子見微而思古焉。**疏曰：「《周本紀》云：『褒姒不好笑，幽王欲其笑，萬方，故不笑。幽王爲烽燧大鼓，有寇至則舉燧火〔一〕。諸侯悉至而無寇，褒姒乃大笑。幽王欲悦之，數舉烽火，其後不信，益不至。幽王之廢申后，去太子，申侯怒，乃與繒、西夷、犬戎共攻幽王。幽王舉烽火徵兵，兵莫至，遂殺幽王驪山下。』」繒音晴，國名也。

采菽采菽，《箋》曰：「菽，大豆也。采其葉以爲藿。」○菽，解見《小宛》。**筐之筥之。**筐音匡。筥音舉。○筐筥，解見《采蘋》。**君子來朝，何錫予之？**予音與。**雖無予之，路車乘馬。**乘去聲。○疏曰：「賜同姓以金路，異姓象路。」○解見《韓奕》。**又何予之？玄袞及黼。**《傳》曰：「玄袞，卷龍也。白與黑謂之黼。」卷音捲。○《箋》曰：「玄衣而畫以卷龍也。」○疏曰：「龍首卷然謂之袞。袞則畫之，黼則刺之。諸公之服自袞冕而下，侯伯自鷩冕而下，子男自毳冕而下。《司服》注云：『九章：初一曰龍，次二曰山，次三曰華蟲，次四曰火，次五曰宗彝，皆畫以爲繢。次六曰藻，次七曰粉米，次八曰黼，次九曰黻，皆絺以爲繡。則袞之衣五章，裳四章，凡九也。鷩畫以雉，謂華蟲也，其衣三章，裳四章，凡七也。毳畫虎蜼，謂宗彝也，其衣三章，裳二章，凡五也。絺衣粉米〔二〕，無畫也，其衣一章，裳二章，凡三也。玄冕者，衣無文，裳刺黻而已，是以謂之玄焉。』」鷩音鱉。毳，尺鋭反。蜼，位、柚、壘三音。○朱氏曰：「黼如斧形，刺之於裳也。」○《詩記》曰：「上公之服九章。玄者，衣之色也。袞者，畫之於衣，九章之第一章也；黼者，繡之於裳，九章

〔一〕「燧」，顧本、仁本、復本及《毛詩正義》卷十五之一作「烽」。

〔二〕「衣」，《毛詩正義》卷十五之一作「刺」。阮元《毛詩正義校勘記》云：「浦鏜云：『刺誤衣。』是也。」

之第八章也。玄衮及黼，皆謂上公之服也。」

王饗諸侯以太牢，其鉶羹之芼，牛則以藿。藿，菽豆之葉也。言采菽葉而盛之筐筥，知用太牢之盛禮以饗諸侯也。饗則有車馬衣服之賜，以爲宥，故言此諸侯之來朝也，有何物以錫予之？雖無以予之，尚與之以路車及駟馬。有車馬以賜之，而言無予之，蓋其意猶以爲薄也。車馬之外，又有何物予之？又以玄衣畫龍之衮，及刺斧之黼裳，好之之意無已也。衮黼，上公之服，舉尊者言之。古者懷諸侯之道如此，而今不然也。

觱沸檻泉，觱沸音必弗。檻，銜之上濁。○《傳》曰：「觱沸，泉出貌。」○《釋水》曰：「檻泉正出。正出，涌出也。」○李巡曰：「水泉從下上出曰湧泉。」**言采其芹。**音勤。○《箋》曰：「《周禮》：『芹菹鴈醢。』」○《釋草》曰：「芹，楚葵。」○郭璞曰：「今水中芹菜。」○山陰陸氏曰：「一名水英芹，潔白而有節，其氣芬芳，而味不如蕁之美，故《列子》以爲客有獻芹者，鄉豪取而嘗之，蜇於口，慘於腹也。」蜇音浙。**君子來朝，言觀其旂。其旂淠淠，**音譬，徐音沸。○《傳》曰：「淠淠，動也。」**鸞聲嘒嘒。**音諱。○王氏曰：「嘒嘒，言其聲之細。聲之細，則無敢馳驅故也。」**載驂載駟，**驂，七南反。駟音四。○蘇氏曰：「既駕而三之曰驂，四之曰駟。」**君子所届。**長樂劉氏曰：「届，至也。」

觱沸然正出之檻泉，我明王使人於此水中，采其芹菜，以爲饗諸侯之葅也。諸侯來朝之時，觀其旂旂，則淠淠然動，其車馬鸞鈴之聲，又嘒嘒然細，言雍容中節也。見其驂駟之馬，是諸侯來朝而至也。

赤芾在股，芾音弗。股音古。○《傳》曰：「諸侯赤芾邪幅。」○赤芾，詳解見《曹・候人》。朱芾，解見《采芑》。○《箋》曰：「脛本曰股。」**邪幅在下。**幅，今音逼，舊音福。○今考《内則》「偪」，及桓二年《左傳》「帶裳幅舃」，幅、偪字異，皆音逼。○《箋》曰：「邪幅，如今行縢也。偪束其脛，自足至膝，故曰在下。」○疏曰：「縢，緘也。言行而緘束之。」**彼交匪紓，**朱氏曰：「交際也。」○《傳》曰：「紓，緩也。」**天子所予。**

樂只君子，樂只，音洛止〔一〕。**天子命之。樂只君子，福禄申之。**

諸侯來朝，服其赤芾而在股，又著邪幅偪束其脛而在下。彼交際於天子，恭敬齊遬，不敢紓緩，天子由是賜予之。樂哉此諸侯，天子之所錫命，而福禄之所申重也。

維柞之枝，柞音鑿。○曰：柞，櫟也，即《唐・鴇羽》所謂栩也。解見《鴇羽》。○曹氏曰：「柞，堅忍之木，其新葉將生，故葉乃落，蓋附著之甚固也。」**其葉蓬蓬。**《傳》曰：「蓬蓬，盛貌。」**樂只君子，殿天子之**

〔一〕「止」，原作「上」，據李本、姜本、顧本、薈本、授本、聽本、仁本、復本改。

邦。殿，顛之去。《傳》曰：「殿，鎮也。」**樂只君子，萬福攸同。**解見《蓼蕭》。**平平左右，**平音駢。〇《傳》曰：「平平，辯治也。」〇疏曰：「《堯典》『平章百姓』，《書傳》作辯章，則平、辯義通。」〇朱氏曰：「左右，諸侯之臣也。」**亦是率從。**

興也。柞有枝，枝有葉，蓬蓬然盛。葉以芘枝，枝以衛幹，枝葉相承而根本堅固，喻諸侯及其臣，上下相承以衛天子，而國家乂安也。故曰：樂哉此諸侯，能鎮天子之邦也；樂哉此諸侯，均受其福。其左右之臣，亦皆平平辯治，相率以從王命也。長樂劉氏曰：「氣脉者，朝廷之寵命也。葉之蓬蓬者，根本氣脉之所及，然葉之蓬蓬，反以衛其根株，而爲之堅固，猶天子寵錫諸侯，俾之茂盛，反能殿天子之邦，而益朝廷之固也。」

汎汎楊舟，紼纚維之。紼纚音弗离。〇《傳》曰：「紼，綷也。纚，緌也。」綷音律。〇疏曰：「孫炎云：『綷，大索也。』李巡云：『薢竹爲索，所以維持舟者。』」薢亦作綷。〇郭璞曰：「緌，繫也。」**樂只君子，天子葵之。**葵音逵。〇《傳》曰：「葵，揆也。」〇疏曰：「天子之於諸侯，命賜有多少，或以恩，或以功，當須揆度多少而與之。」**樂只君子，福禄膍之。**膍音毗。〇《傳》曰：「膍，厚也。」**優哉游哉，亦是戾矣。**《傳》曰：「戾，至也。」

興也。楊舟浮於水上，汎汎然無所定。舟人以紼而纚維之〔一〕，喻諸侯離合不常，天子以恩禮維持之也。樂哉此諸侯，天子能揆度其親疏隆殺之宜而錫予之，《序》所謂「錫命以禮」也。又厚之以福禄，宜其優游自得，而戾止於天子之庭矣，何幽王之不然也？○《左傳》云：「王命諸侯，名位不同，禮亦異數。」如虢公、晉侯朝王，皆賜玉五瑴，音角。馬三疋，君子以爲非禮。又以鞶鑑賜鄭，遂失鄭伯之心，皆是不能揆度其宜也。事見莊十八年。

《采菽》五章，章八句。

《角弓》，父兄刺幽王也。不親九族，解見《王·葛藟》。**而好讒佞，**好去聲。**骨肉相怨，**疏曰：「骨肉謂族親也，以其父祖上世同禀血氣而生，如骨肉之相附。」○今曰：「《西漢·燕刺王旦傳》云：『今王骨肉至親，敵吾一體。』」刺音辣。**故作是詩也。**《詩記》曰：「《前漢書》杜鄴云：『人情恩深者，其養謹，愛至者，其求詳。夫戚而不見殊，孰能無怨？此《常棣》《角弓》之詩所爲作也。』」

〔一〕「纚」，原作「驪」，據諸本改。

此詩皆言王無恩於骨肉，骨肉怨之，欲王厚親親之恩，以消平之也。

騂騂角弓，騂，息營反，韻作解。○《傳》曰：「騂騂，調利也[一]。」**翩其反矣。**翩音篇。○朱氏曰：「翩，反貌。」**兄弟昬姻，無胥遠矣。**《箋》曰：「胥，相也。」

興也。騂騂然調利之角弓，其體往來，張之則内嚮而來[二]，弛之則外反而去，喻親族親之則附，疏之則離。今王疏遠親族，親族之心皆離，猶弓之弛，翩然而反矣。王於兄弟同姓之親，昬姻異姓之親，不宜相疏遠如是也。

爾之遠矣，民胥然矣。今曰：「民，猶人也，指族人也。《詩》《書》稱先民皆訓人。」○《箋》曰：「胥，皆也。」**爾之教矣，民胥傚矣。**

爾幽王疏遠親族之人，不以骨肉爲念，則親族之人亦皆自相疏遠矣。此由爾實教之以偷薄，故人皆視傚之也。

此令兄弟，令去聲。○《箋》曰：「令，善也。」**綽綽有裕。**綽，處若反。裕音諭。○《傳》曰：「綽綽，寬

[一]「利」，畲本、薈本、授本、聽本、仁本、復本作「和」。下同。薈本校云：「刊本『和』訛『利』，據《詩毛傳》改。」然阮元《毛詩正義校勘記》云：「閩本、明監本、毛本『利』誤『和』。」據此，作「利」是也。

[二]「嚮」，原作「饗」，據顧本、畲本、薈本、仁本、復本改。

也。裕，饒也。」**不令兄弟，交相爲瘉。**音愈。○《傳》曰：「瘉，病也。」

王無恩於親族，親族之中有令善者，固綽綽然寬裕，不以介意，其不令善者，則相與怨讟而爲患矣。

民之無良，《箋》曰：「良，善也。」**相怨一方。**朱氏曰：「彼一方也。」○錢氏曰：「一方，猶一隅也。」**受爵不讓，**錢氏曰：「酒爵也。」**至于已斯亡。**今曰：「失意杯酒之間，以亡其身，如漢田蚡、灌夫是也。《坊記》云：『觴酒豆肉，讓而受惡，民猶犯齒。』」

兄弟有因杯酒得罪而怨者，此爲持平之論以解之。言凡人之不善者，其相怨各執一偏，不能參彼己之曲直，故但知怨其上而不思己過。然其端甚微，或止因受爵失辭遜之節，而或至於亡其身，亦可念矣。欲王闊略兄弟之小過也，相怨一方，即《序》所謂「骨肉相怨」也。

老馬反爲駒，解見《漢廣》。**不顧其後。如食宜饇，**食音飼。饇，於之去。○《傳》曰：「饇，飽也。」**如酌孔取。**

兄弟小過，讒人乘間而入，遂指老馬爲駒，顛倒是非，不顧忌其後矣。讒言無實，久則自敗，而小人不恤也。小人肆爲讒間，如食者但欲飽飫，酌者但知多取，豈復更有斟酌？言不顧親疏輕重之義也。

毋教猱升木，毋音無。猱，奴刀反。○《箋》曰：「毋，禁辭。」○陸璣曰：「猱，獮猴也，楚人謂之沐猴。老者爲玃〔一〕，長臂者爲猿。」玃，厥縛反，音攫〔二〕。○今曰：「柳子厚《憎王孫文》云：『猨之德，静以常；王孫之德，躁以囂。』猱即王孫也。杜詩《覓胡孫》是也。」**如塗塗附。**《傳》曰：「塗，泥也。附，著也。」**君子有徽猷，**《傳》曰：「徽，美也。」○《箋》曰：「猷，道也。」**小人與屬。**音燭〔三〕。○《箋》曰：「連屬也。」

讒人爲惡，如獮猴升木，本自能之，無所事教。王今又信任之，是教獮猴升木也。骨肉以小嫌得罪，而又使讒人交鬭之，如塗泥，又以塗泥附著之，則相與爲一，牢不可破矣。君子如用美道，則小人皆連屬而相親，況骨肉乎〔四〕？

雨雪瀌瀌，雨音諭。瀌音標，從韻。○疏曰：「瀌瀌，雪盛貌。」**見晛曰消。**晛，年之去。○《傳》曰：「晛，

〔一〕「玃」，原作「貜」，據授本、聽本、仁本、復本及《毛詩正義》卷十五之一改。下同。

〔二〕「攫」，原作「玃」，據聽本、仁本、復本改。葉校云：「『攫』之誤。」

〔三〕「燭」，原作「屬」，據聽本、仁本、復本改。

〔四〕「乎」下，畬本有小字：「吕氏曰：『親親長長之道，乃民之良心，非由外鑠也，宜其與屬而不敢解也。』」

日氣也。」**莫肯下遺，**蘇氏曰〔一〕：「遺，予也。」**式居婁驕。**婁音屢。○今曰：「居，如『居之不疑』之居，解見下篇『居以凶矜』。」○《詩記》曰：「屢驕，猶所謂屢空，言其驕之非一也。」

王既信讒，則兄弟之間遂成疑怨，如雨雪瀌瀌而盛，陰氣凝積也。雪雖盛，纔見日氣則消融，非難去也，喻兄弟一見王有恩意，則疑怨皆釋然矣，奈王莫肯以恩下及骨肉，數數驕慢，居之不疑，言無遷改也。

雨雪浮浮，王氏曰：「積之高則浮浮。」**見晛曰流。**《傳》曰：「流而去也。」**如蠻如髦，**舊音毛，當音謀。○《傳》曰：「蠻，南蠻也。」○疏曰：「髦，西夷之別名。《牧誓》云：『及庸、蜀、羌、髳、微、盧、彭、濮人。』」彼髳此髦，音義同。**我是用憂。**

王視骨肉如夷狄然，是無可回之意，我是用憂之也。

《角弓》八章，章四句。

《菀柳》，菀音鬱。**刺幽王也。暴虐無親，而刑罰不中，**去聲。**諸侯皆不欲朝，**音潮，下

〔一〕「蘇氏」，原作「箋」，仁本校云：「『遺，予也』，今本《鄭箋》無。」葉校云：「今案，『遺，予也』，語見蘇氏《詩集傳》，『箋曰』蓋『蘇氏曰』之誤。」據改。又，薈本據《鄭箋》改「遺，予也」作「遺讀曰隨」。

同。**言王者之不可朝事也。**

有菀者柳，《傳》曰：「菀，茂木也。」**不尚息焉。**《箋》曰：「尚，庶幾也。」**上帝甚蹈，**音悼。○疏曰：「王肅、孫毓皆以上帝爲斥王。」○《傳》曰：「蹈，動也。」○曹氏曰：「躁動之貌。」**無自暱焉。**《傳》曰：「暱，近也。」**俾予靖之，**歐陽氏曰：「靖，安也。」**後予極焉。**《傳》曰：「極，至也。」

興也。諸侯之欲朝者，言有同儕告之曰：有菀然茂盛之柳，行道之人，豈不庶幾就之而止息乎？猶王者有芘下之德，諸侯豈不欲依歸之以求芘乎？今王方肆暴虐，甚躁動而不常，無往暱近之，以自取禍，遂使我且安靖以待其改，然後至周以朝。蓋教以避禍之計也。上帝，斥王也。諸侯之欲朝者，聞人言而遂止，則皆不朝矣。

有菀者柳，不尚愒焉。愒音棄，韻亦作憩。○《傳》曰：「愒，息也。」**上帝甚蹈，無自瘵焉。**瘵音再，鄭音際。○《傳》曰：「瘵，病也。」**俾予靖之，後予邁焉。**李氏曰：「邁，往也〔一〕。」

有鳥高飛，亦傅于天。傅音附。○鄭氏曰：「傅，至也。」**彼人之心，**《補傳》曰：「彼人，乃諸侯自指其同列也。」**于何其臻？**《箋》曰：「臻，至也。」**曷予靖之？居以凶矜。**

〔一〕「也」下，畲本有：「○歐陽氏曰：『後予邁焉，謂待其可往朝則往焉。』」

此諸侯見同儕教以避禍，遂言鳥則能高飛至天，不在人間，彼亦人耳，而教我不朝，其心欲何所至乎？　歎人心無所繫屬，其咎有在矣，故又歎言爾何爲使我靖以待之乎？王方自居以凶暴驕矜，不肯遷改也。《詩記》曰：「於是乎絶意於王室矣。『居以凶矜』，即《角弓》所謂『式居婁驕』也。傅説告高宗云：『惟厥攸居，政事惟醇。』自古聖賢之論治亂，每言夫『居』也。」

《菀柳》三章，章六句。

《都人士》，周人刺衣服無常也。古者長民衣服不貳，長音掌。**從容有常，**從，七容反。**以齊其民，則民德歸壹，傷今不復見古人也。**復，扶又反。

彼都人士，朱氏曰：「王都也。」○今曰：「士，對女而言之，謂男子也。」**狐裘黄黄。**疏曰：「《禮記・緇衣》引此詩，注云：『黄衣則狐裘，大蜡之服也。』息民之祭，服此狐裘，則是尊貴之服矣。」○《詩記》曰：「《玉藻》云：『君子狐青裘、豹褎，玄綃衣以裼之。狐裘，黄衣以裼之。』注云：『君子，士大夫也。黄衣，大蜡時臘先祖之服也。』」褎，亦作袖。綃音消。**其容不改，出言有章。**朱氏曰：「章，文章也。」**行歸于周，**行去聲。**萬民所望。**音亡。

一章述古之長民者，《序》所謂「衣服不貳，從容有常，以齊其民」也。彼，指古人，稱彼以形此也。京師，首善之地，四方所視傚，此詩又周人所作，故述王都之俗。士，謂男子也。言古者都人之男子，其貴者，冬則衣狐裘黄黄然，其容貌既有常，言語又有法度文章，其德行歸於忠信，表裏如一，故爲下民所仰望而取法也。○士若專以爲民，則萬民所望，非庶民之事；若專以爲士大夫，則下章臺笠，非士大夫之服。故士者，通貴賤之稱，凡《詩》中以士對女者，皆謂男子耳。「女也不爽，士貳其行」「有依其士，思媚其婦」「維士與女」「以穀我士女」，皆是也。此「都人士」對「君子女」言之，亦指男子。

彼都人士，臺笠緇撮。緇音資。撮，七活反。○曰：臺，莎草也。解見《南山有臺》。○《傳》曰：「緇撮，緇布冠也。」○《箋》曰：「緇布冠，儉且節也。」○疏曰：「撮，是小持其髻而已。《玉藻》云：『始冠緇布冠，自諸侯下達，冠而敝之可也。』則此應始冠而敝之。今都人以爲常服者，士以上冠而敝之，庶人則雖得服委貌，因而冠之，而儉者服緇布，故詩人舉而美焉。」**彼君子女，**疏曰：「都人有君子之德者，其家之女。」**綢直如髮。**綢音籌。○《釋文》曰〔一〕：「綢，密也。」○錢氏曰：「言其髮美。」○《解頤新語》曰：「其首飾

〔一〕「釋」，原作「説」，據薈本及陸德明《經典釋文》卷六改。按，淵本亦作「釋」，而下作「綢，繆也」，則又係《説文》之文。

綢直，一如髮之本然，謂不用髲髢爲高髻之類。」**我不見兮，我心不説。**音悦。

二章述王都之民俗，《序》所謂「民德歸壹」也。言古者都人之男子，其賤者以臺草爲笠，以緇布爲冠，撮持其髮，謂之緇撮，見儉素也。彼君子家之女，其爲髻密而直，如其本髮，亦儉素也。密是其髮生之密，直亦髮之本性，緊梳則順其髮性之直，故曰密直如髮。疾時奢淫，故我不見如此之風俗，我心思之而憂也。《解頤新語》曰：「説者以『綢直如髮』爲女子情性密緻，操行正直，如髮之本末無隆殺，頗爲穿鑿。且女子情性操行，豈外人所能知？下章『卷髮如蠆』『髮則有旟』，則不能爲説，安有一詩三言髮，而以一爲比、二爲賦，可乎？」

彼都人士，充耳琇實。琇音秀。〇解見《衛・淇奥》。**彼君子女，謂之尹吉。**鄭音姞，毛如字。〇《箋》曰：「尹氏、姞氏，周室昏姻之舊姓也。」〇疏曰：「《節南山》云：『尹氏大師。』《常武》云：『王謂尹氏。』昭二十三年，尹氏立王子朝，是其世爲公卿，明與周室爲昏姻也。又宣三年《左傳》，鄭石癸云：『吾聞姬、姞耦，其子孫必蕃。』姞，吉人也，后稷之元妃也。言姬、姞耦，明爲舊姓，以此知尹亦有昏姻矣。既世貴舊姓，昏連於王室，家風不替，是有禮法矣。」朝如字。〇李氏曰：「周之所謂尹、吉，如晉之所謂王、謝也。」

我不見兮，我心苑結。苑音允，徐音鬱。〇《箋》曰：「苑，猶屈也、積也。」

瑱以琇爲之，塞實其耳，此及下章皆指男子之貴者。尹氏、姞氏，有禮法之家也，人見此都人之女，皆謂之尹、姞氏之女也。

彼都人士，垂帶而厲。《傳》曰：「厲，帶之垂者。」○疏曰：「垂帶之貌。」**彼君子女，卷髮如蠆。**卷音權。蠆，勑邁反。○《釋文》曰：「《通俗文》云〔一〕：『長尾爲蠆，短尾爲蝎。』」○《箋》曰：「蠆，螫蟲也，尾末揵然，似婦人髮末上曲卷然〔二〕。」螫音釋。揵音搴，舉也。○疏曰：「禮，斂髮無鬄而有曲者，以長者盡皆斂之，不使有餘，而短者若鬢傍不可斂，則因曲以爲飾，故不同也。」**我不見兮，言從之邁。**《箋》曰：「邁，行也。」

男子之帶，垂而爲厲，女之髮末，卷曲如蠆之尾，是不可得見也。得見，則我從之行邁也。

匪伊垂之，《箋》曰：「伊，辭也。」**帶則有餘。匪伊卷之，髮則有旟。**音餘。○《傳》曰：「旟，揚也。」**我不見兮，云何盱矣！**《箋》曰：「盱，病也。」

士非故欲垂此帶，帶自有餘而垂也；女非故欲卷曲此髮，髮自旟揚也。言古之爲容者，亦從其自然而非强之也，我不見此人，云何乎今已病矣！

《都人士》五章，章六句。

〔一〕「釋文曰通俗文云」七字，原作「説文曰」，據薈本及陸德明《經典釋文》卷六改。
〔二〕「上曲」，薈本及《毛詩正義》卷十五之二作「曲上」。

《采緑》，刺怨曠也。幽王之時，多怨曠者也。李氏曰：「《序》云：『幽王之時，多怨曠者也。』則是刺幽王也，非是刺怨曠者也。時多征役，久勞于外，此其所以怨曠也。」

終朝采緑，《傳》曰：「自旦及食時爲終朝。」○曰：緑，木賊也。○《釋草》曰：「菉，王芻。」○《箋》曰：「易得之菜也。」○郭璞曰：「蓐也〔一〕。」蓐音辱。○陸璣曰：「草也，其莖葉似竹，青緑色，高數尺。今淇澳傍生如草，其草澁礪，可以洗攪笏及盤枕，利於刀錯，俗呼爲木賊。彼土人謂爲緑竹〔二〕。」**不盈一匊。**音菊。○《傳》曰：「兩手曰匊。」**予髮曲局，**《傳》曰：「局，卷也。」**薄言歸沐。**李氏曰：「薄，辭也。」

興也。緑易得之草，終朝采之而不滿兩手之匊，怨曠而心不在焉故也。婦人夫不在家，不爲容飾，髮久不櫛，則曲局而不舒展，庶幾其夫之歸而沐之，望之之辭也。

終朝采藍，盧談反。○《箋》曰：「藍，染草也。」○疏曰：「藍可以染青。《月令》：『仲夏無刈藍以染。』」**不盈一襜。**尺瞻反。○《傳》曰：「襜，衣蔽前也。」**五日爲期，六日不詹。**音瞻。○朱氏曰：「詹與瞻同。」

去時約以五日而歸，今六日而不見，時未久而怨，何也？古者新昏三月不從政，此新

〔一〕「蓐也」，原作「即菉蓐草也」，據薈本及《爾雅注疏》卷八改。
〔二〕「土」，原作「士」，據李本、姜本、顧本、畬本、仁本、復本改。葉校云：「『士』，『土』之誤。」

昏者之怨辭也。

之子于狩，《箋》曰：「之子，謂其君子也。于，往也。」**言韔其弓。**韔音暢。○《小戎·傳》曰：「韔，弓室也。」○疏曰：「謂射訖弛弓，納于韔中也。」**之子于釣，言綸之繩。**疏曰：「綸，謂與之作繩也。繩以生絲爲之。」

言其夫在家之時，往獵射訖，我則爲之納弓于韔中，往釣，我則爲之綸作其繩。今遠行從役，久而不歸，思其如此而不可得也。

其釣維何？疏曰：「承上章『釣』文，在下接而申之。」**維魴及鱮。**魴音防。鱮音敘。魴，解見《陳·衡門》。鱮，解見《敝笱》。**維魴及鱮，薄言觀者。**觀，今如字，舊音貫。○程子曰：「薄言，發語辭。」

言其君子在家之時，釣得魴鱮之魚，傍有觀看者，以人觀其夫善釣爲榮也。今久不歸，故思而述之。

《采緑》四章，章四句。

《黍苗》，刺幽王也。不能膏潤天下，膏音誥。**卿士不能行召伯之職焉。**召音邵。○疏曰：「召伯，召穆公也。」

芃芃黍苗，芃音蓬。芃芃，從《補傳·棫樸解》。**陰雨膏之**〔一〕。**悠悠南行，**朱氏曰："悠悠，遠行之意。"**召伯勞之。**勞去聲。

首章總言營謝、平淮二役，蓋營謝、平淮二役，皆南行之事也。興也。南方去周最遠，故周人以南方之役爲勞，《四月》之刺是也。宣王之時，召穆公既營謝邑，又平淮夷，頻有事于南，戍役勞矣，而穆公能推宣王德意，以慰藉撫存之，故荐遠役而民不怨〔二〕。幽王君臣，不恤其民，此詩思古，言芃芃然短小而盛之黍苗，有陰雨以膏潤之，悠悠然南行之人，有召穆公以勞慰之。刺今不然也。

我任我輦，任音壬。輦音璉。○《箋》曰："有負任者，有輓輦者。"○疏曰："任，謂器物人所負持。輦，車人輓以行。"**我車我牛。**《箋》曰："有將車者，有牽傍牛者。"傍去聲。○疏曰："此轉運載任，則是大車以駕牛者也。在前曰牽，在傍曰傍。上文將車，謂車中有牛而將之，此牛不在轅中，故別牽傍之。"**我行既集，**《箋》曰："集，猶成也。"**蓋云歸哉！**丘氏曰："蓋，不定辭也。"

二章言營謝之役。蓋任輦車牛，是工役之事也。召穆公之營謝也，知役夫之勞，故皆

〔一〕"之"下，畬本有小字"膏音誥"。

〔二〕"荐"，授本、聽本作"勞"。仁本校云："'荐'，一本作'勞'。"

呼而諭之曰：我負任者，我輓輦者，我將車者，我牽傍牛者，俟我南行營謝之功已成，蓋云歸哉。示以歸期，安其心也。

我徒我御，《箋》曰：「士卒有步行者，有御兵車者。」**我師我旅。**《箋》曰：「五百人爲旅，五旅爲師。《春秋傳》云：『諸侯之制，君行師從，卿行旅從。』」**我行既集，蓋云歸處！**

三章言平淮之役。蓋徒御師旅，是兵行之事也。

肅肅謝功，《箋》曰：「肅肅，嚴正之貌。」○朱氏曰：「謝功，謝邑之事也。」○謝，解見《崧高》。**召伯營之。**《箋》曰：「營，治也。」**烈烈征師，**《箋》曰：「烈烈，威武貌。」**召伯成之。**

四章以下又總言營謝、平淮二役。肅肅然嚴整者，謝邑之功，實穆公營治之，言營謝也；烈烈然威武者，征行之師，實穆公成之，言平淮也。

原隰既平，《傳》曰：「土治曰平。」**泉流既清。**《傳》曰：「水治曰清。」**召伯有成，王心則寧。**

營謝有徹土田之事〔一〕，平淮有徹疆土之事，皆相其原隰之宜，通其水泉之利。此功既成，宣王之心則安寧矣。

〔一〕「土田」，畬本同，他本作「田土」。按，據《大雅・崧高》「王命召伯，徹申伯土田」，當以作「土田」爲是。

《黍苗》五章，章四句。

《隰桑》，刺幽王也。小人在位，君子在野，思見君子，盡心以事之。

隰桑有阿，疏曰：「下濕曰隰。桑宜在濕潤之所，隰之近畔宜桑，以今驗之，實然也。」○曹氏曰：「桑有衣被人之德。」○《傳》曰：「阿然，美貌。」其葉有難。音儺。○《傳》曰：「難然，盛貌。」既見君子，其樂如何！樂音洛。

興也。桑，嘉木也，可以爲衣，故「南山有桑」以喻賢者。今桑之在隰，枝條阿阿然而美，其葉又難然而盛，喻君子在野，雖處窮約，而英華發外也。我若見此君子，其樂如何哉！樂君子如此，見其惡小人深矣。

隰桑有阿，其葉有沃。長樂劉氏曰：「謂長茂光潤，如膏之沃也。」既見君子，云何不樂！

隰桑有阿，其葉有幽。如字。○《傳》曰：「幽，黑色也。」○疏曰：「言桑葉茂盛而柔輭，則其色純黑。」

既見君子，德音孔膠。《傳》曰：「膠，固也。」○王氏曰：「其德音之所及，人附離之，甚膠固也。」

心乎愛矣，遐不謂矣。《箋》曰：「遐，遠也。」○今曰：「謂，相與語也。」中心藏之，何日忘之！

心乎，言由中也。詩人言我出於中心，愛此君子，以君子遠在郊野，不得相與語也。

凡懷人者，滿懷欲言，思得一見而傾寫之也。我藏之於心，何日而忘之乎！謂思慕君子，常在念也。○舊説謂爲思竭忠愛以裨補之，賢者相與，固有切磋忠告之益，但此詩方思賢者，以鄙在位之小人，未暇言忠告之意。

《隰桑》四章，章四句。

《白華》，音花。**周人刺幽后也。**《箋》曰：「幽后，褒姒也。」**幽王取申女以爲后，**取如字。○《箋》曰：「申，姜姓之國也。」**又得褒姒而黜申后，**褒姒，解見《正月》。**故下國化之，以妾爲妻，以孽代宗，**孽，魚列反。○《箋》曰：「孽，支庶也。宗，適子也。」○疏曰：「樹木斬而復生謂之櫱〔一〕，以適子比根榦，庶子比支櫱。」**而王弗能治，周人爲之作是詩也。**爲去聲。○《箋》曰：「王不能治，己不正故也。」○曹氏曰：「孽，妾子，謂伯服也，褒姒所生；宗，適子，謂宜臼，申后所生。」

白華菅兮，菅音姦。○《傳》曰：「白華，野菅也，已漚爲菅。」○郭璞曰：「菅，茅屬。」○陸璣曰：「似茅而

〔一〕「櫱」，原作「孽」，據仁本、復本及《毛詩正義》卷十五之二改。下同。仁本校云：「孽，《校勘記》云：『當作櫱。』」

滑澤，無毛，根下五寸中有白粉者，柔韌宜爲索。」韌音刃，與肕同。○疏曰：「野菅漚之謂之爲菅，因謂在野未漚者爲野菅。」**白茅束兮，之子之遠。**去聲。○《箋》曰：「之子，斥幽王也。」**俾我獨兮。**陳氏曰：「我，申后也，下同。」

興也。白華柔韌宜爲索，則刈取之，漚以爲菅。白茅不可用，則以纏束白華而已。菅喻后，茅喻妾，以賤承貴，宜也。今幽王亂貴賤之序而遠我，使我窮獨失所也。周人代申后言之。

英英白雲，《傳》曰：「英英，雲貌。露亦有雲。」○疏曰：「以今觀之，有雲則無露，無雲乃有露。言『露亦有雲』者，露雲氣微〔一〕，不映日月，不得如雨之雲耳，非無雲也。若露濃霧合，則清旦爲昏，亦是露之雲也。」**露彼菅茅。天步艱難，**程子曰：「天步，時運也。」**之子不猶。**程子曰：「猶，如也。」

首章既以菅、茅喻后、妾，次章言王之恩澤當均及之，如白雲之覆露，菅、茅皆蒙潤澤也。今天運艱難，而幽王不如是也。幽王不道，而歸之天運，謂己所遭之不幸耳。

滮池北流，滮，符彪、皮流二反。○《傳》曰：「滮，流貌。」○《箋》曰：「豐、鎬之間，水北流。」○疏曰：「言其北流，是目所覩。豐在豐水西，鎬在豐水東，豐、鎬之間，唯豐水也。」○今曰：「此止言池，非指豐水也。」

〔一〕「雲」，原無，據薈本、仁本補。薈本校云：「刊本脱『雲』字，據《毛詩疏》改。」

浸彼稻田。嘯歌傷懷，念彼碩人。丘氏曰：「碩人，謂幽王也。」池水滮然北流，則止能浸彼在北之稻田耳，喻幽王之澤有所偏也。申后既黜，嘯歌而至於傷懷，以念王也。○鄭氏以碩人爲褒姒，《詩記》從丘氏以爲幽王，此詩皆代申后之言，則「嘯歌傷懷」當爲申后念王也。下文言「念子懆懆，視我邁邁」，亦夫婦之辭也，念與此念字同。

樵彼桑薪，錢氏曰：「取薪曰樵。」卬烘于煁。卬音昂。烘，火東反。煁音諶。○《傳》曰：「卬，我也。烘，燎也。煁，烓竈也[一]。」烓音恚。○郭璞曰：「今之三隅竈也。」○疏曰：「烓者，無釜之竈，其上燃火謂之烘。本爲此竈，止以燃火照物[二]，若今之火爐也。」**維彼碩人，實勞我心。**桑者，人之所賴以衣，不宜以爲薪，今樵取之以爲薪，又不以供爨炊，而乃烘燎于烓竈，止以照物，猶棄妻之失職，故申后念王而心勞也。

鼓鐘于宮，疏曰：「鼓，擊也。」**聲聞于外。**聞音問。**念子懆懆，**音慘，驂之上。《説文》七倒反。○《釋文》曰：「懆懆，愁不申也。」**視我邁邁。**王氏曰：「邁邁然遠我而不顧也。」

[一]「烓」，原作「炷」，據諸本及《毛詩正義》卷十五之二改。
[二] 葉校云：「《詩疏》『止以』作『上亦』，異者，意嚴所改易也。」

擊鐘于宮，其聲則聞于外，喻宮庭之事不可掩也。我念王則懆懆而愁不申，王視我則邁邁而不顧。曹氏曰：「鼓鐘于宮，雖人之所不見，而聲聞于外，不可掩也。幽王之廢申后，必加以難明之罪，人之所不見者，而其心本主欲立褒姒，則外之所明聞也，豈可掩哉？」

有鶖在梁，鶖音秋。○《傳》曰：「鶖，禿鶖也。」○山陰陸氏曰：「性貪慾〔一〕，狀如鶴而大，長頸，赤目，其毛辟水毒，頭高八尺，善與人鬬，好啗蛇。劉楨《魯都賦》云：『綠鵠葱鶖。』鶖色蓋青也。」○疏曰：「梁，魚梁也。」**有鶴在林。維彼碩人，實勞我心。**

鶖似鶴而貪濁，非鶴比也。今鶖據魚梁而飽，鶴遠引在林而飢，喻褒姒進而申后黜。王清濁無別矣，我申后念王而心勞也。

鴛鴦在梁，戢其左翼。解見《鴛鴦》。**之子無良，二三其德。**

鴛鴦在魚梁之上，以右翼掩其左翼，舉其雄者言之。鴛鴦能好其匹，之子無良，不一其德，鴛鴦之不如也。

有扁斯石，扁音褊。○《傳》曰：「扁〔二〕，乘石貌。王乘車履石。」○蘇氏曰：「扁，卑貌。」○疏曰：「《隸

〔一〕「慾」，仁本及陸佃《埤雅》卷八作「惡」。
〔二〕葉校云：「『扁』，《傳》作『扁扁』，此不重者，意嚴所刪落也。」

僕》云：『王行則洗乘石。』鄭司農云：『乘石，所登上車之石也。』」**履之卑兮。之子之遠，俾我疷兮。**疷音抵。○《傳》曰：「疷，病也。」

有扁然而卑之乘石，王履之以升車，爲用甚卑下，喻妾之賤也，顧欲貴之於人上，可乎？今之子遠我而進彼，使我病也。曹氏曰：「漢成帝欲用趙飛燕爲后，劉輔諫曰：『腐木不可以爲柱，卑人不可以爲主。』」

《白華》八章，章四句。

《緜蠻》，微臣刺亂也。《箋》曰：「微臣，謂士也。古者卿大夫出行，士爲末介。」**大臣不用仁心，遺忘微賤，不肯飲食教載之，**飲食音蔭飼。**故作是詩也。**

緜蠻黃鳥，《傳》曰：「緜蠻，小鳥貌。」○黃鳥，解見《葛覃》。**止于丘阿。**《傳》曰：「丘阿，曲阿也。」○疏曰：「丘之曲中。」**道之云遠，我勞如何！飲之食之，教之誨之。命彼後車，**朱氏曰：「後車，副車也。」**謂之載之。**

興也。古者大臣出使于外，士之微賤者爲介紹。此詩言緜蠻然小之黃鳥，止於丘之曲而託息焉，喻微臣依託於卿大夫也。我微臣跋涉遠道，其勞如此，將如之何？所望卿大夫能體恤之，飲食教誨，車敗則命後車以載之，乃今不然也。

緜蠻黄鳥，止于丘隅。《箋》曰：「丘隅，丘角也。」豈敢憚行？《箋》曰：「憚，難也。」去聲。○今曰：「憚，辭難也。」畏不能趨。王氏曰：「趨，疾行也。」飲之食之，教之誨之。命彼後車，謂之載之。

緜蠻黄鳥，止于丘側。《箋》曰：「側，旁也〔一〕。」豈敢憚行？畏不能極。《箋》曰：「極，至也。」飲之食之，教之誨之。命彼後車，謂之載之。

《緜蠻》三章，章八句。

《瓠葉》，瓠音互。大夫刺幽王也。上棄禮而不能行，雖有牲牢饔餼，饔音邕，字亦作饔。餼音戲。○《箋》曰：「牛羊豕爲牲，繫養者曰牢，熟曰饔，腥曰餼，生曰牽。」○疏曰：「牲可牽行，餼是已殺。」不肯用也，故思古之人，不以微薄廢禮焉。

觀《賓之初筵》，知幽王君臣沈湎淫液，過於燕飲，故此詩極言簡儉之意以刺之，

〔一〕「旁」，原作「傍」，據薈本及《毛詩正義》卷十五之三改。

若曰：誠苟在焉，亨瓠燔兔，可以爲禮，何必酒池肉林，長夜之飲乎？蓋欲收斂之，非欲開廣之也。《後序》謂幽王有牲牢饔餼而不肯用，失之矣。

幡幡瓠葉，幡音翻。○《傳》曰：「幡幡，瓠葉貌。」**采之亨之。**亨音烹。○《箋》曰：「亨，熟也。」**君子有酒，酌言嘗之。**

瓠葉新生幡幡然，可采取之，亨熟之。君子有酒，以此爲菹，與賓客酌而嘗之，亦足以行禮，何必縱情過度乎？行禮不止於瓠、兔，極言簡儉之意耳。

有兔斯首，蘇氏曰：「有兔斯首，言一兔也。」○李氏曰：「兔以首言，猶魚以尾言也。」**炮之燔之。**炮音庖。燔音煩。○《傳》曰：「毛曰炮。」○疏曰：「《地官·封人》云：『毛炮之豚。』注云：『爓去其毛而炮之。』《傳》直言炮，當是合毛而炮之。」爓，似鹽反。○曹氏曰：「新殺則合毛而炮之。」○錢氏曰：「凡肉置火中曰炮，爇之曰燔，遠火曰炙〔一〕。」○燔〔二〕，解見《楚茨》。**君子有酒，酌言獻之。**蘇氏曰：「獻，主人酌賓也。」

〔一〕「遠」，原作「近」，據仁本改。按，《楚茨》「或燔或炙」，孔疏：「炙者，遠火之稱。」

〔二〕「燔」上，味本、姜本、顧本、授本、聽本、仁本、復本有「錢」字，仁本校云：「『錢』恐衍。」薈本改「錢燔」作「炮燔」，然《楚茨》中并無「炮」字之解；葉校又以「錢燔」爲「燔炙」，然此釋首章「炮之燔之」，無緣釋「炙」字，且與二章「炙，解見《楚茨》」重。

有此一兔，雖非盛饌，然或置火中而炮之，或加置火上而燔之。君子有酒，以此爲殽，酌以獻賓，亦足以行禮。

有兔斯首，燔之炙之。炙音隻。○炙，解見《楚茨》。**君子有酒，酌言酢之。**《傳》曰：「酢，報也。」○《箋》曰：「酢者，賓既卒爵，洗而酌主人也。」

有兔斯首，燔之炮之。君子有酒，酌言醻之。醻音讎。○《傳》曰：「醻，道飲也。」○疏曰：「醻者，欲以醻賓，而先自飲以道之，此舉醻之初，其實飲訖〔一〕，進酒於賓，乃謂之醻也。」

《瓠葉》四章，章四句。

《漸漸之石》，漸音讒。**下國刺幽王也。戎狄叛之，荆舒不至，**《箋》曰：「荆謂楚也。舒，舒鳩、舒鄝、舒庸之屬。」鄝音了。○疏曰：「《殷武》云：『維汝荆楚。』已并言之，是楚之稱荆，亦已久矣。《傳》有舒鳩、舒鄝、舒庸，又有舒龍，謂之羣舒。」**乃命將率東征，**率，衰之去。**役久病於外，故作是詩也。**

漸漸之石，《傳》曰：「漸漸，山石高峻。」**維其高矣。山川悠遠，維其勞矣。武人東征，**《箋》

〔一〕「實」，畬本作「主」，他本作「賓」。阮元《毛詩正義校勘記》云：「浦鏜云：『賓，當實字誤。』」

曰：「武人，謂將帥也。」**不皇朝矣。**朝音潮。

言過漸漸然險峻之山石，維其高大矣。又歷山川之悠遠，維其勞苦矣。我武人東征，久處于外，不得朝見天子。雖在勞苦之地，不忘君也。

漸漸之石，維其卒矣。卒，鄭音崒，在律反，毛子恤反。○《箋》曰：「卒，崔嵬也。」○解見《十月之交》，彼卒作崒。**山川悠遠，曷其没矣！**《傳》曰：「没，盡也。」**武人東征，不皇出矣。**

言所登歷，何時可盡徧也，深入險阻之地，恐不得復出也。

有豕白蹢，音的。○《傳》曰：「豕，豬也。蹢，蹄也。」○《釋獸》曰：「四蹢皆白，豥。」豥音孩，胡來反。○疏曰：「駭者，躁疾之言。白蹢名之爲豥，是躁疾於餘豕。駭與豥字異義同。」**烝涉波矣。**《箋》曰：「烝，衆也。」○錢氏曰：「豕涉波，見道路之間，多有停潦。」**月離于畢，**疏曰：「離，歷也。」**俾滂沱矣。武人東征，不皇它矣。**它音他。

豕性負塗，常時雖白蹢者，亦污於塗，不見其白。今武人行役，見豕白蹢而羣然涉水，是久雨而停潦多，故豕蹢濯其塗而見白也。停潦尚多，雨歇未久，而月離于畢，則又將雨矣。厭苦多雨之辭也。征役者以雨爲苦，言不皇它及，惟雨是憂耳。

《漸漸之石》三章，章六句。

《苕之華》，苕音條。華音花。大夫閔時也。幽王之時，西戎、東夷交侵中國，師旅並起，因之以饑饉。君子閔周室之將亡，傷己逢之，故作是詩也。陳氏曰：「此詩其辭簡，其情哀，周室將亡，不可救矣，詩人傷之而已。」

苕之華，曰：此苕，陵苕也，非《陳・防有鵲巢》所謂旨苕也。○《釋草》曰：「苕，陵苕。黄華，蔈。白華，茇。」蔈音標。茇，蒲末反。○舍人曰：「黄華名蔈，白華名茇。」○陸璣曰：「一名鼠尾，生下濕水中。七八月中葉紫，似今紫草。葉可染皁，煮以沐髮，即黑。」○疏曰：「如《釋草》之文，則苕華本自有黄有白，而《箋》云『陵苕之華，紫赤而繁』，蓋就紫色之中有黄紫、白紫耳，及其將落，則全變而黄。」芸其黄矣。芸音云。○《傳》曰：「苕將落則黄。」心之憂矣，維其傷矣。

興也。陵苕之華將落，則芸然其黄，言如周室之將亡，黯然憔悴也。我心所憂者，傷周室之將亡也。

苕之華，其葉青青。音菁。知我如此，不如無生。

華已盡落，唯葉青青然，知我所遇之世如此，不如不生之愈也。

牂羊墳首，牂音莊。墳音汾。○《傳》曰：「牂，牝羊也。墳，大也。」三星在罶。音柳。○《箋》曰：「三星，心星也。」罶，解見《魚麗》。人可以食，鮮可以飽。鮮上聲。

言物産蕃息者，多舉牝言之，凡牝獸胎孕，則腹大而見其首小〔一〕。今牝羊大首，則是其身瘠而不孕也。笱中有魚，則水動而不見星，今心之三星，見於魚笱之中，是設笱而不得魚也。亂亡之代，地愛其寶，物産凋耗，氣象蕭條，故人僅可以食，而少有得飽者。《召南·小星》「三五在東」，《傳》以三爲心；《唐·綢繆》「三星在天」，《傳》以爲參。此詩「三星」無《傳》，《綢繆》言婚姻之候，故毛取十月參見東方，三星之大而易見者莫如心，此當爲心也。

《苕之華》三章，章四句。

《何草不黄》，下國刺幽王也。四夷交侵，中國背叛，背音佩。**用兵不息，視民如禽獸。君子憂之，故作是詩也。**

何草不黄？《箋》曰：「自歲始，草生而出，至歲晚矣。」**何日不行？何人不將？**《鵲巢·傳》曰：

〔一〕「則腹大而見其首小」，味本、姜本、仁本作「則腹大而見而首小」，仁本校云：「『見』下『而』，恐『其』誤。」又，薈本作「腹大胸見而首小」；授本、聽本、復本作「則腹大而不見首小」，葉校從之，以爲與下文「則水動而不見星」爲對。又，龠本作「則腹大而見首小」，李本、顧本及顧棟高《毛詩訂詁》卷六引嚴氏説皆作「則腹大而首小」。

「將，送也。」**經營四方。**

自初春草青行役，至秋無草不黄，宜可休息矣。今乃無一日不行役，無一人不將送於道路，以經營四方，勞苦之甚。無人不將，指行役之衆也。

何草不玄？長樂劉氏曰：「草之黄者又黑腐。」**何人不矜？**音鰥。○《箋》曰：「無妻曰矜。」**哀我征夫，獨爲匪民。**

至冬則草之黄者，又變而黑腐矣。從役者久不得歸，故謂之矜。哀我征夫，豈非民乎？若以民視之，則不虐之如禽獸矣。

匪兕匪虎，兕，詞之上濁。○解見《卷耳》。**率彼曠野。**疏曰：「率，循也。」○《傳》曰：「曠，空也。」**哀我征夫，朝夕不暇。**

承上章「匪民」，言征夫非兕非虎，何以使循曠野，而朝夕不得閒暇也？

有芃者狐，芃音蓬。○丘氏曰：「毛尾長貌。」**率彼幽草。有棧之車，**棧，殘之上濁。○今曰：「《春官·巾車》云：『士乘棧車，庶人乘役車。』注：『棧車，不革鞔而漆之。役車方箱，可載任器以共役。』《傳》以爲此『有棧之車』，役車也。」○〔一〕疏曰：「毛義以爲此棧是車狀，其説不分曉，不若徑以爲士之棧車也。」**行**

〔一〕「○」，原無，據畲本補。

彼周道。

狐則芃然毛尾長，循彼幽草之中。人非禽獸，今士乘棧車，行於周之道路，與禽獸同，非特民也。

《何草不黄》四章，章四句。

詩緝卷之二十五

嚴粲述

文王之什　大雅

《釋文》曰：「自此以下至《卷阿》十八篇，是文王、武王、成王、周公之正大雅。《文王》至《靈臺》八篇，是文王之大雅；《下武》至《文王有聲》二篇〔一〕，是武王之大雅。」

《文王》，文王受命作周也。 《詩記》曰：「按《呂氏春秋》：『周公旦乃作詩，曰：「文王在上，於昭于天。周雖舊邦，其命維新。」以繩文王之德。』熟味此詩，信非周公莫能作也。」

此詩周公述文王之德業，以戒成王也。文王未嘗稱王，曰文王者，追稱之也。言「受命作周」者，推本之辭也。作，造也，造周之王業，猶《康誥》言「肇造區夏」也。天命歸於文王，而文王退然不敢當，故在文王時，無受命之説。《泰誓》《牧誓》猶皆不言文王受命，至大告武成，乃曰「我文考文王誕膺天命」，蓋武王既得天下之後，推本言之。凡經中稱文王受命，皆謂天命歸之而已，文王未嘗當而受

〔一〕仁本校云：「《釋文》盧本無『至』字。」

之也。《中庸》記孔子之言曰：「武王末受命。」武王末年方受命，文王何嘗受命乎？史遷因《詩》《書》有受命之語，因謂文王受命稱王而斷虞、芮之訟。漢儒又雜以讖緯之説，則亦誣矣。游氏曰：「《泰誓》稱文王爲文考，至《武成》然後稱文考爲文王，則可知矣。」

文王在上，於昭于天。於音烏。○疏曰：「於，歎美也。」○《傳》曰：「昭，見也。」見，賢徧反。**周雖舊邦，**王氏曰：「周受封自后稷，則其爲邦舊矣。」**其命維新。**《補傳》曰：「始命以國，今命以天下。」**有周不顯，帝命不時。**《傳》曰：「不顯，顯也。不時，時也。」○王氏曰：「不顯，所以甚言其顯；不時，所以甚言其時也。」**文王陟降，**《傳》曰：「陟，升也。」**在帝左右。**

首章述文王以天德受天命也。大雅皆用王者之禮，周既追王文王，此詩又推原受命之由而歸之，故言「在上」，尊之也。於乎其德，昭見于天矣，歎美其德之盛，言之不能盡也。周自后稷以來，爲邦舊矣，而天之命周則維新，始命之以有天下也。周家豈不顯乎？言王業浸盛也；天命豈不時乎？言適當其時也。蓋以文王德合乎天，升降進退，常若在上帝之左右，無一動之非天也。○鄭以大王遷岐，始居周原，不必如此拘也。周，但言周家耳。

亹亹文王，亹音尾。○《傳》曰：「亹亹，勉也。」**令聞不已。**聞音問。○《箋》曰：「令，善也。聞，聲聞也。」**陳錫哉周，**《箋》曰：「文王敷恩惠之施。」○《左傳·宣十五年》：「《詩》曰：『陳錫載周。』能施也。」○李氏曰：「哉，語辭也。」**侯文王孫子。**《傳》曰：「侯，維也。」○《補傳》曰：「不曰子孫而曰孫子，謂孫又生子，言其遠也。」**文王孫子，本支百世。**《傳》曰：「本，本宗也；支，支子也。」**凡周之士，**疏曰：「士者，下至諸侯及王朝公卿大夫總稱。」**不顯亦世。**朱氏曰：「不顯亦世，猶曰豈不顯乎，其亦世也。蓋言其傳世永久，而以『不顯』二字歎之，以足其辭也。」

次章述文王德澤之遠也。亹亹，純亦不已也。文王之誠不已，而令聞亦不已，誠之著也。陳錫，敷施也，推懷保惠鮮之澤也。言亹亹而繼以陳錫，由精神心術而達於政事設施，同此一誠之運，不誠則不能溥也〔一〕。陳錫於周者，錫民也，而及其孫子。蓋文王惟知錫民，而錫民者，乃所以錫孫子也。欲成王知今日之享有天下，皆文王之澤，而罔敢失墜也。文王之孫子，其本宗百世爲天子，其支庶百世爲諸侯，盛德必百世祀也，不特孫子之盛如此，凡周之士皆光明俊偉，其德甚顯，亦世世相傳，與周匹休焉。

〔一〕「能」，諸本無。

世之不顯，厥猶翼翼。《箋》曰：「猶，謀也。」○《傳》曰：「翼翼，恭敬也。」○《箋》曰：「忠敬也。」**思皇多士，**《傳》曰：「思，辭也。」○《詩記》曰：「顔氏《漢書》注云：『皇，美也。』」**生此王國。王國克生，維周之楨。**音貞。○《傳》曰：「楨，榦也。」**濟濟多士，**濟，隮之上。○《詩記》曰：「顔氏《漢書》注云〔一〕：『濟濟，盛貌。』」**文王以寧。**

三章述周士之盛也。周之士，世世相傳，其德甚顯，其爲君謀事，翼翼然忠敬。美哉衆士，生此周王之國也。惟周王之國，能生此衆士也。生此王國，天生之也；王國克生，文王教化作成之也。此多士爲國之楨榦，牆恃榦而立，國恃人而立，故濟濟然衆盛之多士，文王賴之以爲安也。○《釋詁》云：「楨，翰，儀，榦也。」舍人云：「楨，築牆所立兩木也。」「王后維翰」及「維周之翰」，《傳》皆云「榦也」，疏云：「榦者，築牆所立之木。」然則楨也、翰也、榦也，一物也，字當作榦，傳寫誤作幹，鄭以此爲幹事之臣，失之矣。

穆穆文王，《釋訓》曰：「穆穆，敬也。」○郭璞注曰：「容儀謹敬。」**於緝熙敬止。**於音烏。○歐陽氏

〔一〕「注」，原無，據畲本及吕祖謙《吕氏家塾讀詩記》卷二十五補。

曰：「緝，續也。熙，廣也。緝熙云者，接續而熙廣之也。」○朱氏曰：「亦不已之意。」○疏曰：「止，語辭。」**假哉天命，**假音嘏。○蘇氏曰：「假，大也。」**有商孫子。**《箋》曰：「有，臣有之也。」**商之孫子，其麗不億。**曹氏曰：「麗，附也。」○今曰：「附麗，言其徒黨也。」○疏曰：「不止於一億。」**上帝既命，侯于周服。**今曰：「本詩『侯文王孫子』『侯于周服』，皆爲發語之辭。孔申毛義作維，是也。服，謂有職事也。」

四章述文王以敬德受命代商也。文王盛德之容，其敬穆穆然，於是歎美文王之心，能緝續熙廣其敬矣。蓋形諸外者，皆其根諸中者，表裏一，始終一也。穆穆者，《中庸》之「齊莊有敬」，即「雝雝在宫，肅肅在廟」也。緝熙敬止者，《中庸》之「至誠無息」，即「純亦不已」也。所可見者，容也，故穆穆足以形容之；所難言者，心也，故緝熙不足以盡，而又以「於」發之。大哉天之命文王，使之臣有商家之孫子也。文王之時，未能有商之孫子，蓋推原周之代商，由於文王，故以爲文王能有之也。商之孫子，其附麗之者，實繁有徒，不止於一億，《泰誓》所謂「受有億兆夷人」，《武成》所謂「受率其旅若林」也。然上天命商孫子，維于周而服職，其徒黨雖衆，不能勝天也。故孔子云：「仁不可爲衆也。」朱氏曰：「此詩之首言文王之昭于天〔一〕，而不言其所以昭；次章言其令聞不已，而不言其所以聞；至於四章，然後所以昭明不已者，乃可得而見焉。然亦多詠歎之言，而語其所以爲德之實，則不越乎敬之一字而已。然則後章所謂脩厥德而儀刑之者，豈可以他求哉？」○《釋詁》云：「穆穆，美也。」《釋訓》云：「穆穆，敬也。」是穆穆有二訓也。《少儀》「言語之美，穆穆皇皇」，《曲禮》「天子穆穆，諸侯皇皇」，鄭注皆以爲容止之貌，郭璞注：「穆穆，云容儀敬謹。」是穆穆有美、敬二訓，而皆爲容儀也。○舊説以侯爲君，謂爲君於周九服之中。此解「侯于周服」則順，解「侯服于周」則不通。今考《釋文》云：「服，事也，用也。」故爲臣而見用謂之服，言服行其職也。《曲禮》云：「艾服官政。」《酒誥》云：「服休服采。」《多士》云：「有服在百僚。」《多方》云：「有服在大僚。」《多士》《多方》皆誥殷士而謂之有服，言其見用之意，即此詩所謂「商之孫子，侯于周服」也。

侯服于周，天命靡常。殷士膚敏，《傳》曰：「膚，美也。敏，疾也。」**裸將于京。**裸音貫。○裸將，《傳》曰：「裸，灌鬯也。周人尚臭。將，行也。」○疏曰：「《郊特牲》云：『周人尚臭。』尚臭者，一代之禮，文王之

〔一〕「首」下，朱熹《詩集傳》卷十六有「章」字。

時未必已然，亦可據後而言也。以祼是祭禮，當須行之，故言『將，行也』。宗廟之祭，以祼爲主。於禮，王正祼而后亞祼。《天官·小宰》：『凡祭祀，贊祼將之事。』注云：『又從太宰助王祼。』言太宰贊王，小宰贊太宰，是祼將之事，有臣助之矣。此舉祼將以表祭事，見殷士助祭耳，不必專助行祼也。」○[京]，朱氏曰：「京，周之京師也。」○京師，又解見《公劉》。**厥作祼將，常服黼冔。**音甫許。○董氏曰：「常服，則不變其服，存商制也。」○[黼]，解見《采菽》。○疏曰：「周冕無繢繡之飾，則殷冔亦不以黼爲飾。黼自衣服之所有也。殷之諸侯，祭服亦九章，而下不止於黼，舉一章以表之耳。」○董氏曰：「黼繡於裳，雖章數不同，皆以黼爲裳也。」○[冔]，《傳》曰：「冔，殷冠也。夏后氏曰收，周曰冕。」○疏曰：「《郊特牲》及《士冠禮》皆云：『周弁，殷冔，夏收。』故知『冔，殷冠也』。彼云周弁，此云冕者，以周自大夫以上，祭服皆用冕服，故《傳》以冕言之。實冕而謂之弁者，《周禮·弁師》注云：『弁，古冠之大號。官名弁師，職掌五冕。』故知弁是大名也。」**王之藎臣，**藎音燼，從韻。○《箋》曰：「王，斥成王。」○《傳》曰：「藎，進也。」○《詩記》曰：「藎者，忠愛之篤，進退無已也[一]。」○朱氏曰：「蓋以戒成王，而不敢斥言，故以藎臣言之，猶所謂『敢告僕夫』云耳。」**無念爾祖。**《傳》曰：「無念，念也。」○疏曰：「爾祖，文王也。」

五章述殷士祼將之事以爲戒也。商之孫子而維服職于周，見天命之不常，惟德是歸

[一]「退」，原作「進」，復本同，據他本及呂祖謙《呂氏家塾讀詩記》卷二十五改。

也。殷士，總言商之孫子及其舊臣，猶《書》稱「爾殷遺多士」及「茲殷庶士」也。裸，謂以鬯酒獻尸，尸受酒而灌於地，以降神也。行裸之禮，謂之裸將。殷士之膚美而敏疾者，乃裸獻行禮于周之京師，以助周祭。其作裸將也，服殷之常服，黼裳而冔冠也。黼裳，商、周所同，黼裳冔冠，則商之制也。王者尊先代之後，不變其服，亦因以爲戒也。故呼成王忠藎之臣而告之曰：得無念爾祖文王乎？謂不以文王爲念，則將墜厥緒，周之孫子及其臣，又將服周之服，而助祭於他人之廟矣。《詩記》曰：「《前漢》劉向上疏云：『孔子論《詩》，至於「殷士膚敏，裸將于京」，喟然嘆曰：「大哉天命！善不可不傳于子孫，是以富貴無常。」蓋傷微子之事周，而痛殷之亡也。』」○《郊特牲》云：「灌以圭璋。」注云：「灌，謂以圭瓚酌鬯，始獻神也。」《論語》：「禘自既灌而往。」朱氏解云：「灌者，方祭之始，用鬱鬯之酒灌地以降神也。」字皆作灌。《洛誥》：「王入太室，裸。」夏氏解云：「裸，灌也，謂以圭瓚酌於爵以獻尸，尸受酒而不飲，因灌於地，故謂灌也。」然則因其灌之於地，故名之爲裸。經字作灌〔一〕，古字通也〔二〕。《祭統》云：「祭有三重焉，獻之屬，

〔一〕「字」，原作「子」，據諸本改。按，「經字作灌」，指上《禮記》《論語》《尚書》諸經皆作「灌」。

〔二〕「字通」，李本、顧本作「通用」。

莫重於祼。」《郊特牲》又云：「既灌，然後迎牲。」是祼爲祭祀之始，故爲重也。《小宰》注云：「人道宗廟有祼，天地大神不祼。」○此詩「祼將于京」及《大明》「曰嬪于京」「于周于京」，毛氏皆以爲大，取《公羊》衆大之説，謂京師也。又以《思齊》「京室之婦」爲王室，亦京師也。鄭氏唯「祼將于京」從毛説，其餘以爲周地之小别名。《皇矣》「依其在京」，毛以爲大阜，鄭還以爲周地名；《公劉》「乃覯于京」「京師之野」「于京斯依」，毛以爲大衆所宜居之地，鄭以爲丘之絶高者。公劉居豳，所言京，自是高丘，非岐周地名之京。若周都稱京師，則因岐周地名之小别而稱之。大雅作於成王之時，皆用王者之禮，從後稱爲京師也。

無念爾祖，聿脩厥德。聿音遹。○朱氏曰：「聿，發語辭。」○《詩記·大明》解曰：「《左傳》注云：『聿，惟也。』」**永言配命，**《箋》曰：「永，猶常也。」○蘇氏《終風》解曰：「言，辭也。」○疏曰：「天以王者爲配。」○《詩記》曰：「王者代天理物，操典禮命討之柄，以臨天下，故曰配命，又曰配上帝。」**自求多福。殷之未喪師，**喪去聲。○《箋》曰：「師，衆也。」**克配上帝。宜鑒于殷，駿命不易。**駿音峻，又音俊。易，毛音異，鄭音亦。○《傳》曰：「駿，大也。」

六章戒成王念祖而鑒殷也。成王得無念爾祖文王乎？苟念之，在脩德而已。脩德則能長配天命，而自求多福矣。配命，謂王者與天爲配，天大，王亦大也。天之付予萬物謂之命，王者宰制天下亦謂之命，以王者之命，配天之命也。自求多福，謂求諸己而不求諸天也。德者，民心之所歸，得民斯得天，故殷未失其民之時，能配天矣。配命，言其用；配天，言其體，其意一也。後人不脩厥德，則失其民，而天命去之，宜以殷爲鑒，則知大命之難矣。《孟子》曰：「桀、紂之失天下，失其民也。」《詩記》曰：「《大學》云：『《詩》云：「殷之未喪師，克配上帝。儀監于殷，峻命不易。」道得衆則得國，失衆則失國。』」

命之不易，無遏爾躬。遏，於葛反。○《傳》曰：「遏，止也。」○朱氏曰：「絶也。」**宣昭義問，**疏曰：「宣昭，布明也。」○《箋》曰：「義問，以禮義問老成人。」**有虞殷自天。**《箋》曰：「有，又也。」○《傳》曰：「虞，度也。」**上天之載，**《傳》曰：「載，事也。」**無聲無臭。**《釋文》曰：「臭，凡氣之總名。」**儀刑文王，**朱氏曰：「儀，象也。」○《傳》曰：「刑，法也。」**萬邦作孚。**《傳》曰：「孚，信也。」

七章中六章鑒殷法祖之意也。天命不易矣，無使遏絶於爾身，當宣布昭明，以義理詢問於人。而又虞度殷之所以自天者，殷之亡也，實自於天。天命無私，可以爲鑒也。鑒殷之所以失，必法文王之所以得。四時行，百物生，天之事也，而無聲音臭氣之可求，惟儀象刑法於文王，則萬國孚信之矣。文王即天也。

《文王》七章，章八句。

《大明》，文王有明德，故天復命武王也。朱氏曰：「此亦周公戒成王之詩。」〇李氏曰：「大雅之詩，則謂之《大明》；小雅之詩，則謂之《小明》。」

明明在下，今曰：「重言明者，至著也。」**赫赫在上。**今曰：「赫赫，顯而可畏之意。」**天難忱斯，**《傳》曰：「忱，信也。」**不易維王。**易，毛音異，鄭音亦。〇今曰：「不易，本《傳》無音，『駿命不易』，毛音異，此亦音異矣。『命不易哉』同。疏以毛亦如字，非也。」**天位殷適，**音的。**使不挾四方。**挾，朱如字，毛音浹。〇朱氏曰：「挾，謂挾而有之。」〇錢氏曰：「挾，猶持也。」

首章專述天命喪殷之事也。首二句泛言天人之理，明明在下，君之善惡不可掩也；赫赫在上，天之予奪爲甚嚴也。在下而明明，則達乎上；在上而赫赫，則監乎下。天人相與之際，甚可畏也。是故天難信而不可恃，爲君豈不難哉？觀紂居天位，而又爲殷之正適，以不脩厥德，乃使不得有其天下，斯可見矣。《詩記》曰：「『天位殷適，使不挾四方』，則下所陳眷顧周家，有加無已者，非天私我有周也。栽者培之，傾者覆之，因其材而篤焉耳。」〇舊說以「明明在下」爲文王，非也。首章先泛言天人之理，然後及殷亡之由，爲美文、武張本。次章乃述大任生文王，其後乃又述文王生武王及伐殷之事，以成首章之意，其言皆有次序也。

自彼殷商。朱氏曰：「殷商，商之諸侯也〔一〕。自周而言，則諸侯皆商也。」**來嫁于周，曰嬪于京。**嬪音頻。○《傳》曰：「嬪，婦也。」○朱氏曰：「京，周京也。」○京，考見《文王》。京師，解見《公劉》。**乃及王季，**《傳》曰：「王季，大王之子，文王之父也。」**維德之行。大任有身，**大音泰。○王氏曰：「摯仲氏任，繫其夫而言；大任，繫其子而言。」○《傳》曰：「身，重也。」○《箋》曰：「謂懷孕也。」**生此文王。**

摯仲氏任，摯音至。任音壬。○《傳》曰：「摯，國。任，姓。仲，中女也。」中，去聲。

次章述大任生文王也。摯國中女任氏，從殷商之地來嫁于周，將述商亡而周興，故以摯繫商，與周對言之也。曰嬪于京，謂以婦道見稱於周也。乃配王季，而與行德，同志意也，於是大任有身而生文王。朱氏曰：「將言文王之聖，而追本所從來者如此，蓋曰自其父母而已然矣。」○《書》「嬪于虞」，謂能行婦道也。毛以京爲大，謂京師；鄭以爲周國之地，小別名，蓋謂王季時，其居未得稱京師也。然大雅作於成王之時，皆用王者之禮，

〔一〕「商」，原無，據李本、姜本、顧本、畬本、薈本、授本、聽本、復本及朱熹《詩集傳》卷十六補。

從後稱周京耳。

維此文王，小心翼翼。《箋》曰：「翼翼，恭慎貌。」○朱氏曰：「小心翼翼，即前篇之所謂敬也。」**昭事上帝，**《箋》曰：「昭，明也。」**聿懷多福。**聿，解見《文王》。○蘇氏曰：「懷，來也。」**厥德不回，**朱氏曰：「回，邪也。」**以受方國。**

三章言文王之德，天人所與也。文王小心翼翼然恭敬，以明事上帝，至誠之運，與天周旋也，遂能懷來多福。蓋其德不回邪，故受此四方侯國之歸也。有一毫覬倖之心，則邪矣。

天監在下，《箋》曰：「監，視也。」**有命既集。**《傳》曰：「集，就也。」○曹氏曰：「翔而後集之集，言有所擇而就之也。」**文王初載，**朱氏曰：「載，年也。」**天作之合。**《傳》曰：「合，配也。」**在洽之陽，**洽音峽。○《傳》曰：「洽水也。」○《釋文》曰：「馮翊有郃陽縣。應劭云：『在洽水之陽。』」郃音洽。○《穀梁傳》曰：「水北爲陽。」○朱氏曰：「洽水，本在今同州郃陽夏陽縣，今流已絶，故去水而加邑，渭水亦逕此入河也。」**在渭之涘。**音俟。○渭，解見《邶·谷風》。○曰：涘，厓也。解見《王·葛藟》。○李氏曰：「《國語·鄭語》云：『前河後莘。』韋昭注云：『莘，國也。』《左傳·僖公二十八年》城濮之戰，晉侯登有莘之墟。杜元凱注云：『莘，故國名。』今此詩云『在洽之陽，在渭之涘』，則是馮翊之間，與鄭、衛之地全不相干涉，當以此詩爲證，《左傳》《國語》闕之可也。」**文王嘉止，**朱氏曰：「嘉，昏禮也。」**大邦有子。**朱氏曰：「大邦，莘國也。子，大姒也。」大姒之大，音泰。○今曰：「子，女也，《論語》『以其子妻之』，女亦稱子。」

四章述天生大姒以配文王也。文王有盛德，而天監之於下，大命集焉。文王初年，天爲生配，在洽水之北，渭水之涯，指莘國也。當文王嘉禮之時，而莘國有賢女，殆非偶然，天實爲之。朱氏曰：「將言武王伐商之事，故此又推其本而言之。」

大邦有子，俔天之妹。俔，牽之去，又音峴，胡典反。○《説文》曰：「俔，譬也。」**文定厥祥，**朱氏曰：「文，禮也。祥，吉也。」○《箋》曰：「卜而得吉，則以禮定其吉祥，謂使之納幣也〔一〕。」**親迎于渭。**迎去聲。**造舟爲梁，**造音慥。○《傳》曰：「天子造舟，諸侯維舟，大夫方舟，士特舟。」○《箋》曰：「天子造舟，周制也，殷時未有等制。」○疏曰：「李巡云：『比其舟而渡曰造舟，中央左右相維持曰維舟，併兩船曰方舟，一舟曰特舟。』孫炎云：『比舟爲梁也。』然則造舟者，比船於水，加版其上，即今之浮橋。文王敬重昏事，始作而用之，後世以文王所用，故制爲天子法耳。」**不顯其光。**

五章述文王親迎之事也。大邦有賢女，譬天之妹，尊之之辭也。卜而得吉，則以禮文定其吉祥而納幣焉。文王親迎于渭水之傍，其渡渭也，敬重昏事，比舟爲橋梁。

〔一〕「之」，《毛詩正義》卷十六之二無。

《傳》曰：「乘船危，就橋安〔一〕。」所以去危而就安也，豈不顯其光輝乎？程子曰：「先儒以親迎于渭，謂天子須親迎，文王親迎時乃爲公子，未爲君也，況周國自在渭傍，不是出疆。」

有命自天，命此文王。于周于京，京，考見《文王》。**纘女維莘。**纘音纂。○《傳》曰：「纘，繼也。莘，大姒國也。」**長子維行，**長上聲。○《傳》曰：「長子，長女也。」○行，解見《邶・泉水》。**篤生武王。**《傳》曰：「篤，厚也。」○王氏曰：「天既生文王，又生武王，是之謂篤。《中庸》云：『天之生物，必因其材而篤焉。』」**保右命爾，**右音祐。○《傳》曰：「右，助也。」**燮伐大商。**燮，蘇接反。○《傳》曰：「燮，和也。」○陳氏曰：「燮友有和順之意〔二〕，順天命以伐商也。」

六章述大姒生武王也。有命自天而降，命文王於周之國、於京之地矣，謂興王業也。周爲國號，京其所都之邑也。能繼大任之女事者，惟此莘國，以其長女來嫁也。天又篤厚之，使生武王。既生文王，又生武王，是眷周之厚，故言「篤生」。保安之，右助之，而命之以伐商。以順而動，因天人之所欲，是之謂「燮伐」。王氏曰：「言大商，所以大

〔一〕按，此《傳》文出自《漢書・薛廣德傳》。

〔二〕「友」，李本、姜本、顧本、畲本、薈本、授本、聽本、復本作「伐」。按，《詩記》引陳氏曰：「《書》言『燮友柔克』，有和順之意。」此蓋節引之。

文武之德，以爲商大矣，非德之大，不能伐之也。」

殷商之旅，《傳》曰：「旅，衆也。」**其會如林。**會如字，舊音膾。○疏曰：「會，聚也。」**矢于牧野，**《傳》曰：「矢，陳也。」○疏曰：「牧野，紂南郊地名。」○《釋文》曰：「牧野，在朝歌南七十里。」**維予侯興。**《箋》曰：「侯，諸侯也。」○朱氏曰：「予侯，猶云我后也〔一〕，商人之稱武王也。」**上帝臨女，**音汝。○《箋》曰：「臨，視也。」**無貳爾心。**長樂劉氏曰：「貳，疑貳也。」○朱氏曰：「武王非必有所疑也，設言以見衆心之同，非武王之得已耳。」

七章述武王伐商也。牧野之戰，殷商之衆，其會聚如林木之盛，陳于牧野，雖衆而不爲用。維欲我侯武王之興，此商衆且謂武王曰：上帝臨視於爾，爾勿疑貳而不進。承上文「殷商之旅」，設爲商衆告武王之辭，見商民罔不欲喪，而唯恐武王之不至也。衆心所同，即是天意，伐商之事，非特周人所欲，亦商人所望，武王順天應人而已。《武成》言「受率其旅若林，會于牧野，罔有敵于我師，前徒倒戈，攻于後以北」，此詩所陳，皆事實也。

牧野洋洋，音羊。○《傳》曰：「洋洋，廣也。」**檀車煌煌。**音皇。○疏曰：「檀木之兵車。」○《傳》曰：

〔一〕仁本校云：「《集傳》云：『侯，維也。』與此異義。」葉校云：「此當是朱子舊説，《集傳》所不用耳。」

「煌煌，明也。」**駟騵彭彭，**騵音元。彭如字，音棚，考見《出車》。○《傳》曰：「駵馬白腹曰騵。」上周下殷也。」○疏曰：「郭璞云：『駵，赤色黑鬣也。』《檀弓》説『三代乘馬，各從正色』，而周不純赤，明其有義，故知白腹爲『上周下殷』。戰爲二代革易，故見此義。《檀弓》亦言『戎事乘騵』，明非戎事不然。因此武王所乘，遂爲一代常法。彭彭，彊盛也。」**維師尚父。**《傳》曰：「師，太師也。尚父，可尚可父。」○朱氏曰：「太公望爲太師而號尚父也。」**時維鷹揚，**曰：鷹，爽鳩也。**涼彼武王。**涼音亮。○《傳》曰：「涼，佐也。」**肆伐大商，**《箋》曰：「肆，故，今也。」○朱氏曰：「『遂也。』」○肆，解見《緜》。**會朝清明，**《箋》曰：「會，合也。」○曹氏曰：「《武成》云：『陳于商郊，俟天休命。』孔安國云：『休命，謂雨止畢陳也。』《六韜》云：『武王東伐至河上，雨甚雷疾，太公率衆先涉。』然則至畢陳，乃雨止而清明。」

八章終上章伐商之事，言得天人之助也。牧野之地，洋洋然寬廣，非用權詐間道襲之也。檀木之兵車，煌煌然鮮明，其駟馬乘騵，彭彭然彊盛。既整且暇，所謂堂堂之陣也。太公望爲太師而號尚父，如鷹之飛揚奮擊，而無所畏，以佐武王而伐商。會戰之朝，乃雨止而清明，是天相之也。史載行師以雨，敗者多矣，故以會朝清明爲得天助。太公先涉，畢陳而雨止，故以尚父鷹揚發之。

《大明》八章，四章章六句，四章章八句。

《緜》，彌延反，韻亦作綿。**文王之興，本由大王也。**

大王遷岐，而人心歸之，肇基王迹，故曰「文王之興，本由大王也」。

緜緜瓜瓞，音迭。○《傳》曰：「緜緜，不絶貌。瓜瓞〔一〕，瓜紹也。瓞，瓝也。」瓝音雹。○《箋》曰：「瓜之本實，繼先歲之瓜，必小，狀似瓝，故謂之瓞。緜緜然若將無長大時。」○疏曰：「瓜瓞，瓜紹之瓞也。緜緜，微細之辭。瓜之族類，本有二種：大者曰瓜，小者曰瓞，而瓜蔓近本之瓜，必小於先歲之大瓜，以其小如瓝，故謂之瓞。瓞，是瓝之別名，故云『瓞，瓝也』。近本之實言紹者，繼先歲之瓜，猶長子之繼父。瓜實近本則小，今驗信然。后稷乃帝嚳之胄，是嚳爲瓜而稷爲瓞。自稷以下，祖紺以前，皆爲瓞。」紺音贛。○朱氏曰：「瓜之近本初生者常小，至末而後大。」○曹氏曰：「不窋值夏后政衰，去稷不務。不窋以失其官，而奔戎狄之間，三世而至公劉。公劉以前，微弱甚矣，僅能不絶其緒，故以緜緜瓜瓞況之。」窋，竹律反。**民之初生。**今曰：「生聚之生。」**自土沮漆，**音趨七。○朱氏曰：「自，從也。土〔二〕，地也。言周人始生，在此沮漆之地也。」○《傳》曰：「沮水、漆水也。」○疏曰：「不窋之時，已嘗失官，逃竄豳地，猶尚往來邰國，未即定居於豳。至公劉而盡以邰民遂往居焉，是定國於豳，自公劉始也。大王之基王業，在於岐周始盛，由未遷已得民

〔一〕「瓜瓞」，原無，《毛詩正義校勘記》云：「段玉裁云：『此《傳》之難讀，由淺人誤刪「瓜瓞」二字，而以「瓜」逗，「紹也」句耳。』」據補。

〔二〕「土」，原作「上」，據諸本改。

心，故云『生王業』也。此沮、漆謂在豳地，但二水東流，亦過周地，故下《傳》云：『周原，沮、漆之間。』是周地亦有漆、沮也。」○《詩記》曰：「《漢・地理志》『右扶風栒邑』，注云：『有豳鄉，《詩》豳國。』」栒音荀。**古公亶父。** 亶，丹之上。父音甫。○《傳》曰：「古公，豳公也。古，言久也。亶父，字。或殷以名言，質也〔一〕。」○疏曰：「亶父，大王也，言其年世久古，曰古公，猶言先公也。大王追號爲王，不稱王而稱公者，此本其生時之事，故言生存之稱也。」**陶復陶穴，** 復音福。○《箋》曰：「復者，復於土上，鑿地曰穴，皆如陶然。」○疏曰：「陶，瓦器竈也。覆者，地上爲之，取土於地，復築而堅之。穴者，鑿地爲之，土無所用，直去其息土而已。《七月》云『入此室處』，即豳事也，豈十世之內，常穴居乎？但豳近西戎，處在山谷，其俗多復穴而居。」**未有家室。** 《傳》曰：「室内曰家。」○疏曰：「宫謂之室，其内謂之家。」

首章述大王初居豳之事也。興也。言周之初，如緜緜然不絶之瓜瓞也。周，帝嚳之後，如大瓜之種，中嘗衰小，如近本之瓜則小也。瓜種之小者曰瓞，此本大瓜之種，以其近本者，如瓞之小，故以瓜瓞言之，然瓜至末則復大，喻周至大王、文王而復興也。將述大王復興之事，言此周民初遂其生，乃在地之沮、漆。沮、漆，二水名，言地之沮、漆者，謂其地在二水之間，指豳國也。居此地者，乃是古先之公號亶父者。緜取土於

〔一〕「質」，原在上句「殷」下，據《毛詩正義》卷十六之二改。

地，覆築而堅之，爲土屋以居，謂之復，或鑿地而居，謂之穴，二者皆若瓦器之竈，故謂之陶。豳民之初，未有宫室之安也。○沮、漆名稱相亂，《水經》云：「沮水出北地郡直路縣，東過馮翊祋祤縣，祋音對。祤音許。北東入于洛。」此沮水之源流也。《漢志》：「扶風有漆縣，漆水在縣西，東入渭。」又闞駰《十三州志》云〔一〕：「漆水出漆縣西北，至岐山，東入渭。」此漆水之源流也。沮出北地入洛，漆出扶風入渭，沮自沮，漆自漆也。至孔氏引《水經》云「沮水，俗謂之漆水，又謂之漆沮」，此則名稱相亂矣。諸家《書》解以出扶風之漆水，與出北地之漆水爲二，謂扶風之漆水，至岐山入渭，在灃之上游，而《書》言渭水會灃、會涇之後，乃過漆沮，則漆沮在灃水、涇水之下游，故以《書》之漆沮爲出北地之漆沮，與《詩》扶風之漆别也。但《水經》出北地者，止是沮水，而謂之漆沮耳。如上所言，則《詩》之漆、沮，自是二水；《書》之漆沮，止是一水，即《詩》之沮也。然《水經》之沮入洛，《書》之漆沮則入渭，沮水若爲漆沮，一名洛水，則漆沮即洛也，而又云入洛，何也？姑闕之，以俟知者。此詩言沮、漆，指豳國，

〔一〕「志」，原作「記」，據薈本改。薈本校云：「刊本『志』訛『記』，據《水經注》改。」

是漆、沮之上游也。下文言周原，《傳》以爲漆、沮之間，指岐周，是漆、沮之下流也。《吉日》及《潛》頌言漆、沮，指鎬京，當亦去岐周不遠也。疏云：「漆、沮二水在豳地，但二水東流亦過周。」其説是也。

古公亶父，來朝走馬。蘇氏曰：「朝，早也。」○疏曰：「早朝之時，疾走其馬。」○《詩記》曰：「來朝走馬，形容其初遷之時，略地相宅，精神風采也。鄭氏以爲避惡早且疾，苟如是之迫遽，則豈杖策去邠，雍容之氣象哉？」**率西水滸，**音虎。○《傳》曰：「率，循也。滸，水涯也。」○滸，解見《王・葛藟》。**至于岐下。爰及姜女，**《箋》曰：「爰，於也。及，與也。」○《傳》曰：「姜女，大姜也。」**聿來胥宇。**莆田鄭氏曰：「聿，遂也。」○《傳》曰：「胥，相也。宇，居也。」相，去聲。

次章述大王相宅於岐也。大王圖事敏疾，其來之朝，疾走其馬，循西方水涯，漆、沮之側，東行而至於岐山之下。於是與其妃大姜，遂來相可居者。李氏曰：「相宅，非婦人之事，妃之所爲，必有大過人者。」

周原膴膴，音武。○《傳》曰：「周原，沮、漆之間也。膴膴，美也。」○《箋》曰：「廣平曰原。周之原地，在岐山之南，膴膴然肥美。」**堇荼如飴。**堇荼音謹徒。飴音移。○《傳》曰：「堇，菜也。」○今曰：「《内則》云：『堇荁枌榆。』注云：『荁似堇而葉大。』又《公食禮》：『鉶芼皆有滑。』注云：『滑，堇荁之屬。』《説文》云：『堇根如薺，葉如細柳，蒸食之甘。』是堇爲美菜也。《有瞽・箋》云：『簫，如今賣餳者所吹。』疏云：『飴謂之餳。』《釋文》云：『乾糖也。』後漢明德馬后云：『含飴弄孫。』」荁音丸。餳，夕清反。**爰始爰謀，爰契我龜。**契音棄。○《傳》曰：「契，開也。」○疏曰：「契開者，言契龜而開出其兆，非訓契爲開也。《春官・華氏》『掌共燋契，以待卜事』，注云：『《士喪禮》云：「楚焞置于燋，在龜東。」』楚焞即契所用灼龜者也。燋謂炬，其存火也。《士喪禮》注云：『楚，荆也。』然則卜用龜者，以楚焞之木，燒之於燋炬之火，既然，執之以灼龜，故《箋》云：『契灼其龜而卜之。』既契，乃開出其兆，故《春官・卜師》『掌開龜之四兆』，注云：『開，謂出其占書也。』是既契乃開之。但《傳》文質略，直言契開耳。」華，誰之上，半濁半清。燋音爵。焞，吐敦反。**曰止曰時，築室于茲。**

三章述大王定宅於岐也。《内則》言婦養舅姑，《公食禮》言君待其臣，皆以堇，則堇是美菜也。《七月》言食農夫以荼，則荼非美菜也。雨露所濡，甘苦齊實，周之原地，膴膴然肥美，所生堇荼，皆甘如餳，言美惡皆宜也。大王見此地可居，於是始起意而圖之，謂謀及乃心也。於是謀之於衆，謂謀及卿士庶人也。又以楚木然火，謀之契者，契灼其龜而卜之，謂謀及卜筮也。「曰」者，龜告之兆，告以宜於此居止，又告以時日之吉，於是築室于此，而遷居之也。○孔氏謂堇即烏頭，且引《晉語》麗姬寘鴆於酒、寘堇於肉以爲證，蓋以此堇爲《爾雅》「芨堇」之堇也。芨音及。說者皆祖之。若爲麗姬寘肉之堇，則與鴆毒同類，與荼菜可食之物，非其類矣。且詩人稱周原之美，當言宜稼宜蔬，不應言其宜毒物也。荼雖苦，得霜而甜脆，故可言如飴。烏頭毒物，不可食，何由知其如飴乎？賈山言江皋河濱，雖有惡種，無不猥大，地之美者，能使物無美惡皆猥大耳，安能變毒物而爲美物？毛氏以堇爲菜，不言毒物。《釋文》言「堇，蒸食之甘」，知爲《内則》及《公食禮》「堇荁」之堇，非《爾雅》「芨堇」之堇也。**迺慰迺止，迺左迺右。**蘇氏曰：「左右，東西列之也。」**迺疆迺理，**疆、理，解見《信南山》。**迺宣迺畝。**蘇氏曰：「宣，道溝洫也。畝，度廣狹也。」**自西徂東，**《箋》曰：「豳與周原不能爲西東，據至時從水滸而言也。」○疏曰：「豳在周原西北，而經言『自西』，據至周之時，從水滸而言也。《鄭志》云：『豳地，今爲栒邑縣，西南行，正東乃得周。岐山在長安西北四百里，豳又在岐山西北四百里[一]。』如《志》此言，發豳西南而行，從沮水之南，然後東行以至周也。」**周爰執事。**朱氏曰：「周，徧也。」○《傳》曰：「爰，於也。」○今曰：「猶『周爰咨諏』，《箋》以爲於周執事，今不從。」

四章述定民居，治田畝也。既築室于茲矣，迺慰勞之，迺安止之。上文「曰止」，則龜告以宜居於此；此言「迺止」，則遂安居於此，成龜告之意也。迺處之於左，迺處之於右，公宫在中，而民居左右也。民居既定，則治田事。迺疆則畫其經界，迺理則分

[一]「北」，原無，據聽本及《毛詩正義》卷十六之二補。薈本校云：「案，《毛詩疏》『西』下有『北』字，與此異。」

其土宜，迺宣則道其溝洫，迺畝則度其廣狹，於是人皆從西往東，徧執事矣，言競出力也。

乃召司空，《箋》曰：「司空掌營國邑。」〇疏曰：「司空之屬有匠人，其職有營國廣狹之度，廟社朝市之位。」〇曹氏曰：「量地以制邑，度地以居民，司空之職，故先召之。」**乃召司徒。**《箋》曰：「司徒掌徒役之事。」〇疏曰：「司徒之屬有小司徒，其職云：『凡用衆庶，則掌其政教。』」〇曹氏曰：「致衆庶，令徒役，司徒之職，故次召之。」**俾立室家，其繩則直。**《傳》曰：「言不失繩直也。」〇疏曰：「繩無不直，而云『其繩則直』，言不失繩之直也。」〇曹氏曰：「審曲面執，直必以繩。」**縮版以載，**疏曰：「郭云：『縮，縛束之也。』」〇《箋》曰：「載，上下相承而起。」**作廟翼翼。**《傳》曰：「君子將營宮室，宗廟爲先，廐庫爲次，居室爲後。」〇疏曰：「翼翼，嚴正也。」〇今曰：「翼翼，整齊也。」

五章述將營宮室，先作宗廟也。司空掌營國邑，司徒掌徒役之事，故召之使立室家之位處。以繩正之，揆其基址，則方正而直矣。依此繩直之處，起而築之，以繩縮束其築版〔一〕。版滿築訖，則升下於上，以相承載，作此宗廟，翼翼然而整齊。

〔一〕「版」，原作「板」，據李本、顧本、薈本改。按，據經文「縮版以載」，當以作「版」爲是。下同。

捄之陾陾，捄音俱。陾音仍。〇錢氏曰：「捄，取土也，謂盛土於虆也[一]。」虆，力追反。〇疏曰：「虆者，盛土器。」〇《傳》曰：「陾陾，衆也。」**度之薨薨。**度音鐸。〇《箋》曰：「度，猶投也。」〇疏曰：「薨薨，聲也。」〇董氏曰：「薨薨如蟲之聲，則聲之衆也。」**築之登登，**陳氏曰：「登登，漸高也。」**削屢馮馮。**音憑。〇蘇氏曰：「削屢，重復削治也。」〇長樂劉氏曰：「謂牆成脱版[二]，削其堅凸，以就平直。」凸音迭。〇張氏曰：「馮馮，削土聲。」〇朱氏曰：「其聲馮馮然堅也。」**百堵皆興，**百堵，解見《鴻鴈》。〇《箋》曰：「興，起也。」**鼛鼓弗勝。**鼛音羔。勝音升。〇鼛鼓，解見《鼓鐘》。〇《傳》曰：「鼛，大鼓也。弗勝，言勸事樂功也。」〇《箋》曰：「不能止之使休息也。」〇疏曰：「其間欲令食息，不能止之。」

六章述遂作宫室也。築牆之時，取土而實之於器者，陾陾然衆多。既取得土，送至牆上，牆上之人受而投之版中，薨薨然其聲之衆。既投之版中，築之者登登然積累而上，則牆漸高矣。牆成而重復削治之，其聲馮馮然堅也。五版爲堵，百堵皆同時而起。上章言縮版者，作廟也；此言築者，營宫室也。民皆勸事樂功，競欲出力，其間

[一]「虆」，原作「藟」，據李本、姜本、顧本、畲本、薈本、仁本改。薈本校云：「刊本『虆』訛『藟』，下同，據《詩毛傳》及《經典釋文》改。」

[二]「脱」，原作「就」，據仁本、復本改。按，元劉謹《詩傳通釋》卷十六引劉執中説即作「脱」。

欲令食息，擊鼛鼓以爲節，不能勝而止之。言大王之得人心也。

迺立皋門，皋音羔。○《傳》曰：「王之郭門曰皋門。」○疏曰：「宫之外郭之内。」**皋門有伉。**音抗。○《傳》曰：「伉，高貌。」**迺立應門，**《傳》曰：「王之正門曰應門。」美大王作郭門以致皋門，作正門以致應門焉。」○疏曰：「孫炎云：『謂朝門也。』《明堂位》云：『庫門，天子皋門。雉門，天子應門。』魯以諸侯而作庫、雉，則諸侯無皋、應，故以皋、應爲王門之名也。」○朱氏曰：「《書》天子有應門，《春秋》書魯有雉門，《禮記》云魯有庫門，《家語》云衛有庫門，皆無云諸侯有皋、應者，則皋、應爲天子之門明矣。意者大王之時未有制度，特作二門，其名如此。及周有天下，遂尊以爲天子之門，而諸侯不得立也。」**應門將將。**音鏘。○《傳》曰：「將將，嚴正也。」**迺立冢土，**《傳》曰：「冢土，大社也。起大事，動大衆，必先有事乎社而後出，謂之宜。美大王之社，遂爲大社也。」大社之大，音泰。○疏曰：「大社者，天子社名，諸侯不得稱大社也。冢土，非諸侯之社。云遂爲大社，皆言大王所作，遂爲文王之法也。孫炎云：『大事，兵也。其祭之名，謂之爲宜。宜，求見使祐也〔一〕。』《祭法》云：『王爲羣姓立社，曰大社。』《郊特牲》云：『天子大社，必受霜露風

〔一〕「見使」，原作「使見」，據《毛詩正義》卷十六之二改。仁本校云：「『求使見祐』，今疏『使』『見』二字倒。《書》疏引孫炎云作『求見福祐也』，《禮》疏引作『求便宜也』。」

雨之氣也〔一〕。』大社之名，唯施於天子。」**戎醜攸行。**《傳》曰：「戎，大也。醜，衆也。」

七章言作門社也。大王乃立其宮之郭門，其郭門伉然高大，後遂爲天子之臯門；乃立其宮之正門，其正門將將然嚴正，後遂爲天子之應門。臯門、應門，皆從後稱之耳。乃立大社，爲動大衆，則告之而行也。大王所立門社，皆諸侯之制，後乃爲天子門社之名。

肆不殄厥慍，《釋詁》曰：「肆，故也。肆，故，今也。」郭璞注：「肆既爲故，又爲今。」〇今曰：「非謂肆爲故今也。」〇朱氏曰：「肆，猶遂也，承上起下之辭。」〇蘇氏曰：「殄，絶也。慍，怒也。」〇陳氏曰：「豈忘狄人之慍哉？」**亦不隕厥問。**《傳》曰：「隕，墜也。」〇《箋》曰：「小聘曰問。」〇疏曰：「散則聘、問通。」**柞棫拔矣，**柞棫拔音鑿域旆。〇柞，曰：柞，櫟也。即《唐·鴇羽》所謂栩也，解見《鴇羽》。〇棫，《釋木》曰：「棫，白桵。」桵音綏。〇郭璞曰：「桵，亦小木也，叢生，有刺，實如耳璫，紫赤，可啖。」〇陸璣《疏》曰：「《三蒼》説〔二〕：『棫即柞也，其材理全白無赤心者爲白桵。直理易破，可爲犢車輻，又可爲矛戟矜。今人謂

〔一〕「風雨」下，薈本有「以達天地」四字。按，《禮記·郊特牲》有此四字，薈本據補，而《毛詩正義》卷十六之二無，今仍從孔疏所引。

〔二〕「三」，原作「王」，據薈本、授本改。薈本校云：「刊本『三』訛『王』，據《毛詩疏》改。」

之白捄。』或曰白柘。此二説不同，未知孰是。」○曹氏曰：「拔，遂茂也。」**行道兑矣。**曹氏曰：「兑，和悦也。」**混夷駾矣，**混音昆。駾音退，從韻也。《釋文》音兑。○《説文》曰：「駾，馬疾行也。」○《傳》曰：「突也。」**維其喙矣。**喙，許穢反。○《釋文》曰：「喙，口也。」○吕氏曰：「張喙而息也，奔趨者其狀如此。」

八章述大王能調服昆夷也。不絶愠怒昆夷之心，内爲之備也；然新遷之國，未能與夷狄較，亦不廢其聘問鄰國之禮，外與之和也。内備外和，待夷狄之道盡矣。及乎自治，既至國勢益彊，柞棫之木拔然遂茂，行道之人兑然和説，則昆夷奔走竄伏，張喙以息矣。此形容昆夷遠避，不侵犯之意耳。《詩記》曰：「軍國之容雖備，然大王猶未敢輕用其民也。至於王業光大而不可掩，郊關之内，鬱鬱葱葱，輪蹄輻湊，則昆夷不待攘斥，自奉頭鼠竄之不暇矣。」○此章鄭氏以爲指文王，蓋見《孟子》言「『肆不殄厥愠，亦不隕厥問』，文王也」，遂以此章爲文王耳，非也。大王始居於豳，則北有玁狁之侵，既遷於岐，則西有昆夷之擾。北狄大而西戎小，豳地迫近彊狄，若以力争，傷人必多，大王所不忍也，故去豳而遷岐。至若昆夷，惟不殄不隕，内備外和，彼自不能爲患矣。此詩述大王本末，謂雖退避於豳，而能植立於岐也。文王之始，猶事昆夷，則大王遷國之初，雖爲之備，寧能遽絶其問乎？此章以上皆言大王，下章述虞、芮之事，提出「文王蹶厥生」，方言文王耳。陳氏謂《孟子》借之以説文王,鄭氏踵之,以爲文王之詩,其説是也。下章論文王之事,獨舉虞、芮者,謂遷岐之後,治道修明,傳至文王之時,人心皆歸周矣。雖虞、芮猶且質成,昆夷何能爲梗乎? 結避狄遷岐之事也。文王之興,實因大王之遷岐,故《序》曰「本由大王」也。

虞芮質厥成,芮音枘。○蘇氏曰:「虞在陝之平陸,芮在同之馮翊。平陸有間原焉,則虞、芮之所讓也。」○曹氏曰:「《漢・地理志》河東大陽縣有吴山,其上有吴城,周武王封大伯後於此〔一〕,是爲虞公,其後爲晉所滅。又馮翊臨晉縣有芮鄉,故芮國。是虞、芮二國,皆在岐周之東也。」○今曰:「質,正也。《論語》『就有道而正焉』,謂求正之也。毛以成爲平,謂曲直得其平,則無争也。」**文王蹶厥生**。蹶音貴。○疏曰:「蹶,動也。」○今曰:「生者,本然之良心,與生俱生者,以其生生不窮,故謂之生,猶《孟子》言『生則烏可已』。」○《傳》曰:「虞、芮之君,相與争田,久而不平,乃相與曰〔二〕:『西伯,仁人也,盍往質焉?』乃相與朝周,入其境,則耕者讓畔,行者讓路。入其邑,男女異路,班白不提挈。入其朝,士讓爲大夫,大夫讓爲卿。二國之君,感而相謂曰:『我等小人,不可以履君子之庭。』乃相讓,以其所争田爲間田而退。天下聞之而歸

〔一〕「後」,原無,葉校云:「《漢・地理志》大陽注『太伯』下有『後』字,此無者,奪也。」據補。
〔二〕「與」,仁本、復本及《毛詩正義》卷十六之二作「謂」。

者四十餘國。」○張子曰：「訟獄者不之紂而之文王。」**予曰有疏附，**《傳》曰：「率下親上曰疏附。」○疏曰：「率疏者，令親附。」**予曰有先後。**先後皆去聲也。○《傳》曰〔一〕：「相道前後曰先後〔二〕。」**予曰有奔奏，**如字。○《傳》曰：「喻德宣譽曰奔奏。」○疏曰：「喻天下以王德〔三〕，宣揚王之聲譽，使天下皆奔走而歸趨之〔四〕。」**予曰有禦侮。**《傳》曰：「武臣折衝曰禦侮。」

九章述文王有虞、芮質成之事也。虞、芮二國之君，以爭田之訟質正而求其平，意謂文王所定曲直，必無偏陂也。文王有以感動其本然之良心，乃使之自忘其爭焉。人之良心，如木之有根〔五〕，生生不窮，故謂之生。虞芮以忿爭汩其良心〔六〕，如木有物以閼音遏其生理，不得遂其暢茂，然其所謂生生不窮者，未嘗絶也。迨夫感文王之化，而翻然自悟，如去其壅閼，而生意沃然矣。一念既改，百行萬善，皆由是而充之，

〔一〕「也○傳」三字，底本殘泐，據復本補。
〔二〕「相」「曰先後」四字，底本殘泐，據復本補。
〔三〕「喻天下」三字，底本殘泐，據復本補。
〔四〕「而歸趨」三字，底本殘泐，據復本補。
〔五〕「木」，原作「本」，味本同，據他本改。
〔六〕「汩」，原作「泊」，據李本、姜本、顧本、薈本、授本、聽本、仁本、復本改。

此之謂蹶厥生。言撥發其生意也，非有以增益之，皆彼所自有也。詩人推原致化之妙，以爲我謂其有疏附之臣而致之歟？我謂其有先後之臣而致之歟？我謂其有奔奏之臣而致之歟？我謂其有禦侮之臣而致之歟？泛言四臣之所致，而不敢爲一定之辭，見文王之化，有非四臣之所能爲者矣。

《緜》九章，章六句。

《棫樸》，音域卜。**文王能官人也。**朱氏曰：「自此以下至《假樂》，皆不知何人所作，疑多出於周公也。」

不棄微小，所以爲能官使人材也。

芃芃棫樸，芃音蓬。○《傳》曰：「芃芃，木盛貌。棫，白桵也。樸，枹木也。」桵音緌。枹音包，木叢生也。○《補傳》曰：「芃芃，短小而盛貌。」○棫，解見《緜》。○《箋》曰：「白桵相樸屬而生者。」○疏曰：「《考工記》云：『凡察車之道，欲其樸屬而微至。』注云：『樸屬，猶附著堅固貌也〔一〕。』此謂樸者，亦謂根枝迫迮相

〔一〕「也」，底本殘泐，據復本補。

附著之貌。」迮音窄。**薪之槱之。**槱音酉。○《傳》曰：「槱，積也。」**濟濟辟王**〔一〕**，**辟音壁。○《箋》曰：「濟濟，敬也。辟，君也。辟王謂文王也。」○疏曰：「濟濟，多容儀也。」**左右趣之。**趣音娶。○《傳》曰〔二〕：「趣，趨也〔三〕。」

首章述文王用材，不棄微小也。興也。棫，小木，又樸屬而叢生，根枝相附著，若無所用，然芃芃然短小而盛，猶可用之爲薪以烹飪。其未乾者，又積之以待其乾而用之，喻文王用人，或隨材而用，或蓄之以待用，雖微不棄，況其大者乎？得人若此，故文王端拱無爲，濟濟然有威儀，而左右之臣，趨而事之也。歐陽氏曰：「見君臣之盛也。」辟王，從後尊稱之辭。

濟濟辟王，左右奉璋。音章。○《傳》曰：「半圭曰璋。」○《箋》曰：「璋，璋瓚也。祭祀之禮，王祼以圭瓚，諸臣助之，亞祼以璋瓚〔四〕。」○疏曰：「《玉人》云『大璋、中璋、邊璋』，皆是璋瓚也。以璋言之〔五〕，《郊

〔一〕「辟王」二字，底本殘泐，據復本補。

〔二〕「娶○傳」三字，底本殘泐，據復本補。

〔三〕「趨也」二字，底本殘泐，據復本補。

〔四〕「亞」，底本殘泐，據復本補。

〔五〕「言」，底本殘泐，據復本補。

特牲》云『灌以圭璋』，與此云『奉璋峨峨』，皆有明文，故知璋爲璋瓚矣〔一〕。祭之用瓚，唯祼爲然。《祭統》云：『君執圭瓚祼尸，大宗伯執璋瓚亞祼。』」○曹氏曰：「璋以爲瓚柄，所以祼也。」○祼將，解見《文王》。玉瓚，解見《旱麓》。**奉璋峨峨，**音俄。○《傳》曰：「峨峨，盛壯也。」○錢氏曰：「衣冠壯偉之貌。」**髦士攸宜。**髦音毛。○《傳》曰：「髦，俊也。」

次章述祀事之得人也。濟濟然多威儀之君王，其在宗廟祭祀，則左右之臣，奉璋瓚以相其禮。其奉璋者峨峨然壯偉，此俊士之所宜爲，言得人也。曹氏曰：「國之大事，在祀與戎，故二章言祀事，三章言戎事。」

淠彼涇舟，淠音譬，徐音沸。○王氏曰：「淠，舟行貌。」○涇，解見《邶·谷風》。**烝徒楫之。**楫音接。○《傳》曰：「楫，櫂也。」櫂，直教反，亦作棹。○《釋文》曰：「楫謂之橈，或謂櫂。《釋名》云：『在傍撥水曰櫂。』」**周王于邁，**疏曰：「周王，文王也。」○《箋》曰：「于，往。邁，行也。往行，謂出兵征伐也。」**六師及之。**《傳》曰：「天子六軍。」○疏曰：「《瞻彼洛矣》云『以作六師』，《常武》云『整我六師』，皆謂六軍爲六師。《夏官序》言『五師爲軍，萬二千五百人也』，詩爲《大雅》，莫非王法，詩人之作，或以後事言之。春秋之兵，雖累萬之衆，皆稱師。軍之言師，乃是常稱。」○《傳》曰：「及，與也。」

〔一〕「爲」，底本殘泐，據復本補。

三章述戎事之得人也。興也。涇水之舟，淠淠然順流而行者，乃衆徒以楫行之。文王爲西伯，奉王命以征伐，則六軍與之俱進。文王未有六軍，以《大雅》皆述王者之事，故言六軍耳。歐陽氏曰：「以見王所官人，入宗廟，居軍旅，皆可用。言文武之材，各任其事也。」〇詩人指山川爲喻，皆以土地所見者言之。若文王始居岐，則當言渭水，若後居豐，則當言豐水，涇非耳目所及，而言涇舟者，蓋此述行師所見也。文王之時，北有玁狁之難，文王以天子之命，命將遣戍以討之，必渡涇水。宣王時，玁狁嘗侵至涇陽，則周伐玁狁，必渡涇水可見矣。

倬彼雲漢，倬音卓。〇《桑柔·箋》曰：「倬，明大貌。」〇《傳》曰：「雲漢，天河也。」〇解見《雲漢》詩。**爲章于天。周王壽考，**《箋》曰：「文王是時九十餘矣，故云壽考。」**遐不作人。**《傳》曰：「遐，遠也。」〇朱氏曰：「作人，謂變化鼓舞之也。」〇董氏曰：「遐不作人，甚言其作也。」〇曹氏曰：「作者，鼓舞振動之意也。商之末世，士氣卑弱甚矣，非鼓舞振動之，烏能自奮而有成哉？」

四章言由文王之化，能作成人材也。興也。雲漢倬然明大，爲文章于天，人皆仰之，猶文王以文治昭揭於上，人所觀瞻也。文王自少至老，所以興起人心者，非一日矣，遠不作人乎？言久於其道而化成也。〇人心之善，作之則興，凡自暴自棄，習俗益流於下者，由上之人無以興起之耳。《孟子》云：「經正則庶民興。」又云：「待文王而興者，凡民也。」又云：「奮乎百世之上，百世之下，聞者莫不興起也。」人同此心，心同此理，非外立一道，以彊其所無，特作而興之，使之自不能已，不知所以然而然，如樂則生矣，生則烏可已，不知手之舞之，足之蹈之也。

追琢其章，追音堆。○《傳》曰：「追，雕也。金曰雕，玉曰琢。」○疏曰：「毛以此經上下相成，所追琢者，即金玉也。」○朱氏曰：「追之琢之。」○今曰：「《箋》引《春官·追師》『掌追衡笄』，則追亦治玉。今從毛。」**金玉其相。**朱氏曰：「金之玉之。」○《傳》曰：「相，質也。」○丘氏曰：「表裏如一，所以爲賢也。」**勉勉我王，**《箋》曰：「我王，謂文王也。」**綱紀四方。**《箋》曰：「張之爲綱，理之爲紀。」○疏曰：「《說文》云：『綱，網紘也。紀，別絲也。』然則綱者，網之大繩，故《盤庚》云：『若網在綱，有條而不紊。』以舉綱能張網之目，故『張之爲綱』也。紀者，別理絲縷，故『理之爲紀』，以喻爲政有舉大綱者，有理微細者。」

五章言作成人材，而提綱領以振起之也。興也。文王作人，外則追琢之，使有成器之文，内則金玉之，使有可貴之質。作人之效如此，文王猶勉勉不已，以維持四方而綱紀之也。

《棫樸》五章，章四句。

《旱麓》，音鹿。**受祖也。周之先祖，世脩后稷、公劉之業，大王、王季申以百福干禄焉。**疏曰：「詩言文王受其祖之功業也。祖謂大王、王季以前也。」○吕氏曰：「《大雅》自《文王》至《靈臺》，皆文王詩，故受祖不待言文王也。」

此詩以旱麓榛楛起興，言文王承前人積累而興，所謂「受祖」也。「周之先祖」以下，則講師附益，其辭贅矣。鄭氏因《後序》有大王、王季之説，遂以詩中「豈弟君子」爲大王、王季，毛不見《後序》，本自無説。孔氏謂毛亦以爲大王、王季，是承襲之訛也。當從朱氏，以詩中「君子」爲文王。

瞻彼旱麓，《傳》曰：「旱，山名也。麓，山足也。」○《説文》曰：「林屬於山爲麓。」**榛楛濟濟。**榛楛音臻户。榛，解見《邶·簡兮》。○陸璣曰：「楛，其形似荆而赤〔一〕，莖似蓍〔二〕。上黨人織以爲牛莒箱器〔三〕，又屈以爲釵。」○曹氏曰：「楛可以爲箭。」○《傳》曰：「濟濟，衆多也。」**豈弟君子，**豈音愷。○朱氏曰：「君子，指文王也。」**干禄豈弟。**《傳》曰：「干，求也。」

〔一〕「其形」，淵本作「木莖」，與陸德明《經典釋文》引陸《疏》同。又，「形」下，李本有「有」字。

〔二〕「莖似蓍」，淵本作「其葉如蓍」，與陸德明《經典釋文》卷七引陸《疏》同。畬本作「莖似薺」。

〔三〕「織」，淵本作「蔑」，與陸德明《經典釋文》卷七引陸《疏》同。「牛莒箱器」，淵本作「莒箱」，與陸德明《經典釋文》卷七引陸《疏》同，授本、聽本、復本作「斗莒箱器」，李本、顧本、仁本作「斗筥箱器」，畬本作「筥箱器」。

首章言文王受祖以德也。興也。麓，承山之氣者也，其山高大，則麓之得其氣也深厚，謂峯巒回合之所芘，雲雨潤澤之所漸也，其氣深厚，故草木茂盛。培塿無松柏，培音剖。塿，郎斗反。由其氣薄也。今視旱山之麓，得山氣之厚，故榛楛之木，濟濟然衆多。山喻先祖，麓喻子孫，榛楛喻福禄，興文王承先祖積累之厚，故其福禄盛大也。受祖者，必有德以受之，文王有豈弟之德，故其求福也，亦以是豈弟。豈弟者，德盛仁熟，和順充積之謂也。干禄非文王之心，詩人言干禄者，謂在我有以致之，猶曰「自求多福」耳，非有心求之也。〇毛氏以旱爲山名，不知山之所在，或取《漢・地理志》漢中郡南鄭縣之旱山以實之，詩人託山川以起興，皆取其在境内者，漢中遠於豐、鄗，豐、鄗之間，高山多矣，何獨遠取漢中之旱山乎？既非耳目所及，何言瞻也？旱山不知所指，闕其所不知，可也。《詩記》曰：「《周語》言此章之義，曰：『夫旱麓之榛楛殖，故君子得以易樂干禄焉。若夫山林匱竭，林麓散亡，藪澤肆既，民力凋盡，田疇荒蕪，資用乏匱，君子將險哀之不暇，而何易樂之有焉？』然則所謂『榛楛濟濟』者，蓋當時所見之實也。至於詩人發興，則《周語》不能盡其義。」

瑟彼玉瓚，瑟音蝨。瓚，才贊反。**黄流在中。**程子曰：「瑟，密也。」〇錢氏曰：「《聘義》言『比德於玉，縝密以栗』，注云：『縝，緻也。栗，堅貌。』」緻音治，密也。〇《傳》曰：「玉瓚，圭瓚也。黄金所以飾流鬯也。九命然後賜以秬鬯、圭瓚。」○《箋》曰：「黄流，秬鬯也。圭瓚之狀，以圭爲柄，黄金爲勺，青金爲外，朱中央矣。殷王帝乙之時，王季爲西伯，以功德受此賜〔一〕。」○疏曰：「瓚者，盛鬯酒之器，以黄金爲勺，而有鼻口，鬯酒從中流出，故云黄金所以飾流鬯也。漢瓚槃口徑一尺，則瓚如勺，爲槃以承之也。天子之瓚，其柄之圭長尺有二寸，其賜諸侯，蓋九寸以下。《孔叢子》子思云：『王季以九命作伯於西，受圭瓚、秬鬯之賜。故文王因之得專征伐。』秬，黑黍也。秬鬯者，釀秬爲酒，以鬱金草和之，使之芬芳條鬯，故謂之秬鬯。草名鬱金，則黄如金色，酒在器流動，謂之黄流。」○秬鬱，解見《江漢》。○今考毛謂以黄金爲勺，酒流出而照見其黄。鄭謂和以鬱金草，故在中流動而黄，非流出也。**豈弟君子，福禄攸降。**《箋》曰：「降，下也。」

次章言盛德必得其福也。興也。瑟然縝密之玉瓚，必有秬鬯黄流在其中；豈弟之君子，必有福禄下其躬。言以類應也。王季受圭瓚之賜，而文王因之，亦受祖也。旱麓、圭瓚，皆當時所見之實。朱氏曰：「明寶器不薦於褻味，而黄流不注於瓦缶，則知盛德必享於禄壽，而福澤不降於淫人矣。」

鳶飛戾天，鳶音沿。○曰：鳶，鴟也。○今曰：「《箋》以鳶爲鴟之類，疏引《蒼頡解詁》及陸璣、山陰陸氏

〔一〕「受」，原作「收」，據畲本、授本、聽本、仁本、復本及《毛詩正義》卷十六之二改。

皆以爲即鵰也。當從衆。」○《箋》曰：「鳥之貪惡者也。」○疏曰：「《説文》云：『鳶，鷙鳥。』擊小鳥，故爲貪殘。」○《釋鳥》曰：「鳶鳥醜，其飛也翔。」○郭璞曰：「布翅翺翔。」○山陰陸氏曰〔一〕：「高飛曰翺，布翼不動曰翔。《曲禮》云：『前有塵埃，則載鳴鳶。』鳶鳴則將風故也。」鳶，鈍者也，以風作之則高飛。昔墨子作木鳶，飛三日不集。《列子》所謂班輸之雲梯，墨翟之飛鳶，是也。今人乘風放紙鳶。」○《箋》曰：「戾，至也。」

魚躍于淵。豈弟君子，遐不作人。

三章言作人之妙也。興也。鳶飛至天，魚躍其淵，言天壤之内，莫不自得其性，而不知所以然也。豈弟文王，遐不作人乎？言有以興起之，而使之不自已也。遐，言作人之久也。作之以豈弟，是性天感發之妙，自有手舞足蹈而不自知者。惟久於其道者能之，非意氣鼓舞於一時之暫也。作人，又解見《棫樸》。○李氏曰：「《抱朴子》云：『鳶飛在下〔二〕，無力，及至乎上，聳身直翅而已。』蓋鳶飛更不用力〔三〕，亦如魚躍，恬然自得，不知其所以然而然也。」○謝氏曰：「猶韓愈謂『魚川泳而鳥雲飛』，上下自然〔四〕，各得其所也。詩人之意，言如此氣象，周

〔一〕「陰陸氏曰」至卷末，底本缺頁，今據復本配補。
〔二〕仁本校云：「『鳶飛』，《集解》同，諸解引之作『鳶之』。」
〔三〕「更」，授本、聽本作「全」。按，李樗《毛詩集解》卷三十一作「更」，而朱熹《詩集傳》卷十六引李氏説作「全」。
〔四〕「自然」，畬本無。按，元劉瑾《詩傳通釋》卷十六引謝説亦無。

家作人似之〔一〕。」○《詩記》曰：「作人之盛，至於鳶飛魚躍〔二〕，非積累熏陶久且熟者，則不能然，其來蓋有自矣，此《序》所謂『受祖』也。」○朱氏曰：「子思云：『言其上下察也。』借此以形容道體周流，充塞天地，其大無外，其小無內，動靜之間，無往不造其極，無有毫髮凝滯倚著之意，其旨深矣。」

清酒既載，丘氏曰：「清酒，清潔之酒也。」○清酒，有考，見《信南山》。○《箋》曰：「載，謂已在尊中也。」○今曰：「載，猶盛也。盛平聲。」**騂牡既備。**騂，息營反。○疏曰：「騂牡，赤牡之牲也。大王、王季爲殷之諸侯，其牲亦應不毛，此作者於後據周所尚而言之。」○董氏曰：「方文王時，周固未有所尚，而騂牡蓋以色自別耳。」○今曰：「《充人》及《祭義》凡祭祀之牲，皆擇而養之三月。備者，豫備也，非牲酒瘠酸，取具臨時也。」**以享以祀，以介景福。**《箋》曰：「介，助也。景，大也。」

四章述祭則受福也。文王既成民而後致力於神，清潔之酒，既載之於尊中，赤色之牡牲，既已豫備，以之獻享，以之祭祀，使先祖歆饗之，而助之以大福。李氏曰：「君子之受福，豈以清酒、騂牡之故而得之哉？古人奉牲以告，所謂馨香，無讒慝也，如此則降之以福。」

瑟彼柞棫，程子曰：「瑟，密茂之狀。」○柞棫，解見《緜》。**民所燎矣。**燎音料。○今曰：「《箋》以爲柞

〔一〕「周家」，畲本作「文王」。按，謝良佐《上蔡語録》卷一作「周王」。「作人」下，畲本有「之化」二字。

〔二〕「於」下，呂祖謙《呂氏家塾讀詩記》卷二十五有「如」字。

棫之所以茂盛者，乃人熂燎除其旁草，養治之，使無害也，不若錢氏以爲民取以供燎，不費辭也。熂音餼，芟草燒之曰熂。」**豈弟君子，神所勞矣。**勞去聲。○《箋》曰：「勞來，猶言佑助。」

五章言受福之本也。興也。柞棫瑟然密茂，則民取以爲薪而燎之矣。文王有豈弟之德，則神所佑助而賜之福矣。岐山柞棫斯拔，亦所見之實也。○一說：此柞棫之茂盛，其長育之者非一日，故民得以爲薪燎之用，猶文王之得福，由其先祖之積累也。

莫莫葛藟，朱氏《葛覃・傳》曰：「莫莫，茂密也。」**施于條枚。**施音異。○《葛覃・傳》曰：「施，移也。」○《箋》曰：「葛藟延蔓於木之枝本〔一〕，喻子孫依緣先人之功而起。」○《汝墳・傳》曰：「枝曰條，幹曰枚。」**豈弟君子，求福不回。**

六章明求福之心也。興也。莫莫然而茂密者，是葛也藟也，延蔓於木之枝幹，喻文王憑先祖之功而起也。文王豈樂弟易，其求福不回邪也。《表記》言「得之自是，不得自是，以聽天命」，遂引此章，蓋有一毫覬倖之心，則邪矣。

《旱麓》六章，章四句。

〔一〕葉校云：「今案，《鄭箋》『枝本』下有『而茂盛』三字，此無者，嚴略之歟？」

詩緝卷之二十六[一]

《思齊》，音齋。**文王所以聖也。**

此詩五章皆言文王之所以爲聖也。孔氏以爲文王所以得聖，由其賢母所生，止是首章之意耳。

思齊大任，音泰壬。○朱氏曰：「思，語辭。」○今曰：「舊作思念之思，然思齊、思媚、思文與思皇同[二]，雅頌多周公所作，措辭同也。」○《傳》曰：「齊，莊也。」**文王之母。思媚周姜，**《傳》曰：「媚，愛也。周姜，大姜也。」○朱氏曰：「大王之妃。」**京室之婦。**《傳》曰：「京室，王室也。」○疏曰：「王季未爲天子，而言京者，以其追號爲王，故以京師言之。」○京，有考，見《文王》。**大姒嗣徽音，**《傳》曰：「大姒，文王之妃也。」○《箋》曰：「徽，美也。」○歐陽氏曰：「美聲也。」**則百斯男。**《傳》曰：「大姒十子，衆妾則宜百子也。」○朱氏曰：「百男，舉成數而言其多也。」《春秋傳》曰：『管、蔡、郕、霍、魯、衛、毛、

〔一〕按，本卷底本缺，據復本配補。

〔二〕「思」下，復本有「王」字，衍，仁本校云：「『思文王』之『王』，恐衍。」據删。

聃、郜、雍、曹、滕〔一〕、畢、原、豐、郇，文之昭也。』并伯邑考、武王爲十八人，然此特其見於書傳者耳，亦可以見其多也。」○疏曰：「定六年《左傳》：『大姒之子，唯周公、康叔爲相睦也。』大姒爲周公、康叔之母，是文王之妃也。定四年《左傳》祝鮀曰：『武王之母弟八人。』是通武王與伯邑考爲十子也。其名則《左傳》文云：『周公爲太宰，康叔爲司寇，聃季爲司空。』通武王、伯邑考爲五人。《史記·管蔡世家》云：『武王同母兄弟十人，母曰大姒，文王正妃也。其長子曰伯邑考，次曰武王發，次曰管叔鮮，次曰周公旦，次曰蔡叔度，次曰曹叔振鐸，次曰郕叔武，次曰霍叔處，次曰康叔封，次曰聃叔季載。』其次不必如此，其十子之名當然也。皇甫謐云：『文王取大姒，生伯邑考、武王發，次管叔鮮，次蔡叔度，次郕叔武，次霍叔處，次周公旦，次曹叔振鐸，次康叔封，次聃叔季載。』其名與《史記》皆同，其次則異，不知謐何所據，而別於馬遷也。《左傳》富辰之言，曹在衛、聃之下，不以長幼爲次，則其第無明文以正之。」鮀音駞。聃音貪，他甘反。謐音密。

此詩餘章皆美文王之聖，首章專美大任，爲文王張本也。此齊莊之大任，乃文王之母，謂文王生於大任，而大任有敬德，其氣禀有自來矣。大任上能致孝於姑，媚愛太姜，爲周京之婦，謂盡婦道也；下能示法於婦，使大姒繼其美聲，不妬忌而子孫衆多，謂由大任之賢，故大姒視傚之而不妬忌也。言大姒嗣大任之徽音，主大任言之耳。

〔一〕「郜雍曹滕」，復本無，據畬本、淵本補。《四庫全書考證》云：「郜、雍、曹、滕、畢、原、豐、郇，文之昭也。刊本脱『郜雍曹滕』四字，據《左傳》增。」

惠于宗公，《箋》曰：「惠，順也。」○《傳》曰：「宗公，宗神也。」○疏曰：「宗公，是宗廟先公。《書序》云：『班宗彝。』《中庸》云：『陳其宗器。』皆謂宗廟爲宗。」○張氏曰：「未追王，故稱公。」**神罔時怨。**《箋》曰：「時，是也。」**神罔時恫。**音通。○《傳》曰：「恫，痛也。」**刑于寡妻。**《傳》曰：「刑，法也。寡妻，適妻也。」適音的。○疏曰：「適妻唯一，故言寡也。」○蘇氏曰：「寡妻，猶言寡小君也。」**至于兄弟，以御于家邦。**御，鄭如字，毛音迓。○《箋》曰：「御，治也。」○陳氏曰：「御，取其調適也。」○今曰：「《書》『御衆以寬』，南軒《孟子解》云：『御，臨也。』」○朱氏曰：「家齊而後國治。」

次章言文王以昭事神明之德，推之齊家治國也。文王順守宗廟先公〔一〕，而鬼神歆之，無有怨恚而不滿者，無有痛傷而降禍者，隱微之間，一毫無愧，故能施儀法於適妻，推而至於兄弟，言族親亦化之也。寡妻兄弟即是家，推之以治于家邦，言由家以及國，同此一理之推也。《孟子》所謂「言舉斯心，加諸彼而已」。○說者見詩有「大姒」及「寡妻」之語，多以爲文王內有賢妃之助，以成其德，文王內有賢助，固也，此詩所言文王之德，皆聖人極致之事，豈必由內助而後聖哉？刑于寡妻，美文王能儀刑

〔一〕「守」，畬本作「事」。

之，非美寡妻也。《關雎》美后妃之德，所以見文王之德，亦此意也。《詩記》曰：「毫髮不愧於隱微，然後近者孚，故神罔時怨，神罔時恫，始可以刑于寡妻。」

雝雝在宮，雝音邕。○《傳》曰：「雝雝，和也。」**肅肅在廟。**《傳》曰：「肅肅，敬也。」**不顯亦臨，**朱氏曰：「不顯，幽隱之處。」**無射亦保。**射音亦。○《傳》曰：「無射，無厭也。」○今曰：「如孔子云『學不厭』，如董仲舒云『復而不厭之謂道』，言安行之久也。」○歐陽氏曰：「保，守也。」

三章言純亦不已也。文王之誠一也，平居在宮中，則見其雝雝然和，有事在宗廟，則見其肅肅然敬，隨所寓而形見也。不顯之處，人所不見，而亦若有所臨，洋洋乎如在其上也。無厭之時，踐履已熟，而亦自保守，悠久無疆也。

肆戎疾不殄，肆，解見《緜》。○《傳》曰：「戎，大也。疾，害也。殄，絶也。」○《詩記》曰：「戎疾，大患難也，羑里之囚是也，昆夷、玁狁之難，則其餘也。」**烈假不瑕。**烈，毛如字，鄭作厲。○歐陽氏曰：「烈，光也。假，大也。」○陳氏曰：「瑕，玷也。」**不聞亦式，**歐陽氏曰：「式，法也。」**不諫亦入。**

四章言從容中道也。文王有聖德，故遇大患難而不能殄絶其德，處光大而不見其瑕玷，逆順一致，無入不自得也。事之無所前聞者，舉必中法，又不待教諫，而自入於善，不勉而中，不思而得也。《傳》以爲性與天合，是也。

肆成人有德，朱氏曰：「冠以上爲成人。」**小子有造。**朱氏曰：「小子，童子也。」〇《傳》曰：「造，爲也。」〇今曰：「《王制》云：『順先王《詩》《書》禮樂以造士。』謂造成之也。」**古之人無斁，**音亦。〇李氏曰：「古之聖人，指文王也。」〇《傳》曰：「斁，厭也。」**譽髦斯士。**《釋文》曰：「髦，俊也。」

五章言至誠爲能化也。文王之時，長成之人則皆有成德，幼稚之子則皆有所造爲，以習其業，所以然者，由古之人文王，其德純亦不已，無有厭斁，故能譽髦此士，謂能作成人材，使人有名譽而成俊乂之美也。《詩記》曰：「聖人流澤萬世者，莫大於作人，所以續天地生生之大德也，故此詩以是終焉。文王之無斁，孔子之誨人不倦，其心一也。《典》《謨》作於虞夏，其稱堯、舜、禹、皋陶，已『曰若稽古』，則此詩追述文王以爲古之人，復何疑哉？」

《思齊》五章，二章章六句，三章章四句。從故言也。

《皇矣》，美周也。天監代殷，莫若周，周世世脩德，莫若文王。疏曰：「湯以孤聖特興，禹則父無令問，文王之德，不劣禹、湯，而以承藉父祖，始當天意者，欲見尊祖之心也。」

皇矣上帝，《傳》曰：「皇，大也。」**臨下有赫。**程子曰：「赫，威明也。」**監觀四方，求民之莫。**《傳》曰：「莫，定也。」**維此二國，**《傳》曰：「二國，夏、殷也。」**其政不獲。維彼四國，**《傳》曰：「四國，四方也。」**爰究爰度。**音鐸。○程子曰：「究，尋究也。度，謀度也。」**上帝耆之，**耆音其。○《箋》曰：「耆，老也。」○歐陽氏曰：「遲久也。言天意遲久之，謹其所擇。」○今曰：「今稱師老，亦久之意。」**憎其式廓。**苦霍反。○《傳》曰：「式，用。廓，大也。」**乃眷西顧，此維與宅。**《傳》曰：「宅，居也。」○朱氏曰：「此，謂岐周之地也。天以岐周與大王爲居宅也。」

首章原天初眷大王之意也。大哉上天，其照臨於下，赫然甚威明也。其監視觀察於四方，維求民之所定耳，本非有私於周也。維此夏、商二國，皆失道而不得其政。天既絶之，乃於彼四方之國，謀究之，計度之，欲求民主，久而未得其人。上天遲久之，徘徊詳審，憎其用大而爲虐者，乃眷然迴首，西顧於周，而以此岐周之地，與大王居之也。以下章言「作之屏之」，知云「此」者，指岐周也。○眷，本又作睠，《大東》云「睠言顧之」，《小明》云「睠睠懷顧」，《傳》云：「睠，反顧也。」反顧者，迴首以顧之。《大東》刺亂而思周道，《小明》悔仕而思共人，皆以迴顧言之，此言天迴其首以西視，背商而向周也。

作之屏之，屏音丙。○疏曰：「作，攻作之也。」○朱氏曰：「拔起也。」○《釋文》曰：「屏，除也。」**其菑其翳。**菑音恣。翳音意。○《傳》曰：「立死曰菑，自斃曰翳。」○疏曰：「立死之木，妨他木生長，爲木之害，故曰菑也。生木自倒〔一〕，枝葉覆地爲陰翳。」○朱氏曰：「或云：小木蒙密蔽翳者也。」**脩之平之**，疏曰：「殺木之處，有其坑坎，須脩理平治之。」**其灌其栵**。灌音貫。栵音例，又音列。○《傳》曰：「灌，叢生也。」○程子曰：「行生曰栵。」○今曰：「《釋木》有栵栭，郭璞云：『栭樹似槲樕而庳小，子如細栗，今江東呼爲栭栗。』今不從。栭音而。槲樕音斛速。庳音婢，短也。」**啓之辟之**，辟音闢。○疏曰：「啓拓之，開闢之，謂開拓使廣。」**其檉其椐**。檉音稱。椐音祛，韻又音居。○《傳》曰：「檉，河柳也。椐，樻也。」樻音匱。○疏曰：「某氏云：『檉，河傍赤莖小楊也。』孫炎云：『樻腫節，可以作杖。』」○陸璣曰：「檉生水傍，皮正赤，枝葉似松。椐，節中腫，似扶老〔二〕，即今靈壽是也。今人以爲馬鞭及杖。」**攘之剔之**，攘音穰。剔音惕。○程子曰：「攘剔，謂穿剔去其繁冗，使成長也。」**其檿其柘**。檿音掩。柘音蔗。○《傳》曰：「檿，山桑也。」○疏曰：「檿桑，柘屬，材中爲弓。《考工記》曰：『弓人取幹，柘爲上，檿桑次之。』」○今曰：「《禹貢》『青州厥篚檿絲』，注云：『檿桑蠶絲，中琴瑟絃。』」**帝遷明德，串夷載路**。串音慣。○《傳》曰：「串，習也。」○程子曰：「夷，平也。」○錢氏曰：「載，語助也。」○今曰：「串夷載路，即《周頌》所謂『岐有夷之行』，謂民歸之者衆，串習其平夷而成大路也。《孟子》『用之而成路』，朱氏解云：『路，大路也。』」

〔一〕「木」，《毛詩正義》卷十六之四作「禾」。

〔二〕「似」，復本作「以」，據《毛詩正義》卷十七之二引陸《疏》改。按，阮元《毛詩正義校勘記》云：「按，『似』字是也。扶老，木名，可以爲杖，亦竹名。『似扶老』，謂似扶老之木也。」

《箋》以串夷即混夷，今不從。」**天立厥配**，《箋》曰：「天既顧文王，又爲之生賢妃，謂太姒也〔一〕。」**受命既固**。

次章述大王遷岐也。岐地險阻，尤多林木，民歸之者衆，乃競刊除，以立室家，以治田畝，曰「其」者，皆指其地而言之。作拔之，屏除之者，是其菑木與翳木之地也；脩理之，平治之者〔二〕，是其灌木與栵木之地也，謂去其木而脩治其地之坑坎也。啓拓之，開闢之者，是其檉柳與椐樻之地也，謂去其木而開廣其地也。又相與整葺其桑事，攘除剪剔，以去其繁冗者，是其檿桑與柘木之地也。作、屏、脩、平、啓、辟，則皆除去其木，攘、剔則成長其木也。桑柘之性，以芟剔而後茂，非除之也。大王之遷岐，非人之所能爲也，蓋天遷其明德於此，故民歸往之。岐周本山林險阻之地，自作、屏、脩、平、啓、辟之後，乃始平夷，民之歸者，串習其平夷，遂成大路，猶《孟子》所謂「山徑之蹊，

〔一〕「箋曰」至「太姒也」十七字，復本無，空六個字格，諸本同，仁本校云：「『天立厥配』下，疑有注解而脱失。」今據薈本補。又，葉校參本章章指，與《吕氏家塾讀詩記》所載程氏、歐陽氏、朱氏三説語意符合，嚴氏多取材《詩記》，疑此處脱失處，必在三説中，而其去取裁節則難臆斷也。

〔二〕顧本於此右側有旁注：「程子曰：『修治其叢列，使疏密正直得宜。』」

用之而成路」也。天非徒遷之也，王者配天，天將立之以爲配，使周家王天下，其受命堅固不易也。蓋曰大王之時，天命已定，周之當王也久矣。○鄭以此章爲文王，諸家多以爲大王，此言芟除草木，是初建國，當是大王遷岐之始，所謂「天作高山，大王荒之」也。岐山在右扶風美陽縣，《西京賦》所謂「隔閡華戎〔一〕，岐梁汧雍」，閡音礙。汧音牽。見秦地之險阻，故多林木，須刊除之。

帝省其山，省，星之上。○歐陽氏曰：「省，視也。」**柞棫斯拔，**音旆。○解見《緜》。**松柏斯兑。**王氏曰：「兑，悦澤外見之謂。」**帝作邦作對，**《箋》曰：「作邦，謂興周國也；作對，謂爲生明君也。」○疏曰：「作邦，謂使之爲天子之邦。」○《傳》曰：「對，配也。」○丘氏曰：「天以聖君爲己配，謂文王也。」**自大伯、王季。**大音泰。**維此王季，因心則友。**《傳》曰：「善兄弟曰友。」○李氏曰：「孝悌之道，豈可以僞爲哉？因其心而然耳。生而無不知愛其親，長而無不知敬其兄，本於良知良能，豈非因心而然哉？」○王氏曰：「以大伯避季，則季疑於弗友，故特先言其友也。」**則友其兄，**朱氏曰：「兄謂大伯。」**則篤其慶，**《箋》曰：「篤，厚也。」**載錫之光。**程子曰：「載，辭也。錫，予也。」○朱氏曰：「猶曰彰其知人之明，不爲

〔一〕「隔」，復本無，據畬本、薈本補。薈本校云：「刊本脱『隔』字，據《西京賦》增。」

徒讓耳。」**受禄無喪，**去聲。○今曰：「喪，失也。」**奄有四方。**《傳》曰：「奄，大也。」○《釋文》曰：「覆也。」○今曰：「《書》『奄有四海』，注云：『同也。』」

三章述大伯、王季相遜之事，爲文王張本也。爲室家田畝之地，則刊除其木，至山林之地，則貴於茂盛。天省視岐山之地，柞棫拔而遂茂，松柏兑而悦澤，則氣象葱鬱，而都邑成矣。天作邦於此，謂興周使爲王國也；作對於此，謂生文王以配天也。《孟子》云「文王生於岐周」是也。此作邦作對，由於大王、王季之時，蓋大伯遜於王季，而後文王起也。因説王季之德甚大，性友愛，因其心之自然，非彊爲也。則友愛于大伯，既受其遜，益脩其德，以篤厚周家之慶，予大伯以讓國之光。王季受天禄而不失，其後人遂奄有四方，則大伯之讓，爲有光矣。

維此王季，帝度其心。度音鐸。○今曰：「『他人有心，予忖度之』之度。」**貊其德音，**貊音陌。○《傳》曰：「貊，静也。」○曹氏曰：「德音，名譽也。」今考貊、陌從百，伯、柏、拍、迫從白。○德音，解見《假樂》。**其德克明。克明克類，**今曰：「類，倫類也，猶《記》言『知類通達』，《易》言『觸類而長之』，謂通於一而萬事畢也。」**克長克君。**長上聲。**王此大邦，**王如字，徐去聲。○《箋》曰：「王，君也。王季稱王者，追王也。」**克順克比。**音備。○丘氏曰：「比，親也。」○今曰：「如《比卦》之比，下順從也。」**比于**

文王，比音同上，舊如字。○今曰：「比，及也。『比及三年』之比。」**其德靡悔。**《釋文》曰：「悔，恨也。」○今曰：「悔，自恨也，如『行寡悔』之悔〔一〕，疏謂無爲人所悔恨，非也。」**既受帝祉，**音恥。○《箋》曰：「祉，福也。」**施于孫子。**施音異。○《箋》曰：「施，延也。」

四章述王季之德以及文王也。天初省視岐周之山，眷命已定。今又監度王季之心，謂王季此心之微，與天通也。天監知王季之心，能以静養其令名，非有心於干譽者。王季雖無心於干譽，然其德明而類，長而君，順而比，自不可掩。明、類是一意，長、君是一意，順、比是一意。類者，明之充；君者，長之推；比者，順之積也。克明，謂知此理；克類，謂觸類而通，一理混融，徹上徹下也。言明又言類，猶《既醉》言「昭明有融」，融者明之盛，即所謂克類也。克長，謂能爲人之長；克君，謂能爲人之君。君又尊於長矣。《學記》言「能爲長，然後能爲君」是也。以之君臨大邦，則克順而能和其民，克比而能親其民。順言不擾，比則驩然相愛矣。比及文王，其德無有可悔。人有過則悔恨，靡悔則無過，從容中道，無毫髮之慊也。言王季之德，傳於文王而益盛

〔一〕「之」，復本作「也」，據李本、畲本改。

也，故能受天之福，而延于子孫。李氏曰：「《左傳·昭二十八年》成鱄曰：『心能制義曰度，德正應和曰莫，照臨四方曰明，勤施無私曰類，教誨不倦曰長，賞慶刑威曰君，慈和偏服曰順，擇善而從之曰比，經緯天地曰文。』皆斷章取義，鄭氏引以説經，非也。」鱄音專。莫音陌。施，始豉反。

帝謂文王，今曰：「天不言，以意謂之也。」**無然畔援。**去聲，又平聲。○《傳》曰：「無然，無是也。」○長樂劉氏曰：「畔，安於疆畔而違乎中者也。」○程子曰：「援，攀援黨比也。」**無然歆羨，**歆，許金反。羨，涎之去。○《傳》曰：「歆，貪也。」○疏曰：「鬼神食氣謂之歆。」○程子曰：「歆，欲之動也。羨，愛羨也。」**誕先登于岸。**誕音但。○朱氏《生民解》曰：「誕，發語辭。」○王氏曰：「經以涉川譬濟難。」**密人不恭，**疏曰：「定四年《左傳》云『密須之鼓』，是也。」○《詩記》曰：「《漢·地理志》『安定郡陰密』，注云：『《詩》密人國。』即今寧州也。」**敢距大邦。**《傳》曰：「距，逆也。」**侵阮徂共，**音恭。○《箋》曰：「阮，國也。」○《傳》曰：「密須氏侵阮，遂往侵共。」○張氏曰：「共，阮國之地名。阮、共皆在今涇州。今有共池，即共也。」**王赫斯怒。**《傳》曰：「赫，怒意。」**爰整其旅，**《傳》曰：「旅，師也。」**以按徂旅。**按音案〔一〕。○《傳》曰：「按，止也。」○朱氏曰：「上旅，周師也；下旅，密人也。」**以篤于周祜，**音户。○《箋》曰：「祜，福也。」**以對于天下。**《箋》曰：「對，答也。」

〔一〕「案」，李本、顧本作「遏」。按，陸德明《經典釋文》卷七曰：「按，安旦反。本又作『遏』，安葛反。此二字俱訓止也。」

五章、六章皆述伐密之事。此章首言文王之心，至公無私，在於救民，爲下文伐密張本也。密人侵阮，於周若無預，文王乃奮怒而伐密，疑於黨阮，有所爲而爲之者。故詩人設爲帝謂之辭，以發明文王之心。畔者，偏也〔一〕；援者，黨也；歆者，得而貪之；羨者，不得而慕之。四者皆私心也。帝謂文王無是四者，所急先者，惟拯民之溺耳〔二〕。登岸，謂出於危難之地也。必託之帝謂者，言文王此心，天實知之也。密人敢爲不恭，逆距大國，謂不懼方伯之討也。以彊陵弱，興兵侵阮，遂往侵阮之共邑。文王以阮民受害，赫然而怒，整齊其師旅，以按止密人往共之師。蓋密自阮以侵共，其勢漸熾，文王自阮以侵密，密還自救，是按止其往共之師也。凡此乃救亂安民，以厚我周家之福，以答天下望周之心也。周能安民，則福祚益隆。商政不綱，天下之望在周矣。所救者一阮，而爲亂者懼，小國皆安，故天下之心以慰也。○説者多謂畔、援、歆、羨是人欲，岸是天理，其説美矣，與下文伐密不相協。尋繹經意，止爲伐密張

〔一〕「偏」，味本、姜本、授本、聽本作「徧」。按，嚴氏於注中引長樂劉氏説，「畔，安於疆畔而違乎中者也」云云，正是「偏」之義，以作「偏」爲是。
〔二〕「惟」，復本作「爲」，據諸本改。

本，與七章言「順帝之則」，爲伐崇張本，文意正同。且言對答天下之望，則登岸爲濟難無疑也。以濟川喻濟難，古人常語曰「民墜塗炭」，曰「若涉淵水」，曰「若游大川」，曰「拯民於水火之中」，是也。

依其在京，程子曰：「依，憑也。」○《箋》曰：「京，周地名。」○京，有考，見《文王》。○呂氏曰：「用兵必有根本之地，文王駐兵於國都，以爲三軍之鎮。」**侵自阮疆。**張氏曰：「卻自阮疆而去伐密也。」○今曰：「侵自阮疆，謂自阮疆而侵密，猶《春秋》書『公至自晉』，謂自晉而至魯也。」**陟我高岡，**《箋》曰：「陟，登也。」**無矢我陵。**《傳》曰：「矢，陳也。」○《釋地》曰：「大陸曰阜，大阜曰陵。」○李巡曰：「土地獨高大名阜，阜最大爲陵。」**我陵我阿，**《釋地》曰：「大陵曰阿。」**無飲我泉。**今曰：「泉水有源也。」**我泉我池，**王氏曰：「池水所聚也。」**度其鮮原。**度音鐸。鮮上聲，又音仙。○《箋》曰：「度，謀也。鮮原，善原也。」○《釋山》曰：「小山別大山，鮮。」○孫炎曰：「別，不相連也。」**居岐之陽，在渭之將。**《傳》曰：「將，側也。」○《箋》曰：「後竟徙都於豐。」○疏曰：「大王初遷，已在岐山，此亦在岐山之陽，是去舊都不遠也。《周書》稱『文王在程，作《程寤》《程典》』，皇甫謐云：『文王徙宅於程。』蓋謂此也。《箋》嫌此即是豐，故云『後竟徙都於豐』。知此非豐者，以此居岐之陽，豐則岐之東南三百里耳。」○呂氏曰：「《前漢·地理志》曰扶風安陵縣，闞駰以爲本周之程邑也。」○朱氏曰：「今在京兆府咸陽縣。」**萬邦之方，**《傳》曰：「方，則也。」**下民之王。**

文王以西伯討密之罪，先駐兵國都，依憑此在京之師，以爲聲勢，然後出兵自阮疆以侵密。密在寧州，阮在涇州，涇、寧接境也。下所言高岡、陵阿、泉池，皆師行所經阮疆之地。軍行右背山陵，必依山而止，故升其高岡。「我」者，對爾之辭。文王爲阮伐密，故問罪於密，稱阮疆之地，皆以爲我。言我所陟者，是我之高岡，爾密人無得陳兵於我陵，此我之陵，我之阿也，無得飲我之泉，此我之泉，我之池也。罪其前之侵軼，而戒其後之無復然也。密人恃强以侵弱，文王興問罪之師，視阮之地，如己之地，可謂公天下以爲心矣，豈有一毫畔援歆羨之私邪？阮不幸而與密爲鄰，幸而遇文王爲伯也。文王用心廣大，威德暢洽，人之歸者益衆，非舊邑所能容，於是就周境之内，謀度鮮善之平原而徙都之，乃在岐山之南，渭水之側，謂程邑也。此萬邦之所法則，下民之所歸往也。文王雖未爲君師，天下已心歸之矣。伐崇有訊馘、伐肆之事，而伐密止述問罪之辭，是師次其境，而密人即服，不待戰也。○舊説謂所侵密地，即爲我之陵泉，則是貪其土地矣〔一〕。或又謂戒軍以無擾，師行而布陣飲泉，遽爲擾乎〔二〕？

帝謂文王，予懷明德。朱氏曰：「懷，眷念也。」**不大聲以色，**李氏曰：「未嘗大聲音於顔色之間也。」**不長夏以革，**長上聲。○《箋》曰：「夏，諸夏也。」○《傳》曰：「革，更也。」○李氏曰：「未嘗長諸夏以變革之道也。」**不識不知，順帝之則。帝謂文王，詢爾仇方。**《箋》曰：「詢，謀也。怨耦曰仇。」○丘氏曰：「仇方，即崇也。」○朱氏曰：「仇方，讎國也。」**同爾兄弟，**朱氏曰：「兄弟，與國也。」**以爾鉤援。**鉤音溝，又去聲。援音袁。○《傳》曰：「鉤，梯也，所以鉤引上城者。」○疏曰：「鉤、援一物，以梯倚城，相鉤引而上。援即引也。」**與爾臨衝，**《傳》曰：「臨，臨車也。衝，衝車也。」○疏曰：「臨者，在上臨下之名。衝者，從傍衝突之稱。兵書有臨車、衝車之法。」**以伐崇墉。**音容。○《箋》曰：「崇侯虎倡紂爲無道。」○朱氏曰：「按《史記》：『崇侯虎譖西伯於紂，紂囚西伯於羑里。紂赦西伯，賜之弓矢鈇鉞，得專征伐。西伯歸，三年，伐崇侯虎而作豐邑。』崇，國名，在今京兆府鄠縣。」鄠音户。○《傳》曰：「墉，城也。」

七章、八章述伐崇之事。此章首言文王之心，純乎天理，非有私喜怒，爲下文伐崇張本也。崇侯虎譖文王於紂，遂有羑里之囚，是崇者，文王之所仇也。崇侯譖文王而文

〔一〕「矣」下，淡本有「豈文王之師乎」六字。

〔二〕「遽」，李本、顧本作「豈」，畲本作「詎」。

王伐之，疑於報私怨者，然虎倡紂爲不道，乃天人所共怒，文王奉天討罪，何容心哉？故此章亦設爲帝謂之辭，以發明文王之心。帝謂文王，予眷懷爾之明德，不以容色而大其聲，謂飾貌以廣其名也；不以變革而長諸夏，謂變常以廣其土也。文王無心於大其聲，況以色而大聲乎？無心於長諸夏，況以革而長夏乎？不識不知，不作聰明也，此明德之實。所謂文王有四不，孔子有四毋也。天理之自然謂之則，即有物有則，乃見天則，謂理之不可踰也。文王無一毫人僞之私，油然大順，安行乎天理之自然，所謂順者，由仁義行，非行仁義也。文王之伐崇也，若天實親命之，使之謀爾仇讎之方，同爾兄弟之國，以爾上城之梯及臨衝之車，伐此崇人之城。由此心純乎天理，故喜怒皆與天合，所仇者非私怨，所同者非苟合也。

臨衝閑閑，今曰：「閑閑者，未用也。」**崇墉言言。**《傳》曰：「言言，高大也。」**執訊連連，**訊音信。○《箋》曰：「執所生得者而言問之[一]。」○曹氏曰：「連連，連續也。」**攸馘安安。**馘音國。○《傳》曰：「馘，獲也。不服者，殺而獻其左耳曰馘。」○疏曰：「《玉藻》云：『聽鄕任左。』故『不服者[二]，殺而獻其左

[一]「言」，復本作「訊」，據味本、姜本、薈本、授本、聽本及《毛詩正義》卷十六之四改。

[二]「故」下，《毛詩正義》卷十六之四有「云」字。

耳』，罪其不聽命服罪，故取其耳以計功也。」○程子曰：「安安，不輕暴也。」**是類是禡，**音罵。○《傳》曰：「於内曰類，於野曰禡。」師祭也〔一〕。○疏曰：「《王制》云：『天子禡於所征之地〔二〕。』《春官・肆師》注云：『類禮，依郊祀而爲之。禡，祭造軍法者，其神蓋蚩尤，或曰黄帝。』」**是致是附。**王氏曰：「致，致其至也。附，使之内附也。」**四方以無侮，臨衝茀茀。**音弗。○《傳》曰：「茀茀，强盛也。」**崇墉仡仡，**音屹。《韓詩》云：「仡仡，摇也。」○疏曰：「將壞之貌。」**是伐是肆。**錢氏曰：「伐，刺擊也。」○《箋》曰：「肆，犯突也。」○疏曰：「文十二年《左傳》云：『若使輕者肆焉，其可。』」輕去聲。**是絶是忽，**《傳》云：「忽，滅也。」**四方以無拂。**音弗。○朱氏曰：「拂，戾也。」

文王之問罪於崇，其始未忍攻城也，故臨衝之車，閑閑而不用，崇墉言言然高大，恃險而不服，文王始薄伐之，而未盡用其威，執其可問訊者，連連而不絶，所殺獲而截其左耳者，安安而不暴。出兵之初，既類祭上帝，及至所征之地，又爲禡祭，暴白其罪，告之神明，致以招其來，附以納其降，從容整暇如此，四方聞之，已不敢侮矣。然崇人之

〔一〕「師」，復本無。按，此非《毛傳》文，葉校以爲「祭也」上當有『箋曰類也禡也師』七字。嚴氏綜括《傳》《箋》之義，而「師」字不可缺，故據補。

〔二〕「禡於所」，味本、顧本、薈本、仁本無。仁本校云：「『天子』之下，脱『禡於所』三字。」

頑，猶未服也，於是臨衝茀茀然而彊盛，用力以攻之，崇墉仡仡然，將壞而危矣，伐以擊刺之，肆以犯突之，絶之使救援不通，忽之則滅其國，克一崇而四方無敢拂戾，以伐當其罪也。疏曰：「僖十九年《左傳》云：『文王聞崇亂而伐之，因壘而降。』則似兵合不戰，此云壞城執訊者，凡所褒美，多過其實。此言訊馘，必當戰矣。蓋知戰不敵，然後乃降，彼《左傳》子魚欲勸宋公脩德，故隱其戰事，而言其降耳。」○朱氏曰：「始攻之緩，戰之徐也，非力不足也，非示之弱也，將以致附而全之也。及其終不下而肆之也，則天誅不可以留，而罪人不可以不得故也。」

《皇矣》八章，章十二句。

《靈臺》，《箋》曰：「天子有靈臺者，所以觀祲象，察氣之妖祥也。」祲音浸。○疏曰：「此靈臺在豐邑之都，所處在國之西郊。《大雅·靈臺》一篇之詩，有靈臺，有靈囿，有靈沼，有辟廱，皆同處在郊矣。」○李氏曰：「《孟子》云『謂其臺曰靈臺』，非文王自名之也。」**民始附也。文王受命而民樂其有靈德，以及鳥獸昆蟲焉。**疏曰：「《王制》注云：『昆，明也。明蟲者得陽而生，得陰而藏。』魚亦蟲之别名。」○黄氏曰：「民樂文王之靈德，而亦樂其鳥獸昆蟲之類也。」

民附文王久矣，《序》言因靈臺之役，而始見其歸附，因詩起義耳。人心所歸，即是天命，言文王受命，謂天命歸文王耳。文王未嘗當而受之也。《孟子》云「文王以民力爲臺爲沼，而民歡樂之，樂其有麋鹿魚鱉」，是也。「及」者，所謂愛其人，及屋上之烏也。《詩記》曰：「前二章樂文王有臺池鳥獸之樂也，後二章樂文王有鐘鼓之樂也，皆民樂之辭也。」

經始靈臺，今曰：「經度而始爲之，言剏建也。」○蘇氏曰：「靈，善也。」○《傳》曰：「四方而高曰臺。」○疏曰：「《左傳》注云：『天子曰靈臺，諸侯曰觀臺。』僖十五年《左傳》云：『秦伯獲晉侯以歸，乃舍諸靈臺。』杜預云：『在京兆鄠縣，周之故臺也。』哀二十五年《左傳》云：『衛侯爲靈臺於籍圃。』則是新造，其時僭名之也。」觀去聲。鄠音户。**經之營之。**今曰：「朱氏《孟子解》云：『經，量度也。營，謀爲也。經、營皆圖度之意。』」**庶民攻之，**《傳》曰：「攻，作也。」**不日成之。**今曰：「不日，不多日也。今人言不久爲不日。」**經始勿亟，**音棘。○《箋》曰：「亟，急也。」**庶民子來。**

首章述作臺之初。文王之經度，始爲靈臺也。經度之，營謀之，方見其圖度，而庶民協力攻作之，不多日而已成矣。纔謀即成，何其速也。蓋文王經營之始，雖不欲亟，而其民如子趨父事，盡心竭力，故其成日自速，非彊之也。《詩記》曰：「文王之作臺，主於望氛祲，觀民俗，以察天人之意，因以疏瀹精神，宣節勞逸，蓋一弛一張，無非事也。」

王在靈囿，音又。○《補傳》曰：「凡詩謂文王爲王者，皆非作於文王之時。」○《傳》曰：「囿，所以域養禽獸也。」○疏曰：「於臺下爲囿沼，《春秋》築鹿囿，則囿者築墻爲界域，而禽獸在其中。」**麀鹿攸伏。**麀音憂。○《釋獸》曰：「鹿，牡麚，牝麀。」麚音加。○王氏曰：「攸伏則孳乳得其時。」**麀鹿濯濯，**疏曰：「濯濯，肥澤貌。」**白鳥翯翯。**音學。○朱氏曰：「翯翯，潔白貌。」**王在靈沼，**《傳》曰：「沼，池也。」**於牣魚躍。**於如字。牣音仞。○《傳》曰：「牣，滿也。」

次章言既作臺而遊焉。臺下有囿有沼，文王遊於靈囿，則牝鹿乳其子，伏而不動，又濯濯然肥澤，其白鳥翯翯然潔白。文王遊於靈沼，則其沼中之魚，充滿而皆跳躍。凡誇言其鳥獸魚鼈之美者，皆民歡樂之之辭也。○車馬羽旄，一也，有見之而欣欣喜色者，有見之而疾首蹙頞者，由人心之樂不樂也。文王之鳥獸魚鼈，何以異於人哉？特民心樂之耳。孟子最善説《詩》，只「民樂其有麋鹿魚鼈」一語，道盡詩意。毛氏以爲靈道行於囿沼，今鹿養之久則自馴，白鳥未有不絜，魚未有不躍者，豈皆靈道之行乎？後之説詩者，推廣毛意，其辭愈美，而去詩意愈遠矣。

虡業維樅，虡音巨。樅，七凶反。○《傳》曰：「植者曰虡，横者曰栒。業，大板也。樅，崇牙也。」栒音筍。○疏曰：「懸鐘磬者，兩端有植木，其上有横木，謂直立者爲虡，謂横牽者爲栒。栒上加之大板爲之飾，謂之業。刻板捷業，如鋸齒也。其懸鐘磬之處，又以彩色爲大牙，其狀隆然，謂之崇牙。樅，即崇牙之貌樅樅然也。」**賁鼓維鏞。**賁音焚，字亦作鼖。鏞音容。○《傳》曰：「賁，大鼓也。鏞，大鐘也。」○疏曰：「賁，大也，故謂大鼓爲賁鼓。《冬官・韗人》云：『鼓長八尺，鼓四尺，中圍加三之一，謂之鼖鼓。』」韗音運。**於論鼓鐘，**於音烏。論平聲，鄭音倫。○《箋》曰：「論之言倫也。」○今曰：「《書》：『無相奪倫。』《記》：『論倫無患。』」**於樂辟廱。**音璧邕。○《傳》曰：「水旋丘如璧曰辟廱，以節觀者。」○疏曰：「辟廱，即天子大學也。此在辟廱合樂，必行養老之禮。」

三章、四章皆述辟廱作樂之事也。三靈及辟廱皆同處，文王既遊囿沼，遂於辟廱作樂，而民歡樂之。言作樂之時，設植者之虡，其橫栒之上，加大板以爲業，其業之上，又以彩色爲崇牙，其狀樅樅然也。此虡業之上，則懸賁之大鼓，鏞之大鐘，使人擊之，遂歎美其有倫理者，此鼓鐘之聲也。又歎美其可樂者，此辟廱之學也〔一〕。文王之始作靈臺，民樂成之；其遊於囿沼也，又樂其有鳥獸魚鼈；其作樂於辟廱也，又樂其鐘鼓之音。所謂聞王鼓樂於此，欣欣然有喜色也。言之不能盡，而嗟歎之不能已，則民之愛戴者深矣。《詩記》曰：「或疑《靈臺》之詩，叙臺池苑囿，與民同樂，胡爲以辟廱學校勸入之？彼蓋未嘗深考，三代人君與士大夫甚親，遊宴之暬御，征行之扈衛，無所往而不與髦俊俱焉。樂正司業，父師司成，則樂者固學士之所常隸也，夫豈有二事哉？」

〔一〕仁本校云：「『學』，恐『樂』。」

於論鼓鐘，於樂辟廱。鼉鼓逢逢，鼉音駝。逢音蓬。○《傳》曰：「鼉，魚屬。」○陸璣曰：「鼉形似蜥蜴，四足長丈餘，甲如鎧甲，皮堅厚，宜冒鼓。」○今曰：「《月令》『季夏命漁師取鼉』，《上林賦》『樹靈鼉之鼓』，各注云：『鼉皮爲鼓。』」○《釋文》曰：「逢逢，鼓聲也。」○《傳》曰：「和也。」**矇瞍奏公。**矇瞍音蒙叟。○疏曰：「有眸子而無見曰矇，無眸子曰瞍。」○《箋》曰：「凡聲使瞽矇爲之。」○《傳》曰：「公，事也。」

申言鼓鐘辟廱之樂，詠歎不能已，又言以鼉皮爲鼓，其聲逢逢然而和，乃矇瞍方奏其事。樂之更端曰奏，故九成謂之九奏。言方奏其事，樂之不厭之辭也。

《靈臺》四章，二章章六句，二章章四句。舊五章，章四句。今從朱氏。

《下武》，繼文也。武王有聖德，復受天命，能昭先人之功焉。

武王之雅二篇，《下武》言繼文，繼三后之文德也；《文王有聲》言繼伐，繼文王之伐功也。

下武維周，今曰：「下武，以武爲下。」**世有哲王。三后在天，**《傳》曰：「三后，大王、王季、文王也。」○朱氏曰：「既没而其神在天也。」○李氏曰：「《書》『茲殷多先哲王在天』。」**王配于京。**《傳》曰：「王，武王也。」○《箋》曰：「京，鎬京也。」○陳氏曰：「在鎬京者，足以配在天者。」

人知武王以武定天下，而不知武王之心，上文而不上武，用武非其得已也。此詩爲繼文而作，首章欲發明武王之心，先總説一代之意嚮。言以武爲下者，周之家法也。周家世世有哲王，三后既往，而其神在天矣。武王又配合其德于鎬京焉，其在京者，可以配在天者，先後相傳，其德一也，曷嘗以武爲上哉？〇舊説《下武》爲後世有武功，然《有聲》爲繼伐之詩，故言伐崇之事，此詩爲繼文之詩，終篇言文德，略不及武事。若首章第一句獨言武功，尋繹文義，全無歸著，非詩意矣。《書》言武王「不敢替厥義德，率惟謀從容德」，謂義德乃不得已，而容德是其所尚，即此詩之意也。

王配于京，世德作求。 蘇氏曰：「作，起也。」〇今曰：「《康誥》：『我時其惟殷先哲王德，用康乂民作求。』」**永言配命，** 解見《文王》。**成王之孚。**《箋》曰：「孚，信也。」

武王所以能配三后于京者，以其於先世之德，能起而求之，善繼述也。所求者，先世之德，故能長配天命，有天下而傳無窮，遂成王者之信也。三后之德，孚于民久矣，至武王有天下，然後其信成焉。王者之事業，莫大於信，信則天下心服而王也。後世以詐力取天下，蓋有僅成王業者，而不能成王孚，故世祚不長，不足以永配天命也。

成王之孚，下土之式。《傳》曰：「式，法也。」**永言孝思，孝思維則。**《傳》曰：「則，則其先人也。」

○《箋》曰：「子孫以順祖考爲孝。」

武王成王孚而爲法於天下者〔一〕，以其永有孝思也。其孝心所思，唯法則前人也。王者之孝，莫大于法前人。《中庸》云：「武王、周公其達孝矣乎！夫孝者，善繼人之志，善述人之事者也。」

媚兹一人，《箋》曰：「媚，愛也。一人，武王也。」**應侯順德。**《傳》曰：「侯，維也。」○李氏曰：「順德者，孝也。」**永言孝思，昭哉嗣服。**《箋》曰：「服，事也。」

天下媚愛於武王，而應之以順德，謂天下化之也。孝者，德之順，故又言武王永有孝思，昭昭然能嗣其先世之事也。《序》所謂「能昭先人之功」也。

昭兹來許，來，毛如字，鄭音賚。○陳氏曰：「許，語助也。」**繩其祖武。**蘇氏曰：「繩，約也。」○今曰：「以爲準繩而取正焉。」○《傳》曰：「武，迹也。」**於萬斯年，**於如字。**受天之祜。**

承上章「昭哉嗣服」而言，武王繼述之業，所以昭昭乎顯著，有自來矣。由能繩約其先祖之跡，宜其萬年受天之福也。

〔一〕「爲」，復本作「無」，據諸本改。

受天之祜，四方來賀。疏曰：「四方，謂中國諸侯也。」〇朱氏曰：「賀，朝賀也。」**於斯萬年，不遐有佐。**

武王受天之福祜，故四方諸侯之國，皆來朝賀。雖至于萬年，不以爲久遠而常佐周，皆世世藩屏王室也。

《下武》六章，章四句。

《文王有聲》，繼伐也。武王能廣文王之聲，卒其伐功也。

繼文之詩〔一〕，兼言三后，以三后皆有文德可繼，不專指文王也；繼伐之詩，專言文王，以大王、王季無伐功，所謂繼伐者，專言繼文王也。周至文王，始有伐功，伐崇蓋其大者，然而大統未集，至武王伐商，而後卒其功也。

文王有聲，《箋》曰：「聲，令聞也。」**遹駿有聲。**遹駿音聿峻。〇《箋》曰：「遹，述也。所述者，謂大王、王季也。駿，大也。」**遹求厥寧，遹觀厥成。**觀，李氏如字，舊去聲。〇今曰：「觀，視也。如『視乃烈

〔一〕「詩」，復本作「時」，據諸本改。

祖』『視己成事』之視〔一〕。」**文王烝哉！**《傳》曰：「烝，君也。」○吕氏曰：「衆也，得衆爲君也。」

首章言文王之繼述也。文王所以有聲聞者，能遹述駿大大王、王季所有之聲也。述之而求其寧，則惟欲相安於無事；述之而視其成，則惟欲持守而不變，此豈有意於伐功，以求加乎前人者？文王君哉，頌其得人君之道也。

文王受命，有此武功。既伐于崇，疏曰：「别言崇者，以其功最大，其伐最後。」**作邑于豐。**《説文》云：「酆，周文王所都。」○朱氏曰：「酆，即崇國之地，在京兆鄠縣杜陵西南。」鄠音户。**文王烝哉！**

次章述伐崇而作豐也。文王惟欲述大王、王季之事，非有心於伐功也，然受天命以討罪，不容自已，故有此征伐之功。最後伐崇，威德益著，國勢浸盛，程邑又不足以容，乃作邑于豐以居之。文王誠得人君之道也。張子曰：「大王邑于岐山之下，既基王迹矣。文王又遷于豐，武王又遷于鎬者，當是時，民歸之者日衆，無地以容之，必至于遷也。」

築城伊淢，音洫，字亦作洫，韻音域。○《傳》曰：「淢，成溝也。」○《箋》曰：「方十里曰成。淢，其溝也，廣深各八尺。」**作豐伊匹。**陳氏曰：「匹，稱也。」**匪棘其欲，**《箋》曰：「棘，急也。」**遹追來孝。**曹氏曰：

〔一〕「烈」，仁本作「厥」。按，此爲《尚書·太甲中》文，《尚書正義》作「視乃厥祖」，而蔡沈《書集傳》作「視乃烈祖」。

「來者，嗣續無乏之意[一]。」**王后烝哉！**

三章明作豐之心也。文王之作豐邑也，掘隍土以築城，因而爲池，僅如成間之淢耳。池非深也，其作豐邑之制度，唯其稱而已，謂稱上公之制。己所宜爲，不務侈大也，初非急於從己之欲，以廣都邑，乃述追先人之事，而致其方來之孝，唯欲不墜先業耳。尊稱文王爲王后，誠得人君之道也。

王公伊濯，《箋》曰：「公，事也。」〇《詩記》曰：「濯如滌，言明白而不昧。」**維豐之垣。**音袁。〇疏曰：「垣，牆也。」〇《釋文》曰：「卑曰垣。」**四方攸同，王后維翰。**《傳》曰：「翰，榦也。」〇疏曰：「築牆所立之木。」〇解見「維周之楨」。**王后烝哉！**

四章述作豐而人歸之也。文王行事，濯乎明白，其築豐之城，僅如垣牆耳。城非高也，然四方同心歸之，皆以文王爲楨翰[二]。城僅如牆，而文王則如築牆所立之木，喻不在險而在德，故言文王誠得人君之道也。池如淢，城如垣，不爲高城深池也。文王

[一]「之」，復本無，據畬本補。按，「無乏之意」，味本、李本、顧本、授本、聽本作「無之意」，脱「乏」字；薈本作「之意」，脱「無乏」二字；仁本及復本作「無乏意」，脱「之」字。

[二]「翰」，畬本作「榦」。

已得人心，故武王因之以伐商也。

豐水東注，《箋》曰：「堯時，豐水汎濫，禹治之使入渭，東注于河。豐邑在豐水之西，鎬京在豐水之東。」○疏曰：「《帝王世紀》云：『豐、鎬皆在長安之西南。』」○《後漢·郡國志》注〔一〕：「豐、鎬相去二十五里。」○今曰：「《禹貢》『東會于灃』，注云：『灃水自南而合。』蓋灃水自南而北流入渭，故豐在其西，鎬在其東。經言『東注』者，是會渭之後，乃東注入河也。」**維禹之績。**《箋》曰：「績，功也。」**四方攸同，皇王維辟。**音璧。○《傳》曰：「皇，大也。」○《箋》曰：「變王后言皇王者，武王之事又益大。辟，君也。」○朱氏曰：「皇王者，有天下之號，指武王也。」**皇王烝哉！**

五章以武王之功配禹也。豐、鎬在豐水之東、西，二都皆可言豐水。此章皇王稱武王，則豐水東注，指鎬京所見而言也。言豐水之所以會渭而東注于河者，是禹之功也。武王作邑于豐水之東，而四方之所以同歸周者，以武王爲天下之君也。蓋以武王之功配禹，皆除害濟民也。武王誠得人君之道也。變「王后」言「皇王」，一統天下，其事又大也。繼伐之詩，而言人心歸往者，見一戎衣而天下定也。

〔一〕「郡國」，復本作「地理」，據淵本及《後漢書·郡國志》改。按，《後漢書》無《地理志》。

鎬京辟廱，鎬，胡老反。○《傳》曰：「武王作邑於鎬京。」○《詩記》曰：「《後漢・郡國志》云〔一〕：『鎬在京兆尹上林苑中。』孟康云：『長安西南有鎬池。』《古史考》云：『武王遷鎬，長安豐亭鎬池也。』」○張子曰：「靈臺辟廱，文王之學也；鎬京辟廱，武王之學也。至此始立爲天子之學矣。」**自西自東。**《箋》曰：「自，由也。」**自南自北，無思不服。皇王烝哉！**

六章言辟廱之化也。武王於鎬京建辟廱之學，德化流行，天下之人，由四方而來者，無不服之思，謂皆心服也。武王誠得人君之道也。四方之服也久矣，此言辟廱之化，深入其心也。四方先言西，鎬京在西，近者先被其化也。繼伐之詩，而言辟廱教化者，見武成之後，偃武修文也。

考卜維王，《箋》曰：「考，猶稽也。」○曹氏曰：「有疑必稽焉。」**宅是鎬京。**《箋》曰：「宅，居也。」**維龜正之，**《箋》曰：「謂得其吉兆。」○疏曰：「龜出其吉兆，以正定之。」**武王成之。**《箋》曰：「武王遂居之，成龜兆之吉。」**武王烝哉！**

七章述遷鎬之事也。言稽考之於龜卜者，武王也。其所卜，爲欲居此鎬京也。以吉

〔一〕「郡國」，復本作「地理」，據薈本改。薈本校云：「刊本『郡國』訛『地理』，據《續漢志》改。」

凶取正於龜，而龜出其吉兆，以正定之也。龜兆告吉，而武王作都以居之，是成其吉兆也。武王誠得人君之道也。繼伐之詩，而言遷鎬者，見武功既成，乃建王國也。文王伐崇而遷豐，武王伐商而遷鎬，即繼伐之功也。

豐水有芑，音起。○今曰：「芑，嘉穀也。毛以爲草，今不從。」○芑，解見《菜芑》及《生民》。○陳氏曰：「芑以喻人材。」**武王豈不仕？**今曰：「仕，官也，謂官使之也。」**詒厥孫謀，**詒音移。孫，毛如字，鄭音遜。○《箋》曰：「詒，猶傳也。」**以燕翼子。**《傳》曰：「燕，安也。」○今曰：「翼，輔翼之翼。《表記》舉此章，注云：『安翼其子。』毛以爲敬，今不從。」○《詩記》曰：「孫與子，特互言之，皆謂子孫也。」**武王烝哉！**

八章述用材也。豐水之傍，以潤澤生芑穀，喻養成人材也。武王豈有不仕之以官者？言無不用之，無遺材也。武王蓋欲傳其孫之謀，而燕安翼輔其子耳。曾孫、玄孫以下皆孫也，謀及於孫之遠，則其子可知矣。聖人爲子孫之計，莫大於遺之以人材，所謂「敷求哲人，俾輔于爾後嗣」。孔子舉此章，曰：「數世之仁也。」武王誠得人君之道也。繼伐之詩，而言以人材遺後人者，見創業垂統之可繼，子孫賴之也。○或謂武王豈不用之乎，留之以遺後人也。如此則遺賢矣。聞兼收並蓄，以貽後人，未聞棄而不用，而以爲子孫之計也。「豈不仕」者，猶曰「豈不曰戒」耳〔一〕。

《文王有聲》八章，章五句。

〔一〕「曰」，復本作「日」，諸本同。按，《采薇》校記以作「豈不曰戒」爲是，據改。

詩緝卷之二十七〔一〕

生民之什　大雅

《生民》，尊祖也。疏曰：「周公、成王致太平，制禮，以王功起於后稷，故推舉之以配天。《禮記》稱『萬物本於天，人本於祖』，俱爲其本，可以相配。是故王者皆以祖配天，是同祖於天，故爲尊也。」○今曰：「《孝經》云：『郊祀后稷以配天。』《祭法》云：『周人禘嚳而郊稷，祖文王而宗武王。』」**后稷生於姜嫄，**音原。○《釋文》曰：「姜姓，嫄名，有邰氏之女，后稷母也。」邰音台。**文武之功起於后稷，故推以配天焉。**

厥初生民，時維姜嫄〔二〕。《箋》曰：「時，是也。姜姓，炎帝之後，有女名嫄，爲高辛氏之世妃。」○疏曰：「毛以稷爲嚳之子，鄭以爲帝嚳傳十世，堯非嚳子，姜嫄不得爲帝嚳之妃，謂爲其後世子孫之妃。」**生民如何？克禋克祀，**禋音因。○疏曰：「《外傳》云：『精意以享曰禋。』」**以弗無子。**《傳》曰：「弗，去

〔一〕按，本卷底本缺，據復本配補。
〔二〕「嫄」下，畲本有小字「音原」二字。

也。去無子，求有子，古者必立高禖焉〔一〕。玄鳥至之日，以大牢祠于高禖。天子親往，后妃率九嬪御。乃禮天子所御，帶以弓韣〔二〕，授以弓矢，于高禖之前。」韣音獨，弓衣也。○《箋》曰：「弗之言祓也。二王之後，得用天子之禮。」○疏曰：「燕來主爲産乳，故重其始至之日，用大牢祭天，而以先禖者配之。變媒言禖者，神之也。」祓音弗。**履帝武敏歆，**《傳》曰：「履，踐也。武，迹也。敏，疾也。」○《箋》曰：「帝，上帝也。」○疏曰：「踐迹者，謂隨後行耳。」○今曰：「履，隨也。帝武，猶言祖武，非實有足迹也。歆，感動也。」**攸介攸止。**疏曰：「介，祐祚也〔三〕。」**載震載夙，**《傳》曰：「震，動也。夙，早也。」○疏曰：「動，謂懷任而身動也。《左傳》云『邑姜方震大叔』『后緡方震』，皆謂有身爲震也〔四〕。」**載生載育，**《傳》曰：「育，長也。」**時維后稷。**

首章述姜嫄禱而生后稷也。其初生此民者誰與？是維姜姓之女名嫄也。以民賴后

〔一〕「高」及下文「于高禖之前」之「高」，《毛詩正義》卷十七之一作「郊」。按，本章章指云「祈于高禖之神」，則嚴氏引《毛傳》即作「高」，今仍其舊。

〔二〕「弓」，復本作「刀」，據李本、顧本、畲本、薈本改。薈本校云：「刊本『弓』訛『刀』，據《詩毛傳》及《禮記·月令》改。」

〔三〕葉校云：「今疏作『佑助』。」按，《毛詩正義》卷十七之一曰：「《釋詁》云：『介，右也。』郭璞曰：『相佑助也。』」

〔四〕「身」，復本作「聲」，據諸本及《毛詩正義》卷十七之一改。

稷播種而生，而后稷又生於姜嫄，生后稷，所以生此民也。又問姜嫄之生此民，其事如何乎？下説姜嫄生后稷之事。姜嫄爲高辛氏後世子孫之妃，能精意以享，能備禮以祀，祈于高禖之神，以祓除其無子之疾。天帝本無迹，今其來格，若有步武之迹。姜嫄奉事周旋，若隨天帝之步武，即有所感也。履帝武，言祭神如神在，洋洋乎如在其左右也。敏歆，言感動之速，大意言上帝降格，即有身耳。不必如鄭氏説，歆歆然如有人道感己也。於是神介助之，依止之，則震動而有身，則夙早而不遲，則生產之，則長育之，是爲后稷也。《閟宮》言「彌月不遲」，謂滿十月即生，是早也。〇《詩》《書》凡言天帝而假人事言之者，皆形容之辭，不必執其迹也。「監觀四方，乃眷西顧」〔一〕，不必天實有眼；「聞于上帝」，不必天實有耳；「帝謂文王」「于帝其訓」，不必天實有言。至言祭祀，曰「神具醉止」，曰「神嗜飲食」，曰「神保聿歸」，曰「田祖有神」，若與神親相接者，見神人來格之意耳。若稷果生於巨人迹，則其事甚異，《閟宮》之詩，當首言之，今止言「上帝是依」而已。「履帝武敏歆，攸介攸止」，即「上帝

〔一〕「眷」，復本作「睠」，諸本同，據《詩經·皇矣》經文改。

是依」之謂也。古無巨迹之説，特《列子》異端，司馬遷好奇，鄭氏信讖緯，以帝武疑似之辭，藉口而爲是説耳。至謂姜嫄無人道而生子，謬於理而妨於教，莫此爲甚。神怪之事，聖人所不語，若詩言巨迹，聖人删之久矣。毛氏不信神怪，其説甚正，後世猶未盡從者，謂其以帝爲帝嚳耳。帝爲帝嚳，則稷乃堯之親弟，堯有賢弟，在位七十載而不能用，待舜乃舉之；帝嚳聖夫，姜嫄正妃，配合生子，人之常道，何故但歎其母，不美其父？此説者所以疑之。今依毛以敏爲疾，而不用其帝爲高辛之説，依鄭以帝爲上帝，而不用其敏爲拇指之説，合二家而去取之，可以折衷矣。天地之始，固有化生者，此可以言鴻荒之始，不可以言稷。或又以爲麒麟之生，異於犬羊；蛟龍之生，異於魚鼈；神人之生，必有異於人。辭則美矣，非事實也。古今大聖人，莫如帝舜、文王、孔子，其生不聞有異於人也。李氏曰：「彼以契生於卵，稷生於巨迹者，乃引經疑似之言以惑世也，詩本無有也。歐陽氏云：『秦漢之間，學者喜爲異説。高辛四妃，其三妃皆以神異而生子〔一〕，蓋堯有盛德，稷、契後世，皆王天下數百年，學者喜爲之稱述，欲神其事，故務爲其説。』洪駒父亦云：『堯、舜

〔一〕「其三妃」，復本無，據李樗《毛詩集解》卷三十二補。

與人同耳，血氣之類，父施母生，耳聽目視，二足而行〔一〕，是聖智愚不肖之所同也，何必有恢詭譎怪之事，然後爲聖且賢哉？稷名曰棄，必是見棄，但不知其見棄之由，闕之可也。』」

誕彌厥月，誕音但。彌音眉。○朱氏曰：「誕，發語辭也。」○《傳》曰：「彌，終也。」○《箋》曰：「終十月而生。」**先生如達。**鄭音撻，毛如字。○朱氏曰：「先生，首生也。」○《説文》曰：「達，小羊也。」○《箋》曰：「羊子也。」○疏曰：「人之産子，先生者多難。薛琮荅韋昭云：『羊初生，達；小名羔；未成羊曰羜；大曰羊。羊子以生之易，故比之。』」**不坼不副，**坼音策。副音僻，舊孚逼反。○今考《曲禮上》「爲天子削瓜者副之」，本注云：「析也。」普逼反，是音僻也，韻拍逼反，音同。○疏曰：「坼、副皆裂也。《楚世家》云：『陸終娶於鬼方氏，曰女潰，孕三年不乳，乃剖其左脇，獲三人焉，剖其右脇，獲三人焉〔二〕。』削瓜者副之，是副爲裂也。」**無菑無害。**菑音災。**以赫厥靈，**《傳》曰：「赫，顯也。」**上帝不寧。不康禋祀，**《箋》曰：「康、寧，皆安也。」**居然生子。**疏曰：「居然無病。」

次章述稷生之易也。姜嫄之孕后稷，終滿懷任之十月而生之。婦人初産則多難，此后稷是首生之子，乃如羊子之易，不坼割，不副裂，無菑殃，無患害，是天顯其神靈，異

〔一〕「行」，復本作「言」，據仁本及李樗《毛詩集解》卷三十二改。又，「二足而行」，淵本作「五官四體」。

〔二〕薈本校云：「案，《史記·楚世家》無此文，惟《索隱》載《世本》云『陸終娶鬼方氏之妹曰女嬇』，則此疏所引應是《世（案，薈本校記訛作「老」）本》訛爲《楚世家》者。」

於常人也。上帝豈不安寧之乎？豈不安享其禋祀乎？而使之安然無病而生子也。

誕寘之隘巷，寘音志。隘，於懈反。巷，户降反。〇《傳》曰：「寘，置也。」**牛羊腓字之。**腓音肥。〇《傳》曰：「腓，避也。字，愛也。」**誕寘之平林，會伐平林。**朱氏曰：「會，值也。」**誕寘之寒冰，**疏曰：「姜嫄以玄鳥至月而禋祀，在母十月而生稷，其生正當冰月。」**鳥覆翼之。**《傳》曰：「一翼覆之，一翼藉之。」〇蘇氏曰：「覆，蓋也。翼，藉也。」**鳥乃去矣，后稷呱矣。**呱音孤。〇蘇氏曰：「呱，泣聲也。《書》：『啓呱呱而泣。』」〇朱氏曰：「泣則不死也。」**實覃實訏，**覃音譚。訏音吁。〇《傳》曰：「覃，長也。訏，大也。」**厥聲載路。**錢氏曰：「載，語助也。路，謂聞於路也。」

三章述稷生而見棄之事。置之於狹隘巷中，牛羊腓避而字愛之。嬰兒未有所知，當爲牛羊所踐，今乃避而愛之。牛羊而避人者，理之常也。又棄此后稷，置之平地林木之中，值有人往伐平林，伐木之人見而收取之。嬰兒之在林野，當爲鳥獸所害，乃值人收取之〔一〕，亦是常理。又棄此后稷，置之寒冰之上，有大鳥來，以一翼覆蓋之，一

〔一〕「乃」，復本作「而」，據味本、李本、姜本、顧本、畲本、薈本、聽本、仁本改。

翼翼藉之，則爲異甚矣。人乃往收取，鳥飛去矣，后稷遂呱呱然而泣，其泣聲覃長而訏大，在平林而聞於路也。舊以「實覃實訏，厥聲載路」在下章，朱氏移在此，今從之。兒生泣聲長大，亦爲福祥，解見《斯干》。

誕實匍匐，匍音蒲。匐音白，又音服。○解見《邶·谷風》。**克岐克嶷，**岐音其。嶷音逆，魚極反。○曹氏曰：「岐嶷，言其能立也。」○今曰：「岐嶷，承匍匐之下，則爲能立。《傳》以岐爲知、以嶷爲識〔一〕，今不從。」**以就口食。**朱氏曰：「口食，自能食也，蓋六七歲時也。」**蓺之荏菽，**蓺字亦作藝。荏音稔。○《箋》曰：「蓺，種也。荏菽，大豆也。」○《釋草》曰：「戎菽謂之荏菽。」○釋曰：「孫炎云：『大豆也。』樊光、李巡、郭氏皆云：『今胡豆。』《管子》云：『北伐山戎，出冬葱及荏菽，布之天下。』今之胡豆是也。」**荏菽旆旆，**音佩。○《傳》曰：「旆旆，長也。」長如字。○朱氏曰：「旆旆，揚起也。」○錢氏曰：「如旗之旆也。」**禾役穟穟，**音遂。○《傳》曰：「役，列也。」○疏曰：「種禾則有行列。」○錢氏曰：「穟與穗通，穟穟，禾多穗也。」**麻麥幪幪，**莫孔反。○《傳》曰：「幪幪，茂盛也。」○曹氏曰：「蒙密也。」**瓜瓞唪唪，**瓞音迭。

〔一〕「以」，復本作「意」，味本、仁本同，從上讀，李本、顧本則「意」下又有「以」字，據姜本、畬本、薈本、授本、聽本改。按，「以岐爲知」與「以嶷爲識」正相對。

唪，布孔反。○〔一〕《傳》曰：「唪唪，多實也。」

四章述稷幼好種殖之事也。后稷之生，其始實能匍而手行，匐而伏地，稍長則岐嶷而能立，免乳以就口食。纔始能食，其嬉戲之時，即有種殖之志。種藝大豆，其大豆旆旆然揚起，禾之行列，穟穟然多穗，麻麥則幪幪然蒙密，瓜瓞則唪唪然多實，異于常人所種也。疏曰：「《周本紀》云：『棄爲兒時，其遊戲好種殖麻麥，麻麥美。』即此章是也。」

誕后稷之穡，有相之道。 相去聲。○《傳》曰：「相，助也。」○張子曰：「他人之穡，則任其自然。惟后稷之穡，則盡人力之助，有相之之道焉，贊化育之一端歟？」○今曰：「有輔相之道，即茀草一端，可以類見。」**茀厥豐草，** 茀音弗。○《傳》曰：「茀，治也。」○王氏曰：「草盛曰茀，治茀亦謂之茀〔二〕，猶治亂謂之亂。」○《箋》曰：「豐，茂也。」**種之黄茂。** 種上聲。○《傳》曰：「種之黄色者，唯黍稷耳。」**實方實苞，** 《傳》曰：「方，極畝也。」○《箋》曰：「方，齊等也。」○疏曰：「毛言地皆方正有苗，鄭言齊等，與《傳》『極畝』亦同，但齊等據苗均，極畝據地滿耳。」○今曰：「《禹貢》『草木漸包』，注云：『叢生相包。』」一本作苞。毛以爲本，鄭以爲茂，其意則一，言苗生成叢也。《詩》中凡言苞，並同。」**實種實褎。** 種上聲。褎音又。

〔一〕「○」，復本無，據李本、畲本、仁本補。
〔二〕「茀」，復本作「事」，據諸本改。

○《箋》曰：「種，生不雜也。」○《傳》曰：「褎，長也。」**實發實秀**，錢氏曰：「發，生莖也。」○長樂劉氏曰：「秀，將實也。」○今曰：「《論語》『秀而不實』，朱氏解云：『吐華曰秀。』是禾生花而將實也。」**實堅實好**。今曰：「堅，成實而堅也。《大田》『既堅』，言於『既皁』之下，皁爲成實未堅，故堅爲成實而堅也。」○好，解見《大田》。**實穎實栗**，《傳》曰：「穎，垂穎也。栗，其實栗栗然。」○今曰：「《書》『異畝同穎』，注：『穎，穟也。』是垂穟也。」○《箋》曰：「栗，成就也。」○疏曰：「《左傳》云：『嘉栗旨酒。』服處云：『穀之初熟爲栗。』」○王氏曰：「栗，不秕也。」秕音匕。**即有邰家室**。邰音台。○《釋文》曰：「邰，今京兆武功縣。」○《傳》曰：「邰，姜嫄之國也。堯見天因邰而生后稷，故國后稷於邰。」○疏曰：「杜預云：『武功縣所治斄城是也。』此邰爲后稷之母家，其國當自有君，所以得封后稷者，或時君絕滅，或遷之他所。」斄音台，與邰同。

五章述后稷掌稼穡而封邰也。后稷稼穡，有輔相造化之道，教民先治去其豐茂之草，然後擇其種之黄色而茂盛者，擇種之後，始種蓺之。下乃言禾生之次序，始而苗，中而秀，末而實也。方者，極盡壠畝，方正齊等，是苗生之始也。既方矣，則欲其苞而成叢；既苞矣，則欲其種而不雜；既種矣，則欲其褎而長。以上言禾之苗也。既褎矣，則欲其發而生莖；既發矣，則欲其秀而吐華。以上言禾之秀也。既秀矣，則欲其堅而成實；既堅矣，則欲其好而無損壞；既好矣，則欲其穎而垂穟；既穎矣，則欲其栗而成就。以上言禾之實也。所以詳言其成熟之次序者，見稼穡之艱難，非一日所能致。或苗而不秀，或秀而不實，滅裂耕者，報之亦滅裂；鹵莽耘者，報之亦鹵莽。今后稷能教民以盡人事，故其穡如此。堯於是封之於邰，使就邰之家室。○《大田》言「既方既皁」，鄭氏以方爲乎甲始生；此詩言「實方實苞」，鄭氏以方爲齊等，二「方」字異義，何也？蓋《大田》言「既方既皁，既堅既好」，皆言穀之成熟，故方爲乎甲始生；此詩言「實方實苞，實發實秀」，發方生莖，秀方吐華，故方爲齊等，言苗生之齊，未有乎甲也。《大田》言「既種既戒」，鄭氏以種爲擇其種；此詩言「實種實褎」，鄭氏以種爲生不雜，二「種」字異義，何也？蓋《大田》言「既種既戒」，在未耕之前，故爲擇其種；此詩前言「種之黄茂」，已是擇種，繼言「實種實褎」，在「方苞」之後，故爲生不雜也。

誕降嘉種，朱氏曰：「降，言教民稼穡，是降於民也。《書》云『稷降播種』是也。」**維秬維秠**。秬音巨。秠音匪，韻披之上。○《傳》曰：「秬，黑黍也。」○《釋草》曰：「秬，一稃二米。」稃音孚，穀皮也。○李巡曰：「秬是黑黍之大名。黑黍之中，一稃有二米者，别名之爲秠。」○疏曰：「秬秠皆黑黍，而《春官·鬯人》注云：『秬如黑黍，一稃二米〔一〕。』言如者，以黑黍一米者多，秬爲正稱，二米則秬中之異。秬有二等，一米亦可爲酒。《鬯人》之注必言二米者，以宗廟之祭，唯裸爲重，二米，嘉異之物，鬯酒宜用之。秠，即皮也。」**維穈維芑，**穈音門。芑音起。○《釋草》曰：「虋，赤苗。芑，白苗。」虋、穈同。○郭璞曰：「穈，今之赤粱粟。芑，今之白粱粟。穈、芑皆好穀也。」**恒之秬秠。**恒音亘，本又作亘。○《傳》曰：「恒，徧也。」○疏曰：「言種之廣多。」○今曰：「恒音衡，訓常也，久也，無別音，唯亘字，古鄧反，訓通也，徧也〔二〕，竟也。今毛訓徧，則本作亘者爲是。」**是穫是畝，**《箋》曰：「成熟則穫而畝計之。」○今曰：「計所穫也。」**恒之穈芑。是任是負，**任音壬。○王氏曰：「任，肩任之也。負，背負之也。」○蘇氏曰：「任，擔也。」**以歸肇祀。**《傳》曰：「肇，始也。」○王氏曰：「后稷始受國爲祭主，故曰肇祀。」○李氏曰：「只當從王氏，以后稷肇祀爲祭宗廟，末章爲配天，毛、鄭謂后稷得郊祀，是誣后稷也。」

六章述后稷封邰之後，教其國人播種嘉穀，將以祭祀宗廟也。秬、秠、穈、芑，四者皆

〔一〕「稃」，復本作「秠」，據畲本、薈本改。薈本校云：「刊本沿《毛詩疏》之誤，『稃』作『秠』，據《周禮·鬯人》注改。」按，本章章指「維黑黍而一稃二米之秠也」，亦作「稃」。

〔二〕「徧」，復本作「偏」，據姜本、畲本、淵本、仁本改。

嘉穀。鬱鬯又用黑黍，故后稷擇嘉種而降於民，以教其耕種。其嘉種，維黑黍之秬也，維黑黍而一稃二米之秠也，維赤粱粟之穈也，維白粱粟之芑也。乃偏種之以秬秠，至熟時，則於是穫刈之，於是畝計之；偏種之以穈、芑，至熟時，則於是肩任之，於是背負之，以歸而始祭焉。后稷封邰，初祭宗廟也。

誕我祀如何？朱氏曰：「『我祀』，承上章而言，后稷之祀也。」**或舂或揄，**舂，傷容反。揄音由，又音俞。○《釋文》曰：「舂，擣也。」○《傳》曰：「揄，抒臼也。」抒，殊之上濁〔一〕，取出也。○疏曰：「謂抒米以出臼。」**或簸或蹂。**簸，波之上。蹂音柔。○《傳》曰：「簸糠也。」○長樂劉氏曰：「蹂以脱其穗〔二〕。」○疏曰：「蹂踐其黍，然後舂之，文當在舂之上，以揄、簸俱是舂，進令與舂相近，且退蹂以爲韻也。」**釋之叟叟，**音蒐。○《傳》曰：「釋，淅米也。」淅音昔。○疏曰：「謂洮米也。」洮音陶。《傳》曰：「叟叟，聲也。」**烝之浮浮。**《傳》曰：「浮浮，氣也。」**載謀載惟，**《箋》曰：「惟，思也。」○今曰：「惟，思之專也。」○李氏曰：「欲其無所不謹，無所不備也。」**取蕭祭脂，**曰：蕭，香蒿也，牛尾蒿也。解見《蓼蕭》。○《箋》曰：「取

〔一〕「濁」，薈本作「謂」，從下讀。
〔二〕「脱」，復本作「税」，據仁本改。按，吕祖謙《吕氏家塾讀詩記》卷二十六引劉氏説亦作「脱」。

蕭草與祭牲之脂，爇之行神之位。」爇，如悦反。○疏曰：「『蕭合黍稷，臭陽達于牆屋〔一〕，故既奠，然後焫蕭合羶薌』，皆《郊特牲》文。爇，燒也。言宗廟之祭，以香蒿合黍稷燒之，以合其馨香之氣，使神歆饗之。此言祭脂，彼不言脂；彼言黍稷，此不言黍稷，皆文不具耳。」焫音爇。羶薌音馨香。○朱氏曰：「取蕭祭脂，宗廟之祭。」**取羝以軷。**羝音抵。軷音跋。○《傳》曰：「羝，牡羊也。軷，道祭也。」○疏曰：「道祭，謂祭道神。《秋官·犬人》云：『凡祭祀，供犬牲。伏瘞亦如之。』鄭司農云：『伏謂伏犬，以王車轢之。』此用羝，亦伏體軷上。」○曹氏曰：「内言焫蕭，外言釋軷，則羣祀皆舉矣。」**載燔載烈，**燔音煩。○燔，解見《楚茨》。○《傳》曰：「貫之加于火曰烈。」○《箋》曰：「燔烈其肉。」○疏曰：「烈是火猛之意，不可近燒，故云『貫之加於火上』，即今之炙肉也。燔是近火燒之，炙是遠火炙之。」○今曰：「如疏之言，是烈亦炙也。」**以興嗣歲。**今曰：「嗣歲者，繼今歲，謂來年也。」

七章乃述后稷祭祀之事也。我后稷之祭祀，其禮如何？先以所得秬秠穈芑之粟，或使人舂之，或使人揄出之，或使人簸揚其糠，或使人蹂踐其禾，取穀以繼之。言各有司存，並皆敏疾也。既蹂舂得米，乃浸之於盆而淅之，其聲叟叟然。又盛之於甑而烝

〔一〕「陽」「于」，《毛詩正義》卷十七之一無。按，孔疏：「彼（指《儀禮·郊特牲》）言『臭陽達于墻屋』，此（指《毛傳》）無『陽』『于』二字，引之略耳。」是孔疏原即無「陽」「于」二字，葉校以爲此是嚴氏據《郊特牲》文補，取便易曉也。

之，其氣浮浮然，以爲酒醴及簠簋之實也。及戒祭祀之事，則又謀度之，則又思惟之，無所不致其謹也。於是或取蕭之香草，與祭牲之脂膏而爇燒之，爲宗廟之祭。諸侯之祭，莫大於宗廟也。又或取牡羊，以爲犯軷之祭。軷，道祭也，祭七祀之行神也。諸侯有朝聘之事則軷祭，上自宗廟，下至軷祭，羣祀該舉之矣。或取肉傅火而燔之，或取肉貫之，加火而烈之，纖悉無不盡矣。凡此者，皆欲以興起來歲之事，謂禱其又豐也。不曰來歲，而曰嗣歲，欲其豐年相續也。○《夏官·大馭》「掌馭玉路以祀〔一〕，及犯軷」，注云：「行山曰軷，封土爲山象，以菩芻棘柏爲神主。菩音負，又音倍。芻音初。既祭，以車轢之而去，轢音歷。喻無險難也。」《邶·泉水》疏引《春秋傳》云：「跋涉山川。」然則軷，山行道之名也〔二〕。○鄭氏於《楚茨》「或燔或炙」，以炙爲炙肝；此詩烈亦炙也，乃云「燔烈其肉」。蓋鄭意以《楚茨》言宗廟之祭特牲，以肝配燔，故炙爲炙肝；此詩爲后稷將郊而先軷祭，以上皆言軷祭之事，故烈爲烈其肉。今以此詩言燔烈爲總説宗廟及軷祭，非專指軷也。

〔一〕「玉」，復本作「王」，據諸本改。按，阮元《周禮注疏校勘記》云：「『王』，閩、監本同，誤也。」

〔二〕仁本校云：「《校勘記》於《泉水》疏，以『道』爲衍字。」

卬盛于豆，卬盛音昂成。○朱氏曰：「此章言尊祖配天之祭。」○《傳》曰：「卬，我也。木曰豆，薦菹醢也。」○疏曰：「《釋器》云：『木豆謂之豆。』醢人掌四豆之實，皆有菹醢。」**于豆于登**〔一〕。《傳》曰：「瓦曰登，大羹也。」○《箋》曰：「祀天用瓦豆，陶器質也。」○疏曰：「《釋器》云：『瓦豆謂之登。』《公食大夫禮》云：『大羹湆不和，實於登。』大古之羹，不調以鹽菜。湆，肉汁也。」湆音泣。○今曰：「登升之登無丿，豆登之登有丿。」**其香始升，上帝居歆。**《箋》曰：「居，安也。歆，饗也。」**胡臭亶時？**《箋》曰：「胡，何也。亶，誠也。」○朱氏曰：「臭，香也。」○李氏曰：「言祭得其時也。《士冠禮》云：『嘉薦亶時。』」○時，有考，見《魚麗》。**后稷肇祀。庶無罪悔，以迄于今。**迄，欣之入。○《傳》曰：「迄，至也。」○李氏曰：「使我子孫無有罪悔，至于今而有天下也。」

末章言尊后稷以配天也。我今以菹醢盛之于木豆，又以大羹盛之于瓦登，器用陶匏，大羹不和，禮至簡也。其馨香之氣始升于上，而上帝已安饗之〔二〕，何香臭之誠得其時乎？言天之所饗，不在物也。蓋天生后稷以養民，后稷能教民稼穡以相天，故以

〔一〕「登」，復本作「登」，據薈本、仁本改。下同。按，阮元《毛詩正義校勘記》以作「登」爲是，然嚴氏注中「登升之登無丿，豆登之登有丿」云云，自以作「登」爲是。

〔二〕「已」，淵本作「以」。

功封邰而祀宗廟，爲周家祭祀之始，天心眷之久矣。自后稷肇祀以來，子孫世脩其業，不敢失墜，以獲罪于天，遂至今日得以成王業而郊天。天之歆饗，蓋在此耳。周之郊也，因稷而致，所謂文武之功，起於后稷，尊后稷以配天，不亦宜乎？○《我將》，文王配帝之詩；《生民》，后稷配天之詩也。《我將》言牛羊不足以必天之右，惟「儀式刑文王之典」，庶天心右饗之；此詩言豆登何足以致帝之歆，惟世脩后稷之業，乃有今日，其意皆相類。

《生民》八章，四章章十句，四章章八句。

《行葦》，音偉。**忠厚也。周家忠厚，仁及草木，故能內睦九族，**九族，解見《王・葛藟》。**外尊事黃耇，**音苟。○黃耇，解見《南山有臺》。**養老乞言，以成其福祿焉。**《詩記》曰：「自『周家忠厚』以下，論成周盛德至治則得之，然非此詩之義也。意者講師見《序》有忠厚之語而附益之歟？」

敦彼行葦，敦音團。○《傳》曰：「敦，聚貌。行，道也。」○曰：大者葭、蘆、葦，一名華，一物而四名。解見《七月》。○疏曰：「葦初生爲葭。此禁牛羊勿踐，則是春夏時事，而言葦者，此愛其爲人用。人之所用，在於成葦，故以成形名之。」**牛羊勿踐履。**朱氏曰：「勿，禁止之辭。」**方苞方體，**苞，解見《生民》。○張子曰：「草叢生，以喻兄弟。」○《箋》曰：「體，成形也。」○曹氏曰：「幹也。」○錢氏曰：「成莖也。」**維葉泥泥。**上聲。○《傳》曰：「葉初生泥泥。」○今曰：「《蓼蕭》『零露泥泥』爲霑濡貌，則此言泥泥是潤澤之意，蓋泥泥是濕也。」**戚戚兄弟，**《傳》曰：「戚戚，内相親也。」○《詩記》曰：「唯體之深者，爲能識之。」**莫遠具爾。**朱氏曰：「莫，猶勿也。」○《箋》曰：「具，猶俱也。」○蘇氏曰：「爾，近也。」○今曰：「《地官·肆長》云：『實相近者相爾也。』注：『爾，亦近也。』」

首章發兄弟之愛也。興也。言敦敦然聚者，是彼道傍之蘆葦，勿令牛羊踐履之。此葦方苞而成叢，方體而成莖，其葉初生，泥泥然潤澤而可愛，忍傷之乎？葦之叢生，如兄弟之聚也，戚戚然親愛之兄弟，切莫疎遠，宜俱相親近也。○此詩以行葦興兄弟，「維葉泥泥」「戚戚兄弟」之辭，體察精微，懇款親切，惻然惟恐傷之，千載之下，猶能使人興起也。《詩記》曰：「此詩毛氏七章，二章章六句，五章章四句，鄭氏析爲八章，以文義考之，當從毛氏。一章以行葦興兄弟，宜作六句；二章言陳設，宜作四句；三章言燕樂，宜作六句；後四章則不可增損，毛、鄭所同也。『戚戚兄弟，莫遠具爾』，忠厚之意，藹然見於言語之外矣。下章之燕樂，皆所以樂乎此也。」

或肆之筵，音延。○《傳》曰：「肆，陳也。」**或授之几。**《箋》曰：「兄弟之年稚者，爲設筵而已；老者，加之以几。」○曹氏曰：「几，尊者憑之以爲安。」**肆筵設席，**《傳》曰：「設席，重席也。」○疏曰：「既言肆筵，上又設席，故知重席也，不過下莞上簟而已。《春官·司几筵》注云：『筵，亦席也。鋪陳曰筵，籍之曰席。』然則在下爲鋪陳，在上人所蹈藉，故在下者稱筵，在上者稱席。」**授几有緝御。**《箋》曰：「緝，猶續也。御，侍也。相續代而侍者。」○疏曰：「凡御者，皆侍其側。」○長樂劉氏曰：「不暫闕其侍從也。」○李氏曰：「緝御，即所謂更僕是也。」

次章述陳設也。或陳之以筵，謂行燕禮也；或授之以几，優老也。兄弟之年稚者，鋪筵而已，老者則鋪筵，而又設席於筵之上，加重席也。老者既授以几，又有相續代而侍者。

或獻或酢，音昨〔一〕。○《箋》曰：「進酒於客曰獻，客答之曰酢。」**洗爵奠斝。**音嘏。○《傳》曰：「斝，爵也。夏曰醆，殷曰斝，周曰爵。」醆音盞。○《箋》曰：「主人又洗爵酬客，客受而奠之，不舉也。」○疏曰：「王與族人燕，以異姓爲賓。宰夫爲主人所洗所奠，猶一物也，而云『洗爵奠斝』，似是異器，故辨之云『斝，爵也』。爵，酒器之大名，故《儀禮》飲觶者亦云『卒爵』，是爵爲總稱。作者因洗奠之别，更變其文耳。『夏曰醆』以下，皆《明堂位》文。引之者，明斝非周器。謂之斝者，彼注謂畫禾稼也。」觶音志。**醓醢以薦，**醓，

〔一〕「昨」，復本作「胙」，據薈本改。薈本校云：「刊本『昨』訛『胙』，今改。」

他感反。噉音同。醢音海。○《箋》曰：「薦之禮，韭菹則醓醢。」○疏曰：「李巡云：『以肉作醬曰醢。』《天官・醢人》注云：『醓，肉汁也。』用肉爲醢，特有多汁，故以醓爲名。其無汁者，自以所用之肉魚鴈之屬爲之名也。」**或燔或炙。**燔音煩。炙音隻。○《箋》曰：「燔用肉，炙用肝。」○解見《楚茨》。**嘉殽脾臄，**脾音皮。臄，渠略反。○《傳》曰：「臄，函也。」○《箋》曰：「以脾函爲加，故謂之嘉。」○疏曰：「燔炙是正饌，以脾函爲加助。服虔云：『口上曰臄，口下曰函。』」○《說文》曰：「函，舌也。」又曰：「口裹肉也。」**或歌或咢。**音鄂。○《傳》曰：「歌者，比於琴瑟也。徒擊鼓曰咢。」比音備。○疏曰：「經傳諸言歌者，皆以絃和之。孫炎云：『咢，聲驚咢也。』」

三章述燕樂也。燕兄弟之時，或主人進酒而獻之於賓，賓既卒爵，酌而酢主人。主人卒飲，又洗爵以酬賓，賓受而奠此斝，不復舉之。斝即爵也。有肉醬多汁之醓醢，以薦進之。又或入火以燔其肉，或遠火以炙其肝[一]，以爲羞。其正饌之外所加善殽，則有脾與臄。又作樂助歡，或歌而比於琴瑟，或咢而徒擊鼓，親親之厚也。李氏曰：「言侍御、獻醻、飲食、歌樂之盛也。」○今考《燕禮》諸侯燕其臣，以膳宰爲主人。主人獻賓，賓卒爵。賓洗爵，酢主人。主人卒爵。主人獻公。公卒爵。公酌酢主人，主人卒爵。

[一]「遠」，復本作「近」，據仁本改。按，《楚茨》「或燔或炙」，孔疏：「炙者，遠火之稱。」

於是主人酌以酬賓，賓遂奠而不舉也。

敦弓既堅， 敦音彫。○《傳》曰：「敦弓，畫弓也。天子敦弓。」○疏曰：「敦與彫，古今字之異。彫是畫飾之義。弓人爲弓，唯言用漆，不言畫，則漆上又畫之。其諸侯公卿宜與射者，自當各有其弓，不必畫矣。」○李氏曰：「《荀子》曰：『天子彫弓，諸侯彤弓，大夫黑弓。』何休《公羊》注亦云：『天子彫弓，諸侯彤弓，大夫嬰弓，士盧弓。』此言敦弓，即所謂天子彫弓也。」○朱氏曰：「堅，猶勁也。」**四鍭既鈞。** 鍭音候，又音侯。○《釋文》曰：「鍭，矢名。」○《傳》曰：「鍭，矢三亭〔一〕。」○疏曰：「三亭，謂參分矢，一在前，二在後，輕重鈞亭，四矢皆然，故言『四鍭既鈞』。《冬官・矢人》『爲鍭矢參分〔二〕，一在前，二在後』，注云：『三訂之而平者，前有鐵重也。』《方言》云：『關西曰箭，江淮謂之鍭。』則鍭者，鐵鏃之矢名也。」鐵音鐵。**舍矢既均，** 舍音捨。○《傳》曰：「已均中蓺。」○《箋》曰：「舍，釋也。蓺，質也。」○疏曰：「舍，放矢也。四矢皆中也。」**序賓以賢。** 丘氏曰：「射以中多者爲賢。」○朱氏曰：「《投壺》云：『某賢於某若干純，奇則曰奇，均則曰左右均。』是也。」

四章、五章述燕射也。既燕族人，而射以爲樂。其天子親所射彫畫之弓，既堅勁矣，

〔一〕「亭」，復本作「停」，據李本、顧本、畲本、仁本及《毛詩正義》十七之二改。下同。
〔二〕葉校云：「『爲』下，當據《冬官・矢人》補『矢』字，《詩》疏引亦奪『矢』字。」

其四矢既輕重鈞亭矣，放舍此矢，既均而皆中矣。次序衆賓，以射中多者爲賢也。諸臣不必晝弓，以天子之燕射，故舉天子之弓言之耳。○鄭以爲將養老，擇士大射，王肅以爲燕射，《詩記》從王。《詩記》曰：「以詩之所叙，考之《儀禮》，王肅之説是也。然學者讀此詩，當深挹順弟和樂之風，以自陶冶，若一一拘牽禮文，則其味薄矣。」

敦弓既句，溝之去。○疏曰：「㲄與句，字異音義同，引滿也。」**既挾四鍭。**挾音浹，又音協。○《箋》曰：「射禮，搢三挾一个，言已挾四鍭，則已徧釋之。」○疏曰：「搢，插也。挾，謂手挾之。射用四矢，故插三於帶間，挾一以扣弦而射也。謂卿大夫，若其君，則使人屬矢，不親挾也。」○今曰：「《儀禮·鄉射》《大射》皆云：『搢三挾一个。』又云：『挾乘矢。』注云：『方持弦矢曰挾。』弦縱而矢横爲方。凡挾矢於二指之間横之，謂左手執弓把，見矢鏃於把外，右手大指鉤弦，二指挾持其矢，故弦縱而矢横，弦與矢作十字，故方也。凡兩物夾一物曰挾，此矢在弦之外二指之内，故曰挾。」**四鍭如樹，**丘氏曰：「如以手植之。」○曹氏曰：「言其巧且力也。」**序賓以不侮。**朱氏曰：「不侮，不以中病不中者也。射以中多爲儁，以不侮爲德。」

敦弓既引滿，四鍭皆已挾，則徧釋之矣。四鍭皆中，如以手植之。然其序以不侮爲貴，尚德也，不以中多陵人也。

曾孫維主，《傳》曰：「曾孫，成王也。」**酒醴維醹。**音乳。○《傳》曰：「醹，厚也。」○疏曰：「謂酒之醇者。」**酌以大斗，**《傳》曰：「大斗長三尺也。」○疏曰：「大斗長三尺，謂其柄也。《漢禮器制度》注：『勺五升，徑六寸，長三尺。』是也。此蓋從大器挹之以樽，用此勺耳。其在樽中，不當用如此之長勺也。」**以祈黃耇。** 疏曰：「祈，求也。」○黃耇，解見《南山有臺》。

六章述既射而復終燕，因以乞言也。爲之主者，成王也。其酒醴皆醇厚矣，遂以長柄大斗，從大器中酌之於樽以爲醴〔一〕，而求於黃耇之人，謂乞言也。二章言授几緝御之事，則兄弟之中，有老者存焉。古者燕飲，於旅也語，必因以求誨言於老成人。凡一話一言，皆足以爲熏陶漸染之益，不徒爲燕樂也。

黃耇台背，台音胎，徐又音臺。○《傳》曰：「台背，大老也。」○《箋》曰：「台之言鮐也，大老則背有鮐文。」鮐音臺。○疏曰：「郭璞云：『老人氣衰，皮膚消瘠，背若鮐魚也。』劉熙《釋名》云〔二〕：『九十曰鮐背。』」**以引以翼。** **壽考維祺，**音其。○《傳》曰：「祺，吉也。」**以介景福。**《箋》曰：「介，助也。景，大也。」

七章終上章乞言之意也。成王乞言於黃耇台背之大老，此大老告成王以善道，引而導之，翼而輔之，以成其德。故自天祐之，成王得壽考吉祥，助其大福也。

〔一〕仁本校云：「『爲醴』之『醴』，恐『禮』誤。」
〔二〕「名」，復本無，據薈本、仁本及《毛詩正義》卷十七之二補。薈本校云：「刊本脱『名』字，今增。」

《行葦》七章，二章章六句，五章章四句。鄭氏作八章，章四句，今從毛氏。

《既醉》，大平也。大音泰，後「大平」皆倣此。醉酒飽德，人有士君子之行焉。行去聲。

此詩成王祭畢而燕羣臣也。大平無事〔一〕，而後君臣可以燕飲相樂，故曰大平也。講師言「醉酒飽德」，止是首章二語。又言「人有士君子之行」，非詩意矣。

既醉以酒，既飽以德。朱氏曰：「德，王之德也。」〇陳氏曰：「燕接之間，恩澤充足，故言既飽以德。」君子萬年，《箋》曰：「君子，斥成王也。」介爾景福。

成王與羣臣祭畢而燕於寢，羣臣美之。言成王既醉我以酒矣，燕接之間，恩澤充足，既飽我以德矣，無以報上，願其享萬年之壽，而天助爾大福也。

既醉以酒，爾殽既將。《箋》曰：「殽，俎實也。」〇疏曰：「歸俎者，以牲體實之於俎也。」〇〔二〕《楚茨》篇：「爲俎孔碩，或燔或炙。」〇《詩記》曰：「《國語》晉獻公令司正實爵與史蘇〔三〕，云：『賞女以爵，罰女以

〔一〕「大」，復本作「太」，據薈本改。按，據《毛序》及嚴氏「大音泰，後『大平』皆倣此」小注，當作「大」。下同。
〔二〕「〇」，復本無，葉校云：「今案，此非疏文，『《楚茨》篇』上當用墨圍別之。」據補。
〔三〕「獻」，味本、李本、姜本、顧本、畬本、授本、聽本、仁本無。

無斁。』」○《傳》曰：「將，行也。」○朱氏曰：「亦奉持而進之意。」**君子萬年，介爾昭明。**丘氏曰：「謂發其智慮也。」

羣臣又欲天助成王以昭明之德。

昭明有融，朱氏曰：「融，明之盛也。《春秋傳》云：『明而未融。』」**高朗令終。**朗，郎之上。○《傳》曰：「朗，明也。」○朱氏曰：「虚明也。令終，善終也。」**令終有俶，**音觸。○《傳》曰：「俶，始也。」**公尸嘉告。**協韻音谷。○《傳》曰：「公尸，天子以卿。」○疏曰：「《白虎通》引曾子云：『王者宗廟以卿爲尸，不以公爲尸，避嫌。三公尊近，天子親稽首拜尸，故不以公爲尸。』《白虎通》又云：『周公祭太山，用召公爲尸。』蓋天地山川得用公也。」○《詩記》曰：「周之追王，止於大王，則宗廟之祭，尸之尊者，乃公尸也。」○《箋》曰：「嘉告〔一〕，以善言告之，謂嘏辭也。」

羣臣祝成王昭明，而又極於融。融者，一理混融，徹上徹下，無復凝滯，明之盛也。靡不有初，鮮克有終，始明終昏者多矣，故又祝其高明而善終也。過而後改，迷而後復，不若有始有卒之盡善，故祝其善終，而又欲其有始，如太甲有終而無始，不得爲全善矣。成王以幼沖嗣服，欲善其終，當謹其始，乃始終如一也。「令終有俶」，猶仲虺言

〔一〕「告」下，復本有「也」字，衍，據諸本删。

「愼厥終〔一〕，惟其始」，伊尹言「愼終于始」也。能如是，則神降之福，公尸以善言來告矣。○舊説以「令終」爲考終命，此非臣子祝君之辭也。一章、二章方祝君以萬年，不應三章遽祝以考終命，其言不倫，由鄭氏鑿説以「景福」爲五福，孔氏遂牽合，謂令終爲考終命，然《鄭箋》「令終」云「以善名終」，則鄭意亦不然，孔求之過耳。

其告維何？籩豆靜嘉。《箋》曰：「靜嘉，潔清而美也。」○長樂劉氏曰：「靜，言其滌濯且敬也；嘉，言其新美而時也。」○陳氏曰：「《傳》所謂馨香無讒慝之意也。」**朋友攸攝，**朱氏曰：「朋友，指助祭者。」○疏曰：「攝者，收斂之意。」○蘇氏曰：「檢也。」**攝以威儀。**疏曰：「《祭義》所謂『濟濟漆漆』是也。」漆音切。

公尸所告者，其言如何乎？言汝籩豆所盛之物，潔靜而嘉美。汝之朋友助祭者，能相檢攝而佐助之，其檢攝以威儀，莫有惰容也。設爲嘏辭，以見主祭與助祭者，皆當神意也。黄氏曰：「祭不在物而在誠，誠之所可見者，寓於威儀之間。」

威儀孔時，《箋》曰：「孔，甚也。時，宜也。」**君子有孝子。**《箋》曰：「有孝子之行。」**孝子不匱，**《傳》曰：「匱，竭也。」○今曰：「《祭義》云：『孝有三：小孝用力，中孝用勞，大孝不匱。博施備物，可謂不匱

〔一〕「愼」，復本作「謹」，據顧本、畲本及《尚書·仲虺之誥》改。

矣。』」**永錫爾類。**《箋》曰：「長以與女之族類，謂廣之以教道天下也。《春秋傳》云：『潁考叔，純孝也，施及莊公。』」施音異。

上章設爲嘏辭，此章以下則承嘏辭之意而衍之。言威儀甚得其宜者，此由成王有孝子之行也。《祭義》說祭祀奉承薦進之容貌，皆以孝子言之。蓋因其容貌之形見，以知其孝敬之深厚，即此詩之意也。孝子之行，無有匱竭，能化天下皆爲孝，是「永錫爾類」也。聖人之於民，類也。同此類，則同此心。孝者，人心之同然，以心感心，放之四海而準，是錫類也。《洪範》「錫福」之意，亦如此。祭祀稱孝子，其來尚矣。

其類維何？室家之壼。音閫。○《傳》曰：「壼，廣也。」○《釋宮》曰：「宮中巷謂之壼。」○今曰：「宮中巷者，由内出外之路，喻行於家而達於外也。故毛以爲推廣之義。」**君子萬年，永錫祚胤。**祚音助。胤，羊刃反。○《箋》曰：「祚，福祚也。」○《傳》曰：「胤，嗣也。」○朱氏曰：「子孫也。」

其錫類如何乎？王者之化，由室家而推之天下，如宮中之巷，由内而行出於外也。成王能如此，宜其享萬年之壽，而天又錫之以福祚，及繼嗣之子孫也。

其胤維何？天被爾祿。被音避。○《箋》曰：「被，覆被也。」**君子萬年，景命有僕。**李氏曰：「僕屬而不絕。」○今曰：「《孟子》『僕僕亟拜』，言拜之頻煩，亦不絕之意。」

其天錫以繼嗣者如何乎？乃天覆被女以福祿，使有萬年之壽，而大命僕屬不絕也。

此章問以繼嗣而言福祚者，言天錫以繼嗣，故福祚不絶也。

其僕維何？釐爾女士。釐音离。○《傳》曰：「釐，予也。」○《箋》曰：「女士，女而有士行者。」**釐爾女士，從以孫子。**《箋》曰：「從，隨也。」

其大命之僕屬如何乎？乃天錫以女而有士行者以爲妃，又使生賢智之子孫以隨之。

此章問以福祚，而言繼嗣者，言天錫以福祚，故繼嗣繁昌也，與上章互言之耳。

《既醉》八章，章四句。

《鳧鷖》，音符伊。**守成也。**疏曰：「物極則反，或將喪之，成之既難，守亦不易，故美其能守之也。」**太平之君子，**《箋》曰：「君子，斥成王也。」**能持盈守成，神祇祖考安樂之也。**祇音其。樂音洛。○疏曰：「神者，天神。祇者，地神。祖考，則人神也。」

祭天神、地祇、祖考皆有尸，五章皆言公尸，又四章言「既燕于宗」，毛以爲皆言祭宗廟，其説是也。疏曰：「毛以爲皆祭宗廟，則是祖考耳，而兼言神祇者，以推心事神，其致一也。能事宗廟，則亦能事天地，因祖考而廣言神祇，明其皆安樂之也。」

鳧鷖在涇，曹氏曰：「鳧，野鶩也。」鶩音木。○《釋鳥》曰：「鷊，沉鳧。」鷊音施，又音彌。○郭璞曰：「鳧似鴨而小，長尾，背上有文，今江東亦呼爲鷖。」○陸璣曰：「大小如鴨，青色，卑脚短喙，水鳥之謹愿者也。」○疏曰：「《蒼頡解詁》云：『鷖，鷗也。』」○涇，解見《邶·谷風》。**公尸來燕來寧。**公尸，解見《既醉》。○《箋》曰：「祭祀既畢，明日又設禮而與尸燕。」○疏曰：「言公尸來燕，則是祭後燕尸，非祭時也。燕尸之禮，大夫謂之賓尸，即用其祭之日，今《有司徹》是其事也。天子、諸侯則謂之繹，以祭之明日。《春秋·宣八年》言『辛巳，有事於太廟。壬午，猶繹』，是謂在明日也。此公尸來燕，是繹祭之事。」**爾酒既清，**《箋》曰：「爾，成王也。」**爾殽既馨。**《傳》曰：「馨，香之遠聞也。」**公尸燕飲，福禄來成。**

興也。祭之明日，行燕尸之禮。鎬京近涇水，指土地所見言之。野鳧與鷖鷗，皆水鳥也。水鳥在水中，得其所，喻公尸來燕而安寧也。成王酒清殽馨，以與公尸燕飲，故神以福禄來成汝矣。○渭水東流，先會豐而後會涇。豐水自南而入渭，涇水自西北而入渭。文王居豐，在豐水之西，則越豐而後至涇；武王居鎬，在豐水之東，則去涇近矣。張衡《西京賦》云「欲灃吐鎬，據渭踞涇」，見涇水近鎬也。欲，呼合反。

鳧鷖在沙，《傳》曰：「沙，水旁也。」○疏曰：「《需卦》『需于沙』，注云：『沙，接水者。』」**公尸來燕來宜。**今曰：「來而宜之，謂樂之也。」**爾酒既多，爾殽既嘉。公尸燕飲，福禄來爲。**去聲。○《箋》曰：「爲，猶助也。」

鳧鷖在渚，音煮。○解見《江有汜》。**公尸來燕來處。**音杵。○《傳》曰：「處，止也。」**爾酒既湑，**湑之上。○毛《伐木·傳》曰：「湑，莤之也。」莤與縮音義同，謂以茅泲之而去其糟也。泲亦作濟，上聲也。

爾殽伊脯。疏曰：「乾脯也。」**公尸燕飲，福禄來下。**

鳧鷖在潨，音崇。○《傳》曰：「潨，水會也。」○《説文》曰：「小水入大水也。」**公尸來燕來宗。**《傳》曰：「宗，尊也。」○李氏曰：「來居尊位也。」**既燕于宗，**疏曰：「燕於宗廟。」**福禄攸降。**户江反。**公尸燕飲，福禄來崇。**吕氏曰：「崇，積而高大也。」

鳧鷖在亹，音門。○《傳》曰：「亹，山絶水也。」○曰：亹，謂山當水路，令水勢斷絶也。《西漢·地理志》金城郡有浩亹縣，注云：「浩，水名也。亹者，水流峽山間，兩岸深若門也。」浩音告。**公尸來止熏熏。**《傳》曰：「熏熏，和悦也。」**旨酒欣欣，**《傳》曰：「欣欣，樂也。」**燔炙芬芬。**《傳》曰：「芬芬，香也。」**公尸燕飲，無有後艱。**今曰：「後艱，猶後患也。」

《鳧鷖》五章，章六句。

《假樂》，音暇洛。**嘉成王也。**疏曰：「正詩例不言美，以見爲經之正，因訓假爲嘉，故轉經以見義。」

假樂君子，《傳》曰：「假，嘉也。」○今曰：「《左傳》《中庸》皆作嘉樂，則假訓爲嘉也。」**顯顯令德。宜**

民宜人，陳氏曰：「民，在下之民也；人，在位之人也。」○疏曰：「能安民，能官人，其文與此相類。」**受禄于天。**

言可嘉樂者，此成王也。有顯顯之善德，宜其在下之民，謂萬姓以和也；宜其在位之人，謂百官以和也。人、民皆宜，是可嘉樂，以此能受福禄於天也。

保右命之，自天申之。《傳》曰：「申，重也。」重去聲。**干禄百福，**《箋》曰：「干，求也。」**子孫千億。**《箋》曰：「十萬曰億。」○解見《楚茨》。

既保安之，又右助之，又從而命之，是自天申命用休也。成王有干禄之道，而得百福。干禄，言自求多福，謂在我有以致之，非天私於成王也。宜成王子孫之繁，至于千億，傳之無窮也。

穆穆皇皇，《釋訓》曰：「穆穆，敬也。」○《釋詁》曰：「皇皇，美也。」**宜君宜王。**《傳》曰：「宜君王天下也。」**不愆不忘，**《箋》曰：「愆，過也。」**率由舊章。**《箋》曰：「率，循也。由，用也。」○長樂劉氏曰：「舊章，先王之禮樂政刑也。」

成王之德，穆穆然敬，皇皇然美，宜其爲君，宜其爲王也。又不愆過，不遺忘，以循用先王之舊法。○鄭氏以「穆穆皇皇，宜君宜王」爲子孫，以「不愆不忘，率由舊章」復爲成王，文意斷續，此由分章之誤也。「穆穆皇皇」與「抑抑秩秩」一體，「率由舊章」與「率由羣匹」相對，皆言成王也。「宜君宜王」，即所謂「宜民宜人」也。

威儀抑抑，《賓之初筵·傳》曰：「抑抑，慎密也。」**德音秩秩。**《傳》曰：「秩秩，有常也。」〇錢氏曰：「有序也。」**無怨無惡，**烏路反，又如字。**率由羣匹。**今曰：「羣耦，謂衆同德之臣也。」

成王之威儀，抑抑然謹密，其德音言語，秩秩然有常。言行皆盛德之所著見，故能無所咎怨，無所憎惡，推誠樂與，惟循用羣臣之賢，匹耦於己者，言志同道合也。此章與上章一體，「不愆不忘」，爲「率由舊章」言之也；「無怨無惡」，爲「率由羣匹」言之也。〇音，聲也。德音，有德之聲音也。言語、教令、聲名，皆可稱德音。此詩「德音秩秩」，可以爲言語、教令，不可以爲聲名。《皇矣》「貊其德音」，可以爲教令、聲名，不可以爲言語；《南山有臺》「德音不已」「德音是茂」及《有女同車》「德音不忘」，《車舝》「德音來括」，皆聲名也；《小戎》「秩秩德音」，《鹿鳴》「德音孔昭」，《日月》「德音無良」，《邶·谷風》「德音莫違」，皆言語也。

受福無疆，四方之綱。之綱之紀，燕及朋友。《傳》曰：「朋友，羣臣也。」〇朱氏曰：「燕，安也。言人君能綱紀四方，而臣下賴之以安。」〇《詩記》曰：「《泰誓》云：『友邦冢君。』《酒誥》云：『太史友，内史友。』則朋友者，合百辟、卿士言之也。」○今曰：「朋友，即下文『百辟卿士』。『燕及朋友』，猶『燕及皇天』。」成王受福無窮，故於天下之治，惟總其大綱。大綱舉而小紀自隨，則太平極治，可傳於永久，此無窮之福也。羣臣與國同休，是安及羣臣也。

百辟卿士，董氏曰：「百辟，諸侯也。卿士，羣臣也。」**媚于天子。**《箋》曰：「媚，愛也。」**不解于位，**解音懈。○今曰：「解，怠也。」**民之攸塈。**音餼。○《傳》曰：「塈，息也。」外而百辟，内而卿士，皆媚愛于成王，而不解怠於其職位。此民之所由以休息也。

《假樂》六章，章四句。舊四章，章六句。今從陳氏。

詩緝卷之二十八

嚴粲述

《公劉》，召康公戒成王也。成王將涖政，涖音利，**戒以民事，美公劉之厚於民，**《箋》曰：「公劉，后稷之曾孫。」**而獻是詩也。**《箋》曰：「成王始幼少，周公居攝政。及歸之〔一〕，成王將涖政。召公懼成王尚幼稚，不留意於治民之事，故作詩美公劉以深戒之也。」○《詩記》曰：「《史記》云：『夏后氏政衰，去稷不務，不窋失其官，而奔戎狄之間。不窋孫公劉，雖在戎狄之間，復脩后稷之業。』」窋，竹律反。○王氏曰：「周之有公劉，言乎其時則甚微，言乎其事則甚勤。稱時之甚微，以戒其盈；稱事之甚勤，以懲其逸。蓋召公之志也。」

篤公劉，《傳》曰：「篤，厚也。」○今曰：「公劉克篤前烈。」○《釋文》曰：「王云：『公，號；劉，名也。』《尚書傳》云：『公，爵。劉，名也。』王基云：『公劉，字也。』」○《詩故》曰：「周人以諱事神，王者祫百世，召公不當舉名，然則公劉其號也。」**匪居匪康。**《箋》曰：「康，安也。」**迺埸迺疆，**埸音亦。○《信南山·傳》曰：「埸，畔也。」○董氏曰：「疆，界也。埸、疆皆田之界畔，然詩言『迺埸迺疆』，當有小別。疆如封疆，所包者廣，故王氏於《信南山》言『疆者，爲之大界』，然則埸是小界，今之小田塍也。」**迺積迺倉。**積如字。○

〔一〕「及」，仁本、復本及《毛詩正義》卷十七之三作「反」。

董氏曰：「積，委積也。」此委積音餧恣。○朱氏曰：「積，露積也〔一〕。」**迺裹餱糧，**裹音果。餱音侯。○今曰：「餱，乾食也，解見《伐木》。糧，米食也〔二〕。」**于橐于囊，**橐音託。○《傳》曰：「小曰橐，大曰囊。」○疏曰：「宣二年《左傳》稱『趙盾見靈輒餓，爲之簞食與肉，寘諸橐以與之』，橐唯盛食而已，是其小也。簞食與肉寘橐，是乾餱盛于橐也。哀六年《公羊傳》稱『陳乞欲立公子陽生，盛之巨囊』，内可以容人，是其大也。」○今曰：「《東方朔傳》云：『奉一囊粟。』是糧米盛于囊也。奉音俸。」**思輯用光。**輯音集。○今曰：「《書》『輯五瑞』，注云：『斂也。』此輯亦聚集之也。」**弓矢斯張，干戈戚揚，**《箋》曰：「干，盾也。」盾，食允反。○戈，解見《曹·候人》。○《傳》曰：「戚，斧也。揚，鉞也。」鉞音越。○《詩記》曰：「《左傳》工尹路曰：『君王命剥圭以爲鏚柲。』注：『鏚，斧也。柲，柄也。』」柲音祕。○疏曰：「鉞大而斧小。《六韜》云：『大阿斧，重八斤，一名天鉞。』」**爰方啓行。**朱氏曰：「方，猶始也。」

首章述公劉在西戎，謀遷於豳也。自后稷封於邰，傳子不窋，夏后氏政衰，去稷不務，不窋失其官，竄于西戎。不窋之孫公劉，自西戎而遷于豳，遷國安民，非篤厚者不能，

〔一〕「也」下，淡本有：「○乃積其露積，乃實其倉廩。」

〔二〕「米食」，原作「食米」，據淵本改。按，元劉瑾《詩傳通釋》卷十七、明顧夢麟《詩經説約》卷二十二引嚴説亦作「米食」。

故言篤厚乎公劉也。以下乃述厚民之事，唯篤厚，故能厚民也。公劉之在西戎，不敢居處，不敢安寧，謂不安於夷狄之陋，謀爲遷豳之計也。將欲遷國，必先聚糧治兵，故迺場以治其田之小塍，迺疆以治其田之大界，乃蓄其露積，乃實其倉廩。既已富彊〔一〕，乃盛其乾餱于小橐，盛其糧米于大囊，思以斂集其民，而光顯其國。遷國則民易離散，故必有恩意斂集之也。於是弓矢則張之，又有干盾、戈戟、戚斧、揚鉞，於是方開路而行，以遷於豳焉。《詩記》曰：「毛、鄭以公劉居於邰，而遭夏人亂，避難遷於豳，且以爲在邰有疆埸積倉，爲夏人迫逐，乃棄而去。攷之是章，意象整暇，不見迫逐之事，以《國語》《史記》參之，蓋自不窋已竄于西戎，至公劉而復興，疆埸積倉，内治既備，然後裹糧治兵，拓大境土，而遷都于豳焉。國都雖遷，向之疆埸積倉，固在其封内也。」

篤公劉，于胥斯原。《傳》曰：「胥，相也。」相去聲。○今曰：「『聿來胥宇』。」**既庶既繁，**《箋》曰：「庶，衆也。繁，多也。」**既順迺宣，**曹氏曰：「順，樂從也。」○陳氏曰：「宣，導也。」**而無永嘆。**平聲。**陟則在𪩘，**研之上。○《釋山》曰：「重甗，隒。」甗音𪩘。隒音儼。○郭璞曰：「山形如累兩甗。甗，甑也。」○《釋文》曰：「毛云『小山，別於大山』，與《爾雅》異。」**復降在原。何以舟之？**《傳》曰：「舟，帶

〔一〕「彊」，原作「疆」，據李本、姜本、顧本、畲本、仁本、復本改。

也。」**維玉及瑤，**音遥。○今曰：「瑤，美玉也。玉，泛言之。瑤，言玉之美者。」**鞞琫容刀。**鞞音丙。琫，必孔反，亦作鞛。○鞞琫，解見《瞻彼洛矣》。○疏曰：「此《傳》云『鞞，下飾』，以下不言其飾，故指鞞之體云下飾也。」○朱氏曰：「容刀，其中容刀也。」

次章述至豳相宅也。篤厚乎公劉也，往相廣平之原地，以居其民。其民既庶而衆矣，既繁而多矣。庶即繁也，言庶而又言繁，見歸者愈多也。衆多則宜意嚮難齊，今皆順從而樂遷矣。公劉猶恐民之初遷，有懷不能以自達，迺復宣導在下之情，欲人人皆得其所也。盤庚之民，必再三宣導而後順從，今既順乃宣，則本無扞格，而上猶慮其壅蔽也。故歡欣交通，無有永嘆而不滿者，非「民咨胥怨」之比也。民見公劉升則在巘山之上，以觀其形勢，復下而在原，以察其處所，反覆相視，以民居爲重。遂言公劉登陟之際，何所佩帶乎？惟玉及美玉之瑤，又有鞞鞛，其上飾有琫，以容其刀也。稱公劉佩服之美者，承上文「而無永嘆」，述斯民喜之之情也。黄氏曰：「詩人之情，其惡是人也，必言其車服之盛，佩玉之飾，以見其不足以稱之；其喜是人也，亦必言其車服之盛，佩玉之飾，以見其足以稱之。」○《緜》「迺宣」，兼「迺畝」言之，則爲宣導溝洫；此「迺宣」，承「既順」言之，下云「而無永嘆」，則爲宣導下情。

篤公劉，逝彼百泉，《箋》曰：「逝，往也。」○張子曰：「只看百泉之往處，便知地形也。」**瞻彼溥原。**溥音普。○《箋》曰：「溥，廣也。」**迺陟高岡，**《箋》曰：「山脊曰岡。」**迺覯于京。**《傳》曰：「覯，見也。」○《箋》曰：「絶高爲之京。」○李巡曰：「丘之高大者曰京。」○今曰：「此『乃覯于京』，非岐周地名之京。故鄭氏以爲『絶高爲之京』，謂高丘耳。」○有考，見《文王》。**京師之野，**《傳》曰：「是京乃大衆所宜居也。」○董氏曰：「所謂京師者始於此，其後世因以所都爲京師。『曰嬪于京』『依其在京』，則岐周之京也；『王配于京』，則鎬京也；《春秋》所書『京師』，則洛邑也，皆仍其本號而稱之，猶晉之言新絳、故絳也。《公羊》以爲衆大，非也。」**于時處處，**音杵。**于時廬旅，**《傳》曰：「廬，寄也。」○疏曰：「《地官・遺人》云：『十里有廬。』是舍之名，賓客寄舍其中。衛戴公廬於漕。」遺去聲。**于時言言，**《傳》曰：「直言曰言。」○疏曰：「謂一人自言。」○蘇氏曰：「言言，施教令。」**于時語語。**《傳》曰：「論難曰語。」○疏曰：「謂二人相對。」○蘇氏曰：「語語，議政事。」

三章述營度邑居也。篤厚乎公劉也，其營京邑也，自下觀之，則往彼衆水所聚之處，又望彼溥廣之原；自上觀之，則升彼南山之岡脊，乃見高大之京丘，可居也。此京地，乃衆民所宜居之野。於是經畫以定之，於此作民居，以處其處者；於此作客舍，以廬其旅者；於此施教令，於此議政事，各有其所，見規模整整也。處謂居民，旅謂賓旅也。○百泉，衆水也。今地理家言衆水所聚爲得水也。曹氏據杜佑云：「百泉在漢爲朝那縣，屬安定郡；在唐爲百泉縣，屬平涼郡。魏於其地置原州，唐因之。」當是其地因《詩》百泉而得名，猶因杜詩「不夜月臨關」，後人遂置不夜關耳。

篤公劉，于京斯依。蹌蹌濟濟，隮之上。**俾筵俾几。**《箋》曰：「俾，使也。」**既登乃依，**毛如字，鄭上聲。○《傳》曰：「賓登席依几。」**乃造其曹。**造音慥。○《箋》曰：「造，適也。」○《傳》曰：「曹，羣也。」**執豕于牢，**《傳》曰：「執豕于牢，新國則殺禮也。」殺，所戒反。○疏曰：「饗禮當亨太牢以飲賓，此唯用豕，新至豳地，殺禮也。《晉語》云：『大任溲於豕牢，而生文王。』即牢是養豕之處。《燕禮》『羹定乃納賓』，此賓升乃執豕者，其實執豕在登席之前，欲使賓與殽酒各自相近故也〔一〕。」溲音搜，作溷同，小便也。**酌之用匏。**音庖。○《傳》曰：「酌之用匏，儉以質也。」○疏曰：「匏是自然之物，故云儉且質也。」**食之飲之，**食音嗣。飲音蔭。**君之宗之。**《傳》曰：「宗，尊也。」

四章述宮室既成而落之也。篤厚乎公劉也，於此高丘之京，依而居之，謂宮室既成而安其居也。於是與羣臣飲酒以落之，其禮容之盛，蹌蹌濟濟然。公劉使人爲之設筵，使人爲之設几。賓已登席坐矣，乃依几矣。前乎此，公劉使人造適其牧豕之羣，執豕於牢中，以爲飲酒之殽。其酌此酒，用匏爲爵。公劉之於羣臣，既設饌以食之，設酒以飲之，禮雖簡儉，羣臣君之尊之，不失敬也。

〔一〕「賓」下，《毛詩正義》卷十七之三有「事」字。

篤公劉，既溥既長，《箋》曰：「溥，廣也。」**既景迺岡，**《傳》曰：「考於日景，參之高岡。」○今曰：「《地官·大司徒》『正日景以求地中』，注：『景如字，本或作影，非。』」**相其陰陽，**相去聲。○《箋》曰：「相其陰陽寒煖所宜。」**觀其流泉。**疏曰：「流泉，所以灌溉。」**其軍三單，**《箋》曰：「大國之制三軍，以其餘卒爲羨。今公劉遷於豳，民始從之，丁夫適滿三軍之數。單者，無羨卒也。」羨，延之去聲。○疏曰：「《小司徒》云：『凡起徒役，無過家一人，以其餘爲羨。』羨謂家之副丁也。」**度其隰原，**度音鐸。**徹田爲糧。**《箋》曰：「什一而税，謂之徹。」○李氏曰：「周之徹法，最爲盡善。自公劉始，後世從而守之。」**度其夕陽，**《傳》曰：「山西曰夕陽。」○《箋》曰：「夕陽者，豳之所處也。」○疏曰：「豳在其山之西，不知是何山也。《書傳》説『大王去豳，踰梁山』，注云：『梁山在岐山東北。』然則豳國之東有大山者，其唯梁山乎？」**豳居允荒。**豳，解見《豳譜》。○《傳》曰：「荒，大也。」

五章述辨土宜，制軍賦也。篤厚乎公劉也，所遷之地，既廣矣，既長矣，既揆之日景，以定其東西，於是升高岡，以相其陰陽寒煖之宜，觀其水泉灌溉之利，將以治田疇也。后稷上公之封，大國三軍，以其餘卒爲羨。今丁夫適滿三軍之數，唯單而已，無羨卒也。又於是度其隰田、原田之多少，以什一之徹法取於民，以爲糧食。地利肥磽不同，故必度之，而後可以制賦。三軍唯單，賦法以徹，兵食皆不病民，厚之至也。豳國在梁山之西，故言自公劉相此夕陽之地，以建豳居，信乎其荒大也，美其遷國之善也。

篤公劉，于豳斯館。《傳》曰：「館，舍也。」○朱氏曰：「客舍也。」○《補傳》曰：「始言『斯館』，卒言『止旅』，蓋以處新甿也。」**涉渭爲亂，**《傳》曰：「正絶流曰亂。」○朱氏曰：「舟之絶流横渡者也。」**取厲取鍛。**丁亂反。○朱氏曰：「厲，砥石也。」○疏曰：「鍛者，治鐵之名。」**止基迺理，**《解頤新語》曰：「止基，居止之基。」**爰衆爰有。夾其皇澗。**《傳》曰：「皇，澗名也。」**遡其過澗。**過平聲。○《傳》曰：「遡，鄉也。過，澗名也。」**止旅迺密，**今曰：「止旅，來止之旅。」**芮鞫之即。**芮，如鋭反，本又作汭。鞫音菊。○蘇氏曰：「芮水出吴山西北，東入涇。芮鞫，芮水之外也。」○今曰：「《西漢·地理志》扶風汧縣，注云：『芮水出西北，東入涇。』引此詩爲證。蘇説是也。毛以芮爲水涯，鄭以爲水之内，今不從。汧音牽。」○《箋》曰：「水之内曰隩，水之外曰鞫。」○疏曰：「即，就也。」

末章述處新甿也。新甿之至者，公劉爲作館以居之，將作此館舍，先使人涉渡渭水，乘舟横渡，爲亂而過，取厲刀之石，又取所鍛之鐵，以治其器用。既定居止之基，迺疆理其田畝，其相續而來者，愈多愈有，於是或有夾皇澗，而在澗兩邊以居者，或有遡過澗，而開門向水以居者。既而來止之旅，日以益密，皇澗、過澗之旁，不足以容之，於是又就芮水之外而居之。《詩記》曰：「風氣日開，民編日衆，規摹日廣，有方興未艾之象焉。周之王業，既兆于此矣。」○鍛，毛氏以爲石，朱氏以爲鐵。今考鍛，打鐵也，其字從金；碫者，礪也，其字從石。此鍛從金，則當爲鐵，嵇康好鍛是也。

《公劉》六章，章十句。

《泂酌》，泂音迥。**召康公戒成王也。言皇天親有德，饗有道也。**疏曰：「言爲民父母，是有道德也。」

泂酌彼行潦，音老。○《傳》曰：「泂，遠也。行潦，流潦也。」○疏曰：「行者，道也。潦者，雨水也。行道上雨水流聚。」**挹彼注茲，**挹音邑。**可以餴饎。**餴音分，字亦作饙。饎音熾。○《釋文》曰：「餴，蒸米也。」○《傳》曰：「餴，餾也。饎，酒食也。」餾音溜。○疏曰：「《説文》云：『一蒸米也。』然則蒸米謂之餴。餴必餾而熟之，非訓餴爲餾也。」**豈弟君子，民之父母。**

言使人遠往酌取流行之雨潦，置之大器，待其澄清。又挹取之於彼大器之中，注之於此小器之中，猶可灌沃餴米，以爲酒食。此薄陋之物，而可以祭祀，使天饗之者，由設祭者是豈樂弟易之君子，而爲民之父母也。祭不必用行潦，甚言不在物也。

泂酌彼行潦，挹彼注茲，可以濯罍。音雷。○《傳》曰：「濯，滌也。罍，祭器。」○疏曰：「《春官·司尊彝》云："『四時之祭皆有罍。』是罍爲祭器也。《卷耳》云『我姑酌彼金罍』，則饗燕亦有罍。以此論祭事，故言祭器耳。」**豈弟君子，民之攸歸。**

泂酌彼行潦，挹彼注兹，可以濯溉。音概。○《傳》曰："「溉，清也。」○疏曰："「溉亦洗之使清潔。」**豈弟君子，民之攸塈。**音餼。○《傳》曰："「塈，息也。」

《泂酌》三章，章五句。

《卷阿》，卷音權。**召康公戒成王也。言求賢用吉士也。**《公劉》疏曰："「《卷阿》末句云『矢詩不多，維以遂歌』，是總結之辭。三篇次第，元是召公作之先後。《公劉》言成王將涖政而獻是詩，明下兩篇亦是涖政之時，俱獻之也。」

經言「君子」，又言「吉士」，君子者，尊貴之稱，士者，衆多之目。其曰「藹藹吉士，維君子使」，是吉士者，君子所引善類，而君子者，吉士之宗主也。故經以鳳凰之希有喻君子，以羽聲之衆多喻吉士也。《序》言「求賢用吉士」，賢指經中之「豈弟君子」，吉士指經中之「藹藹吉士」也。謂求豈弟君子，以任用吉士也。成周之朝，吉士雖衆多，不可無大賢以爲之統盟。《公劉》《泂酌》《卷阿》

三詩，皆成王涖政，康公作之以戒王也。周公有明農之請，將釋天下之重負，以聽王之所自爲。康公慮周公歸政之後，成王涉歷尚淺，任用非人，故作《卷阿》之詩，反覆歌詠，有言之不盡之意，欲以動悟成王。若曰周公欲歸政矣，王所倚仗者誰歟？以壯鋭之氣，享盛大之業，若任用非人，將傷大體。王當虚心屈己，以求豈弟之賢而任之。「豈弟君子」云者，乃篤厚純固盛德之人，可以彌性而輔君德，可以爲則而儀百辟，可以爲綱而總衆職，可以任使吉士，而司進退人物之權。此其責任至重，前乎此者，周公實任之，王盍求其可以任周公之事者而繼之乎？苟求其人而未得，則周公其可以遂明農之請乎？康公所以動悟成王者，其辭婉矣。周、召同心如此，乃知周公居東之初，成王未悟之日，《伐柯》《九罭》等詩，人心顒顒，謂朝廷一日不可無周公，在召公必不但默也，史傳略耳。

有卷者阿，《傳》曰：「卷，曲也。」○《箋》曰：「大陵曰阿。」**飄風自南。**飄如字，從韻書，本注音瓢。○《傳》曰：「飄風，回風也。」○疏曰：「李巡云：『旋風也。』《檜風》云『匪風飄兮』，《何人斯》云『其爲飄風』，彼皆不言自南，故以爲惡，此言從長養之方，故爲喻善。」○今曰：「南，温厚之氣。風自南，則得温厚之氣，故能長養萬物。」**豈弟君子，來游來歌，以矢其音。**《傳》曰：「矢，陳也。」○今曰：「《釋文》云：『矢，陳也，直也。』矢其音，謂直陳其音，如矢口成文之矢也。」興也。阿不曲則風無自而入，故必有卷然之阿，而後自南長養之風，飄回而入，喻人君能虛心屈己，而後足致豈弟之大賢也。誠使豈弟君子來而與王游，來而就王歌，以直陳其聲音，使之盡吐其所欲言，而無所顧慮，則薰陶漸染，所以養成君德者，亦如南風之養物矣。

伴奐爾游矣，伴奐音判喚，徐音畔換。○《箋》曰：「伴奐，自縱弛之意。」○今曰：「安肆之意。」**優游爾休矣。**錢氏曰：「優游，閒暇貌。」**豈弟君子，俾爾彌爾性，**王氏曰：「彌者，充而成之，使無間之謂也。」○《釋文》曰：「彌，益也。」**似先公酋矣。**酋音遒，慈秋反。○《傳》曰：「似，嗣也。酋，終也。」承上章言賢者既來游矣，爾成王當與之安肆而游處，閒暇而休息，從容款密，與之浹洽，則此豈弟之賢，必有薰陶漸染之功，而使爾彌益其德性，以繼嗣先公之業而克終矣。彌性，非矯揉彊勉之所及，唯有德之賢，朝夕與之游處，久而與之俱化耳。不言先王而言先公，不忘所起之艱難也。

爾土宇昄章，昄音反，韻又音版。○錢氏曰：「土，疆土也。宇，宇内也。」○《傳》曰：「昄，大也。」○

蘇氏曰：「章，著也。」**亦孔之厚矣。豈弟君子，俾爾彌爾性，百神爾主矣。**成王承文武之緒，其土宇昄大而章著。大則疆理混一，章則法度修明，亦甚厚而不可加矣，豈可任非其人而敗壞之乎？惟得豈弟之賢而用之，以彌益其德性，則百神歆饗之，皆以汝爲主矣。有天下者，祭百神社稷宗廟之主也。

爾受命長矣。陳氏曰：「長，累世已久。」**茀禄爾康矣。**茀音弗。○《箋》曰：「茀，福也。」**豈弟君子，俾爾彌爾性，純嘏爾常矣。**嘏音假。○《箋》曰：「純，大也。」○蘇氏曰：「嘏，福也。」爾受天命，其傳已久，福禄已安矣。周以積累之久而後興，故享之而安也，然豈可任非其人而斲喪之乎？惟得豈弟之賢而用之，以彌益其德性，則大福爾可常享矣。二章、三章、四章皆言彌性者，謂此豈弟之賢，關君德之涵養成就，而非小有材者所能與也。

有馮有翼，馮音憑。○《傳》曰：「馮，依也。翼，輔翼也。」○蘇氏曰：「在前則有馮，在側則有翼。」**有孝有德，以引以翼，**王氏曰：「以引，引其前；以翼，翼其左右。」○劉氏曰：「引其君以當道，予欲左右有民汝翼。」**豈弟君子，四方爲則。**《箋》曰：「則，法也。」馮翼孝德之人，即藹藹吉士也。成王左右前後，有可爲馮依者，有可爲輔翼者，有孝行者，有賢德者。凡此諸賢，王皆有之〔一〕，以引導輔翼其身矣，然必得豈弟之大賢，以爲四方之法，而儀刑百辟也。○説者多以「四方爲則」非人臣之事，遂以「豈弟君子」爲斥成王，然首章「來游來歌」便説不行，吉甫「萬邦爲憲」，申伯「文武是憲」，山甫「式是百辟」，嘉賓「是則是傚」，皆人臣事也。《詩記》曰：「賢者之行非一端，必曰『有孝有德』，何也？蓋人主常與慈祥篤實之人處，其所以興起善端，涵養德性，鎮其躁而消其邪，日改月化，有不在言語之間者矣。故宣王之在内者，唯云『張仲孝友』，而蕭望之亦謂張敞『材輕，非師傅之器』，皆此意也。」

顒顒卬卬，《傳》曰：「顒顒，温貌。卬卬，盛貌。」○《箋》曰：「顒顒，體貌敬順。卬卬，志氣高朗。」**如圭如璋，令聞令望，**聞音問。○《箋》曰：「人聞之則有善聲譽，人望之則有善威儀。」**豈弟君子，四方爲綱。**《箋》曰：「綱者，能張衆目。」

外之體貌，顒顒然敬順；内之志氣，卬卬然高朗〔二〕。其德如玉之圭璋，表裏純一也。人聞之，有善聲譽；人望之，有善威儀。此豈弟之君子，可以爲四方之綱也。綱

〔一〕「皆」，諸本作「能」。「有」，李本、顧本作「用」。

〔二〕「朗」，原作「明」，葉校云：「『高明』當爲『高朗』。《箋》云：『志氣高朗。』則『卬卬然高朗』，嚴正用其語。」據改。

舉則目張，謂總提綱維也。○說者以「顒顒卬卬」而下爲成王，非也。《假樂》嘉成王，故稱「穆穆皇皇」，此詩以成王初涖政而戒之，則不當過爲稱譽之辭也。

鳳皇于飛，《傳》曰：「鳳皇靈鳥，仁瑞也。雄曰鳳，雌曰皇。」**翽翽其羽，**翽音誨。○《傳》曰：「翽翽，衆多也。」○《箋》曰：「羽聲也。」○曹氏曰：「《說文》云：『翽翽，飛聲也。』飛而有聲，則衆羽也。鳳皇希見之鳥，不應羣飛之衆，如此則『翽翽其羽』者，乃鳳皇飛而衆鳥從之也。《說文》云：『鳳飛，羣鳥從之以萬數。』」**亦集爰止。**《箋》曰：「爰，于也。」**藹藹王多吉士，**蘇氏曰：「藹藹，衆多也。」**維君子使，**今曰：「此君子，即前數章所稱『豈弟君子』也。」**媚于天子。**

因時鳳至，故以喻賢者。鳳，飛鳥之出乎其類者，衆鳥所慕也。鳳皇于飛，而翽翽然衆羽之聲，亦集於所止之地，猶大賢用而善類樂附之，從其類也。今王朝之上，吉士藹藹衆多矣，然必得大賢君子，爲之宗主而器使之，則聲應氣求，各盡其心，以媚愛于天子矣。言「王多吉士」，是王已有之吉士見於已用者。成周人材最盛，而可以當鳳皇之喻，爲人材之統盟者，捨周公其誰哉？

鳳皇于飛，翽翽其羽，亦傅于天。傅音附。○《箋》曰：「傅，猶戾也。」**藹藹王多吉人，維君子命，**《箋》曰：「命，猶使也。」**媚于庶人。**《箋》曰：「親愛庶人，謂撫擾之。」

鳳皇鳴矣，于彼高岡。曹氏曰：「高岡，衆人所見聞也。」**梧桐生矣，**疏曰：「梧桐，一木耳。」○曰：梧桐，青桐也。○山陰陸氏曰：「梧，一名櫬，即梧桐也。今人以其皮青，號曰青桐，華浄妍雅，極可愛，故多近齋閤種之。梧橐鄂皆五焉，其子似乳綴，其橐鄂生，多或五六，少或二三〔一〕，飛鳥喜巢其中，《莊子》所謂『桐乳致巢』是也。今亦謂之梧子。」**于彼朝陽。**《傳》曰：「山東曰朝陽。」○疏曰：「朝先見日也。」○曹氏曰：「向陽而易茂也。」**菶菶萋萋，**菶，布孔反。○《傳》曰：「梧桐盛也。」**雝雝喈喈。**《傳》曰：「鳳皇鳴也。」

言今鳳皇已鳴矣，其鳴在于高岡之上，衆所聞見，喻大賢處高顯之地，非潛伏側陋也。此大賢非有道不見，如鳳皇非梧桐不棲。今梧桐已生矣，其生在於朝陽之地，向陽則易茂，喻今太平之時也，有其人，又有其時，如梧桐菶菶萋萋而茂盛，鳳皇雝雝喈喈而和鳴。君臣遇合之盛如此也。康公所指，豈難知哉？成王可以默會矣。

君子之車，既庶且多。《箋》曰：「庶，衆也。」**君子之馬，既閑且馳。**《箋》曰：「閑，習也。」**矢詩不多，維以遂歌。**

此君子其車已衆而多矣，其馬既閑習而能馳矣。言其爵位尊顯，錫賚已厚，所謂大賢

〔一〕「二三」，原作「一二」，據授本、聽本、復本及陸佃《埤雅》卷十四改。

可爲多士之宗主者，此其人也。我陳詩之意，初無多説，只爲此一事耳。維王歌詠之，深味乎吾言，可也。康公三詩，皆作於成王將涖政之初，《公劉》《泂酌》皆直述之辭，唯《卷阿》宛轉反覆，使人再三歌詠而後悟，蓋其深意所寓，實在此篇也。

《卷阿》十章，六章章五句，四章章六句。

《民勞》，召穆公刺厲王也。《江漢・箋》曰：「召穆公名虎。」○《江漢》疏曰：「康公十六世孫。」○朱氏曰：「厲王名胡，成王七世孫。」○疏曰：「夷王子。」○《周語上》云：「厲王虐，國人謗王。召公告曰：『民不堪命矣。』王怒，得衛巫，使監謗者，以告，則殺之。國人莫敢言，道路以目。王喜，告召公曰：『吾能弭謗矣，乃不敢言。』召公曰：『是障之也。防民之口，甚於防川。川壅而潰，傷人必多。民亦如之。是故爲川者，決之使導；爲民者，宣之使言。故天子聽政，使公卿至於列士獻詩，瞽獻曲，史獻書，師箴，瞍賦，矇誦，百工諫，庶人傳語，近臣盡規，親戚補察，瞽史教誨，耆艾修之，而後王斟酌焉，是以事行而不悖。』王不聽。於是國莫敢出言，三年，乃流王於彘。」

朱氏以此詩乃同列相戒之辭，未必專爲刺王而發，然其憂時感事之意，亦可見矣。其説是也。詩言「以定我王」，又言「以爲王休」，又言「戎雖小子」，皆語同列之辭。以時之亂戒同列〔一〕，所以刺王也。

民亦勞止，汔可小康。 汔，欣之入。○《箋》曰：「汔，幾也。康，安也。」○孫炎曰：「汔，近也。」○今曰：「幾，舊音祈。《易》『汔至，亦未繘井』，彼注云：『幾也。』音祈，或音機。此詩訓幾爲庶幾，當音機也。繘音聿。」**惠此中國，**《箋》曰：「惠，愛也。」○《傳》曰：「中國，京師也。」**以綏四方。**《箋》曰：「綏，安也。」○《傳》曰：「四方，諸夏也。」**無縱詭隨，** 詭音宄。○今曰：「詭，詐也。懷詐面從也。」**以謹無良。** 今曰：「無良，不善也。」**式遏寇虐，**《詩記》曰：「一言而喪邦，曰惟予言而莫予違，則詭隨之人，誠覆邦家之人也。無縱詭隨，乃所以謹無良而遏寇虐也。」**憯不畏明。** 憯音慘。○錢氏曰：「憯，痛也。明人所共見也。」**柔遠能邇，** 能，毛如字，鄭音耐。○《傳》曰：「柔，安也。」○今曰：「以柔撫之，《中庸》所謂『柔遠人』也。能，謂能其事，猶言克家也。」**以定我王。**

穆公戒同列之用事者，言國以民爲本，民勞則國危，今周民亦疲勞矣，庶幾可以小安之乎？京師，諸夏之根本，愛此京師，則可以安天下也。對夷狄言之，則總諸夏爲中國；對四方言之，則指京師爲中國也。詭隨者，心知其非，而詐順從之，此姦人也。

〔一〕「時之亂」，味本作「時之辭」，因「辭」「亂」形近而訛，他本作「詩之辭」，則又誤改「時」爲「詩」。

《書》所謂「面從」，《孟子》所謂「面諛」也。人見詭隨者，無所傷拂，則目爲善良，不知其容悅取寵，皆爲自利之計，而非忠於所事，實非善良之士也。苟喜其甘言而信用之，足以召禍亂，致寇虐。但權位尊重者，往往樂軟熟而憚正直，故詭隨之人得肆其志，是居上位者縱之爲患也。今戒用事者，無縱此詭隨，則可以謹防無良之人，用遏止其寇虐。此理明甚，可痛其不畏明也。遠謂夷狄，邇謂中國。治道略外而詳內，夷狄則撫柔之而已，中國則禮樂之治甚詳，故必能其事也。惟柔遠能邇者，可以安吾君，而何取於詭隨乎？

民亦勞止，汔可小休。《箋》曰：「休，止息也。」**惠此中國，以爲民逑。**音求。○《箋》曰：「逑，聚也。」○李氏曰：「言使民無離散也。」**無縱詭隨，以謹惛怓。**惛怓音昏譊。○《箋》曰：「惛怓，猶讙譁也。」○《補傳》曰：「惑亂人主也。」**式遏寇虐，無俾民憂。無棄爾勞，**《箋》曰：「勞，猶功也。」**以爲王休。**《箋》曰：「休，美也。」

無縱詭隨之人，以防其惛怓惑亂主聽也〔一〕。爾前有功於國，今勿棄其前功，則爲吾

〔一〕「防」上，李本、顧本有「謹」字。

君之美，謂使其君安富尊榮也。不然，敗君之事矣。

民亦勞止，汔可小息。《傳》曰：「息，止也。」**惠此京師，以綏四國。無縱詭隨，以謹罔極。**今曰：「無有窮極，謂無所不至也。罔極，解見《衛・氓》。」**式遏寇虐，無俾作慝。**《傳》曰：「慝，惡也。」**敬慎威儀，以近有德。**

詭隨之人，無所不至，所謂「罔極」也。無縱詭隨，而必近有德，謂遠佞而親賢，然非脩身，則賢不可得而親，故必敬謹威儀，而後可以近有德。

民亦勞止，汔可小愒。音器，字亦作憩。○《傳》曰：「愒，息也。」**惠此中國，俾民憂泄。**音曳，又音薛。○《傳》曰：「泄，去也。」**無縱詭隨，以謹醜厲。**《傳》曰：「厲，惡也。」○《補傳》曰：「醜厲，猶言醜惡也。」**式遏寇虐，無俾正敗。**《箋》曰：「敗，壞也。無使先王之正道壞。」**戎雖小子，**《箋》曰：「戎，猶女也。」○今曰：「小子，指用事之人也。」**而式弘大。**《箋》曰：「式，用也。弘，猶廣也。」

詭隨之人，終必召亂，是爲醜厲也。又戒其同列之用事者，云：汝雖小子，而所用事甚大，關於邦之興喪，不可不謹也，豈可樂佞諛而縱詭隨乎？○舊説以此詩「戎雖小子」及《板》詩「小子蹻蹻」皆指王。小子，非君臣之辭。今不從。二詩皆戒責同寮，故稱小子耳。

民亦勞止，汔可小安。惠此中國，國無有殘。李氏曰：「無殘敗之禍也。」**無縱詭隨，以謹繾綣。**音遣犬。○蘇氏曰：「繾綣，小人之固結其君者也[一]。」**式遏寇虐，無俾正反。**王氏曰：「正敗者，敗而已，未盡反而爲不正也。正反，則無正矣。」○曹氏曰：「以是爲非，以惡爲善，一切相反，則亡無日矣。」**王欲玉女，是用大諫。**

此詩五章言「無良」「惛怓」「罔極」「醜厲」「繾綣」，皆極小人之情狀，而總之以「詭隨」。蓋小人之媚君子，其始皆以詭隨入之，其終無所不至，孔子所謂「佞人殆」也。召公稱厲王而告之，言我欲使爾如玉，無瑕可指，故用此大諫於王也。謂其戒同列者，即所以諫王，上行而下傚故也。

《民勞》五章，章十句。

《板》，音版。**凡伯刺厲王也。**《箋》曰：「凡伯，周同姓，周公之胤也，入爲王卿士。」○疏曰：「僖二十四年《左傳》云：『凡、蔣、邢、茅、胙、祭，周公之胤也。』《瞻卬》，凡伯刺幽王。《春秋·隱七年》：『天王使凡伯來聘。』世在王朝，蓋畿内之國。」祭，側界反。

〔一〕「其」，原無；「君」下，原有「子」字，衍，據淵本及蘇轍《詩集傳》卷十七補、删。

朱氏以此詩爲切責其寮友用事之人，而義歸於刺王，與上篇同。味詩意，信然。

上帝板板，《釋訓》曰：「板板，僻也。」○《傳》曰：「反也。」○疏曰：「邪僻，即反戾之義。」**下民卒癉。**丹之上。○《箋》曰：「卒，盡也。」○《傳》曰：「癉，病也。」**出話不然，**話，淮之去。○朱氏曰：「不然，不合理也。」**爲猶不遠。靡聖管管，**李氏曰：「人苟知有聖人之法度，則必戰戰兢兢，不敢苟作，其心既無聖人，則矯誣詐僞，何所不至哉？」○《箋》曰：「管管，以心自恣。」○曹氏曰：「管，小物也，蔑棄聖人，而管管然自用其私智，其所見亦小。」**不實於亶。**《傳》曰：「亶，誠也。」**猶之未遠，是用大諫。**

一章至五章皆切責寮友之辭。厲王邪僻，凡伯不欲斥王而歸之於天，曰：上帝板板然，反其常道，使下民盡病矣。今爾羣臣，當有嘉謀嘉猷以扶持之，今乃出言不合於理，爲君謀事，又不能遠，其心以爲無聖人，管管然以淺見自用，故矯誣詐僞，不實於爲誠信，而僞爲誠信。惟汝之謀猶不遠，我是用作此詩，以大諫正於汝也。

天之方難，無然憲憲。《傳》曰：「憲憲，猶欣欣也。」**天之方蹶，**音貴。○《傳》曰：「蹶，動也。」**無然泄泄。**音曳。○今曰：「《左傳》：『其樂也洩洩。』注云：『舒散也。』韻，洩亦作泄。朱氏《孟子解》云：『怠緩之貌。』曹氏以爲盤樂怠傲之意，其說一也。」**辭之輯矣，**輯音集。○《傳》曰：「輯，和也。」**民之洽矣。**《傳》曰：「洽，合也。」**辭之懌矣，**懌音亦。○《傳》曰：「懌，悦也。」**民之莫矣。**《傳》曰：「莫，定也。」〇今曰：「『求民之莫』。」

天方艱難，禍亂將作。汝衆人無爲是憲憲然欣喜，而不知憂懼也；天方震動，民將不安，汝衆人無爲是泄泄然怠緩，而不思勉勵也。汝惟不知憂患，故各逞私意，議論矛盾耳。於是又戒之，言爾寮友之相與，若言辭輯睦而相孚，則下民洽比矣；若言辭悦懌而相得，則下民安定矣。謂方時多艱，惟同心謀國，議論和協，則庶幾民可安耳。

〇舊説「辭」爲王者出令，然尋繹經意，上承「憲憲」「泄泄」之文，下接「我雖異事」之章，皆切責寮友之言，中間攙入王者出令之事，則上下辭意皆無倫序矣。此詩首章責同寮「出話不然，爲猶不遠」，故二章因戒之以言論之間，宜相和協，謂爾之出話、爲猶，徒執一己之見者，未必有深長之慮，而惟寮友之間，和同商議，庶幾合謀并智，可以措民於安耳。然愚而自用者，終不能舍己而從人，故三章言「我即爾謀，聽我囂囂」，四章言「匪我言耄，爾用憂謔」，謂己以善言告之而不見聽也。善言既不見聽，乃大言虚誕，諛言阿附，善人見其如此，不肯復言矣。故五章言「無爲夸毗，善人載尸」也。前五章皆説寮友議論不相協，猶《小旻》詩六章，其前五章皆説謀猶之不臧也。達觀上下章旨，知辭之輯懌，非謂王者出令矣。

我雖異事，及爾同寮。《傳》曰：「寮，官也。」**我即爾謀，聽我囂囂。**音遨。○《傳》曰：「囂囂，猶謷謷也。」謷音敖。○疏曰：「謂傲慢其言而不聽之。」**我言維服，**今曰：「服，行也。《說命》：『說，乃言惟服。』注云：『其言皆可服行。』」**勿以爲笑。先民有言，詢于芻蕘。**音饒。○《傳》曰：「芻蕘，薪采者。」○疏曰：「芻者，飼馬牛之草；蕘者，供燃火之草。」

我雖與汝所職之事各異，乃與汝同官，俱爲卿士。我就汝謀，忠告而善道之，汝聽我言，乃囂囂然傲慢而不受。我所言乃可服行，汝無笑之。古之賢者有言云：有事當謀之芻蕘之人。芻蕘之賤，尚當謀之，況我與汝同寮乎？此章言寮友之間議論不合，其辭之不輯懌，可想見矣。

天之方虐，無然謔謔。虛虐反。○蘇氏曰：「戲侮也。」**老夫灌灌，**音貫。○《傳》曰：「灌灌，猶款款也。」○疏曰：「至誠款實。」**小子蹻蹻。**音臄。○今曰：「小子，承上章『同寮』之文，指用事之人也。」○《傳》曰：「蹻蹻，驕貌。」○李氏曰：「《說文》舉足高，是驕之意。」**匪我言耄，**音帽。**爾用憂謔。多將熇熇，**許酷反。○《傳》曰：「熇熇，熾盛也。」○李氏曰：「《說文》：『火熱貌。』」**不可救藥。**疏曰：「如人病甚，不可救以藥。」○王氏曰：「《列子》云：『曾不發藥乎？』《左氏》云：『不如吾聞而藥之也。』」

天今方將爲虐，有喪亡之禍，汝無如是謔謔然戲侮，而不知憂懼也。我老夫涉歷已多，知亂亡之將至，則灌灌然款誠以告汝。汝後生小子，乃蹻蹻然驕慢，安其危而利其菑，以我之言爲老耄而昏繆也。然我所言實非老繆，乃女以可憂之事爲戲謔耳。積惡愈多，將熇熇然如火之熾盛，不可救止而藥治之也。此章又見其議論之不相合矣。○舊説以「小子」指王，今不從。

天之方懠，音劑。○《傳》曰：「懠，怒也。」**無爲夸毗。**夸音誇。○朱氏曰：「夸，大也。毗，附也。小人之於人，不以大言夸之，則以諛言毗之。」**威儀卒迷，善人載尸。**王氏曰：「善人載尸，則不言不爲，飲食而已。」**民之方殿屎，**殿，顛之去，郭音玷。屎音熙。○《傳》曰：「殿屎，呻吟也。」**則莫我敢葵。**《傳》曰：「葵，揆也。」○今曰：「《采菽》『天子葵之』。」**喪亂蔑資，**《傳》曰：「蔑，無也。」○今曰：「無以爲資，言無生生之計也。」**曾莫惠我師。**

夸謂大言虛誕，毗謂諛言阿附。天今方降威怒，汝衆人無爲夸大毗附也。今衆人之威儀盡迷亂，其有號爲善人者，亦如祭祀之尸，不言不爲矣。天下之民，方殿屎呻吟，莫有敢揆度其事者。民遭喪亂，無以爲資，曾莫有施惠我衆民者，皆責之之辭也。

天之牖民，曹氏曰：「《説文》云：『在屋曰囱，在牆曰牖。』」囱音牕。○錢氏曰：「開明也。」**如壎如篪，**壎音喧。篪音池。壎篪，解見《何人斯》。○《傳》曰：「壎篪，言相和也。」**如璋如圭，**《傳》曰：「璋圭，言相合也。」○疏曰：「半圭爲璋，合二璋則成圭。」**如取如攜。**《傳》曰：「取攜，言必從也。」○疏曰：「物在地上，手舉攜之。」**攜無曰益，牖民孔易。**音異，鄭音亦。**民之多辟，**音僻。**無自立辟。**音闢。○《傳》曰：「辟，法也。」

六章泛言治民之道也。言人心本虛明，以物欲窒之，則如牆然，冥昧罔覺。苟能順天之理，以開明人心，如開牖於牆，復其本然之明也。如壎篪之相和，壎唱而篪和，言必應也；如璋圭之相合，合二璋而成圭，言必同也。如往取物之必得，如手攜物之必從也。攜而必從，非别立一道以增益之也，因其所固有耳。牖民之道甚易也，今民雖多邪辟，而本然之天自若，亦唯因其固有而開明之耳。勿自立法以彊之，自立法則是益也，非天也。六章至八章皆責寮友，而因以誨王也。

价人維藩，价音界。藩音蕃。○《傳》曰：「价，善也。」○疏曰：「藩者，園圃之籬。」**大師維垣。**大，今如字，舊音泰。○王氏曰：「大師，大衆也。」○《傳》曰：「垣，牆也。」**大邦維屏，**音丙。○《箋》曰：「大邦，成國諸侯也。」**大宗維翰。**王氏曰：「大宗，巨室也。」○《傳》曰：「翰，榦也。」○榦，解見《文王》「維周之楨」。**懷德維寧，宗子維城。無俾城壞，無獨斯畏。**

七章泛言用人之效也。言善人所以爲藩籬，大衆所以爲垣牆，大邦所以爲屏蔽，巨室所以爲翰榦，國家所恃，在此數者，苟能使懷我之德，則無有不寧矣。又同姓之宗子，所以爲城之固，亦當保安之，勿使此城有壞，無至於獨居而可畏懼也。

敬天之怒，無敢戲豫。《傳》曰：「戲豫，逸豫也。」**敬天之渝，**《箋》曰：「渝，變也。」**無敢馳驅。**《傳》曰：「馳驅，自恣也。」**昊天曰明，及爾出王。**《傳》曰：「王，往也。」**昊天曰旦，**《傳》曰：「旦，明也。」○今曰：「天曉曰旦，故爲明。『信誓旦旦』是也。」**及爾游衍。**延之去，又音演。○《傳》曰：「游，行也。衍，溢也。」

八章泛言敬天之誠也。言當敬天之威怒，無敢戲謔逸豫；又當敬天之災變，無敢馳驅自恣。戲豫，即《無逸》所謂「耽樂」；馳驅，即《無逸》所謂「游田」也。昊天在上，人仰之，皆謂之明，皆謂之旦。常與汝出入往來，游溢相從，視人善惡，可不謹乎？張子曰：「此言天心虛靈之氣，徧體萬物之中，其鑒察如在左右而不遺也。詩人之言鬼神也如此。」又曰：「天體物而不遺，猶仁體事而無不在也。」

《板》八章，章八句。

詩緝卷之二十九

嚴粲述

蕩之什　大雅

《蕩》，唐之上濁。**召穆公傷周室大壞也。厲王無道，天下蕩蕩，無綱紀文章，故作是詩也。**蘇氏曰："《蕩》之所以爲《蕩》，由詩有『蕩蕩上帝』也。《詩序》以爲『天下蕩蕩，無綱紀文章』，則非詩之意也。"

傷者，傷悼其將亡，甚於刺也。臣子作詩，皆發於憂國之忠〔一〕，欲以感悟其君，雖弊壞已極，猶庶幾其改圖。君臣大義，無所逃於天地之間也，此詩託言文王歎商，特借秦爲喻耳〔二〕。或謂傷者，傷嗟而已，非諫刺之比，如此殆類後世詞人弔古之作，非當時臣子惓惓之義也。《大序》言「傷人倫之廢，吟詠情性，以風其上」，傷何妨於風刺乎？

〔一〕「國」下，李本、顧本有「憂民」二字。
〔二〕「喻」，原作「諭」，味本、姜本作「踰」，據他本改。

蕩蕩上帝，歐陽氏曰：「蕩蕩，廣大也。」**下民之辟。**音壁。○《傳》曰：「辟，君也。」**疾威上帝，**朱氏曰：「疾威，猶暴虐也。」**其命多辟。**音僻。○《箋》曰：「邪僻也。」**天生烝民，**《箋》曰：「烝，衆也。」**其命匪諶。**市林反，韻亦作忱。○朱氏曰：「諶，信也。」**靡不有初，鮮克有終。**鮮上聲。○《箋》曰：「鮮，寡也。克，能也。」

周人遭厲王之暴虐，呼天而告之曰：蕩蕩廣大乎上帝，此下民之君也，謂天子也。今暴虐之上帝，何其命之多僻也，謂命僻王以爲君也。疾威者，厲王所爲，而天實命之，是天爲此疾威也。天實爲之，則無所歸咎矣，然天亦豈欲令厲王爲惡乎？天生衆民，其命有不可信者，其初皆善，而其終鮮善，是人自暴自棄，非天使之然也。王自不爲善〔一〕，豈天賦予以惡哉？首章説得含蓄，至五章、七章乃發之。朱氏曰：「蓋始爲無所歸咎之辭，而卒自解之如此。」○王氏曰：「民受天地之中以生，所謂命也。能者養之以福，不能者敗以取禍。受天地之中一也，則靡不有初；敗以取禍者衆，則鮮克有終。鮮克有終，則命靡諶矣。」

文王曰咨，《傳》曰：「咨，嗟也。」**咨女殷商。**曹氏曰：「契始封於商，其地在上洛。湯受命於亳殷，其地在蒙，故後世或謂之殷。」今曰：「殷、商併舉之也。」**曾是彊禦，**曾音增。○今曰：「曾，則也。《論語》：

〔一〕「是人」至「爲善」十七字，仁本、復本無。

『曾是以爲孝乎？』其音層者，辭之舒也，嘗也。彊禦，『禦人以口給』之禦。」○《傳》曰：「彊梁禦善也。」**曾是掊克。**掊音裒。○《釋文》曰：「掊，聚斂也。」○曹氏曰：「斂民財，則作威以勝之，不恤也。」**曾是在位，曾是在服。**《傳》曰：「服，服政事也。」**天降滔德，**滔音叨。○《傳》曰：「滔，慢也。」○李氏曰：「如滔天之滔。」**女興是力。**

二章以下[一]，設爲文王歎商之辭。蓋陳厲王之失，而託之商也。文王曰：嗟乎！嗟汝殷商之君，則是彊梁禦善之人，則是掊斂好勝之人，乃任用之，使之居位，使之任事。天降是滔慢凶德之人，以妖孽天下。汝又興起，崇任之甚力，何哉？曹氏曰：「治生乎君子，亂生乎小人，而君子、小人之生，昔人以謂各有天命[二]，將治則生君子，將亂則生小人。天降滔德，是將亂而生小人也。然而治世未嘗無小人，亂世亦未嘗無君子，厲王之世，天非獨生榮夷、衛巫之徒也。凡伯、召穆、衛武皆在焉，奈王不用何？」

文王曰咨，咨女殷商。而秉義類，朱氏曰：「而，汝也。義類，猶善道也。」**彊禦多懟。**音墜。○朱氏曰：「懟，怨也。」**流言以對，寇攘式内。侯作侯祝，**作音詛。祝音晝。○《箋》曰：「侯，維也。」

[一]「二」，原作「三」，據顧本、仁本、復本改。

[二]「謂」，李本、姜本、顧本、畬本作「爲」。按，許謙《詩集傳名物鈔》卷七引嚴書亦作「爲」。

○《傳》曰：「作、祝，詛也。」**靡屆靡究。**《傳》曰：「屆，極也。究，窮也。」汝當秉持善道，乃用彊禦作怨之人，非善類也。此人問之，則以流言對，非忠言也。道途之言，豈足信哉？小人爲盜賊之行，是寇攘不在外而在内也。人心相疑，則詛祝相要，無有屆極窮究之時，忠信之衰也。

文王曰咨，咨女殷商。女炰烋于中國，炰音庖。烋音哮，火交反。○《箋》曰：「炰烋，自矜氣健之貌。」**斂怨以爲德。不明爾德，時無背無側。**背音輩。**爾德不明，以無陪無卿。**《傳》曰〔一〕：「陪，陪貳也。」○疏曰：「陪貳，謂副貳王者，則三公也。」女炰烋自矜氣健于中國，斂民之怨，乃自以爲德。汝所以是非顛倒，邪正錯亂，不能明爾之德者，由汝背後傍側，皆無賢人以引翼之也。爾之德所以不明者，由汝無陪貳之大臣，又無賢六卿也。背側，言前後左右也。

文王曰咨，咨女殷商。天不湎爾以酒。湎音免。○蘇氏曰：「沈湎也。」○疏曰：「《酒誥》注云：『飲酒齊色曰湎。』」**不義從式。**朱氏曰：「式，用也，法也。」**既愆爾止，**蘇氏曰：「容止也。」**靡明靡**

〔一〕「傳」上，畬本有：「范氏曰：『曰背曰側，小臣也；曰陪曰卿，大臣也。』○」

晦。式號式呼，號音豪。**俾晝作夜。**

天不使爾沈湎於酒，而惟不義之事，則從而法之也。非天使之，是汝自爲惡也。言此者，發首章「靡不有初，鮮克有終」之意也。爾之容止，既自取愆過，又無明無晦，而飲酒不息，叫號讙呼，使晝日作夜，荒亂甚矣。

文王曰咨，咨女殷商。如蜩如螗，蜩音條。螗音唐。○今曰：「蜩者，蟬也，諸蟬之總名也。螗者，蝘也，螗蜩也。蝘音偃。」○蜩螗，解見《七月》。**如沸如羹。小大近喪，**去聲。**人尚乎由行。內奰于中國，**奰音備。○《傳》曰：「奰，怒也。」**覃及鬼方。**疏曰：「覃及，延及也。《既濟》『高宗伐鬼方』，未知何方。」

飲酒號呼之聲，如蜩蟬、螗蝘之鳴。其笑語沓沓，又如湯之沸，如羹之熟，無小無大，皆近喪亡矣，而汝等人尚由而行之，不改過乎？昏亂如此，故內致怨怒於中國，延及鬼方遠夷，亦怒之也。

文王曰咨，咨女殷商。匪上帝不時，朱氏曰：「不時，不善之時也。」**殷不用舊。雖無老成人，尚有典刑。**朱氏曰：「典刑，舊法也。」**曾是莫聽，大命以傾。**今曰：「《盤庚》云：『懋建大命。』大命謂國之興亡也。」

不時者，猶言厄運，非上天爲此厄運，乃殷自不用其先王之舊法耳，亦以發首章「靡不有初，鮮克有終」之意也。縱無老成舊臣，尚有先王法度可以遵守，汝曾莫能聽用，遂自傾覆其大命，而歸咎於天，可乎？

文王曰咨，咨女殷商。人亦有言，顛沛之揭，沛音貝。揭音結。○《傳》曰：「顛，仆也。沛，拔也。」○《箋》曰：「揭，蹶貌。」**枝葉未有害，本實先撥。**音鉢。○《箋》曰：「撥，猶絶也。」**殷鑒不遠，在夏后之世。**

古之賢人有言，植木將欲顛仆沛拔，揭然而蹶，其枝葉未有折傷，而本根實先斷絶。王者，天下之本也。天下未有禍敗，而王身無道，本先撥矣，枝葉將從之也。殷之鑒戒甚不遠，惟在夏后之世，謂殷當鑒夏。今又當以殷爲鑒，意在言外也。歐陽氏曰：「謂紂時，宗廟社稷猶在，天下諸侯未盡叛，但王自爲惡，盈滿而禍敗爾。」

《蕩》八章，章八句。

《抑》，衛武公刺厲王，亦以自警也。疏曰：「《楚語》云：『昔衛武公年九十有五矣，猶箴儆於國，曰：「自卿以下，至於師長，苟在朝者，無謂我耄而捨我。」於是乎作《懿》以自儆。』韋昭云：『《懿》，

《詩・大雅・抑》之篇也。抑讀曰懿。』如昭之言，武公年耄，始作《抑》詩。案《史記・衛世家》，武公者，僖侯之子，共伯之弟，以宣王三十六年即位，則厲王之世，武公時爲諸侯之庶子耳。」

厲王之世，武公爲諸侯庶子，作此詩刺厲王，因以自警，至老常誦之也。《詩補傳》得之。孔氏謂武公追刺厲王。《詩記》非之，以爲「其在于今，興迷亂于政」，豈追刺之語乎？今考《年表》，武公以宣王十六年即位，《詩記》以爲其齒四十餘，是也。疏以爲武公宣王三十六年即位〔一〕，恐誤矣。

抑抑威儀，《賓之初筵・傳》曰：「抑抑，慎密也。」**維德之隅。**《傳》曰：「隅，廉也。」○疏曰：「隅者，角也。廉者，稜也。角必有稜，故云廉隅。此以屋之外角〔二〕，喻人之外貌，由內方而外正，故觀外而知內。」**人亦有言，靡哲不愚。庶人之愚，亦職維疾。**王氏曰：「孔子云：『古者民有三疾。』」**哲人之愚，亦維斯戾。**《傳》曰：「戾，罪也。」

廉隅者，屋之外角，喻人之外有威儀也。凡宮室，觀其外有廉隅，則知其在內之制必方正也。如人外有抑抑然謹密之威儀，則知其在內之德必嚴正也。人有常言，無有

〔一〕「武公」，原作「宣王」，味本同，據他本改。

〔二〕「此以」，原作「以此」，據仁本、復本及《毛詩正義》卷十八之一改。

哲而不愚者。哲而自隳其所守，則爲愚矣。「惟聖罔念作狂」，豈可不自謹其威儀哉？彼庶人之愚，是其稟賦之偏，如生而有疾，非其罪也。主於疾而已，唯哲人自廢縱而爲愚，是則可罪也。罪之者，以其自取也。武公所以自警者，切矣。○《抑》詩多自警之意，所言脩身治國平天下之道，與《中庸》《大學》相表裏。首章第一義，言威儀之當謹。威儀云者，聲音笑貌云乎哉？容貌顔色，曾子所謂道。動容周旋中禮，《孟子》所謂盛德。蓋有諸中，形諸外也。曹氏曰：「哲人性明，本無過惡，然而外貌斯須不莊不敬，則易慢之心入之矣。易慢之心一萌，則欲之敗度，縱之敗禮，何所不至，故昔之哲者，反化而爲愚，其罪在此也。」

無競維人，《箋》曰：「競，彊也。」○今曰：「無競者，莫强也。《孟子》云：『晉國，天下莫强焉。』經中言『無競』，皆同。《孟子》彊字作强。」**四方其訓之。**《傳》曰：「訓，教也。」○今曰：「以爲訓也。」**有覺德行，**去聲。○今曰：「《釋文》云：『覺，知也，悟也。』猶《孟子》所謂先覺也。」**四國順之。訏謨定命，**訏音吁。○《傳》曰：「訏，大也。謨，謀也。」**遠猶辰告。**《箋》曰：「猶，圖也。」○《傳》曰：「辰，時也。」○今曰：「『入告爾后于內』之告。」**敬慎威儀，維民之則。**《箋》曰：「則，法也。」

莫彊者人也，能得人，則四方皆傚之以爲訓矣。形勢非彊，而得人爲彊也。有覺悟者，德行也，有德行則四國服從之矣。欲明明德者，先致其知也，用賢脩己，治道之大端舉矣，猶不敢輕出之也。其於政事，必有訏大之謨，以堅定其命令，謂先定大計也。建謀立畫，不貴自用，必使深遠之圖，得以時時入告，謂廣覽兼聽也。如是而益謹其威儀，以儀刑天下，則治道備矣。朱氏曰：「大謀，謂不爲一身之謀，而有天下之慮也。定，審定不改易也。命，號令也。遠圖，謂不爲一時之計，而爲長久之規也。」

其在于今興。句。○錢氏曰：「今之興者，謂厲王。」○《補傳》曰：「自厲王興起之初。」○今曰：「興，起也，言起而即王位也。」**迷亂于政。顛覆厥德，荒湛于酒。**湛音耽。○《箋》曰：「荒，廢也。」○《釋文》曰：「湛，樂之甚。」**女雖湛樂從，**女音汝。**弗念厥紹。**《傳》曰：「紹，繼也。」**罔敷求先王，**《箋》曰：「敷，廣也。」**克共明刑。**共音拱，王氏音恭。○《傳》曰：「共，執也。」

今厲王之興，即迷亂于政，傾敗其德，政荒則國不治，德喪則身不脩，皆由荒湛于酒也。汝雖湛樂是從，獨不思念繼紹之事乎？汝不以繼紹爲念，故不復廣求先王之道，而執守其明法也〔一〕。

〔一〕「其」，李本、顧本、畲本無，他本作「明」。

肆皇天弗尚，如彼泉流，無淪胥以亡。《傳》曰：「淪，率也。」○《箋》曰：「胥，相也。」**夙興夜寐，洒埽廷内，**洒，灑之上。埽音譟。○今曰：「庭，宫中也。廷，朝廷也。廷内，指宫庭而字作廷。《易》『揚于王庭』，指朝廷而字作庭，古字通用。」○黄氏曰：「『庭内』云者，微辭也。去讒遠色，賤貨而貴德，豈非洒埽庭内之意乎？」○疏曰：「假廷内不埽，以見職事不理耳。」○李氏曰：「只是修潔其朝廷耳。」**維民之章。**《傳》曰：「章，表也。」**脩爾車馬，弓矢戎兵。用戒戎作，用逷蠻方。**逷音惕。○《傳》曰：「逷，遠也。」○今曰：「《左傳》：『豈敢離逷？』」

王湛樂如此，故今皇天不尚其所爲，君臣皆將滅亡，如衆泉之流，更相灌注，一處決潰，則衆流俱竭，是淪率相與以亡也。今宜改過，早起夜寐，洒埽宫室之内，言閨門之間，當修絜而自新也，如此則可以表示於民矣。又不可忘意外之變，故脩治其車馬及弓矢戎兵之器，用此以戒備兵事之起，用此以逷遠蠻方，使之不敢來侵，庶幾未至於亡耳。

質爾人民，今曰：「『民之質矣』之質。質爾，猶云『樸以皇質』，使之淳也。」**謹爾侯度，**蘇氏曰：「侯度，天子所以御諸侯之法度也。」**用戒不虞。**朱氏曰：「不億度而至之禍也。」**慎爾出話，敬爾威儀，無不柔嘉。**《詩記》曰：「柔，遜順也。」○《箋》曰：「嘉，善也。」**白圭之玷，**點、店二音。○《傳》曰：「玷，缺也。」**尚可磨也。斯言之玷，不可爲也。**

王又當質爾人民，毋導之以浮靡。又當謹其所以御諸侯之法度，必如是而後可以戒備不虞之變也。其本則在脩身，故當謹爾之出言，敬爾之威儀，無不柔順嘉善。白玉爲圭，其有玷缺，尚可磨鑢而平，鑢音慮。言語一有缺失，不可復改矣，故言不可不謹也。

無易由言，易音異。**無曰苟矣。莫捫朕舌，**捫音門。○《傳》曰：「莫，無也。捫，持也。」○疏曰：「《釋詁》云〔一〕：『朕，我也。』自周以前，朕爲通言。」**言不可逝矣。**《箋》曰：「逝，往也。」**無言不讎，**朱氏曰：「讎，答也。」**無德不報。惠于朋友，**《箋》曰：「惠，順也。」**庶民小子。**疏曰：「小子，子弟也。」○今曰：「《酒誥》『文王誥教小子』，注云：『民之子孫也。』」**子孫繩繩，**蘇氏曰：「繩繩，不絕。」○今曰：「如繩之牽連不絕。」**萬民靡不承。**

由言者，自由之言，所謂唯其言而莫予違也。王無得輕易自由以言，無得言曰：我出言苟且如是。今雖無人執持我舌〔二〕，然言出則往而不可追矣。王無有出言而人不讎答

〔一〕「詁」，原作「話」，據李本、姜本、顧本、授本、聽本、仁本、復本及《毛詩正義》卷十八之一改。
〔二〕「今雖」，李本、顧本作「假有不善」。

之者，無有施德而人不報復之者。言必應也。王苟能惠順于羣臣朋友，下及庶民與其小子，則子孫繩繩然相繼不絕，而萬民亦莫不承順之矣。宜民宜人，則福祚無窮也。

視爾友君子，輯柔爾顔。輯音集。○《傳》曰：「輯，和也。」**不遐有愆，**《箋》曰：「遐，遠也。」**相在爾室，**相去聲。○朱氏曰：「相，視也。」**尚不愧于屋漏。**《傳》曰：「西北隅謂之屋漏。」○《箋》曰：「屋，小帳也。漏，隱也。禮，祭於奥，既畢，改設饌於西北隅而厞隱之處。此祭之末也。」厞音翡，又音肥。○疏曰：「《天官·幕人職》『掌帷幕幄帟』[一]，注云：『帷幕以布，幄帟以繒爲之。』幄在帷幕之内，帷幕是大帳，幄爲小帳。禮之有帷幕，皆於野張之，以代宫室，其宫内不張幕也。幄則室内亦有之。屋漏者，室内處所之名，可以施小帳而漏隱之處，正謂西北隅也。言不愧屋漏，則屋漏之處有神居之矣，故言祭時於屋漏。有事之節[二]，禮，祭於奥中，既畢，尸去，乃改設饌食西北隅厞隱之處。此祭末之時事也。」幕，武博反[三]。帟音亦。○曹氏曰：「《爾雅》云：『西北隅謂之屋漏。』蓋厞隱之處也。凡祭，設饌於奥。奥，室之

[一]「幕」，原作「冪」，據顧本、授本、聽本、復本及《毛詩正義》卷十八之一、《周禮注疏》卷六改。仁本校云：「『冪』當作『幕』，孔疏、《周禮》並可徵。」

[二]「節」，原作「即」，味本同，據他本及《毛詩正義》卷十八之一改。

[三]「幕，武博反」，原作「冪，莫歷反」，仁本校云：「『冪，莫歷反』，疑。」顧本、復本作「幕，莫歷反」，既作「幕」，則不應作「莫歷反」。按，嚴氏此音注襲上「冪」之誤，《周禮注疏》卷一引《經典釋文》曰：「幕，武博反。」今據之釐正。

西南隅，尊者所居也。既畢，然後改設饌於西北隅。佐食闔户牖，降，所以求神於幽也。今祭畢而設饌於屋漏厞隱之處，禮煩力倦，或有墮容。人雖不覩，神寔臨之，可得而欺邪？」**無曰不顯，莫予云覯。**古候反。○《傳》曰：「覯，見也。」**神之格思，**《傳》曰：「格，至也。」○《詩記》曰：「思，語辭也。」**不可度思，**度音鐸。**矧可射思。**射音亦。○《箋》曰：「矧，況也。射，厭也。」

視爾親友君子之時，和柔其顏色以接之，庶幾不遠有過。此顯明之地，人皆知脩飭也，視爾獨居於室中之時，當庶幾無愧于西北隅隱漏之處。無曰此非顯明之處而莫予見也，當知神之至也，不可得而測度，豈可厭倦而不敬乎？此發心學之奥，而以鬼神言之，猶《中庸》言「微之顯，誠之不可揜也」。不度不射，乃無思無爲，寂然不動之時，程子所謂「主一無適」，尹氏所謂「其心收斂，不容一物」，慈湖所謂「澄然湛然」者也。朱氏《中庸章句》曰：「隱，暗處也；微，細事也。獨者，人所不知而己所獨知之地也。言幽暗之中，細微之事，跡雖未形，而幾則已動。人雖不知，而己獨知之，則是天下之事，無有著見明顯而過於此者，是以君子既常戒懼，而於此尤加謹焉。所以遏人欲於將萌，而不使其滋長於隱微之中，以至離道之遠也。」又曰：「君子戒謹乎其目之所不及見，恐懼乎其耳之所不及聞，瞭然心目之間，常若見其不可離也，而不敢有斯須之間，以流於人欲之私，而陷於禽獸之域。若言防怨而曰不見是圖，言事親而曰聽於無聲，視於無形。蓋不待其證於色，發於聲，然後有以用其力也。」又曰：「道固無所不在，而幽隱之間，乃他人之所不見，而己所獨見。道固無時不然，而細微之事，乃他人之所不聞，而己所獨聞。是皆常情所忽，以爲可以欺天罔人而不必謹者。不知吾心之靈，皎如日月，既已知之，則其毫髮之間，無所潛遁。又有甚於他人之知矣。又況既有是心，藏伏之久，則其見於聲音容貌之間，發於行事施爲之實，必有暴著而不可掩者，又不止於念慮之差而已也。是以君子既戒懼乎耳目之所不及〔一〕，則此心常明，不爲物蔽，而於此尤不敢不致其謹焉。必使其幾微之際，無一毫人欲之萌，而純乎理義之發，則下學之功，盡善全美，而無斯須之間矣。」

辟爾爲德，辟音闢。○《箋》曰：「辟，法也。」**俾臧俾嘉。淑慎爾止，不愆于儀。不僭不賊，**《傳》曰：「僭，差也。」**鮮不爲則。**鮮上聲。**投我以桃，報之以李。彼童而角，**《傳》曰：「童，羊之無角者也。」○今曰：「《箋》以童羊譬皇后，而角喻與政事，今不從。」**實虹小子。**虹音紅。○《傳》曰：「虹，潰也。」○曹氏曰：「蝃蝀也。」○今曰：「虹謂幻惑也，如蝃蝀不正之氣，暫見于天，須臾散滅。武公時爲諸侯之庶子，故自稱小子也。」

此章言上行下傚。天下皆法爾之德，視傚於爾，爾當使之爲臧善，使之爲嘉美，毋導之以惡也。故必淑善敬謹爾之容止，不過愆於威儀，不僭差，不賊害，則少不爲人所

〔一〕「懼」，原作「謹」，據《中庸或問》改。葉校云：「此《或問》文，『戒謹』，『戒懼』之誤。上文所謂『君子戒謹乎其目之所不及見，恐懼乎其耳之所不及聞』者是也。」按，此通言耳目，故亦約言「戒謹」「恐懼」作「戒懼」。

法則者，如人擲我以桃，我必報之以李，爾爲善，而民以善應之，必然之理也。若身不善而責民之善，猶索童羊之有角，實惑我耳，不可信也。○舊説武公以小子稱厲王，如周公稱成王爲孺子，非也。今考《楚語》云：「衛武公年九十有五矣，猶箴儆於國。」此言其末年也。《年表》武公終於平王之十三年，《詩記》推武公即位，年四十餘，其爲世子作此詩之時，年二三十耳，不應斥時王爲小子也。若以爲追刺，則前王已往，當代臣子，尤不得斥爲小子矣。

荏染柔木，荏，壬之上。染上聲。○曹氏曰：「荏染，柔意也。」**言緡之絲。**緡音閩。○《傳》曰：「緡，被也。」○《箋》曰：「被之弦以爲弓。」**温温恭人，**《傳》曰：「温温，寬柔也。」**維德之基。其維哲人，告之話言。**《傳》曰：「話言，古之善言也。」**順德之行，其維愚人。覆謂我僭，**覆音福。○《箋》曰：「覆，猶反也。」○今曰：「僭，躐也。」**民各有心。**

厲王剛愎拒諫，觀其監謗，氣象可見。故告以有荏染然柔忍之木，乃緡被之以絲弦而爲弓，亦猶温温然寬柔之恭人，乃爲德之基本。蓋人主必寬柔，然後能容受直言，而德日進也。其維賢哲之人，告之以善言，則順其德而行之；其維愚蔽之人，反謂我言爲僭躐。人各有意見，何得以汝所見爲是，而彊王之從也。武公以諸侯庶子而論國家之理亂，發義理之精微，故愚人以爲後生僭躐也。

於乎小子，於乎音烏呼。〇《釋文》曰：「凡『於乎』二字相連〔一〕，皆放此。」**未知臧否。**音鄙。**匪手攜之，言示之事。匪面命之，言提其耳。**提音啼。**借曰未知，亦既抱子。民之靡盈，**歐陽氏曰：「靡盈，不自滿。」**誰夙知而莫成？**莫音暮。〇《傳》曰：「莫〔二〕，晚也。」

此章武公自警之辭，因上章人謂己爲僭而內自省也。歎言我小子涉歷尚淺，誠未知事之善惡，然嘗親炙於長者矣，長者非但攜我之手，且示我以已驗之事，非但面命我，且提我之耳而告之。謂親承其教誨，而非剽聞於人也。借曰我未有所知，亦已抱子爲人父矣。年齒浸加，日月逝矣，豈可不汲汲自勵，以力踐所聞，而侵尋虛老一生邪？學問之道，患在自滿，則不復有進。人若能不自盈滿，豈有早聞道而晚乃成者乎？謂已早聞先生長者之教，今當去箇矜字，庶能佩服而勿失之。此見武公切問近思工夫也。〇舊說以「小子」爲斥王，《左傳·襄公四年》魯人之歌云：「我君小子。」

〔一〕「於」，原作「烏」，味本同，據他本改。按，陸德明《經典釋文》卷七作「凡此二字相連」，自當與經文同作「於乎」。

〔二〕「莫」，原作「暮」，據李本、顧本、畲本及《毛詩正義》卷十八之一改。

是古人稱幼君爲小子，武公時爲世子，則不可斥王爲小子也。至若攜手提耳，豈君臣之辭哉？或又以爲武公老作此詩，故呼其同寮爲小子。武公學問深粹，謙抑自處，年九十有五，猶求益於其國之臣，若哆然以老成自處，而呼王朝同寮爲小子，不似武公之氣象也。《曲禮》云：「長者與之提攜，則兩手奉長者之手，奉，芳勇反。負劍辟咡詔之。辟音僻。咡音二。」注云：「傾頭與語。」又云：「口耳之間曰咡。」是攜手提耳，皆長者教誥小子之常〔一〕，此詩所言，形容親承之意耳，正《淇奧》所美「切磋琢磨」也。

昊天孔昭，我生靡樂。音洛。**視爾夢夢，**音蒙。○《傳》曰：「夢夢，亂也。」○孫炎云：「昏昏之貌也〔二〕。」**我心慘慘。**驂之上。○《傳》曰：「慘慘，憂不樂也。」**誨爾諄諄，**《箋》曰：「口語諄諄然。」**聽我藐藐。**音莫，字亦作邈。○《箋》曰：「藐藐然忽略不用。」○疏曰：「不聽受之貌。」**匪用爲教，覆用爲虐。借曰未知，亦聿既耄。**音冒。○《傳》曰：「耄，老也。」○今曰：「聿，遂也，將然之辭。」昊天甚明，照察於我，我不樂其生也。蓋視王之意，夢夢然昏亂。我心之憂，慘慘然憔悴。我誨爾諄諄然詳熟，汝聽我藐藐然不入，不以我言爲教，乃反以我爲虐。借曰

〔一〕「誥」，授本、聽本、仁本、復本作「誨」。

〔二〕「貌」，仁本、復本及《毛詩正義》卷十八之一、《爾雅注疏》卷四作「亂」。

我未有所知，然亦從此將老矣，豈可以吾言爲不足聽乎？時武公未老，故言「亦聿既耄」，猶「九月蟋蟀在堂」，歲實未莫，而言「歲聿其莫」也。**於乎小子，告爾舊止。**《箋》曰：「止，辭也。」**聽用我謀，庶無大悔。天方艱難，曰喪厥國。**喪去聲。**取譬不遠，昊天不忒。**《箋》曰：「忒，差也。」**回遹其德，疏曰：「回遹，邪僻也。」俾民大棘。**《箋》曰：「大棘，大困急也。」

又歎言我小子非敢臆説，所告爾者，皆先世舊章。王能聽用我謀，庶幾不至於大悔。天方艱難，將喪滅其國，譬如夏、商，其類不遠。天之福善禍淫，豈有差忒哉？皆王爲邪僻之行，使民至於大急，自取之也。

《抑》十二章，三章章八句，九章章十句。

《桑柔》，芮伯刺厲王也。《箋》曰：「芮伯，畿内諸侯，王卿士也，字良夫。」〇疏曰：「《書序》云：『巢伯來朝，芮伯作《旅巢命》。』武王時也。《顧命》同召六卿，芮伯在焉，成王時也。桓九年，『王使虢仲、芮伯伐曲沃』，桓王時也。此又厲王之時，世在王朝，常爲卿士，故知是畿内諸侯爲王卿士也。《書序》注云：『芮伯，周同姓，國在畿内。』則芮伯，姬姓也。杜預云：『芮國在馮翊臨晉縣。』則在西都之畿内也。《顧命》注:『芮伯入爲宗伯。』畿内而言入者,入有二義,若對畿内,則畿外爲入,衛武公入相於周是也;若對在朝無封爵者,則有國者亦爲入,畢國亦在畿内,《顧命》注亦云『畢公入爲司馬』,是也。文元年《左傳》引此云:『周芮良夫之詩曰:「大風有隧。」』知字良夫也。」

菀彼桑柔,其下侯旬。如字,又音荀。《傳》曰:「旬,言陰均也。」菀音鬱。○《傳》曰:「菀,茂盛貌。」

捋采其劉,捋,力活反。○王氏曰:「劉,殺也。殺言盡之也。」○蘇氏曰:「殘也。」○今曰:「《書·盤庚》:『重我民,無盡劉。』《左傳》:『虔劉我邊陲。』」**瘼此下民。**瘼音莫。○《傳》曰:「瘼,病也。」**不殄心憂,**《箋》曰:「殄,絶也。」**倉兄填兮。**倉兄填,音創況陳。○蘇氏曰:「倉,悲也。」○《説文》曰:「傷也。」○錢氏曰:「倉讀如愴,兄讀如況。古文假借,未加偏旁也。」○《傳》曰:「兄,滋也。填,久也。」○疏曰:「況訓賜也。賜人之物則滋多,故況爲滋也。」○今曰:「兄與況字同,『況也永歎』,訓兹,此『倉兄』及下文『亂況斯削』,訓滋。」**倬彼昊天,**倬,明大貌〔一〕。**寧不我矜?**《箋》曰:「矜,哀也。」

興也。菀然茂盛之桑,其葉稚而柔濡,其下陰均,人息其下者,得其芘蔭也。及蠶者捋采,一朝殘盡之,則其樹下之民,病於日所暴矣,亦猶王剥喪其德,則民不得其芘蔭也。君子憂之,不絶於心,悲愴滋久而不已。於是呼倬然明大之昊天而訴之曰:寧

〔一〕按,此爲《鄭箋》語,依體例,「倬」前疑脱「箋曰」二字。

不哀矜我乎？蘇氏曰：「桑之爲物，其葉最盛，然及其采之也，一朝而盡，無黄落之漸。言周之盛也，如桑之方茂，厲王肆行暴虐，以敗其成業，王室忽然凋弊，如桑之既采。」

四牡騤騤，音葵。○《傳》曰：「騤騤，不息也。」**旟旐有翩。**旟旐音輿兆。翩音篇。○旟，解見《鄘・干旄》。旐，解見《出車》。○錢氏曰：「翩，飛揚也。」**亂生不夷，**《傳》曰：「夷，平也。」**靡國不泯。**音敏。○《傳》曰：「泯，滅也。」**民靡有黎，**音黎。○今曰：「黎，衆也。《書》『黎民於變時雍』，《詩》『羣黎百姓』，皆衆也。王氏以黎爲黑，如黔首之義，然民靡有黑，則不辭矣。」**具禍以燼。**音藎。○《箋》曰：「具，俱也。災餘曰燼。」○疏曰：「燼是燋燭既然之餘。」燋音爵。**於乎有哀，**於乎音烏呼。**國步斯頻。**《傳》曰：「步，行也。頻，急也。」○曹氏曰：「國步，猶天步也。天之所行，謂之天步，則國步者，國之所行也。」○陳氏曰：「國步，國運也。」

王政不綱，諸侯相攻，故兵車駕其四牡，騤騤然不息，所建旟旐，翩翩然飛揚，禍亂日生而不平夷，無國不見殘滅也。民無羣衆之聚，甚稀疏矣，俱遇此禍，將爲灰燼而無餘矣。嗚呼可哀乎，國運如此之頻急也！○「四牡騤騤，旟旐有翩」，或考厲王無征伐之事，遂以爲使臣奔走於道路，然味詩之意，政是厭苦兵革，如杜甫所謂「車轔轔，馬蕭蕭」。下言「靡國不泯」，知爲諸侯相攻矣。

國步蔑資，蔑音滅。**天不我將。**《箋》曰：「將，猶養也。」**靡所止疑，**音逆，魚陟反，朱氏音屹，魚乞反，今《韻略》音凝，魚陵反，音雖不同，皆訓定也。**云徂何往？**朱氏曰：「徂，亦往也。」**君子實維，**今曰：「君子，指厲王。」**秉心無競。**《傳》曰：「競，彊也。」○今曰：「謂自彊也。『執競武王』。」**誰生厲階，**《傳》曰：「厲，惡也。」**至今爲梗？**音鯁。○《傳》曰：「梗，病也。」○錢氏曰：「水上浮木壅水者。」○今曰：「飄蓬斷梗。」

國運困窮，無所資賴，天不我養，無所止定，内不得安也。云欲往而果何所往？外無可向也。厲王不自彊以爲善，復是何人生此禍亂之階，至今爲梗病乎？王實爲之也。

憂心慇慇，念我土宇。解見《卷阿》。**我生不辰，**《箋》曰：「辰，時也。」**逢天僤怒。**僤音亶。○《傳》曰：「僤，厚也。」**自西徂東，靡所定處。**音杵。**多我覯痻，**音閩，又音昏。○疏曰：「覯，遇也。」○《箋》曰：「痻，病也。」**孔棘我圉。**音語。○《箋》曰：「棘，急也。」○《傳》曰：「圉，垂也。」○疏曰：「邊垂也。」

周家土宇畈章，今日以侵削矣〔一〕，故我憂心慇慇然念之也。我生不得時，正逢天之

〔一〕「以」，李本、顧本作「已」。

厚怒，自恨生於亂世也。是時鎬京在西，中原在東，自西至東，無有寧居者。言京師及中原皆亂也。京師及中國既亂，我見其病已多矣，而我邊垂又甚急，是内外皆不得其安也。

爲謀爲毖，音秘。○《傳》曰：「毖，慎也。」**亂況斯削。告爾憂恤，**《箋》曰：「恤，亦憂也。」**誨爾序爵。**《箋》曰：「次序賢能之爵。」○李氏曰：「爵自有序，上賢則加以上爵，中賢則次之，下賢則又次之。若小加大，淫破義，遠間親，新間舊，則失其序矣。」**誰能執熱，逝不以濯？**今考《唐風》「噬肯來遊」，朱氏云：「發語辭。」蘇氏云：「噬、逝通。」○《傳》曰：「濯，所以解熱也。」**其何能淑？**《箋》曰：「淑，善也。」**載胥及溺。**《箋》曰：「胥，相也。及，與也。」

此教王以用賢，言王非不爲計謀，非不爲謹毖，然而禍亂滋甚，益以侵削，是謀之不得其道，而所與謀者非人也。故我今告爾以當憂恤之事，誨爾以次序官爵、辨别賢否之道。誰能手執熱物，而不以水濯之乎？以水濯手，所以殺其熱。欲止亂而不用賢，猶欲止熱而不以濯也。今王之所任者，其何能善乎？則相與陷溺於禍難而已。

如彼遡風，遡音素。○《傳》曰：「遡，鄉也。」**亦孔之僾。**音愛。○《傳》曰：「僾，唈也。」唈，烏合反。○《箋》曰：「使人唈然不能息。」○疏曰：「郭璞云：『嗚唈，短氣也。』風唈人氣，使人不能喘息。」**民有肅**

心，荓云不逮。荓音烹，徐音絣。○《傳》曰：「荓，使也。」○解見《小毖》。○《箋》曰：「逮，及也。」好是稼穡，好去聲。力民代食。疏曰：「《司勳》云：『治功曰力。』則力民，謂有功加於民者也。」○錢氏曰：「代耕而食。」稼穡維寶，《箋》曰：「耕種曰稼，收斂曰穡。」代食維好〔一〕。如字。

君子視厲王之亂，如遡嚮於疾風，亦甚僾唈，使人短氣而不能喘息也。民本有恭肅之心，而王乃使之怠慢不及事，謂奪其農時，使不得耕耨也。今當好是稼穡，言重農也。其有功力於民者，則使之代耕而食，言任賢也。蓋稼穡當以爲寶，而不可輕，食禄以代耕者，當擇其人之好，而不可濫也。

天降喪亂，滅我立王。降此蟊賊，《箋》曰：「蟲食苗根曰蟊，食節曰賊。」稼穡卒痒。音羊。○《箋》曰：「卒，盡也。痒，病也。」哀恫中國，恫音通。○《箋》曰：「恫，痛也。」具贅卒荒。贅音綴。○《傳》曰：「綴，屬也。荒，虚也。」○疏曰：「贅，猶綴也。」○朱氏曰：「言危也。《春秋傳》云：『君若贅旒然。』」靡有旅力，旅力，解見《北山》。以念穹蒼。王氏曰：「穹蒼，天也。」

天今降此喪亂，將滅亡我所立之王，謂王室也。是以降此蟊賊之蟲，使稼穡盡病。可

〔一〕「維」，原作「爲」，味本同，據他本及《毛詩正義》卷十八之二改。

哀痛乎中國之人，皆贅屬而危矣，盡荒虚而空矣。羣臣無有盡衆力以念及天意者，是代食者，其人非好也。

維此惠君，《箋》曰：「惠，順也。」**民人所瞻。秉心宣猶，**今曰：「宣，布也。」〇《箋》曰：「猶，謀也。」**考慎其相。**鄭去聲，毛如字。**維彼不順，自獨俾臧。**今曰：「自獨，猶獨自也。」〇《箋》曰：「臧，善也。」**自有肺腸，俾民卒狂。**

維此順道之君，爲百姓所瞻仰，内則能秉持其心而有常德，外則宣布其謀而不自用，又考察謹擇其輔相。維彼不順道之君，乃欲用獨自之見而使之善，何由得善乎？以己自有肺腸，行心所欲，不謀於衆，故使民盡迷惑如狂也。自有肺腸，即《抑》詩「民各有心」也。

瞻彼中林，甡甡其鹿。甡音莘。〇《傳》曰：「甡甡，衆多也。」**朋友已譖，**今莊蔭反，舊音僭。**不胥以穀。**《箋》曰：「胥，相也。穀，善也。」**人亦有言，進退維谷。**《傳》曰：「谷，窮也。」〇疏曰：「谷是山谷，墜谷是窮困之義。」

視彼林中，其鹿羣輩同行，甡甡然衆多。今羣臣相譏，不能相善〔一〕，禽獸之不如也。人亦有言，無道之世，進退皆窮，如陷山谷然。

維此聖人，瞻言百里。錢氏曰：「聖人聽言，迎解其意。」**維彼愚人，覆狂以喜。**覆音福。**匪言不能，胡斯畏忌？**《傳》曰：「胡之言何也。」

聖人於人之言，能瞻之於百里之外，謂望之而喻其意也。若彼愚人，禍敗已迫而不自知，方且狂迷而喜樂，不以爲憂，如此則雖諄諄然誨之，亦不悟矣。我非不能言，如此畏忌何？言王監謗，將得罪也。

維此良人，弗求弗迪。《傳》曰：「迪，進也。」〇今曰：「《書》『不迪有顯戮』『其尚迪果毅』，注：『迪，進也。』又，『夏迪簡在王庭』。」**維彼忍心，是顧是復。**疏曰：「顧，眷也。復，重也。」〇今曰：「復，如『顧我復我』之復。」**民之貪亂，**《箋》曰：「貪，猶欲也。」**寧爲荼毒。**荼音徒。〇疏曰：「荼，苦菜也。毒，螫蟲也。」

維此善人，王不求索之，不進迪之。維彼有殘忍之心者，王乃顧視而眷念之，重復而

〔一〕「相」，諸本作「有」。

綢繆之。天下之民，苦王之政，欲其亂亡，故寧爲荼苦毒螫之行，以相侵暴而不之恤也。

大風有隧，大如字，鄭音泰。隧音遂。○《傳》曰：「隧，道也。」**有空大谷。維此良人，作爲式穀。**今曰：「式，法也。穀，善也。從鄭。」**維彼不順，征以中垢。**音苟。○今曰：「征，猶攻也。」○曹氏曰：「征，猶討也。中垢，猶内污也。蓋以閨門之事污衊之，若王鳳之誣毀王商是也。」衊音蔑。

大風損物，喻小人也。其來有隧道，必從空大谷中，喻小人乘虚而至也。若主德剛明，君子道長，則國有充實之象，小人無由至矣。善人所作爲之事，皆合於法，皆本於善，無可指摘。彼不順之小人，乃攻以内汙之事。蓋其立朝行己，無間可乘，唯以曖昧之言誣之，使之無由自明耳。此小人陷君子之常也。

大風有隧，貪人敗類。敗音拜。○《箋》曰：「類，等夷也。」**聽言則對，**《箋》曰：「對，答也。」**誦言如醉。**《箋》曰：「誦《詩》《書》之言。」**匪用其良，覆俾我悖。**音佩。○《箋》曰：「悖，逆也」○今曰：「韻亦作誖，亂也。」

大風有隧道而至，如貪人有緣由而至也。貪人進，則善類敗矣。小人好人從己，唯聽彼之言，則喜而對答之；誦古人之言以告之，則不悦而如醉，不對之矣。彼既不用善言，而欲使人從己，是反使我悖亂於道也。疏曰：「《樂記》魏文侯自言『端冕而聽古樂，則惟恐臥』，《史記》稱『商鞅説秦孝公以帝道，孝公睡而弗應』，皆是心所不悟，如醉然也。」○朱氏曰：「厲王説榮夷公，芮良夫曰：『王室其將卑乎？夫榮公好專利，而不備大難。』夫利，百物之所生也，天地之所載也，而或專之，其害多矣。此所謂貪人，其榮公也歟？」

嗟爾朋友，朱氏曰：「寮友也。」**予豈不知而作？**今曰：「即下章『既作爾歌』之作。」**如彼飛蟲，**疏曰：「蟲，是鳥之大名，故曰：『羽蟲三百，鳳凰爲長。』」**時亦弋獲。既之陰女，**陰，王如字，鄭音蔭。女音汝。○曹氏曰：「陰，蓋覆不暴揚之。」**反予來赫。**鄭許嫁反，毛如字。○《釋文》曰：「亦作嚇，音罅。《莊子》『以梁國嚇我』是也。」○曹氏曰：「以言欺人也。」

嗟爾寮友，汝蹤跡詭祕，我豈不知實事而妄作此詩乎？如彼蟲鳥之飛，時亦爲弋者所得，吾之言，亦有時而中也。予既覆蓋於汝，不暴揚汝之事，汝反謂予不知而來欺赫予也。

民之罔極，罔極，解見《衛·氓》。○朱氏曰：「民之貪亂，而不知所止。」**職涼善背。**涼，毛如字，鄭音亮。背音佩。○《箋》曰：「職，主也。」○《傳》曰：「涼，薄也。」○疏曰：「莊三十二年《左傳》云：『虢多涼德。』」○朱氏曰：「善背，工爲反覆也。」**爲民不利，如云不克。民之回遹，職競用力。**今曰：「競，强也，謂强禦也。」

「涼」言刻薄,「競」言彊禦,「盜」言貪黷,三者皆謂小人,當時必有所指。由此三小人致亂,故皆以「職」言之。民之亂無窮極者,主由此刻薄之人,善爲欺背之事也。彼爲民所不利之事,如恐不勝也。民之所以邪僻者,主由此彊禦之人,用力爲虐也。

民之未戾,《傳》曰:「戾,定也。」**職盜爲寇。涼曰不可,覆背善詈。**音利。**雖曰匪予,既作爾歌。**

民之所以未定者,主由此盜臣爲寇攘之行也。羣小不和,自相毀訾,其涼者見盜者貪黷已甚,亦言其不可,而覆背以詈之矣。謂其黨亦自知其非也。涼背盜而詈之,故上章言「職涼善背」也。善詈,工於罵也。涼者雖歸咎於盜,欲自文飾〔一〕,言此亂非我所致,然我已作爾歌,不可隱諱矣,成上章「予豈不知而作」之意〔二〕。《詩記》曰:「此詩本屬王之亂,在於用小人,故於聽任之際,屢致意焉。」

《桑柔》十六章,八章章八句,八章章六句。

〔一〕「欲自文飾」,李本、顧本作「者」,從上讀。

〔二〕「成」,味本、仁本同,他本作「承」。按,上第十四章「予豈不知而作」,嚴氏釋曰:「即下章『既作爾歌』之作。」作「成」乃補足、足成之意,作「承」則承接、承續之意,皆可通。

詩緝卷之三十

嚴粲述

《雲漢》，仍叔美宣王也。《箋》曰：「仍叔，周大夫也。《春秋·桓公五年》：『天王使仍叔之子來聘。』」**宣王承厲王之烈，**朱氏曰：「烈，暴虐也。」**内有撥亂之志，**疏曰：「何休注《公羊》云：『撥，猶治也。』」**遇烖而懼，側身脩行，**去聲。○疏曰：「側，反側也，憂不自安〔一〕。」**欲銷去之，**去上聲。**天下喜於王化復行，**復，扶又反。**百姓見憂，**疏曰：「百姓見被憂矜。」**故作是詩也。**

宣王即位初年，遇旱，未有施設，天下已喜於王化復行者，以其有憂民之心，而預期之也。《解頤新語》曰：「宣王興起，他未及施爲，首以百姓爲憂，可謂知本矣。故天下已深喜之，謂其能復行王化也。昔春秋之時，宋大水，魯使弔焉，曰：『孤實不敬，天降之災，又以爲君憂，拜命之辱。』既而聞之曰：『公子御説之辭也。』臧孫達曰：『是宜爲君，有卹民之心。』夫列國之公子，出其言善，君子謂其可以爲君，則宣王因旱而憂百姓，王化復行，何疑之有？」御説音禦悦。

倬彼雲漢，倬音卓。○《桑柔·箋》曰〔二〕：「倬，明大貌。」○《箋》曰：「雲漢，天河也。」○疏曰：「河精上

〔一〕「不自」，原作「自不」，據李本、畬本、復本及《毛詩正義》卷十八之二改。
〔二〕「箋」，原作「傳」，按，此當爲《箋》語，據《毛詩正義》卷十八之二改。

爲天漢。」○曹氏曰：「或謂水氣在天爲雲，水象在天爲漢。或謂箕、斗間爲漢津，雲出漢津，謂之雲漢。皆非也。夫雲合散不常，漢則隨天而轉，漢之在天，似雲而非雲，故曰雲漢也。史遷云：『漢者，金之散氣，其本曰水。』張衡云：『水精爲漢。』《左傳·昭十七年》『星孛及漢』，梓慎云：『漢，水祥也。』雨者，水之施也。天將雨，其兆先見於漢。」**昭回于天。**《箋》曰：「昭，光也。」○《傳》曰：「回，轉也。」○疏曰：「水氣精光也。」○曹氏曰：「天漢起于東方，經尾、箕之間，是爲漢津。委蛇向西南行，至七星南而没，此其回旋之度也。」**王曰於乎，**音嗚呼。**何辜今之人。天降喪亂，饑饉薦臻。**薦音荐。○《傳》曰：「薦，重也。臻，至也。」**靡神不舉，**《箋》曰：「靡，無也。」**靡愛斯牲。**曹氏曰：「《左氏》謂『天災有幣無牲』，此諸侯之禮耳，若《祭法》所謂『祈禳於坎壇，雩宗祭水旱』，皆用少牢，天子則有牲矣。」宗，鄭讀爲禜，榮敬反。**圭璧既卒，**《傳》曰：「卒，盡也。」**寧莫我聽？**協句，平聲。○《箋》曰：「寧，曾也。」

宣王憂旱，夜不能寐，起觀天象，以占雨候，見倬然明大之雲漢，精光回旋於天。夜晴無雲，則天河明，未有雨候也。宣王於是歎傷曰：嗚呼！今之人何罪乎，而天降此喪亂，使饑饉重至，謂頻年旱也。我之禱雨，無有神而不舉祭之者，牲、玉皆所以供祭祀，牲則不敢愛，圭璧則用之已盡，神曾莫我聽乎？○此詩多用「寧」字，或訓曾，或猶偏，或爲願辭，或訓安，不可執一，今隨文解之。

旱既大甚，大音泰。**蘊隆蟲蟲。**王氏曰：「蘊隆，蘊積隆盛。」○疏曰：「《釋訓》云：『蟲蟲，熏也。』郭璞云：『旱熱熏炙人也。』」**不殄禋祀，自郊徂宮。**《箋》曰：「宮，宗廟也。」**上下奠瘞，**音意。○《傳》曰：「上祭天，下祭地。」○疏曰：「奠，謂置之於地。」○《釋文》曰：「瘞，埋也。」**靡神不宗。**《箋》曰：「宗，尊也。」**后稷不克，**錢氏曰：「克，勝也。」**上帝不臨。耗斁下土，**斁音妬。○《箋》曰：「斁，敗也。」**寧丁我躬。**曹氏曰：「《説文》云：『寧，願辭也。』」○《傳》曰：「丁，當也。」

天久不雨，旱既大甚矣，其旱氣蘊積隆盛，蟲蟲然其熱熏人，我爲禱雨之故，禋祀未嘗止絶，從郊而至宗廟，上祭天，下祭地，奠其禮，瘞其物，無有神而不尊祀之者。在宮之神，莫尊於后稷，非不臨顧我，而力不足以勝旱災；在郊之神，莫尊於上帝，力足以勝旱災，而不肯臨顧我。與其爲旱以耗敗下土，寧使災禍當我之身。此至誠慘怛之辭也。李氏曰：「《史記·宋世家》：『熒惑守心，宋之分野也[一]。景公憂之，司星子韋曰：「可移於相。」景公曰：「相，吾之股肱。」曰：「可移於民。」公曰：「君者恃民[二]。」曰：「可移於歲。」公曰：「歲饑

〔一〕葉校云：「《史記·宋世家》句首有『心』字，承上『熒惑守心』言之，『心』字不可删。」又，李樗《毛詩集解》卷三十五「史記」至「野也」十四字作「宋之時，熒惑守心」，概而言之，非引《史記》原文。

〔二〕「恃」，原作「侍」，仁本、復本作「待」，據李本、姜本、淵本、授本、聽本及李樗《毛詩集解》卷三十五改。按，《史記·宋微子世家》作「待」，今仍從李氏所引。

民困，吾誰爲君？」子韋曰：「天高聽卑，君有愛人之言三，熒惑宜有動。」於是候之，果徙三度〔一〕。』」

旱既大甚，則不可推。 吐雷反。○今曰：「不可推，如《孟子》言『王無罪歲』、宋景公不欲移災於股肱之意。」**兢兢業業，**《傳》曰：「兢兢，恐也。業業，危也。」○今曰：「業業，危動恐懼也。《烝民》『四牡業業』，鄭氏以爲動，當爲動而不息；《常武》『赫赫業業』，毛氏以爲動，當爲震動可畏；此詩及《召旻》『兢兢業業』、《長發》『有震且業』，毛氏皆以爲危，當爲危動恐懼。三説不同，皆動之意。」**如霆如雷。** 霆，解見《采芑》。**周餘黎民，靡有孑遺。** 疏曰：「孑然孤獨之貌〔二〕，無有孑然得遺漏而不餓病者〔三〕。」○曹氏曰：「《説文》云：『孑〔四〕，無右臂。』曰孑，言其獨也。」**昊天上帝，則不我遺。** 疏曰：「不遺留其意，將欲盡殺也。」**胡不相畏？先祖于摧。** 在雷反。

宣王言旱既大甚，皆己不德所致，不可推其過於他人，承上文「寧丁我躬」之意也。

〔一〕按，「子韋」至「三度」二十七字，李樗《毛詩集解》卷三十五無。

〔二〕「孑」上，原有「釋訓云」三字，衍，仁本校云：「『孑然孤獨之貌』，《爾雅》無文。按，疏曰：『「業業，危」，《釋訓》云。孑然孤獨之貌。』《校勘記》云：『「文」誤「云」。』蓋彼釋《傳》之辭，當屬上句，則此『《釋訓》云』三字爲衍。」據删。

〔三〕「無」上，薈本及《毛詩正義》卷十八之二有「言」字。

〔四〕「孑」，原作「子」，仁本、復本作「人」，據李本、畬本及許慎《説文解字》卷十四改。作「子」者，爲「孑」形近之訛。按，張壽鏞輯曹粹中《放齋詩説》卷三正作「孑」。

吾心兢兢然而恐，業業然而危，如聞霆之奮擊，雷之發聲也。周之民多死亡矣，今所餘之衆民，又將無有孑然孤獨而存者矣。昊天上帝，不使我有遺類，何不畏先祖之業摧落乎？庶天以先祖之故，而矜念之也。

旱既大甚，則不可沮。音咀。○《傳》曰：「沮，止也。」○今曰：「自沮也。」**赫赫炎炎，**《傳》曰：「赫赫，旱氣也。炎炎，熱氣也。」**云我無所。大命近止，**大命，解見《蕩》。**靡瞻靡顧。羣公先正，**《傳》曰：「先正，百辟卿士也。」○《箋》曰：「雩祀所及者。」○疏曰：「正，長也，先世爲官之長。《月令》：『仲夏，乃命百官雩祀百辟卿士有益於民者。』」**則不我助。父母先祖，胡寧忍予？**今曰：「寧，猶偏也。」

宣王言旱既大甚，我當多方思所以救之，不可自沮。禱祈不應，則人易以自沮而怠，心生反覆。此詩宣王欲銷天變之意，愈堅愈鋭，可謂不自沮矣。旱氣赫赫然，熱氣炎炎然，宣王憂之之甚，曰：我措身無所矣。大命將近，謂國將亡也，曾無瞻視而顧念之者。古者有德之羣公，先世爲官之正長，凡雩祀所及者，則皆不我佑助。父母與先祖之靈，何其偏忍於我而不見救乎？

旱既大甚，滌滌山川。滌音敵。○《傳》曰：「滌滌，旱氣也。山無木，川無水。」○疏曰：「蓋以少而不茂，非全無也。」○錢氏曰：「洗也。山無木，川無水，如滌之然。」**旱魃爲虐，**魃音跋。○《傳》曰：「魃，旱神也。」**如惔如焚。**惔音談。○《傳》曰：「惔，燎之也。」○疏曰：「焚、燎皆火燒之名。」**我心憚暑，憂心如熏。**《傳》曰：「熏，灼也。」○疏曰：「熏、灼俱焚炙之義。」**羣公先正，則不我聞。昊天上帝，寧俾我遯。**今曰：「寧，願辭也。」

旱久則山枯川竭，故如滌濯然。旱魃之神，爲此虐害，如火之惔燎焚燒。我心畏憚暑旱，其憂心如爲火所熏灼。羣公先正，曾不聞知而見察。昊天上帝，如厭棄我，則寧使我遯去以避賢者，無以我故，而使百姓受害也。

旱既大甚，黽勉畏去。黽音閔。○錢氏曰：「黽勉，猶勉强也。」**胡寧瘨我以旱？**瘨音顛。○《箋》曰：「瘨，病也。」**憯不知其故。**憯，驂之上。○錢氏曰：「憯，痛也。」**祈年孔夙，方社不莫。**音暮。**昊天上帝，則不我虞。**《箋》曰：「虞，度也。」**敬恭明神，宜無悔怒。**

始欲遯去，既又念民命方急，當思救之，故黽勉於此，不敢去也。天何偏病我以旱乎？水旱之災，皆由政失，必有以自取之，但痛哉不知其何故而致此也。知其故，則當速改矣。惟不知其故，因念恐有得罪於神祇者，我祈豐年則甚早，祭四方與社又不晚，豈上天不度知我心乎？我敬事明神如是，當不恨怒於我，而降此旱災也。

曹氏曰：「《月令》云：『孟冬，天子祈來年于天宗〔一〕，大割。』注云：『天宗，謂日月星辰也。大割者，大殺羣牲而割之也。』又云：『孟春，天子以元日祈穀于上帝。』注云：『謂以上辛郊祭天也。』《春官·籥章氏》：『凡國祈年于田祖，歈豳雅，擊土鼓，以樂田畯。』注云：『田祖，始耕田者，謂神農也。』后稷配食焉。夫自去歲之孟冬，已祈今歲之豐稔，其祀至於上帝、日月、星辰、神農、后稷，無不徧及，可謂夙矣。《載芟》春籍田而祈社稷，《曲禮》云『天子祭四方，歲徧』，則方與社亦不莫矣。」

旱既大甚，散無友紀。《箋》曰：「人君以羣臣爲友。」**鞫哉庶正，**鞫音菊。○《箋》曰：「鞫，窮也。庶正，衆官之長也。」○今曰：「鞫，與《南山》『曷又鞠止』之鞠，字異音義同，皆窮極也。《南山》言淫亂之極，此詩言勞苦之極。」**疚哉冢宰。**疚音救。○《箋》曰：「疚，病也。窮哉病哉者，言勞倦也。」**趣馬師氏，**趣，芻之上。○趣馬，解見《十月之交》。○今曰：「師氏，地官中大夫。」**膳夫左右。**今曰：「天官上士二人，中士四人，下士八人。」**靡人不周，**今曰：「周，徧也。『周爰咨諏』之周，《傳》以爲救，今不從。」**無不能止。**今曰：「無，猶毋也，言毋自謂不能而止不爲也。」**瞻卬昊天，**卬音仰。**云如何里？**《十月之交》「悠悠我里」，《箋》曰：「里，居也。」○今曰：「田里也。旱則田里無聊也，鄭訓憂，破字作悝，不若從本字。」

〔一〕「來」，原無，據薈本補。薈本校云：「刊本脱『來』字，據《月令》增。」

人君以臣爲友，相與綱紀四方者，今羣臣以救旱之急，於常務之可緩者，不暇整飭〔一〕，故云散無友紀也。自庶官之長，冢宰之官，皆究心於禱祈賑救之事，或奉行之，或討論之，夙夜不遑，以致勞瘁，故云：窮哉病哉也。窮極，言勞苦之極也。庶正冢宰，既皆勞瘁，下至趣馬也、師氏也、膳夫也、左右之臣也，靡不周偏，謂無一人不勞瘁也。人皆勉力救荒，無有自謂不能而遂止者。宣王瞻仰昊天而歎曰：田里之間，將如何乎？必有愁歎之聲矣。憂民之辭也。○舊説以「窮哉疚哉」爲諸臣勤於事而困於食，庶正冢宰，位高禄厚，恐未至此。又以「周」爲賙給羣臣，救荒當先及小民，不應但賙給有位也。《傳》曰：「歲凶，年穀不登，則趣馬不秣〔二〕，師氏弛其兵，馳道不除，祭事不縣，膳夫徹膳，左右布而不脩，大夫不食粱，士飲酒不樂。」○疏曰：「師氏掌使其屬率四夷之隸，各以其兵服守王之門外，且蹕。朝在野外，則守列〔三〕。是掌近王之兵，故令弛其兵也。徹膳者，天子日食太牢，令減損之。左右，君之左右，總謂諸臣。不脩者，無所脩作。」

〔一〕「飭」，原作「整」，淵本作「之」，據薈本改。
〔二〕「秣」，原作「株」，味本同，據他本及《毛詩正義》卷十八之二改。
〔三〕仁本校云：「『列』上，《周禮》有『内』字。」

瞻卬昊天，有嘒其星。嘒音諱。○《傳》曰：「嘒，衆星貌。」**大夫君子，昭假無贏。**假音格。贏音盈。○呂氏曰：「贏，餘也。」**大命近止，無棄爾成。何求爲我？**爲去聲。**以戾庶正。**《傳》曰：「戾，定也。」**瞻卬昊天，曷惠其寧？**

宣王以旱之故，夜不能寐，瞻仰昊天，不見雲興，而唯見嘒然之衆星，未有雨證也。於是呼其臣而勉之曰：大夫君子，我之所以昭格於天以禱雨者，已無贏餘矣〔一〕，然未得雨，則死亡將近，不可遂已而棄其前勞，更思所以禱祈，必得雨而後已，所謂「則不可沮」也。若此者，非求爲我之一身，乃所以定衆正也，未有民不寧而庶官定者也。瞻卬昊天，何時惠我以安寧乎？

《雲漢》八章，章十句。

《崧高》，崧音菘。**尹吉甫美宣王也。**《箋》曰：「尹吉甫、申伯皆周之卿士也。尹，官氏。」○曹氏曰：「尹，官也，以官爲氏。」**天下復平，**復音服，又扶又反。**能建國親諸侯，**疏曰：「能建

〔一〕「矣」，原作「戾」，味本同，據他本改。

國親諸侯，雖爲申伯發文，要是總言宣王之美。」**褒賞申伯焉。**朱氏曰：「申，國名。」

申伯出封于謝，尹吉甫送其行之詩也。

崧高維嶽，《傳》曰：「崧，高貌。嶽，四嶽也。東嶽岱，南嶽衡，西嶽華，北嶽恒。」**駿極于天。**駿音峻。〇《傳》曰：「駿，大也。極，至也。」**維嶽降神，生甫及申。**今曰：「鄭氏注《孔子閒居》云：『仲山甫及申伯也。』」**維申及甫，維周之翰。**《傳》曰：「翰，幹也。」〇解見「維周之楨」。**四國于蕃，**方元反。〇王氏曰：「蕃，言扞蔽。」**四方于宣。**王氏曰：「宣，言敷播。」

首章以仲山甫比申伯也。詩人之意，謂申伯佐宣王中興，關國家之運，則其生必不凡。故設爲神異之辭，言崧然而高竦者，嶽也，其山駿大，極至于天，維此嶽降其神靈，以生仲山甫及申伯也。當時仲山甫爲相，申伯亞於山甫，此詩爲美申伯，而以山甫並言，蓋謂申伯與山甫，伯仲間耳，借山甫以大申伯也。維此申伯及山甫，皆爲周室之翰榦，四國則于以蕃蔽其患難，四方則于以宣布其德澤。蓋山甫兼總内外之任，而申伯則專主蕃宣之職也。〇此詩首章主申、甫而言，謂申、甫之生，必有所自來，故推原於嶽降以尊之，非申、甫實爲嶽神也。舊説謂姜氏之先，主四嶽之祀，嶽神福興其子孫，則執著於「嶽降」之文，以辭害志矣。此詩言「嶽降申甫」，猶

《烝民》言「天生仲山甫」耳。鄭氏注《禮》，既以甫爲山甫，而箋《詩》乃以甫爲甫侯，自爲異義。且申伯光輔中興，而遠取周道始衰之甫侯以匹之，非所以褒揚中伯也。蓋泥嶽神福四嶽之子孫，謂申、甫皆姜姓耳。或者疑甫爲字，申爲國，則名稱不類，故以申、甫皆爲國。不知古人文辭，難以例拘，《舜典》稱稷、契，稷以官，契以名，漢稱絳、灌，絳以封邑，灌以姓，皆不類也。

亹亹申伯，《箋》曰：「亹亹，勉也。」〇李氏曰：「按《史記·周本紀》，申者，乃侯爵也，以其爲方伯，故謂申伯。」〇今曰：「方伯者，一州之牧。」**王纘之事。**纘音纂。〇《箋》曰：「纘，繼也。」〇李氏曰：「王纘繼之以事，如《北門》『政事一埤益我』。」**于邑于謝，**王氏曰：「國之所都亦曰邑。」〇《傳》曰：「謝，周之南國也。」〇疏曰：「申伯先受封於申國，本近謝，今命爲州牧，故改邑於謝。」〇今曰：「《西漢·地理志》申國在南陽宛縣，《後漢·郡國志》謝城在南陽棘陽縣東北百里〔一〕。申、謝其地相近。」**南國是式。**疏曰：「南國，謂謝旁諸國。式，則爲一州之牧。」**王命召伯，**《傳》曰：「召公也。」〇疏曰：「以《常武》之《序》，知召伯是召穆公也。王肅云：『召公爲司空，主繕治。』案《黍苗·序》云：『卿士不能行

〔一〕「郡國」，原作「地里」。按，《後漢書》無《地理志》，此出自《後漢書》第二十二《郡國志四》「南陽郡」之「棘陽」，注曰：「《荆州記》曰：『東北百里有謝城。』」據改。

召伯之職。』然則營築城郭，召伯所主。」**定申伯之宅。登是南邦，**錢氏曰：「登，升也。自卿士爲牧伯，故曰登。」**世執其功。**《傳》曰：「功，事也。」

次章述封謝也。申伯亹亹然勉於職，故王繼之以事，其任益重也。往邑，謂去京師而就國邑也。往謝，指其邑之所在也。先虛言之，後實言之也。申伯爲一州之牧，使南國有所法式。王於是命司空召穆公，先營謝邑，以定申伯之居。申伯元爲諸侯，今爲州牧於謝，是升此南邦也，世世執守其功，長爲牧也。○詩人之辭，多以一事分兩節言之。如「載脂載舝」，止是脂舝一事耳，今言載脂，則謂塗脂於舝；言載舝，則謂設舝於車；「是剥是菹」，止是以瓜爲菹一事耳，今言是剥，則謂以刀削瓜；言是菹，則謂淹瓜爲菹；「于周于京」，止言周京一事耳，今言于周，則指國；言于京，則指國所都之地。此「于邑于謝」，語勢正與「于周于京」同，《箋》以上于爲往，下于爲於，今不從。

王命申伯，式是南邦。因是謝人，以作爾庸。《箋》曰：「庸，功也。」**王命召伯，徹申伯土田。**李氏曰：「徹，什一之法也。公劉遷于豳邑，而徹田爲糧。今申伯之改邑于謝，亦必徹其土田。」○錢氏曰：「厲王後，徹法漸壞，故使召伯正之。」**王命傅御，**錢氏曰：「王命申伯傅相及治事之官。」**遷**

其私人。《傳》曰：「私人，家臣也。」○錢氏曰：「遷，謂禮遣之。」三章申上章營謝之事也。王又告申伯以改邑之意，云：我欲使汝爲法於此南邦，今因此謝邑之人而爲國，以起爾之功。言尊顯之也。召公於時，猶尚未發，王又命召伯云：汝往謝邑，凡申伯土田，以徹法定其稅賦，十取其一。王又命申伯傅相及治事之官，遷其家臣，而資遣其行也。

申伯之功，召伯是營。有俶其城，俶音觸。○王氏曰：「俶，始也。」○錢氏曰：「始作之也。」**寢廟既成。既成藐藐，**邈字音義同〔一〕。○錢氏曰：「藐藐，高廣貌。」**王錫申伯。四牡蹻蹻。**音䠷。○《傳》曰：「蹻蹻，壯貌。」○今曰：「本訓舉足行高，故爲壯貌。」**鉤膺濯濯。**鉤膺，解見《采芑》。○疏曰：「案《巾車》：『金路，鉤，樊纓九就，同姓以封。』申伯異姓而得此賜者，以其命爲侯伯，故得車如上公。」樊讀作鞶。○錢氏曰：「濯濯，鮮明也。」四章述召伯既營謝，及王錫遣申伯也。申伯城謝之事，乃召伯所營。始作其城郭，又作寢與廟，以定其人神所處。此寢廟既成矣。既成之貌，藐藐然高廣也。王將

〔一〕「邈字音義同」，味本、姜本、授本、聽本作「貌辭音義同」，薈本作「《釋文》：『亡角反。』」仁本、復本作「藐、邈音義同」，李本、顧本無。

遣申伯，乃賜以四牡之馬，蹻蹻然强壯。又賜以馬婁頷之金鉤，及在馬膺前之樊纓，皆濯濯然鮮明也。

王遣申伯，路車乘馬。乘去聲。○《傳》曰：「乘馬，四馬也。」**我圖爾居，莫如南土。錫爾介圭，**疏曰：「毛以爲桓圭九寸，鄭以爲圭長尺二寸謂之介。」○《詩記》曰：「介圭在《周官》雖天子所服，《韓奕》云『以其介圭，入覲于王』，則當是諸侯之瑞圭。蓋介之爲言大也，詩人特美大其圭而稱之，非《周官》之介圭也。」**以作爾寶。**《傳》曰：「寶，瑞也。」○疏曰：「毛以爲瑞謂所執之玉，鄭以介圭非諸侯所執，故以爲寶。」**往近王舅，**近音記。○《傳》曰：「近，己也。」○《箋》曰：「近，辭也。」○疏曰：「如『彼己』之己也。下云『王之元舅』，知姜氏生宣王。」**南土是保。**《箋》曰：「保，守也。」

五章申述錫遣之事也。王發遣申伯之國，賜之以路車，即上文「鉤膺金路」也。賜以一乘之馬，即上文「四牡蹻蹻」也〔一〕。申伯以異姓受金路，異恩也，故侈君之賜而申複言之也。王因告申伯，我謀爾之所居，無如南土之最善。又特賜汝以大圭，爲汝所執之瑞。申伯侯爵，當賜信圭七寸耳，稱介圭，亦侈君賜而美大言之也。寶

〔一〕「牡」，原作「馬」，據李本、顧本改。按，《崧高》第四章作「四牡蹻蹻」。

玉以分同姓，申伯以異姓受賜，亦異恩也。王又命之曰：往己王舅，當於南土是保守也。○舊説以上賜四牡、鉤膺是私恩，此又以正禮賜之。按《周禮・巾車》金路有鉤，本以封同姓，申伯以異姓受此賜，侈矣，乃止爲私恩，名器無乃褻乎？此詩多申複之辭，既曰「王命召伯，定申伯之宅」，又曰「申伯之功，召伯是營」；既曰「南國是式」，又曰「式是南邦」；既曰「于邑于謝」，又曰「因是謝人，以作爾庸」；既曰「王命召伯，徹申伯土田」，又曰「王命召伯，徹申伯土疆」；既曰「謝于誠歸」，又曰「既入于謝」；既曰「登是南邦，世執其功」，又曰「南土是保」；既曰「四牡蹻蹻，鉤膺濯濯」，又曰「路車乘馬」。此詩每事申言之，寓丁寧鄭重之意，自是一體，難以一一穿鑿分別也。

申伯信邁，《箋》曰：「邁，行也。」**王餞于郿。**餞音賤。郿音眉，又音媚。○《箋》曰：「餞，送行飲酒也。」○疏曰：「郿，於漢屬右扶風，在鎬京之西也。申在鎬京之東南，自鎬適申，塗不經郿。」**申伯還南，**還音旋。**謝于誠歸。王命召伯，徹申伯土疆。以峙其粻，**峙音齒。粻音張。○錢氏曰：「峙，猶聚也。」**式遄其行。**遄，市專反。○《箋》曰：「遄，速也。」

六章述申伯往謝也。申伯於是信行矣。郿在鎬京之西，申在鎬京之東，自鎬適申，塗不經郿。時王至豐，册命申伯於文王之廟，故行餞送之禮于郿。申伯北就王命于岐周，乃旋反而南行，其於謝邑，誠然歸之矣。言「信邁」「誠歸」，蓋申伯志存王室，宣王恩隆元舅，人疑其未必往謝，故言「信邁」「誠歸」，謂果然成行也。前此申伯未發之時，王已豫命召伯，以徹法税其疆土，預峙具其糧食，令自京至國，無缺乏用。是以速申伯之行，使在道不留滯也。○郿、豐皆在鎬京之西，其地相近。王命申伯爲州牧，改邑於謝，必册命於文王之廟，故告廟畢而飲餞于郿也。《祭統》云：「賜爵禄必於太廟。」《召誥》：「王朝步自周，則至于豐。」注云：「文王之廟在豐。」命諸侯，必至豐告廟。「于周受命」，亦豐廟也。郿，即董卓所築郿塢。《漢志》音媚。

申伯畨畨，音波，畨，《書》作番，音義同。○曹氏曰：「《秦誓》云：『番番良士。』孔安國以番番爲勇武貌，然下文以『仡仡勇夫』爲所不欲，則不當以番番爲勇武，蓋耆艾之狀也。」○今曰：「《秦誓》以『旅力既愆』爲畨畨，則爲耆艾可知也。」**既入于謝，徒御嘽嘽。**音灘。○《傳》曰：「徒行者，御車者。」○朱氏曰：「嘽嘽，衆盛也。」○考見《四牡》。**周邦咸喜，**蘇氏曰：「周人也。」**戎有良翰。**《箋》曰：「戎，猶汝也。翰，榦也。」**不顯申伯，**《傳》曰：「不顯，顯也。」**王之元舅，文武是憲。**《箋》曰：

「憲，表也。言爲文武之表式。」

七章述申伯至謝，此方送行而豫道其事也。申伯沓沓然耆艾，既已入於謝邑，其徒行者、御車者，嘽嘽然衆盛。普天王土，侯國皆周邦也。南方諸國喜得良牧，於是相慶曰：汝有良翰蔽矣。州牧得人，諸國皆賴之也。申伯爲南國所悦如此，豈不光顯乎？申伯爲王之長舅，文人武人皆以爲表憲，言其文武足法也。

申伯之德，柔惠且直。 疏曰：「柔惠，安順也。」**揉此萬邦，** 揉，柔之去聲，又上聲。○錢氏曰：「揉，謂柔伏之。」○曹氏曰：「漢公孫弘云：『揉曲木者，不累日。』顔師古注云：『揉，謂矯而正之也。』蓋柔曲而使之直耳。」○疏曰：「周無萬邦，因古有萬國，舉大數耳。」**聞于四國。** 聞音問。**吉甫作誦，**《箋》曰：「詩者，工師樂人誦之以爲樂曲。」**其詩孔碩。**《箋》曰：「碩，大也。」**其風肆好，** 蘇氏曰：「肆，極也。」**以贈申伯。**《箋》曰：「贈，送也。」

八章言作詩送行也。臣道以柔順爲體，然必貴乎正直，所以爲全美。萬邦若有不服之國，申伯爲牧，能揉之使順，其聲譽聞達于四方。今我作是工師之誦，其詩之辭甚大，其風足以感動人之善心，又極其好，以此贈申伯之行也。所言王室依賴，諸侯表式，皆天下安危之大計，是其詩之大也；美其功以勉之，是其風之好也。王氏曰：「吉甫作此詩以贈申伯，而《序》以爲美宣王，則王之美，於是乎在？蓋唐史臣贊裴度云：『非度破賊之難也，任度之爲難也。』申伯信賢矣，任申伯者，豈不賢乎？」

《崧高》八章，章八句。

《烝民》，尹吉甫美宣王也。任賢使能，周室中興焉。中去聲。○疏曰：「太宰八統，『三曰進賢，四曰使能』。注云：『賢，有善行者也。能，多材藝者也。』是賢、能相對爲小別，散則皆相通也。此不言任用山甫者，見王所使任，非獨一人而已，故言賢能以廣之。」

宣王命仲山甫築城于齊，而吉甫作詩以送之也。

天生烝民，《傳》曰：「烝，衆也。」**有物有則。**《傳》曰：「物，事也。則，法也。」**民之秉彝，**音夷。○《箋》曰：「秉，執也。」○《傳》曰：「彝，常也。」**好是懿德。**好去聲。○《傳》曰：「懿，美也。」**天監有周，**《箋》曰：「監，視也。」**昭假于下。**假音格。○《箋》曰：「假，至也。」**保茲天子，生仲山甫。**《傳》曰：「仲山甫，樊侯也。」○疏曰：「言仲山甫是樊國之君，爵爲侯，而字仲山甫也。《周語》稱樊仲山甫諫宣王，韋昭云：『食采於樊。』僖二十五年《左傳》説『晉文公納定襄王，王賜之樊邑』，則樊在東都之畿内也。杜預云：『經傳不見畿内之國稱侯者，天子不以此爵賜畿内也。』如預之言，畿内本無侯爵，《傳》言樊侯，不知何所案據。」

首章言天生仲山甫也。天生衆民，具形而有物，禀性而有則。則，即帝則也，以其具於吾身，與生俱生，不可踰越，故謂之則。如有耳目則有聰明，有父子則有慈孝，皆天理之不可踰也。民皆秉此常性，故皆好此懿德。於均禀同賦之中，而有賢者，獨鍾氣之粹焉，是有關於國家盛衰之數，而非偶然也。今天視有周之德，昭明假至於下，故保佑此宣王，而生仲山甫之賢，以輔佐其中興之功也。有周，總一代言之。天子，指宣王也。言由先世積德之久，故天眷宣王，爲生賢佐也。○《孔子閒居》舉「維嶽降神，生甫及申」，曰：「此文武之德也。」謂文武之德，施及後世，故天生申、甫以佐中興，與此詩意同。此詩欲美山甫，故謂山甫天實生之，若所禀獨厚於人者。要之，仲山甫能勿喪耳。楊氏曰：「近取諸身，百骸九竅，達之於君臣、父子、兄弟、夫婦、朋友，皆物也，而各有則焉。視聽言動，必由於禮，一身之則也。爲君而止於仁，爲臣而止於敬，爲子而止於孝，爲父而止於慈，此君臣、父子之則也；夫婦有别，長幼有序，朋友有信，此夫婦、長幼、朋友之則也，皆天理之常也。民秉其常，則莫不好德，所謂『惟皇上帝，降衷于下民』者如此，其生仲山甫也，亦若是而已矣。

仲山甫之德，柔嘉維則。《箋》曰：「嘉，美也。」**令儀令色**〔一〕**，**《箋》曰：「令，善也。」**小心翼翼。**《箋》曰：「翼翼然恭敬。」**古訓是式，**《箋》曰：「古訓，先王之遺典也。」**威儀是力。**蘇氏曰：「力，勉也。」**天子是若，**《傳》曰：「若，順也。」**明命使賦。**《傳》曰：「賦，布也。」

次章備舉仲山甫之德。其德柔和而嘉美，不過其則，言柔得中也。令儀，則動止雍容；令色，則容貌温粹，見於外者，無不善矣。又小心翼翼然恭敬，表裏如一也。又能惟先王之訓典是法，惟一身之威儀是勉，惟天子之所行是順。天子有明命，則使山甫布之。○山甫令儀令色，則動容周旋中禮矣，猶曰「威儀是力」，何也？有德者，固威儀之所自形，而謹其威儀者，亦所以檢攝而養其德也。故致禮以治躬則莊敬，外貌斯須不莊不敬，而易慢之心入之矣〔二〕，可不勉歟？大臣以道事君，而曰「天子是順」，何也？順者，臣道也，坤道也。坤元承天，順也，六二直方，亦順也；事君盡禮，順也，有犯無隱，亦順也。將順正救，皆出於忠愛，無往非順也。《周語》稱樊仲山甫諫宣王，然則天子是若，非面從容悦之謂也。

〔一〕「色」，原作「德」，據諸本及《詩經》定本改。按，嚴氏於本章章指即作「令色」。

〔二〕「易慢」，原作「慢易」，據薈本改。薈本校云：「刊本『易慢』訛『慢易』，據《樂記》改。」

王命仲山甫，式是百辟。音壁。○《箋》曰：「百辟，百君也。」**纘戎祖考，**《箋》曰：「戎，猶汝也。繼汝先祖、先考。」○李氏曰：「山甫祖考嘗居是官矣。」○今曰：「戎，毛氏訓大，鄭氏訓汝。今以『戎雖小子』『戎有良翰』之類，當從鄭。『念茲戎功』之類，當從毛。」**王躬是保。**《箋》曰：「保，安也。」**出納王命，**朱氏曰：「出，承而布之也；納，行而復之也。」○錢氏曰：「出，謂王所施行，出之於下；納，謂羣臣奏請復命[一]，納之于上。」**王之喉舌。**《傳》曰：「喉舌，冢宰也。」○《箋》曰：「如王口喉舌親所言也。」○疏曰：「上云『式是百辟』，故爲冢宰。舜命龍，特立納言之官，即今之納言也，與此『出納王命』者異。」**賦政于外，四方爰發。**《箋》曰：「莫不發應。」

三章備舉仲山甫之職也。王命仲山甫曰：我以汝爲諸侯之法式，纘繼汝先祖、先考，而保安我王躬，出王命則承而布之，納王命則行而復之，作王之喉舌，賦布其政教於畿外，使四方於是發應，出納則居中以通達上下之情，賦政則出外以經營四方之治。《詩記》曰：「仲山甫之職，外則總領諸侯，内則輔養君德，入則典司政本，出則經營四方。『式』云者，表率儀法之謂也；『保』云者，保其身體、傳之德義之謂也。此章蓋備舉仲山甫之職。」

肅肅王命，李氏曰：「肅肅，嚴也。」**仲山甫將之。**《傳》曰：「將，行也。」**邦國若否，**音鄙。○《釋

[一]「奏」，諸本作「奉」。

文》曰：「否，惡也。」舊方九反。**仲山甫明之。既明且哲，以保其身。夙夜匪解，**音解〔一〕。○今曰：「解，怠也。」**以事一人。**

四章申上章賦政之事也。言肅肅然而嚴者，王命也。仲山甫將而行之，諸侯之有賢否者，仲山甫則辨而明之。山甫既明又哲，下以保全其身，謂善處功名，無悔吝瑕疵之可指。又早夜不解怠，以奉事天子。《詩記》曰：「明，亦哲也。並言之，則明者哲之發，哲者明之實也。既明且哲，而後可以保身。甚矣，保身之難也。説者或謂仲山甫事宣王，則保身者，非全身遠害之謂，蓋誤矣。保身乃己事，豈爲治亂而增損哉？身體髮膚，受之父母，不敢毁傷，本非末節也。至於偷生徇私，養小失大，如是而全身遠害，則君子賤之耳。仲山甫在宣王之時，羣臣之任遇莫先焉，而省察其身，奉事其主，亦無一毫怠忽，信所謂小心翼翼矣。」○朱氏曰：「保身，蓋順理以守身，非趨利避害，而偷以全軀之謂也〔二〕。」○錢氏曰：「於一事有見，亦可以言明。至於哲，則無不見也。明至於哲，盡見天下之理，則動容周旋，無不中禮，而下可保身，上能事君，不必專在遠害也。」

人亦有言：柔則茹之，茹音孺，又音汝。○《箋》曰：「柔，猶濡毳也。」毳，昌鋭反，本又作脆。○《廣

〔一〕「廨」，味本誤作「解」，他本又改作「懈」。

〔二〕「偷」，原作「喻」，據諸本及朱熹《詩集傳》卷十八改。

雅》曰：「茹，食也。」○疏曰：「取菜之入口，名爲茹。」○曹氏曰：「茹者，吞咱之名，若茹草、茹毛然。凡魚肉柔也，則吞咱之。」**剛則吐之。**《箋》曰：「剛，堅强也。」○曹氏曰：「骨骾則吐棄之。」**維仲山甫，柔亦不茹，剛亦不吐。不侮矜寡，**矜與鰥音義同。**不畏彊禦。**解見《蕩》。

五章言其剛柔不偏也。人有常言，謂物之柔者，人則茹食之，物之剛者，人則吐出之，喻陵弱而畏彊也。惟仲山甫則柔不茹，而剛不吐，不侮鰥寡，不畏彊禦也。疏曰：「不侮不畏，即是不茹不吐。既言其喻，又言其實以充之。」

人亦有言，德輶如毛。輶音酉，又音由。○《箋》曰：「輶，輕也。」**民鮮克舉之，**鮮上聲。**我儀圖之。**《箋》曰：「儀，匹也。」**維仲山甫舉之，愛莫助之。衮職有闕，**《傳》曰：「衮冕者，君之上服也。」○《箋》曰：「衮職者，不敢斥王之言也。」**維仲山甫補之。**

六章推尊其德足以格君也。人有常言，謂德之在人，根於固有，反而求之，其輕如毛，非難能也。而民少能舉之者，自暴自棄也。吉甫於儀匹之中圖謀之，求其能舉德者，乃維仲山甫能舉之。人有不及，則賴良朋切磋之助，有愛其人之心，則亦思効忠，益以助之。今吉甫之心，雖愛山甫而欲助之，而山甫全德，吉甫無可以致其助也。王之職有闕失，仲山甫能補之，使無闕也。衮職者，斥王也。

仲山甫出祖，《箋》曰：「祖者，將行犯軷之祭也〔一〕。」○曹氏曰：「顔師古注《漢書》云：『祖者，送行之祭，因饗飲焉。昔黄帝之子纍祖，好遊而死於道，故後人祀以爲行神。』其祭，設軷於門外，是出門而後祖祭，故云『出祖』也。」**四牡業業。**《箋》曰：「業業，動也。」○今曰：「動而不息之意。有考，見《雲漢》。」**征夫捷捷，每懷靡及。四牡彭彭，**音棚。○今曰：「《箋》以此爲行貌，即不息之意。考見《出車》。」**八鸞鏘鏘。**鸞，解見《采芑》。○《箋》曰：「鏘鏘，鳴聲。」**王命仲山甫，城彼東方。**《傳》曰：「東方，齊也。古者諸侯之居逼隘，則王者遷其邑而定其居，蓋去薄姑而遷於臨菑也。」○疏曰：「《史記·齊世家》云：『獻公元年，徙薄姑都，治臨菑。』計獻公當夷王之時，與此《傳》不合，遷之言，未必實也。」○《補傳》曰：「竊意夷王時雖遷，而城郭未爲周備，故宣王城之歟？」

七章言城齊之役也。王命山甫城齊，遂爲祖道之祭而行。其所乘之四馬，業業然動而不息；其所從之行夫〔二〕，捷捷然而敏，常恐不及事也；其所乘之四馬，彭彭然而行；八鸞之聲，鏘鏘然而鳴。所以爲此行者，王命仲山甫，令往築城於東方之齊國。蓋去薄姑而遷臨菑也。

〔一〕「犯」，原作「祀」，據薈本、仁本、復本改。薈本校云：「刊本『犯』訛『祀』，據《毛詩箋》改。」

〔二〕葉校云：「今案，『行夫』當爲『征夫』。」

四牡騤騤，音逵。○今曰：「《桑柔·傳》云：『騤騤，不息也。』**八鸞喈喈。**音皆。○錢氏曰：「喈喈，和鳴也。」**仲山甫徂齊，式遄其歸。吉甫作誦，穆如清風。**《箋》曰：「穆，和也。」**仲山甫永懷，以慰其心。**

八章言作詩送行也。山甫往齊，而周人望之，欲速其歸，不欲其久於外也。吉甫自言我作此工師之誦，穆穆而和，如清微之風，可以化養萬物。山甫心在王室，其在外多有所懷思，以此詩慰安其心也。

《烝民》八章，章八句。

詩緝卷之三十一

嚴粲述

《韓奕》，音亦。**尹吉甫美宣王也。能錫命諸侯，**《箋》曰：「梁山於韓國之山最高大，爲國之鎮，所望祀焉。故美大其貌奕奕然，謂之韓奕也。韓，姬姓之國也，後爲晉所滅，故大夫韓氏以爲邑名焉。幽王九年，王室始騷，鄭桓公問於史伯曰：『周衰，其孰興乎？』對曰：『武實昭文之功，文之祚盡，武其嗣乎？武王之子，應、韓不在，其晉乎〔一〕？』」○疏曰：「『能錫命諸侯』，謂賞賜韓侯，命爲侯伯也。不言韓侯者，欲見宣王之所錫命，非獨一國而已，故變言諸侯以廣之。襄二十九年《左傳》説晉滅諸國，云：『霍、揚、韓、魏，皆姬姓也。』此韓是武王之子。晉之滅韓，未知何君之世。宣王之時，韓爲侯伯。武公之世，萬已受之。蓋晉文侯輔平王爲方伯之時滅之也。」○李氏曰：「此詩言『錫命』者，蓋宣王錫韓侯以命耳。所謂能者，蓋錫之者非妄予，而得之者非妄受。《春秋》書『錫命』者三：莊公元年，王使榮叔來錫公命；文元年，天王使毛伯來錫公命；成八年，天子使召伯來錫公命。錫之者皆妄予，而得之者皆妄受，何以爲能錫命乎？」

韓侯來朝而歸，尹吉甫作詩以送行也。

〔一〕「其」下，畬本有「在」字。仁本校云：「『其』『晉』間，《鄭語》有『在』字。」然《鄭箋》所引，即無「在」字，今仍其舊。

奕奕梁山，《傳》曰：「奕奕，大也。」○疏曰：「梁山，韓國所在。」○曹氏曰：「《漢·地理志》云〔一〕：『《禹貢》梁山在馮翊夏陽縣西北，而唐同州馮翊縣有韓城。』古韓國，即少梁也〔二〕。」○李氏曰：「《禹貢》云『治梁及岐』，今在同州韓城縣〔三〕，其後屬晉。春秋時，梁山崩，乃晉望也。《爾雅》云：『梁山，晉望也。』孫炎注云：『晉國所望祭。』則是韓滅之後，故以爲晉之望。」**維禹甸之。**甸音奠，鄭音盛。○《傳》曰：「甸，治也。」**有倬其道，**倬音卓。○《箋》曰：「倬，著明也。」○疏曰：「有倬然著明之道。」**韓侯受命。**李氏曰：「非韓、魏、趙之韓，乃武王之後，左氏所謂『邘、晉、應、韓』也。受命，受命爲侯伯也。」邘音于。見僖二十四年。○疏曰：「謂爲州牧也。以其言『奄受北國』，知非東西大伯也。」**王親命之，纘戎祖考。**《箋》曰：「戎，猶汝也。」**無廢朕命，夙夜匪解。**音廨〔四〕。○今曰：「解，怠也。」**虔共爾位，**共，鄭音恭，毛音拱。○《傳》曰：「虔，固也。」○疏曰：「共，恭敬也。」**朕命不易。**曹氏曰：「韓侯能繼其祖考，朕豈復易其命哉？」**榦不庭方，**《箋》曰：「作楨榦而正之。」○蘇氏曰：「不庭，不來庭也。」○今曰：「隱十年《左傳》云：『以王命討不庭。』《常武》：『徐方來庭。』」**以佐戎辟。**音壁。

〔一〕「理」，原作「里」，據諸本改。
〔二〕「少」，原作「步」，據顧本、薈本、復本改。葉校：「今案，『步梁』蓋『少梁』之誤。」
〔三〕「韓」，原作「彭」，據顧本改。葉校：「今案，『彭城』當爲『韓城』。」
〔四〕「廨」，味本誤作「解」，他本又改作「懈」。

首章美宣王能錫命韓侯也。宣王命韓侯爲州牧，是宣王興衰撥亂之事。詩人因地起興，以宣王之功配禹也。言梁山在韓國之境内，奕奕然高大。昔有水患，乃大禹甸治之也。今宣王中興，有倬然著明之道，俾韓侯受命爲侯伯，亦在梁山之傍，其功與大禹先後相輝也。有倬其道，言周道粲然復興也。宣王親自命之，云：當繼汝先祖、先考之舊職，無廢棄我之命。見韓侯先世嘗爲州牧矣。親命之者，見宣王丁寧告戒之意。若曠瘝其官，是廢棄朕命也。今汝能早夜不怠，虔固共敬爾之職位，故朕命不復改易。言因其先世之舊也。有不來庭之方國，汝當作楨榦而正之，以佐助汝君，謂以王命討不庭也。〇毛氏以爲禹治梁山，除水災，宣王平大亂，命諸侯，有倬然之道者也。其説爲長。孔氏釋毛，以爲美韓侯復禹之功，以韓侯配禹，儗非其倫，失毛意矣。功莫大於禹，故詩人言人君之功，多配禹言之。《文王有聲》言「豐水東注，維禹之績」，而繼之以「皇王維辟」，以武王之功配禹也。《信南山》言「信彼南山，維禹甸之」，而繼之以「曾孫田之」，以成王之功配禹也。此詩亦以宣王之功配禹也〔一〕。

〔一〕「也」，李本、顧本作「又何疑焉」。

四牡奕奕，今曰：「上『奕奕』爲大，此亦大也。解見《車攻》。」**孔脩且張。**《傳》曰：「脩，長也。」○《駉・傳》曰：「腹幹肥張也。」**韓侯入覲，**《傳》曰：「覲，見也。」**以其介圭。**疏曰：「毛氏於《崧高》以介圭爲所執之瑞，則此言介圭，亦爲瑞也。」○今曰：「《箋》以爲貢國所出之寶，今不從。」**入覲于王，王錫韓侯。淑旂綏章，**綏，毛音緌，鄭音雖。○《傳》曰：「淑，善也。交龍爲旂。綏，大綏也。」○疏曰：「淑旂，旂之善者。綏，即《王制》所謂『天子殺下大綏』者是也。《天官・夏采》注云：『徐州貢夏翟之羽，有虞氏以爲綏。後世或無，染鳥羽，象而用之。或以旄牛尾爲之，綴於幢上，所謂注旄於竿首者。』然則綏者，即交龍旂竿所建，與旂共一竿，爲貴賤之表章，故云綏章。鄭以綏爲所引登車者，即《少儀》所謂『執君之乘車，僕者負良綏』，此綏是升車之索，當以采絲爲之[一]，故云綏章，謂有采章也。」**簟茀錯衡。**簟，甜之上濁。茀音弗。○疏曰[二]：「茀者，車之蔽。簟者，席之名。用席爲蔽。」○《傳》曰：「錯衡，文衡也。」○疏曰：「錯置文采，爲車之衡。」**玄衮赤舄，**音昔。○疏曰：「以玄爲衣而畫以衮龍。赤舄，赤色之舄。」**鉤膺鏤錫。**音漏羊。○鉤膺，解見《采芑》。○《箋》曰：「眉上曰錫，刻金飾之，今當盧也。」○疏曰：「以鏤金加於

[一]「絲」，原作「綏」，據薈本、授本、聽本、仁本、復本改。薈本校云：「刊本『絲』訛『綏』，據《毛詩疏》改。」

[二]「疏」，原作「箋」，葉校云：「今案，此非《鄭箋》，是孔疏，『箋曰』蓋『疏曰』之誤。」據改。

馬面之錫。《風》有『子之清揚』『抑若揚兮』，是揚者，人面眉上之名，故云『眉上曰揚』〔一〕。人既如此，則馬之鏤錫，施鏤於揚之上矣。《釋器》云：『金謂之鏤。』故知刻金爲飾，若今之當盧。《巾車》注亦云：『錫，馬面當盧，刻金爲之，所謂鏤錫。』當盧者，當馬之額盧，在眉眼之上。所謂鏤錫，指此文也。」**鞹鞃淺幭**，鞹，苦郭反。鞃音弘。幭音覓，又音蔑。○《傳》曰：「鞹，革也。鞃，軾中也。淺，虎皮淺毛也。幭，覆軾也。」○疏曰：「革，去毛之皮也。軾者，兩較之間有横木可憑者。鞹鞃者，以去毛之皮，施於軾之中央，持車使牢固也。獸之淺毛者，唯虎耳。幭字，《禮記》作幦，《周禮》作複，字異義同。以淺毛之皮爲幭也。」較音角。**鞗革金厄**。鞗音條。○鞗革，解見《蓼蕭》。○《箋》曰：「金厄，以金爲小鐶，往往纏搤之。」○疏曰：「往往者，言其非一二處也。」

次章述韓侯入覲受錫予也。韓侯在道，乘奕奕然大之四牡，其形甚脩長，而且腹幹肥張，將以入京師而朝覲。既至京師，乃以其所執之大圭，入而朝見于王。王於是錫賚韓侯以交龍之旂，擇其善者予之，建旂之竿，其上又有大綏，以爲表章。又以漆簟爲車之蔽茀，又錯置文采，爲車之衡。又以玄爲衣，而畫以衮龍。又有赤色之舄。馬則

〔一〕「揚」，仁本及《毛詩正義》卷十八之四作「錫」。葉校云：「今案，以馬言之得云錫，以人言之當曰揚。……《詩箋》疏作『錫』，蓋誤。」

有婁頷之金鉤，及馬胷膺有樊纓之飾。又以鏤金加於馬面之鍚。又以去毛之皮鞹，施於軾中央之鞃。又以虎皮淺毛幭覆其軾。又有鞗皮爲轡首之革，以金爲小環纏搤之。

韓侯出祖，《箋》曰：「祖，將去而犯載也。既覲而反國，必祖者，尊其所往，去則如始行焉。祖於國外，畢乃出宿。」○犯軷，解見《生民》。**出宿于屠。**音徒。○《傳》曰：「屠，地名也。」**顯父餞之，**父音甫。○《箋》曰：「顯父，周之公卿也。」○疏曰：「送行飲酒曰餞。」**清酒百壺。其殽維何？炰鼈鮮魚。**炰音庖。○炰鼈，解見《六月》。○《箋》曰：「鮮魚，中膾者也。」○疏曰〔一〕：「新殺謂之鮮魚，餒則不任爲膾。」**其蔌維何？**蔌音速。○《傳》曰：「蔌，菜殽也。」○疏曰：「蔌者，菜茹之總名。對肉殽，故云菜殽，謂爲葅也。」**維筍及蒲。**筍，字亦作笋。○《箋》曰：「筍，竹萌也。蒲，深蒲也。」○《傳》曰：「蒲，蒲蒻也。」蒻音弱。○疏曰：「《醢人》：『加豆之實，有深蒲笋葅。』是葅有笋有蒲也。《天官·醢人》注云：『深蒲，蒲始生水中。』是也。蒲始生，取其中心入地，蒻大如匕柄，正白，生噉之，甘脆。鬻而以苦酒浸之，如食笋法。」鬻、煮同。**其贈維何？**《箋》曰：「贈，送也。王既使顯父餞之，又使送以車馬。」○疏曰：「贈者，以物送人之名。卿大夫無乘馬、路車之名，則非顯父贈之。」**乘馬路車。**乘去聲。○疏曰：「《采薇》『彼

〔一〕「疏」，原作「箋」，據奮本、李本、顧本、仁本及《毛詩正義》卷十八之四改。

路斯何』，大夫亦爲路車者〔一〕，以路名本施人君，因其散文，卿大夫亦得稱路耳。」**籩豆有且，**沮之平。○《箋》曰：「且，多貌。」**侯氏燕胥。**《箋》曰：「侯氏，諸侯在京師未去者，於顯父餞之時，皆來相與燕。胥，皆也。」○今曰：「《頌・有駜》『于胥樂兮』。」

三章述韓侯既覲而還也。出京師之門，爲祖道之祭。祖畢，將欲出宿于屠地。於祖之時，王使公卿餞送之，其清美之酒，多至於百壺，其殽饌有以火煮熟之鼈，與中膾之鮮魚，其蔌菜有筍與深蒲。王贈送之物，乃有四馬與路車，其籩豆且然而多。其在京師未去之諸侯，於是飲燕而皆在，言俱來餞送之也。

韓侯取妻，取音娶。**汾王之甥。**汾音焚。○《箋》曰：「汾王，厲王也。厲王流于彘，彘在汾水之上，故時人因以號之，猶言莒郊公、黎比公也。姊妹之子爲甥。」比音毗。○《解頤新語》曰：「猶晉侯居翼，謂之翼侯，晉人納諸鄂，謂之鄂侯。鄭叔段居京，謂之京城大叔，及出奔共，謂之共叔也。又楚人謂王不終者爲敖，葬郟者曰郟敖，葬訾者曰訾敖，其汾王之類乎？說者以莒郊公、黎比公爲比，非也。按《左氏傳》莒夷無謚，於是有黎比公、郊公、兹丕公、著丘公，皆以號爲稱，與汾王以地爲稱不類矣。」**蹶父之子。**父音甫。○《傳》曰：「蹶父，卿士也。」○疏曰：「韓侯取妻，必於貴家。蹶，氏；父，字。不書國爵，則非諸侯。下言

〔一〕「爲」上，《毛詩正義》卷十八之四有「得」字。

『靡國不到』，則是爲王聘使之人，故知卿士也。」**韓侯迎止，于蹶之里。**《傳》曰：「里，邑也。」**百兩彭彭，**兩音亮。彭音棚。○百兩，解見《鵲巢》。○彭彭，考見《出車》。**八鸞鏘鏘。不顯其光，**《箋》曰：「不顯，顯也。」**諸娣從之。**娣音弟。○《釋文》曰：「妻之女弟曰娣。」○《傳》曰：「諸侯一娶九女，二國媵之。諸娣，衆妾也。」○《箋》曰：「媵者，必娣姪從之。獨言娣者，舉其貴者。」○疏曰：「莊十九年《公羊傳》云：『媵者何？諸侯娶一國，則二國往媵之，以姪娣從。姪者何？兄之子。娣者何？女弟也。』諸侯一娶九女。」**祁祁如雲。**《傳》曰：「祁祁，徐靚也。如雲，言衆多也。」靚音静。**韓侯顧之，爛其盈門。**

四章述韓侯取妻也。韓侯既覲而還，遂以親迎，所娶乃是厲王之外甥，是卿士蹶氏父字之子。言尊貴也。韓侯親自迎之於彼蹶父之邑里，其迎之時，有百乘之車，彭彭然壯盛，每車皆有八鸞，其聲鏘鏘然而鳴。車馬之盛，禮儀之備，豈不顯其有光榮乎？其妻出於蹶父之門，諸娣媵妾，隨而從之，其行祁祁然徐靚，如雲之衆多。韓侯曲顧而視之〔一〕，見其鮮明粲爛，盈滿於蹶父之門也。

蹶父孔武，靡國不到。爲韓姞相攸，爲去聲。姞，其一反。相去聲。○《傳》曰：「姞，蹶父姓也。」

〔一〕「曲」，原作「回」，葉校云：「今案，此用疏文，『回』當作『曲』。《傳》云：『顧之，曲顧道義也。』疏云：『本或曲爲回者，誤也。定本、《集注》皆爲曲字。』證知嚴書必從曲顧也。」據改。

〇《箋》曰：「攸，所也。」**莫如韓樂。**音洛。**孔樂韓土，川澤訏訏。**音許。〇《傳》曰：「訏訏，大也。」**魴鱮甫甫，**鱮音序。〇魴鱮，解見《齊·敝笱》。〇《傳》曰：「甫甫，大也。」**麀鹿噳噳。**麀音憂。噳音麌。〇《傳》曰：「噳噳，衆也。」**有熊有羆，**音碑。〇解見《斯干》。**有貓有虎。**貓，苗、茅二音。〇《傳》曰：「貓，似虎淺毛者也。」**慶既令居，**令去聲。〇《箋》曰：「令，善也。」**韓姞燕譽。**

五章述蹶父相攸也。蹶父甚武健，嘗爲王使於天下，無國不到。爲其女姞氏相視其所居，無如韓國最樂。甚樂矣韓國之土也，川澤訏訏然大，魴鱮甫甫然大，麀鹿噳噳然衆。又有熊羆貓虎，此四獸能爲人患，而言之者，見有深山大澤，爲大國也。蹶父既喜慶其有此善居，韓姞則安之，而又有顯譽。王氏曰：「韓侯取妻，何預於王政，而詩言此，蓋汾王失道，王室幾喪，爲諸侯所卑，則王甥亦安能相攸。惟宣王任賢使能，然後汾王之甥，更爲樂國賢君之所願娶，而威儀備具，光顯如此，乃所謂邦之榮懷也。」〇《詩記》曰：「詩人述宣王能錫命諸侯，而因道其娶之盛。王室尊安，人情暇樂，莫不在其中矣。」

溥彼韓城，溥音普。〇《箋》曰：「溥，大也。」**燕師所完。**燕，王肅平聲，毛、鄭如字。完音桓。〇王肅曰：「燕，北燕國。」〇朱氏曰：「燕，召公之國也。韓初封時，召公爲司空，王命以其衆爲築此城，如召伯營謝，山甫城齊，春秋諸侯城邢、城楚丘之類也。」〇《詩記》曰：「春秋之時，城邢、城楚丘、城緣陵、城杞之類，皆合諸侯爲之。霸令尚如此，則周之盛時，命燕城韓，固常政也。」〇《傳》曰：「師，衆也。」**以先祖受命，**

《傳》曰：「韓侯之先祖，武王之子也。」**因時百蠻。**《箋》曰：「韓侯先祖，封爲韓侯，居韓城爲侯伯，其州界外接蠻服，因見使時節百蠻貢獻之往來。後君微弱，用失其業。今王以韓侯先祖之事如是〔一〕，而韓侯賢，故於入覲，使復其先祖之舊職。」○疏曰：「其有貢獻往來，爲之節度也。四夷之名，南蠻北狄，散則可以相通，故北狄亦謂蠻也。」**王錫韓侯，其追其貊。**追如字，又音堆。貊音陌。○《傳》曰：「追、貊，戎狄國也。」○《箋》曰：「其後追也、貊也，爲玁狁所逼，稍稍東遷。」○疏曰：「稍稍東遷者，以經傳説貊，多是東夷，故《職方》掌四夷九貊，《鄭志》答趙商云：『九貊，即九夷也。』又《秋官·貊隸》注云：『征東北夷所獲。』是貊者，東夷之種而分居於北，故於此時〔二〕，貊爲韓侯所統。《魯頌》云『淮夷蠻貊，莫不率從』，是於魯僖之時，貊近魯也。至於漢氏之初，其種皆在東北，於并州之北，無復貊種，故辨之。」**奄受北國，**《傳》曰：「奄，撫也。」**因以其伯。**《箋》曰：「因以其先祖侯伯之事盡予之。」○疏曰：「《夏官·職方氏》正北曰并州，言受王畿北面之國，當是并州牧也。」**實墉實壑，**《傳》曰：「言高其城，深其壑。」○《箋》曰：「韓侯之先祖微弱，所受之國多滅絶，今復舊職，故興滅國，繼絶世。」○疏曰：「上論韓城既完，則『實墉實壑』，非韓之城壑，自然是所部諸國之城壑也。今言脩之，明是往前絶滅，今韓侯既復舊職而興繼之也。」**實畝實籍，**

〔一〕「韓侯先祖」，原作「先祖韓侯」，據仁本、復本及《毛詩正義》卷十八之四改。
〔二〕「此」，原作「北」，據畲本、薈本、仁本、復本及《毛詩正義》卷十八之四改。

《箋》曰：「籍，稅也。」**獻其貔皮。** 貔音皮。○《釋獸》曰：「貔，白狐，其子豰。」豰，呼木反，音熇。○郭璞曰：「一名執夷，虎豹之屬。」○陸璣曰：「貔似虎，或云似熊。」**赤豹黃羆，** 疏曰：「毛赤而文黑謂之赤豹，毛白而文黑謂之白豹。有黃羆〔一〕，有赤羆，大於熊，其脂如熊，白而麤理，不如熊白美也。《禹貢》『梁州貢熊羆狐狸』，是中國之常貢。此則北夷自以所有而獻之，所謂『各以貴寶』也。」

六章述韓侯總統百蠻也。溥大矣，韓國之城，其初封之時，乃召公爲司空，以燕國之衆築完之。韓國之城，舊矣。宣王以此韓侯之先祖，嘗受王命，爲一州之伯，因其國近蠻，使時節百蠻之貢獻。韓侯先祖既如此，故今宣王賜韓侯以追人、貊人，撫受北方之國，因以其先祖侯伯之事盡與之，使復爲州牧也。中間韓侯之先微弱，所受之國多滅絶，今復舊職，興滅國，繼絶世，令築其城壖，深其池壑，正其田畝，定其稅籍，皆使之復於故常。又令百蠻追貊，獻其貔獸之皮及赤豹黃羆之皮於王，而韓侯總領之也。

《韓奕》六章，章十二句。

〔一〕「有」上，《毛詩正義》卷十八之四有「羆」字。

《江漢》，尹吉甫美宣王也。能興衰撥亂，疏曰：「於時淮水之上，有夷不服，是衰亂之事，而命將平定，是興撥之事也。此實平定淮夷耳，而言『興衰撥亂』者，見宣王之所興撥，非獨淮夷而已，故言興撥以廣之。」命召公平淮夷。陳氏曰：「淮夷之地不一，徐州在淮北，徐州有夷，則淮夷之在北者也。揚州在淮南，揚州有夷，則淮夷之在南者也。《江漢》《常武》二篇，同爲宣王之詩，而同言淮夷，召虎既平淮夷，而告成于王矣。《常武》之詩又曰『鋪敦淮濆，仍執醜虜』，故知淮夷之地不一。以地理考之，曰『江漢之滸，王命召虎』者，是淮南之夷也，若在淮北，則江漢非所由入之路矣；曰『率彼淮浦，省此徐土』者，是淮北之夷也，若在淮南，則徐土非聯接之地矣。」○疏曰：「召公伐淮夷，當在淮水之南；魯僖所伐淮夷，應在淮水之北。當淮之南北，皆有夷矣。」

此詩王命召虎平淮南之夷也。

江漢浮浮。疏曰：「《禹貢》『嶓冢導漾，東流爲漢，又東爲滄浪之水，過三澨，至于大別，南入于江』，是至大別之南，漢與江合而東流。《漢·地理志》大別在廬江安豐縣界，則江、漢合處，在揚州之境。」浪音郎。○渤海胡氏曰：「杜預云：『《禹貢》漢水至大別南入江，在江夏界。』疏謂大別在廬江安豐縣。按漢水入江，乃今漢陽軍之大別山，山之北，漢口是也。漢口，亦曰沔口，亦曰夏口，江東即鄂州江夏郡也，至安豐一千五百里，豈江、漢相合，古今不同哉？」○今曰：「浮浮，水滿而流貌。」武夫滔滔。音叨。○王氏曰：「滔滔，以其衆逝也。」○蘇氏曰：「順流貌。」匪安匪遊，淮夷來求。疏曰：「正是『來求淮夷』，古人之語多倒。」

〇今曰：「《左傳》宣十二年，趙括、趙同云：『率師以來，唯敵是求。』」**既出我車，既設我旟。**旟，解見《鄘・干旄》。**匪安匪舒，淮夷來鋪。**平聲。〇朱氏曰：「鋪，陳也，陳兵以伐之也。」〇今曰：「即《常武》『鋪敦淮濆』之鋪。」

首章述進兵也。興也。宣王命召虎平淮南之夷，由江漢進兵，因以起興。言江、漢合流，浮浮然水滿而流，猶士卒滔滔然順流而下，其勢不可禦也。即《常武》「如江如漢」之意也。持重之師，不貪利疾趨，疑於遲緩，故言非敢安處，非敢遊息。當時南征北伐，四方略定，惟淮夷未平，故召公從容臨之而有餘也。此行止爲淮夷而來，求討其罪耳，見餘方已定也。既已出我戎車，既已張設我旟，非敢安處，非敢寬舒，止爲淮夷而來陳兵以伐之耳。「匪安匪遊」「匪安匪舒」，即《常武》「匪紹匪遊」之意也。

江漢湯湯，音商。〇《釋文》曰：「湯湯，流盛也。」**武夫洸洸。**音光，又音汪。〇《傳》曰：「洸洸，武貌。」〇李氏曰：「有洸有潰，是亦武貌。」**經營四方，**李氏曰：「所謂『經營四方』，但是經營淮夷，如後世征伐夷狄，則曰有事于四方夷狄耳。」**告成于王。**《箋》曰：「克勝，則使傳遽告成於王。」傳，張戀反。〇疏曰：「傳遽，若今時乘驛。遞傳而遽疾，故謂之傳遽也。」**四方既平，王國庶定。**《箋》曰：「庶，幸也。」**時靡有爭，王心載寧。**《箋》曰：「載之言則也。」

次章述告成也。江漢之水，湯湯然流盛，興武夫洸洸然武壯。召公之伐淮夷，所以經營四方之治也。淮夷止是南方，南方未寧，則四方皆將騷動，故經營南方而謂之四方也。告功于王，南方既定，則四方皆已平矣。外寧則内安，故王國幸已安定，無有叛戾乖争者。向也宣王以天下未安爲憂，今則可以安寧矣。《江漢》不言戰事，首章言王師之持重，二章即言告成，蓋淮夷望風而服，不待戰也。○周興西北，岐豐去江漢最遠，故淮夷最難服，從化則後乎，倡亂則先動。周人經理淮夷，用力最多。成王初年，淮夷同三監以叛，其後又同奄國以叛。伯禽就封，又同徐戎以叛。至厲王之時，四夷交侵。宣王一命吉甫，北方旋定，繼命方叔伐蠻荆，其後又命召公平淮南之夷，又命皇父平淮北之夷。蓋南方之役，至再至三，淮夷未平，則一方倡亂，天下皆危。故至淮夷平，然後四方平，此《江漢》《常武》所以爲宣王之終事，而繫之宣王大雅之末也。

江漢之滸，音虎，沈音許。○《箋》曰：「滸，水涯也。」○今曰：「江漢之滸，指江北接淮南之地也。」**王命召虎。式辟四方，**辟音闢，**徹我疆土。匪疚匪棘，**疚音救。○《箋》曰：「疚，病也。棘，急也。」**王國來極。**《箋》曰：「極，中也。使來於王國，受政教之中正。」**于疆于理，**疆理，解見《信南山》。**至于**

南海。《詩記》曰：「淮夷在南，故極其遠而言之，曰『至于南海』。」

三章述平賦也。上章告成，則淮夷平，而四方無事矣。古人伐叛討貳之後，則必去其苛政，平其賦斂，以慰民心，故此章言徹法之事。召虎既成功於江漢之滸，王因命召虎，由此地以開闢四方，而施徹法於疆土。武事僅定，而即行疆理賦稅之法，疑於病民，且疑於急迫矣。宣王謂我非疚也，非棘也，蓋什一天下之中正，乃我周之定制，欲天下皆於王國來取中焉耳。召公宜往而疆之，以正其疆界；往而理之，以分其土宜，推而至於南海之遠。淮夷在南，故曰「至于南海」。

王命召虎，來旬來宣。來，毛如字，鄭音賚。旬音巡，又音荀。○《傳》曰：「旬，徧也。」○今曰：「《桑柔》『其下侯旬』，《傳》云：『陰均也。』此亦爲均。又《易·豐卦》『雖旬無咎』，注：『旬，均也。』」○蘇氏曰：「宣，布也。」**文武受命，召公維翰。無曰予小子，召公是似。**《傳》曰：「似，嗣也。」○《箋》曰：「女無減損曰我小子耳，女之所爲，乃嗣女先祖召康公之功。」**肇敏戎公，**肇音兆。○《詩記》曰：「肇，始也。」○《傳》曰：「敏，疾也。公，事也。」○《箋》曰：「戎，猶汝也。」**用錫爾祉。**音恥。○《釋文》曰：「祉，福也。」

四章述褒功錫祉也。武功已成，疆理已定，故此章美召虎之功而錫命之，言向者淮夷之民，獨不霑王化，是不均也，由淮夷之君壅遏而不宣也。王之命召虎來此南方，使旬均之而無外，宣布之而無壅也。昔文王、武王受天命之時，汝祖康公爲翰榦之臣。汝召虎無自謙曰我小子耳，今汝之功，乃足以繼嗣康公，我用此賜汝以福，即下章所陳是也。○舊説以爲述康公之功以勉虎，如此則與「用錫爾祉」及下章意不接續。此詩武功已成，當爲美其克紹康公也。

釐爾圭瓚，釐音離。瓚〔一〕，才贊反。○《傳》曰：「釐，賜也。九命賜圭瓚、秬鬯。」○疏曰：「賜汝以圭柄之玉瓚。」○解見《旱麓》。**秬鬯一卣。**秬鬯音巨暢。卣，酉、由二音。○秬鬯，《釋草》曰：「秬，黑黍。」○《傳》曰：「鬯，香草也。築煑合而鬱之曰鬯。」○箋曰：「秬鬯，黑黍酒也。謂之鬯者，芬香條鬯也。」○疏曰：「禮有鬱鬯者，築鬱金之草而煑之，使之芬香條鬯。毛言秬鬯者，必和鬱乃名鬯，未和不爲鬯。鄭以黑黍之酒自名爲鬯，不待和鬱也。《春官·鬯人》注云：『秬鬯，不和鬱者。』是黑黍之酒即名鬯也。鬱人掌和鬱鬯，明鬯人所掌，未和鬱也。故孫毓云：『鬱是草名，今之鬱金，煑以和酒者也。鬯是酒名，非草名。《箋》説爲長。』」○卣，《釋器》曰：「彝，卣，罍，器也。卣，中尊也。」○釋曰：「孫炎云：『尊彝爲上，罍爲下，卣居中。』郭璞云：『不大不小者，是在罍、彝之間。』」案，《禮圖》六彝爲上，受三斗；六尊爲中，受五斗；六罍爲下，受一斛。《春官·鬱人》『掌和鬱鬯，以實彝而陳之』，則鬯當在彝，而此及《尚書》《左傳》皆云『秬

〔一〕「瓚」，原作「贊」，據諸本改。

鬯一卣』者，當祭之時乃在彝，未祭則在卣，賜時未祭，故卣盛之。」**告于文人**，《傳》曰：「文人，文德之人也。」○朱氏曰：「先祖之有文德者，謂文王也。又告于文人而錫之。」○今曰：「下云于周告先王之廟〔一〕，知文人爲文王也。」**錫山土田。于周受命**，今曰：「此周當指豐也，文王之廟在焉。《箋》以爲岐周，疏申《箋》義，以爲岐周有別廟，錢氏以爲鎬京，今皆不從。解見《崧高》『王餞于郿』。」**自召祖命。**曹氏曰：「自，從也。」**虎拜稽首**，稽音啓。○今曰：「《舜典》『禹拜稽首』，首至地也。《春官》大祝辨九𢷬，一曰稽首。𢷬音拜。」○《箋》曰：「拜稽首者，受王命策書也。」**天子萬年。**《箋》曰：「君恩無可以報謝者，稱言使君壽考而已。」

五章述受賜報上之意也。今賜汝圭柄之玉瓚，副以秬鬯之酒，以一卣尊盛之，乃告于文德之人文王而賜之。又賜之以山川，又加益以土田，令虎往豐邑以受命於文王之廟。蓋自乃祖康公已受此命，美其世勳也。虎受君恩，祝君壽考而已。

虎拜稽首，對揚王休。《箋》曰：「對，答也。休，美也。」○陳氏曰：「王之休命也。」**作召公考**，《箋》曰：「作，爲也。」○《傳》曰：「考，成也。」**天子萬壽。明明天子，令聞不已。**聞音問。**矢其文德。**《傳》曰：「矢，施也。」**洽此四國。**錢氏曰：「洽，浹洽也。」

〔一〕「周」上，原有「岐」字，衍，據顧本刪。仁本校亦云：「嚴氏於下文以周爲豐，此注恐衍『岐』字。」

六章中報上之意，而納君於德也。對揚，如傅説對揚天子之休命。對，謂答其命；揚，謂奉揚而行之也。成者，毁之對。康公立大勳於王室，而後嗣子孫不能繼之，則康公之功業將毁矣。王稱虎能繼康公之功，虎謂王命如此，我不敢不勉，期爲康公之成，謂不毁墜其功也。於是祝君不徒得萬年之壽，願君德明而益明，其善譽垂於無窮。惟施其文德，以浹洽四方之國，而用武之迹泯矣。宣王方以武功褒虎，而虎乃以文德勉宣王。蓋不矜己之功，而納君于德，意度遠矣。朱氏曰：「言武功之不可恃，亦所以戒之也。」

《江漢》六章，章八句。

《常武》，召穆公美宣王也。有常德以立武事，因以爲戒然。朱氏曰：「詩中無『常武』字，召穆公特名其篇，蓋有二義：有常德以立武則可，以武爲常則不可。此所以有美而有戒也。」○《解頤新語》曰：「召穆公之意，謂德爲可常，武不可黷，故先極言其用兵之盛，以滿其志，卒章乃陳警戒之言，故其言易入也。昔之爲詞賦者，或竊取其義，而後人以『曲終奏雅，勸百諷一』譏之，是不知其得古詩之意也。」

此詩王親征淮北之夷及徐方也。召公既平淮南之夷，未幾，淮北之夷復挾徐方以叛，宣王於是親征之。王肅述毛，以爲王不親行。王基述鄭，以爲王自親行。詩言「有嚴天子，王舒保作」「王奮厥武」，皆以王言之。今從王基述鄭，爲王親征。宣王憤揮天戈，克淮服徐，無不如意。召公慮其狃勝而喜功也，故因美而戒之。伐淮有「進厥虎臣」「仍執醜虜」，是戰而勝也。「徐方畏威」，不戰而服也。

赫赫明明，今曰：「赫赫，威嚴也。明明，光顯也。」**王命卿士。**卿士，解見《十月之交》。**南仲大祖，**大音泰。**大師皇父。**父音甫。○《箋》曰：「南仲，文王時武臣也。宣王之命卿士爲大將也，乃用其以南仲爲大祖者，今大師皇父是也。命將必本其祖者，因有世功，於是尤顯。」○疏曰：「《十月之交》皇父，與此皇父得爲一人。或皇氏父字，傳世稱之，亦未可知也。」○李氏曰：「《十月之交》所稱皇父，疑是此詩皇父之後也。」○陳氏曰：「自冢宰而下謂之六卿，大師而下謂之三公。既曰『王命卿士』，又曰『大師皇父』，古者三公官不常有，或以卿士之長者，上行其事。春秋之時所謂宰周公是也。」**整我六師，以脩我戎。既敬既戒，惠此南國。**

首章述命元帥也。赫赫然威嚴，明明然光顯者，是宣王之命卿士爲大將也。所命之卿士，言其世，則以南仲爲大祖；言其官，則大師；言其人，則皇父。俾之整齊我六軍之衆，以治我甲兵之事也。南仲大祖，世將也；大師，將尊也；六師，師衆也，著皇父其人賢也。此王命所以威嚴光顯，有以服衆望而重國勢也。又命之以師嚴器備，當恭敬而臨之，戒懼而處之，以惠南方之國。淮夷、徐戎挻亂〔一〕，南國皆被其禍，宣王之師，蓋除暴以安民也。

王謂尹氏，《傳》曰：「尹氏，掌命卿士。」○《箋》曰：「天子世大夫也。」○疏曰：「即内史也，其職云：『凡命諸侯及孤卿大夫，則策命之。』是也。此時尹氏，當是尹吉甫也。吉甫爲卿而兼内史。」**命程伯休父。**《傳》曰：「程伯休父，始命爲大司馬。」○疏曰：「《楚語》云：『重黎世叙天地，其在周，程伯休父其後也。當宣王時，失其官守而爲司馬氏。』韋昭云：『程，國；伯，爵；休父，名也。』案，父宜是字，而昭以爲名，未能審之。」**左右陳行，**音航。○《箋》曰：「行，列也。」**戒我師旅。率彼淮浦，**音普。○《箋》曰：「率，循也。」○《傳》曰：「浦，涯也。」○《説文》曰：「水濱也。」**省此徐土。**疏曰：「此徐當謂徐州之地，未必即是春秋之世徐子之國，何則？春秋之世，徐國甚小，宣王之時，非能背叛，而使王親征之。六軍並出，則是强敵者也，明非春秋徐國，但不知於時之君何姓名耳。」**不留不處，三事就緒。**《箋》曰：「三農之事，皆就其業。」○疏曰：「太宰九職，『三農，生九穀』。注云：『三農，原隰及平地。』」○朱氏曰：「上中下農夫也。」

〔一〕「挻」，姜本、畲本作「挺」，授本、聽本、復本作「擾」，仁本校云：「『挻』，一本作『擾』，亦通。」然葉校云：「今案，嚴於次章章指言『徐戎、淮夷今又相挻而起，爲禍不淺』，亦挻亂之意，則此作『挻』不作『擾』也。」

○錢氏曰：「緒，事端也。就其緒，不中輟。」

次章述命副晳師以征淮徐也。上命大師爲元帥，此命卿爲司馬以副之。王謂内史尹吉甫曰：汝當爲策書，命此程國之伯名休父者爲大司馬。内史掌策命諸侯、孤卿、大夫，司馬、大師掌其戒令也，即言所命之意。今軍出之時，使司馬令其士衆，左右陳其行列，戒勑我師旅，曰：往循淮之浦涯，謂征淮夷也；省察此徐之國土，謂征徐方也。不久留，不停處，以患苦其民，使三農之事皆就其業，不中輟也。徐戎、淮夷，自伯禽就封之初，同惡相濟，其來有素，今又相挻而起，爲禍不淺，故王親征之也。曹氏曰：「《傳》云：『師之所處，荆棘生焉，大軍之後，必有凶年。』故必不留不處，然後三農得以就緒。」

赫赫業業，今曰：「赫赫，威嚴也。業業，考見《雲漢》。」○《傳》曰：「業業，動也。」**有嚴天子。**嚴，鄭如字，毛上聲。**王舒保作，**《傳》曰：「舒，徐也。保，安也。」○《箋》曰：「作，行也。」**匪紹匪遊。**《箋》曰：「紹，緩也。」**徐方繹騷，**朱氏曰：「繹，連絡也。騷，擾動也。」**震驚徐方。**《箋》曰：「震，動也。」**如雷如霆，**解見《采芑》。**徐方震驚。**

三章述親征之先聲也。言王師之行，赫赫然威嚴，業業然震動者，是尊嚴之天子也。王乃舒徐而安行，依於軍法，日行三十里，非紹緩也，非遨遊也。進兵不急，人自畏威，徐方之人皆絡繹騷動矣。奮揚威武，以震動驚懼於徐方，如雷之發聲，如霆之迅擊，而徐方之人，莫不震動而驚懼矣。必震驚之者，使懼而服也。宣王先征淮夷，而後及徐方，此兵行猶未及淮夷，而徐方已震驚。蓋淮夷服屬於徐，舉其大者言之也。陳氏曰：「徐大而淮夷小，淮夷即徐州之夷而服屬於徐。曰徐方者，兼徐、淮而言之；曰徐國者，特言徐戎也。」

王奮厥武，《釋文》曰：「奮，揚也。」**如震如怒。進厥虎臣，**朱氏曰：「進，鼓而進之也。」**闞如虓虎。**闞，呼減反。虓，火交反。○今曰：「闞，聲也。」○《釋文》曰：「虓，虎怒貌。」**鋪敦淮濆，**鋪平聲。敦如字。濆音汾。○《箋》曰：「鋪，陳也。」○王氏曰：「敦，厚也。」○《傳》曰：「濆，涯也。」○疏曰：「濆，謂厓岸狀如墳墓。」**仍執醜虜。**《傳》曰：「仍，就也。」○疏曰：「醜，衆也。虜者，囚繫之名。爲人虜獲，是屈服也。」

截彼淮浦，朱氏曰：「截然不可犯。」**王師之所。**

四章述征淮也。宣王親征淮浦，奮揚其威武，如雷之震，如人之怒，乃鼓而進其如虎之臣，其聲闞然如虓怒之虎，乃陳敦厚之陣於淮水之濆涯。師衆則陣厚也。就執其衆虜之降服者，截然整齊於彼淮浦之上，是王師之所處也。

王旅嘽嘽，音灘。○朱氏曰：「嘽嘽，衆盛也。」○有考，見《四牡》。**如飛如翰，**《傳》曰：「疾如飛，摯如翰。」○《箋》曰：「飛，如鳥之飛。翰，其中豪俊也。」○疏曰：「摯，擊也。翰是飛之疾者，言其擊物尤疾，若鷹鸇之類。」**如江如漢，**《箋》曰：「江、漢以喻盛大也。」○今曰：「征淮北之夷，不由江、漢，而言『如江如漢』者，以江、漢爲九州之最大，天下所共知，猶《谷風》言『涇以渭濁』，亦非土風也〔一〕。《江漢》《常武》之詩皆以江、漢喻王師，但『江漢浮浮』則喻盛大而不可禦，『如江如漢』則止喻盛大，下言『如川之流』，乃言不可禦也。」**如山之苞，**《傳》曰：「苞，本也。」○《箋》曰：「山本以喻不可驚動也。」○疏曰：「靜則不可驚動。」**如川之流。**《箋》曰：「川流以喻不可禦也。」○疏曰：「動則不可禦止。」**緜緜翼翼，**李氏曰：「緜緜，不可得而絕；翼翼，不可得而亂。」○陳氏曰：「緜緜，無隙之可尋；翼翼，閒整而不可亂〔二〕。」○歐陽氏曰：「緜緜，連屬貌。」○翼翼，考見《采薇》。**不測不克，濯征徐國。**《傳》曰：「濯，大也。」

五章述移師征徐也。上既克淮浦，此又進而伐徐。王之師旅，嘽嘽然衆盛，其行動之疾也，如鳥之飛；其赴敵之速也，如摯之翰；其軍之衆多也，如江、漢之廣大；其固守而不動，則如山之基本；其往戰而不可禦，則如川之流逝。緜緜然密，不可得而絕；

〔一〕「土」，原作「士」，味本同，據他本改。
〔二〕「閒」，原作「間」，據李本、姜本、顧本、奮本、薈本、復本改。

翼翼然整，不可得而亂。不可測度，不可克勝，以此大征徐國，言必勝也〔一〕。

王猶允塞，蘇氏曰：「猶，道也。」○《箋》曰：「允，信也。」○朱氏曰：「塞，充塞也。」**徐方既來。**《箋》曰：「來，已來告服。」**徐方既同，**疏曰：「與他國同服於王。」**天子之功。四方既平，徐方來庭。**《傳》曰：「來王庭也。」**徐方不回，**今曰：「回，轉也。不回，謂既服而不復叛也。」**王曰還歸。**《箋》曰：「振旅也。」

六章言徐服而天下定也。方移師以臨徐方，徐方畏懾，不戰自服。於是美宣王之道，允信塞實，故能致徐方之來服。蓋以道勝，非以力勝也。前此三方已定，唯徐自異，今其來同，是天子之功也。徐方既服，則四方皆已平定。徐方來在王庭，其心不復回轉，則天下晏安，不須用武。王乃告之曰：可以還歸矣。不黷武也，「王猶允塞」「王曰還歸」，皆因以爲戒也。

《常武》六章，章八句。

〔一〕「勝」下，淡本有附記：「附，蓉塘姜南曰：五經中論兵勢，惟《詩》爲詳。《大雅·常武》之五章云王旅嘽嘽，如飛如翰，疾也；如江如漢，衆也；如山之苞，不可動也；如川之流，不可禦也；綿綿，不可絶也；翼翼，不可亂也；不測，不可知也；不克，不可勝也。《孫子》曰：『其疾如風，其徐如林，侵掠如火，不動如山，難知如陰，動如震雷。』《尉繚子》曰：『重者如山如林，輕者如炮如燔。』二子言兵勢，皆不外乎《詩》之意，雖王霸之所以行師者不同，其勢則然也。」今録之以備參考。

《瞻卬》，音仰。**凡伯刺幽王大壞也。**《箋》曰：「凡伯，天子大夫也。《春秋》魯隱公七年，『冬，天王使凡伯來聘』。」○疏曰：「凡，國；伯，爵。禮，侯伯之入王朝，則爲卿士，故《板·箋》以凡伯爲卿士，此言大夫者，大夫，卿之總稱也。所引《春秋》者，凡伯世稱之，不謂與此爲一人也。」○曹氏曰：「《板》，厲王之末至幽王大壞之時[一]，凡七十餘年矣，決非一人，猶家父也。」

瞻卬昊天，則不我惠。《箋》曰：「惠，愛也。」**孔填不寧，**填音陳。○《傳》曰：「填，久也。」○今曰：「《桑柔》『倉兄填兮』。」**降此大厲。**《傳》曰：「厲，惡也。」**邦靡有定，士民其瘵。**音再。○《傳》曰：「瘵，病也。」**蟊賊蟊疾，**蟊音牟。○蟊賊，解見《大田》。○疏曰：「蟊賊，是害禾稼之蟲。蟊疾，是害禾稼之狀。」**靡有夷屆。**音界。○王氏曰：「夷，平也。」○《箋》曰：「屆，極也。」**罪罟不收，靡有夷瘳。**音抽。○《傳》曰：「瘳，愈也。」

首章述遭虐政，仰天而訴之。言天不惠愛我，使我甚久不安矣。天命幽王爲君，是降此大惡，使邦靡有定，而爲士爲民者皆病也。小人爲民之害，如蟊賊之蟲，以蟊疾禾稼，無有夷平屆極之時。又施刑罪以羅網天下，而不收斂，無有夷平瘳愈之時。

人有土田，女反有之。人有民人，女覆奪之。覆音福。○《箋》曰：「覆，猶反也。」**此宜無罪，**

[一]「至」，原作「而」，據仁本、復本改。按，元劉謹《詩傳通釋》卷十八引曹氏說正作「至」。

女反收之。《傳》曰：「拘收也。」**彼宜有罪，女覆説之。**説音稅，一音脱。○《傳》曰：「説，舍也。」**哲夫成城，**《傳》曰：「哲，知也。」知音智。○《箋》曰：「哲，謂多謀慮也。城，猶國也。」**哲婦傾城。**次章述刑罰無倫也。諸侯、卿大夫，有土田人民者，汝反奪而有之，無故黜削之也。此當無罪者，汝反拘收之；彼當有罪者，汝反脱免之。刑罰顛倒如此，皆由褒姒亂政也。城，喻國也。丈夫有智，則能圖回積累，以致興國，故曰成城；婦人有智，則必與政撓權，以致亡國，故曰傾城〔一〕。

懿厥哲婦，懿如字，舊平聲。○李氏曰：「漢谷永舉『懿厥哲婦』，顔師古注云：『言幽王以哲婦爲美。』」**爲梟爲鴟。**梟音驕。鴟音癡。○山陰陸氏曰：「《説文》云：『梟，不孝鳥也。梟食母，破獍食父。』」獍音敬。○曰：此云鴟者，怪鴟也。鴞也〔二〕，鵩也，鵂鶹也，即《墓門》「有鴞萃止」也。解見《墓門》。○今曰：「鴟有二：鳶飛戾天者，鷹類也，亦單名鴟也；惡聲之鳥者，怪鴟也。此配梟言之，謂怪鴟也。」○《箋》曰：「梟鴟，惡聲之鳥，喻褒姒之言無善。」**婦有長舌，**《箋》曰：「長舌，喻多言。」**維厲之階。**曹氏曰：「階

〔一〕「丈夫」至「傾城」三十六字，淵本作「傾，覆也。言男子正位于外，故以哲而立國；婦人以無非無儀爲善，哲則適以覆國而已」。

〔二〕「鴞」，原作「鶚」，味本同，據他本改。

者，自下而上，以漸而升也。」**亂匪降自天，生自婦人。匪教匪誨，時維婦寺。**歐陽氏曰：「婦人與寺人。」〔一〕

三章述婦寺致亂也。哲婦信美矣，然終爲梟耳，爲鴟耳。褒姒出言不善，如梟鴟之惡聲，婦人多言，乃爲禍亂之階。亂非天降，乃起於婦人也。幽王無賢人教之誨之，唯婦人與寺人之言是聽也〔二〕。

鞫人忮忒，鞫音菊。忮音至。忒，他得反。○《箋》曰：「鞫，窮也。」○《傳》曰：「忮，害也。忒，變也。」**譖始竟背。**譖，如字，音莊蔭反〔三〕。背音倍。○《箋》曰：「竟，猶終也。」**豈曰不極，**陳氏曰：「極，至也。」**伊胡爲慝？**他得反。○《箋》曰：「慝，惡也。」**如賈三倍，**賈音古。**君子是識。**《箋》曰：「識，

〔一〕本章經注，淵本作：「懿厥哲婦，爲梟爲鴟。《箋》曰：「懿，有所痛傷之聲也。梟鴟，惡聲之鳥，喻褒姒之言無善。」○疏曰：「懿與噫，字雖異，音義同。噫者，心不平而爲聲。」婦有長舌，維厲之階。亂匪降自天，生自婦人。匪教匪誨，時維婦寺。《傳》曰：「寺，近也。」○《箋》曰：「長舌，喻多言語。階，所由上下也。」○疏曰：「以舌動而爲言，故謂多言爲長舌。《論語》云『駟不及舌』，亦謂言爲舌也。」」

〔二〕本章章指，淵本作：「三章言哲婦之害而及寺人也。噫！哲婦而爲梟鴟，蓋以多言而爲禍亂之階也。然則亂豈降自天哉？特由此婦人而已。蓋其言雖多，而非有教誨之者，是惟哲婦與寺人耳，豈可近哉？上文但言婦人之禍，末句兼以寺人爲言，蓋二者相倚爲奸，不可不并以爲戒也。」

〔三〕「音」，原作「竟」，據仁本、復本改。葉校云：「『竟』，仁本作『音』，不誤。」

知也。」**婦無公事，休其蠶織**〔一〕。四章申婦寺之害也。婦寺之輩，以忮害變化而窮屈人，不可究詰，始則譖毁之，終則棄背之，其爲惡，豈曰不極至乎？何故爲慝惡而不已也。商賈有三倍之利者，賤丈夫之所爲，而君子反知之；婦人不宜與外事，今乃休其蠶桑織紝之事，而與朝廷之事，皆非其宜也。

天何以刺？《傳》曰：「刺，責也。」**何神不富？**《傳》曰：「富，福也。」**舍爾介狄，**舍音捨。○蘇氏曰：「介，大也。」**維予胥忌。不弔不祥，威儀不類。**《傳》曰：「類，善也。」**人之云亡，**《箋》曰：「奔亡也。」○今曰：「猶『何聞信亡』之亡。」**邦國殄瘁。**五章述災譴之由也。天何爲出譴告以責王乎？何爲神亦不福王而降災害乎？王不能反躬脩省，將有夷狄之大患，顧舍之，不以爲忌，而反以我爲忌，惡聞忠言也。天

〔一〕本章經注，淵本作：「鞫人忮忒，譖始竟背。豈曰不極，伊胡爲慝？鞫，居六反。忮，之豉反。忒，他得反。譖，本又作僭，子念反。背音佩。慝，他得反。○《傳》曰：「忮，害。忒，變也。」○《箋》曰：「鞫，窮也。譖，不信也。竟，猶終也。胡，何。慝，惡也。」○疏曰：「鞫，窮，《釋言》文。《釋言》云：『爽，忒也。』孫炎曰：『忒，變雜不一。』竟者，卒盡之義。」如賈三倍，君子是識。《箋》曰：「識，知也。」婦無公事，休其蠶織。

降不祥以譴告王，而王曾不弔愍，無恐懼之心，故不敬謹其威儀，其威儀不善矣。又善人皆逃去，無以輔正之，則國之殄絶瘁病必矣。**天之降罔，維其優矣。**蘇氏曰：「優，多也。」**人之云亡，心之憂矣。天之降罔，維其幾矣。**幾當音機。○《傳》曰：「幾，危也。」**人之云亡，心之悲矣。**六章、七章憂亂也。天降禍以爲羅網，多於前矣。

觱沸檻泉，觱沸音必弗。檻，銜之上濁。○解見《采菽》。**維其深矣。心之憂矣，寧自今矣。不自我先，不自我後。藐藐昊天，**藐音莫。○朱氏曰：「藐藐，高遠貌。」**無不克鞏。**《傳》曰：「鞏，固也。」**無忝皇祖，式救爾後。**

檻泉從下上出，觱沸然其來不竭，喻己之憂未有已也。不出我之前，不居我之後，適當其時，是我之不幸也。藐藐高遠之昊天，仁愛人君，無不克鞏固其命。幽王苟能改圖而爲善，庶幾不辱其祖宗。往者不可諫，來者猶可追，所謂「式救爾後」也。幽王大壞至此，凡伯尚欲救之，拳拳之忠，不能自已也。

《瞻印》七章，三章章十句，四章章八句。

《召旻》，音邵閩。**凡伯刺幽王大壞也。旻，閔也。閔天下無如召公之臣也。**朱氏曰：「因其首章稱『旻天』，卒章稱『召公』，故謂之《召旻》，以別《小旻》而已。《序》云：『旻，閔也。閔天下無如召公之臣。』蓋已衍説矣。」

旻天疾威，天篤降喪。瘨我饑饉，瘨音顛。○《箋》曰：「瘨，病也。」**民卒流亡。**《箋》曰：「卒，盡也。」**我居圉卒荒。**圉音語。○《箋》曰：「國中至邊竟盡空虛。」○疏曰：「居謂城中所居之處，圉謂邊境。」

首章愬亂也。呼旻天而愬之曰：天之降禍，甚疾暴而威虐矣。天厚降喪亡之禍，病我以饑饉，民盡流亡，我所居國中及邊圉，盡荒虛也。

天降罪罟，《詩記》曰：「天降罪罟，所謂『天之降罔』也。」**蟊賊内訌。**音紅。○《傳》曰：「訌，潰也。」**昏椓靡共，**椓音卓。共音恭。○《箋》曰：「昏椓，皆奄人也。昏，其官名也。椓，椓毀陰也。」○疏曰：「《天官·閽人》：『司晨昏以啓閉者。』」**潰潰回遹，**《傳》曰：「潰潰，亂也。」○疏曰：「回遹，邪僻也。」**實靖夷我邦。**今曰：「靖，安也。」○《傳》曰：「夷，平也。」

次章及三章言羣小致亂也。天降刑罪以羅網天下，故使小人如害禾稼蟊賊之蟲，訌潰於内。又昏椓奄人皆爲不恭，潰潰然亂爲邪僻之行者，乃使之安靖平夷於我邦，任非其人也。

皋皋訿訿，皋音羔。訿音紫。○王氏曰：「皋皋，緩而不供職；訿訿，以苟訿爲能。」○曹氏曰：「訿訿，毁也。」**曾不知其玷。**點、店二音。○《箋》曰：「玷，缺也。」**兢兢業業，**曰：危動恐懼也。考見《雲漢》。**孔填不寧，**填音陳。**我位孔貶。**彼檢反。○《傳》曰：「貶，隊也。」○《箋》曰：「言見侵侮，政教不行，後犬戎伐之，而周與諸侯無異。」

皋皋然頑緩而不供職，訿訿然以謗毁爲事，乃曾不知其爲玷缺也。天下之人，兢兢而戒謹，業業而危恐，甚久不安也。我王之位，甚貶隊矣，言衰微也。

如彼歲旱，草不潰茂，《傳》曰：「潰，遂也。」○曹氏曰：「潰訓散，又訓亂。草散亂則茂盛，故歲旱無雨澤，則草不潰茂。」**如彼棲苴。**棲音西。苴音茶〔一〕。○《傳》曰：「苴，水中浮草也。」**我相此邦，**相去聲。**無不潰止。**《箋》曰：「潰，亂也。」

四章言凋瘵也。天下之人，如旱歲之草，皆枯槁無潤澤，不潰遂而茂盛，如水上棲枯

〔一〕「茶」，薈本作「苴」，味本、聽本、授本、仁本、復本作「茶」。按，陸德明《經典釋文》卷七云：「苴，鋤如反。」

草〔一〕，豈復有生理？我視此邦，無不潰亂矣。○今考《邶・谷風》「有洸有潰」，潰，怒也；《小旻》「是用不潰于成」，《召旻》「草不潰茂」，潰，遂也；《召旻》「潰潰回遹」「無不潰止」，潰，亂也。項氏云：「水之潰者，其勢橫暴而四出，故怒之盛者爲潰怒，遂之盛者爲潰遂，亂之盛者爲潰亂，皆一理也。」

維昔之富，句。**不如時。維今之疚，**句。**不如茲。彼疏斯粺。**音敗。○《箋》曰：「疏，麤也，謂糲米也。」糲，蘭末反。○曰：粺，精米也。**胡不自替？**《傳》曰：「替，廢也。」**職兄斯引。**兄音況。○《箋》曰：「職，主也。」○《傳》曰：「兄，兹也。」○兄，解見《桑柔》。

五章言小人宜退也。昔時之富，不如今時也。今時之病，未有如此之甚也。本不如此，特小人壞之耳。苟小人退而君子進，則其病去矣。故言彼小人如疏麤之糲米，此君子如精粺，彼小人何爲不自廢退以避君子，乃職主援引其黨乎？言小人方植黨自固，豈肯退也？

池之竭矣，不云自頻？如字。○《傳》曰：「頻，厓也。」**泉之竭矣，不云自中？溥斯害矣，**

〔一〕「水」，原作「木」，據姜本、畬本、仁本、復本改。按，「如彼棲苴」，嚴氏引《毛傳》「苴，水中浮草也」，而《鄭箋》作「如樹上之棲苴」，與《傳》異，今嚴氏既引《傳》不引《箋》，章指中自當以作「水」爲是。

《箋》曰：「溥，猶徧也。」**職兄斯弘，**《箋》曰：「弘，大也。」**不烖我躬。**

六章申言小人之害也。池水由外灌其竭也，不云自頻厓之不入乎？泉水從中以益其竭也，不云自中之不出乎？喻内外秏竭也。溥徧被害，而小人猶主弘大之。是豈不烖我身乎？亂則爾小人亦受禍也。

昔先王受命，有如召公，日辟國百里。辟音闢。○《傳》曰：「闢，開也。」**今也日蹙國百里，**蹙音足。○《傳》曰：「蹙，促也。」**於乎哀哉！**於乎音烏呼。**維今之人，不尚有舊？**

七章思召康公，而惜王之不用舊人也。昔文王、武王受命，有臣如召康公，日開辟國土以百里，謂歸附日衆也。今也日蹙國百里，嗚呼可哀也已！在今之人，不尚有老成舊德者乎？雖有之而不肯用也。

《召旻》七章，四章章五句，三章章七句。

詩緝卷之三十二

嚴粲述

清廟之什　周頌

《譜》曰：「周頌者，周室成功致太平德洽之詩〔一〕，其作在周公攝政、成王即位之初。」○疏曰：「雅不言周，頌言周者，以别商、魯也。周，蓋孔子所加也。先代之頌，必是獨行爲一代之法。孔子論《詩》，乃次《魯》《商》於下，以示三代之法，既有商、魯，須題周以别之，故知孔子加『周』也。《頌》序稱祀、告及朝廟〔二〕，於廟之事亦多矣，唯《敬之》《小毖》不言廟祀，而承謀廟之下，亦當於廟進戒、廟中求助者。」○蘇氏曰：「《周頌》皆有所施於禮樂，蓋因禮而作頌，非如風、雅，有徒作而不用者也。《周頌》篇第之先後，則不可究矣。」○朱氏曰：「《周頌》三十一篇，多周公所定。《周頌》多不協韻，未詳其説。」○《補傳》曰：「《周頌》皆一章，《商》《周》二頌皆用以告神明，而《魯頌》乃用以爲善頌善禱〔三〕，後世文人獻頌，特效《魯》耳，非《商》《周》之舊也。」

〔一〕「詩」，原作「時」，據李本、仁本、復本及《毛詩正義》卷十九之一改。
〔二〕「告」下，《毛詩正義》卷十九之一有「澤」字。
〔三〕「善頌」，諸本無。

《清廟》，祀文王也。周公既成洛邑，朱氏曰：「王在新邑，烝祭歲，文王騂牛一，武王騂牛一。實周公攝政之七年，而此其升歌之辭也。」**朝諸侯，**朝音潮。○李氏曰：「周公特相成王以朝諸侯而已，周公非自居南面，而受諸侯之朝也。《明堂位》云：『周公踐天子之位，朝諸侯於明堂。』非也。」**率以祀文王焉。**疏曰：「祀文王之樂歌也。祭宗廟之盛，歌文王之德，莫重於《清廟》，故爲《周頌》之首。」○今考疏以《周頌》皆樂歌，下皆同。

於穆清廟，於音烏。○《傳》曰：「於，歎辭也。穆，美也。」○《釋文》曰：「清廟者，杜預云：『肅然清靜之廟也。』」**肅雝顯相。**去聲。○《傳》曰：「肅，敬也。雝，和也。相，助也。」○《箋》曰：「有光明著見之德者來助祭。」○《詩記》曰：「《士虞禮》祝辭云：『哀子某，哀顯相，夙興夜處不寧。』然則自主人之外，餘皆顯相也。成王，祭主也，周公及助祭之諸侯，皆顯相也。」**濟濟多士，**濟，隮之上。○濟濟，解見《文王》。○《詩記》曰：「『顯相』『多士』，廣言助祭之人。凡執事者皆在也。」**秉文之德。**今曰：「秉持，謂不忘也。」**對越在天，**曹氏曰：「對，答也。越，揚也。對答而發揚之也。」**駿奔走在廟。**駿音峻。○疏曰：「駿，疾也。《禮記·大傳》亦云『駿奔走』，疾奔走，言勸事也。」**不顯不承，**朱氏曰：「承，謂見尊奉也。」**無射於人斯。**射音亦。○《傳》曰：「射，厭也。」○朱氏曰：「斯，語辭也。」

嗚呼美哉！此祀文王清靜之廟也。有肅肅其敬，雝雝其和者，顯相之人也。稱助祀之人曰顯相者，謂其有顯著之德，美稱之也。此濟濟然衆士，皆秉持文王之德，不忘於心也。荅揚於在天之靈，謂如見文王洋洋在上也。鬼神本無迹，對荅之，則如與之接；發揚之，則在隱若顯也。疾奔走於在廟之事，謂敏於趨事，無敢後先也。於是贊美文王之德，豈不顯乎？豈不奉承於人乎？無厭射於人矣。疏曰：「《書大傳》説《清廟》云：『周公升歌文王之功烈德澤，尊在廟中〔一〕，嘗見文王者，愀然如復見文王焉。』」○《詩記》曰：「『相維辟公，天子穆穆』，言顯相之肅雝，則成王穆穆然奉祭之氣象，不言可見矣。」○劉氏曰：「文王之德至矣，不可得而形容，所可述者，特見於多士所秉而已。」

《清廟》一章八句。

《維天之命》，大平告文王也。大音泰。○蘇氏曰：「天下大平，以爲文王之德之致也，故以告之。」

維天之命，《箋》曰：「命猶道也。」○程子曰：「天命，即天道也。以其用言之，則曰命，造化之謂也。」又曰：「言天命之自然者曰天道，言天之賦與萬物者曰天命。」於穆不已。於音烏。○於穆，解見《清廟》。

〔一〕「尊」，原作「苟」，據《毛詩正義》卷十九之一改。

○疏曰：「《易・繫辭》云：『日往則月來，暑往則寒來。』《象》曰：『天行健。』是天道不已止之事也。」**於乎不顯，**於乎音烏呼。**文王之德之純。**子思子曰：「純亦不已。」○程子曰：「純則無二無雜，不已則無間斷先後。」○張子曰：「純則舉大本也。」**假以溢我，**假，蘇音嘏，毛音暇。溢音逸。○蘇氏曰：「假，大也。」○《箋》曰：「溢，盈溢也。」○歐陽氏曰：「如水溢而旁及也。」**我其收之。**朱氏曰：「收，受也。」○今曰：「收謂不敢失之也。」**駿惠我文王，**駿音峻。○《箋》曰：「駿，大也。惠，順也。」**曾孫篤之。**《箋》曰：「曾，猶重也。自孫之子而下，事先祖皆稱曾孫。」○《傳》曰：「篤，厚也〔一〕。」○疏曰：「用意專而隆厚也。」○《詩記》曰：「説《詩》者，非惟有鑿説之害，亦有衍説之害，如此詩『曾孫篤之』，毛氏謂能厚行之，於文義未有害也。然詩人之意，本勉後人篤厚之而不忘，所謂行者，固亦在其中矣。但曰『曾孫篤之』，則意味深長，衍一『行』字，意味却短。至王氏遂云『篤力行而有所至』，説益詳而無復餘味矣。凡諸説，皆當以此例之。」

天之賦予萬物謂之命，天命即天理也〔二〕。於乎美哉，是天之運行不已也。造化之機或息，則其賦物者窮矣。於乎甚顯者，是文王之德純一也。純則無二無雜矣。凡言

〔一〕按，此爲《公劉》「篤公劉」之《傳》文。
〔二〕「天命」，諸本無。

聖人如天者，以此擬彼，天與聖人猶爲二也。此詩但以天命之不已，與文德之純，對立而並言之，天之爲文王邪？文王之爲天邪？蓋有不容擬議者。子思子發明之，曰：「天之所以爲天也。」又曰：「文王之所以爲文也。」其旨深矣。文王之德，假大而盈溢於我，我當有以收之，使不失墜，惟在大順文王之德而已。「其」者，自期之辭。收謂保其業，惠謂體其德。大惠則無斯須毫釐之違戾也。我既以駿惠文王自勉，繼自今，爲文王之子孫者，當世世篤厚之，勿忘也。去聖浸遠，典刑易墜，非用意篤厚，不能守也。

《維天之命》一章八句。

《維清》，奏象舞也。蘇氏曰：「《象》，文王之樂，文舞也。」《象》，文舞也。鄭氏以象舞爲象用兵時刺伐之舞，如此則爲武舞矣。且《維清》，象舞之樂歌；《武》，大武之樂歌。《大武》爲武舞，故《武》頌言「勝殷遏劉」之事；《維清》不言征伐，則象舞決非武舞也。文王之文德至矣，作樂象德，乃獨象其刺伐，非其義矣。〇今考鄭於《禮記·文王世子》《明堂位》《祭統》「升歌《清廟》，下管《象》」，皆以「管《象》」爲武王之舞，謂《周頌・武》〔一〕。孔申鄭義，以文王、武王之舞皆名爲《象》。《維清》象舞爲文王，「下管《象》」爲武王，其意蓋謂《清廟》與「管《象》」若皆爲文王，不應有上下之别故耳。古樂，歌者在上，以人歌者皆曰升歌，亦曰登歌；匏竹在下，以管奏者皆曰下管。《春官・大師》「帥瞽登歌，下管奏樂器」〔二〕，《益稷》「下管鼗鼓」，是也。《清廟》以人歌之，自宜升；《象》以管奏之，自宜下。凡樂皆有堂上、堂下之奏也。曹氏曰：「季札觀樂，見舞《象箾》《南籥》者，杜預云：『文王樂也。』又見舞《韶箾》者，杜預云：『舜樂也。』是《象》有箾，《韶》亦有箾，説者謂以竿擊人曰箾，然則執箾以舞，猶干舞也，執籥以舞，即籥舞也。文王雖大業未究，而本其功德之所起，可得而形容也。故作樂以象之，謂之《象舞》。《祭統》《明堂位》《文王世子》所謂『下管《象》』者，《象》即《象舞》也。鄭氏以《象舞》爲專象刺伐，然籥非刺伐之物也。」箾音朔。季札觀樂，事見《左傳・襄二十九年》。注以《象箾》之箾音朔，《韶箾》之箾音簫〔三〕，皆當音

〔一〕「武」，畲本、仁本、復本同，他本作「舞」。按，《禮記・明堂位》鄭注云：「《象》謂《周頌・武》也，以管播之也。」據知當作「武」。

〔二〕「奏」，仁本、復本及《周禮注疏》卷二十三作「播」。

〔三〕「之箾」，諸本無。

朔。

維清緝熙，句。○朱氏曰：「清，清明也。」○王氏曰：「緝，續也。熙，廣也。」**文王之典。**《傳》曰：「典，法也。」**肇禋，**音兆因。○《傳》曰：「肇，始也。」○《箋》曰：「《周禮》以禋祀祀昊天上帝。」**迄用有成。**迄，欣之入。○《傳》曰：「迄，至也。」**惟周之禎。**音貞。○《傳》曰：「禎，祥也。」

文王之舞謂之《象》，以王業之興，其兆已見也。此詩乃《象舞》之樂歌，述所以名象之意。言清緝熙者，文王之典也。清則純一而不雜，緝則悠久而不已，熙則廣大而無外。三言備舉文王之聖德，而以「典」言之者，謂其德寓於法也。禋者，王者祀天之禮也。文王有典則以貽後人，王業雖未成，而禋祀之禮，已肇始於此，遂至其後而有成焉。是文王之典，爲周之禎祥也。祥者，吉之先見也。

《維清》一章五句。

《烈文》，成王即政，諸侯助祭也。疏曰：「謂周公居攝七年，致政成王。成王乃祭於祖，有諸侯助王之祭，既祭，因而戒之。」○蘇氏曰：「成王有即位，有即政，則周公之未嘗攝位，明矣。」

烈文辟公，《補傳》曰：「烈言其功，文言其德。諸侯有爵爲公者，舉其爵之尊以寵之。」○疏曰：「辟公，諸侯也。」○今曰：「辟，君也。《説命》云：『樹后王君公。』后王，王也。君公，諸侯也。」**錫茲祉福。**祉音恥。○朱氏曰：「諸侯錫此祉福。」○錢氏曰：「但佐文、武定天下也。」**惠我無疆，子孫保之。無封靡于爾邦，**王氏曰：「無封以專利，無靡以傷財。」○朱氏曰：「封，專利以自封殖。靡，侈也。」**維王其崇之。**《補傳》曰：「維天子之是尊。」**念茲戎功，**《傳》曰：「戎，大也。」**繼序其皇之。**朱氏曰：「皇，大也。」**無競維人，四方其訓之。**李氏《抑》詩解曰：「訓，效也。」**不顯維德，百辟其刑之。於乎前王不忘。**於乎音烏呼。○《箋》曰：「前王，文王、武王。」○黄氏曰：「此成王感發諸侯不盡之意。」

成王即政之初，周興未久也。其助祭諸侯，往往身佐文、武以定天下者，故先稱美之，乃告戒之。言汝有功有德之辟公，錫我以此福矣，謂其夾輔以興周祚也。此豈徒目前淺近計哉？蓋惠我周家以無疆之休，使我子孫世世永保之矣。然相與平定之者，爾諸侯之力也，其相與扶持之者，尤有望於爾諸侯也。爾於爾之國，無封殖以專利，無侈靡以傷財，當維王室之是尊也。念屏翰之大功，其繼汝之序者[一]，益思增益而皇大之，世世相承，無替前功也。爾歸治其國，在用賢脩德而已，莫彊乎維得賢人也，

[一]「汝」，味本、李本、姜本、薈本、授本、聽本、復本作「序」，畲本作「序」而無下「序」字，仁本校云：「《傳説彙纂》引此，無下『序』字。」是《詩經傳説彙纂》作「其繼序之者」，與畲本同。

能得人則四方皆訓㑨之。莫光顯者，脩德也，能脩德則百君皆刑法之矣。嗚呼！如此則豈唯予寵嘉之，實前王所念而不釋也。○説者多以「辟公」爲稱諸侯之祖父，「念兹戎功」爲勉之以念祖父之功，今考《本紀》注：「徐廣云：『武王克殷二年而崩。』皇甫謐云：『武王定位元年，歲在乙酉。六年庚寅崩。』」正如謐之言，武王克殷纔六年，又周公攝政七年，共十餘年耳，《烈文》作於成王即政之初，孟津諸侯固多存者，不應專戒其子孫也。《詩記》曰：「於乎前王不忘，如其自唐叔以下，實寵嘉之。」○王氏曰：「先王之戒諸侯也，欲其競〔一〕，競則中國强矣，欲其顯，顯則中國尊矣，欲其四方訓之、百辟刑之，則各以德善胥訓胥效也，内則百僚師師，外則諸侯胥效，則能以天下爲一家，中國爲一人矣。而先儒以謂先王不欲諸侯名譽出境，是乃力征經營天下，惴惴恐天下軋己之私意，何足以語先王也？」

《烈文》一章十三句。

《天作》，祀先王先公也。《箋》曰：「先王，謂大王已下。」○《天保·箋》曰：「先公，謂后稷至諸

〔一〕「競」，味本、姜本、薈本、授本、聽本作「兢」。下同。

盩。」盩音籌〔一〕，又音舟。○疏曰：「祀先王先公，謂四時之祭，祠、禴、嘗、烝。時祭所及，唯親廟與大祖，於成王之世爲時祭，當大王以下，上及后稷一人而已。言先公者，唯斥后稷。且經之所陳，唯有先王之事，而《序》并言先公者，以詩人因於祭祀而作此歌，近舉王迹所起，其辭不及后稷。《序》以祭時實祭后稷，故其言及之。《昊天有成命》經無地，而《序》言地；《般》經無海，而《序》言海，亦此類也。」

天作高山，《傳》曰：「作，生也。」○疏曰：「作者，造立之言，故爲生也。」○《箋》曰：「高山，謂岐山也。」**大王荒之。**大音泰。○蘇氏曰：「荒，治也。」○李氏曰：「始荒而闢之。」○今曰：「治荒爲荒，猶治亂爲亂也。今諺言開荒，即始闢之意也。」**彼作矣，**《箋》曰：「彼，彼萬民也。民皆築作宮室，以爲常居。」**文王康之。**《箋》曰：「康，安也。」**彼徂矣，**《箋》曰：「徂，往也。民之往者。」○曹氏曰：「往歸者衆。」**岐有夷之行。**如字，王、徐並去聲。○程子曰：「夷，平也。」○曹氏曰：「昔者高山之險阻，今爲坦途矣。」○今曰：「夷，即《皇矣》所謂『串夷載路』。行，猶『行彼周行』，謂道路也。」**子孫保之。**

遷岐非得已，而周乃以岐興，詩人以爲是非人之所能爲，故言此岐山天實爲之也。岐山本險阻荒僻之地，大王始開荒而闢之，彼民皆不憚遷徙之勞，築作而居之矣。文王從而安之，彼民又皆徂往而歸之矣。作，謂舊民之樂遷，如「百堵皆作」「庶殷丕作」

〔一〕「盩」，李本、姜本、聽本同，他本無。

之作也〔一〕；徂，謂新民之歸往，如「其子焉往」之往也。歸往者日衆，故岐山昔之險阻，今爲平夷之路矣。大王、文王之業，子孫當保守而不墜也。成功告神之頌〔二〕，多言子孫當保守之意，蓋子孫能保守，則可以慰祖宗之心也。

《天作》一章七句。

《昊天有成命》，郊祀天地也。 李氏曰：「蘇黄門謂冬至祀天於圜丘，夏至祀地於方澤。據《周禮》以爲説。東坡云：『《昊天有成命》，郊祀天地也，此乃合祭天地之明文。』」

昊天有成命， 曹氏曰：「成則不可易。」**二后受之。** 《傳》曰：「二后，文、武也。」**成王不敢康。** 《箋》曰：「成此王功。」**夙夜基命宥密，** 《傳》曰：「基，始也。宥，寬也。密，寧也。」○《箋》曰：「寬仁所以止苛刻，安静所以息暴亂。」**於緝熙，** 於音烏。○王氏曰：「緝，續也。熙，廣也。」○李氏曰：「緝熙當爲成王。」**單厥心，** 單，蘇音丹，舊音亶。○蘇氏曰：「單，盡也。」**肆其靖之。** 今曰：「《書》凡發語『肆』字，皆訓故。」○《箋》曰：「靖，安也。」

〔一〕「之作」，原作「之時」，味本同，據他本改。
〔二〕「功」，薈本、畲本同，姜本作「公」，他本作「王」。

天所以有不易之成命，而文、武得以受之者，由其能成此王功，不敢康寧，夙夜憂勤，以肇基天命，在於行寬静之政而已。又嗟歎而言，爲子孫者，當緝續而熙廣之，大盡其心，庶幾可以安靖之，勿墜宥密之初意也。○頌者，成功告神，必言子孫勉力保守，以慰神祇祖考之意。《維天之命》曰「曾孫篤之」，《天作》曰「子孫保之」，《我將》曰「于時保之」。此所謂「緝熙」，亦成王自勉之辭。舊説以緝熙爲文、武，味詩之意，嗟歎而更端言之，所謂「肆其靖之」，即「于時保之」之意。「其」者，期之之辭也，非言文、武矣。

《昊天有成命》一章七句。

《我將》，祀文王於明堂也。 陳氏曰：「古者祭天於圜丘，掃地而行事，器用陶匏，牲用犢，其禮極簡。聖人之意，以爲未足以報本，故於季秋之月，有大享之禮焉。天即帝也，郊而曰天，所以尊之也，故以后稷配焉。后稷遠矣，配稷於郊，亦以尊稷也。明堂而曰帝，所以親之也，故以文王配焉。文王親也，配文王於明堂，亦以親文王也。然則郊者古禮，而明堂者周制也，周公以義起之也。」

我將我享，《箋》曰：「將，猶奉也。」○《傳》曰：「享，獻也。」**維羊維牛，** 疏曰：「禮稱郊用特牲，《祭法》云『燔柴於泰壇，祭天用騂犢』，則明堂祭天，亦當特牛矣，而得有羊者，其配之人，自當用太牢也。」○《詩故》曰：「《郊特牲》云：『帝牛不吉，以爲稷牛。』於是知明堂用牛。《夏官・羊人》曰：『釁積，共其羊牲。』積柴祭天，於是知祭帝用羊，以父配帝，則牲牢不得異食。」○今考釁，謂邦器及軍器成則釁之。**維天其右之。**《箋》曰：「右，助也。」下同。○張子曰：「維天其右之，不必饗之。」**儀式刑文王之典，**《箋》曰：「儀，則也。式，象也。」○《傳》曰：「刑，法也。」○錢氏曰：「儀式刑，猶《書》云『嚴祗敬六德』也。」○今曰：「累言之者，謂法之不已也。」**日靖四方。**陳氏曰：「靖，安也。」○《詩記》曰：「於天維庶其饗之，不敢加一辭焉。於文王則言儀式其典，『日靖四方』，天不待贊，法文王所以法天也。卒章惟言『畏天之威』，而不及文王者，統於尊也，畏天所以畏文王也，天與文王一也。」**伊嘏文王，**嘏音假。○《箋》曰：「受福曰嘏。」**既右饗之。**疏曰：「右助而歆饗之。」○李氏曰：「天若福文王，則必饗吾之祭矣。」**我其夙夜，畏天之威，于時保之。**

我所將奉，我所獻享者，維羊維牛而已。禮之常也。天其右助我而饗此乎？蓋不敢必也。天之所饗，不在於物，惟自託於文王，庶幾可以格天。我今儀則式象刑法文王之典，日日施行之，以安四方。惟天惠民，惟文王之典足以安民，天福文王，則必右助而歆饗我祭矣。「其右之」者，不敢必之辭也；「既右之」者，自必之辭也。然我尤當夙興夜寐，畏天之威，思所以保之，其敢自恃乎？明堂之禮，天與文王在焉，成王寫其中心之誠，以對越而言之也。○典，毛於《維清・傳》云「法也」，於此云「常也」，鄭以爲常道。法者，道之所寓，其實一也。

《我將》一章十句。

《時邁》，巡守告祭柴望也。巡守音句狩。○疏曰：「武王既定天下，巡行其守土諸侯，至于方嶽之下，作告至之祭，柴祭昊天，望祭山川，安祀百神，乃是王者盛事。周公既致太平，追念武王之業，故述其事而爲此歌焉。宣十二年《左傳》云：『昔武王克商，作頌曰：「載戢干戈。」』明此篇武王事也。《國語》稱周公之頌曰：『載戢干戈。』明此詩周公作也。」○曹氏曰：「諸侯爲天子守土，其政之得失，民之利病，不得以周知，故天子親自巡省焉。巡守必徧于四嶽，每至其方嶽之下，則燔柴升煙以告至。若其山川之遠而不可至者，則望而祭之。《書》所謂『至于岱宗，柴，望秩于山川』是也。」○朱氏曰：「《國語》云：『金奏《肆夏》《繁遏》《渠》，天子以饗元侯也。』即《春官·鐘師》九夏之三也。呂叔玉云：『《肆夏》，《時邁》也。《繁遏》，《執競》也。《渠》，《思文》也。』」

時邁其邦，《傳》曰：「邁，行也。」○《箋》曰：「武王時出行其邦國，謂巡守也。」**昊天其子之。**《詩記》曰：「人之宗子，主一家者也；天之子，主天下者也。時邁其邦，人神莫不受職，則昊天其子之〔一〕，可知

〔一〕「之」，原無，據呂祖謙《呂氏家塾讀詩記》卷二十八補。

矣。」○朱氏曰：「天其子我乎哉？蓋不敢必也。」○今曰：「昊天其子之，與『維天其右之』語意同。有天下曰天子，『子之』謂使之爲王也。」**實右序有周。**《箋》曰：「右，助也。序，次序也。」○曹氏曰：「序，帝王之傳序也。」○錢氏曰：「次序者，謂以周繼夏、商也。」**薄言震之，**程子曰：「薄言，發語辭。」○《傳》曰：「震，動也。」**莫不震疊。**《傳》曰：「疊，懼也。」**懷柔百神，**《傳》曰：「懷，來也。柔，安也。」○曹氏曰：「《祭法》云：『山林川谷丘陵，能出雲雨〔一〕，見怪物，皆曰神。有天下者祭百神，諸侯在其地則祭之，亡其地則不祭。』溥天之下，莫非王土，故巡守所至者，神皆祭焉。」**及河喬嶽。**《傳》曰：「喬，高也。高嶽，岱宗也。」○疏曰：「巡守之禮，必始於東方，故以岱宗言之，其實兼四嶽也。」**允王維后。**《箋》曰：「允，信也。」○陳氏曰：「信乎使我爲王也。」**明昭有周，式序在位。**《箋》曰：「式，用也。」○李氏曰：「序諸侯之在位者。」**載戢干戈，**戢，簪之入。○《釋文》曰：「戢，止也，斂也。」**載櫜弓矢。**櫜音羔。○《傳》曰：「櫜，韜也。」韜音滔。○疏曰：「櫜者，弓衣，一名韜，故内弓於衣謂之韜弓。」**我求懿德，**《箋》曰：「懿，美也。」**肆于時夏。**《箋》曰：「肆，陳也。」○李氏曰：「時夏，中國也。」**允王保之。**

巡守，王者之禮。武王初定天下時，出巡行其邦國，天其子之乎？設爲問辭也。應之曰：天實右序有周矣。武王之巡守也，於諸國薄警動之，諸侯莫不震懼。又所至

〔一〕按，「能出雲雨」，《禮記・祭法》作「能出雲爲風雨」。

方嶽之下，懷柔羣神，望祀河嶽，初得天下而人神受職，此非人之所能爲也，天實右序之也。故天下莫不信武王之宜君天下也。又應之曰：天實明昭有周矣，武王之巡守也，以慶罰黜陟之典，序諸侯之在位者。又戢斂其干戈，櫜韜其弓矢，惟求懿美之德，陳之於中國。既定天下而治道彰著，此亦非人之所能爲也，天實明昭之也。故天下莫不信武王之能保天下也。既右序之，又明昭之，是天之子之也。○「右序有周」與「明昭有周」語意一同。「明昭」不言「實」，承上省文也。言天之「右序有周」，而結之以「允王維后」，謂膺天命而無愧也；言天之「明昭有周」，而結之以「允王保之」，謂保天命於無窮也。結上文「右序」及「明昭」之意，皆以「允」言之。

《時邁》一章十五句。

《執競》，祀武王也。

執競武王，《箋》曰：「執，持也。競，彊也。」○李氏曰：「自強之心，執而勿失。」**無競維烈。**《傳》曰：「無競，競也。烈，業也。」○李氏曰：「觀武王伐紂而得天下，拱揖指揮，雖彊暴之國，莫不趨使，一戎衣而天下大定，則其功烈爲莫强矣。」**不顯成康，**錢氏曰：「成王業，安天下。」○李氏曰：「歐陽氏以『成康』爲成王、康王，有窒礙不通者。」**上帝是皇。**《傳》曰：「皇，美也。」**自彼成康，奄有四方，**《傳》曰：「奄，同也。」○《釋言》曰〔一〕：「蓋也。」**斤斤其明。**斤音靳。○《傳》曰：「斤斤，明察也。」○李氏曰：「言照臨四方，無所不察也。」**鐘鼓喤喤，**音横，徐音皇。○《傳》曰：「喤喤，和也。」**磬筦將將。**筦音管。將音鏘。○《傳》曰：「將將，集也。」○錢氏曰：「聲之相應也。」**降福穰穰，**如羊反。○《傳》曰：「穰穰，衆也。」**降福簡簡。**《傳》曰：「簡簡，大也。」**威儀反反，**如字。○《賓之初筵·傳》曰：「反反，重慎也。」**既醉既飽，**錢氏曰：「主人受嘏，既飲福醉飽矣。」**福禄來反。**《傳》曰：「反，復也。」

能執持自强不息之志者，武王也。故功烈之盛，天下莫强焉，豈不顯乎其成王業而安天下也？上帝用是皇美之，自武王成王業，安天下，奄覆四方而有之。其斤斤然明察，無所不至，言照臨四方也。今祀武王之時，鐘鼓喤喤然和，磬筦將將然集，而神之降福，穰穰然衆，簡簡然大，言樂作而神福之也。祭祀之威儀，反反然重謹，而祭終飲福醉飽〔二〕，福禄反復未艾，言禮行而神福之也。蘇氏曰：「凡今所以能備其禮樂，脩其祭祀，

〔一〕「釋言」，原作「釋文」，畲本作「説文」。仁本校云：「『文』恐『言』誤。」按《毛詩正義》卷十九之二云：「『奄，同』，《釋言》文。又云：『奄，蓋也。』」是「奄，蓋也」並《釋言》文。據改。

〔二〕「而」，諸本作「之」，屬上讀。

以受多福者，皆武王之德所致也。」○《箋》以鐘鼓磬筦爲武王祭廟作樂，今不從。陳氏以爲祀武王，其説爲長。

《執競》一章十四句。

《思文》，后稷配天也。疏曰：「《國語》云：『周文公之爲頌〔一〕，曰：「思文后稷，克配彼天。」』是此篇周公所自作，與《時邁》同也。」○李氏曰：「非其餘詩乃他人所作也，蓋以《國語》所稱者惟此二詩，知其周公所作，其餘不可得而知之也。古之祭者，必以其祖配之。《公羊·宣公三年》云：『郊則曷爲必祭稷？王者必以其祖配。王者則曷爲必以其祖配？自内出者，無匹不行；自外至者，無主不止。』則后稷所以配天，蓋所以尊祖也。」○黄氏曰：「《生民》爲述事之辭，《思文》爲告神之辭，此雅、頌之所以異歟？」

思文后稷，朱氏曰：「思，語辭也。文，文德也。」○思，解見《思齊》。**克配彼天。**曹氏曰：「天地能生之而不能養之，苟不得其養，則亦弗克遂其生矣。惟后稷能養人，故其功足以配天矣。」**立我烝民，**疏曰：「存立我天下衆民之命。」**莫匪爾極。**《傳》曰：「極，中也。」○曹氏曰：「衣食足而後知榮辱，倉廩實而後

〔一〕「公」，原作「王」，據諸本及《毛詩正義》卷十九之二改。

知禮節。民心罔中，惟爾之中而已。」**貽我來牟，**《箋》曰：「貽，遺也。」遺音位。○《釋文》曰：「牟，《字書》作麰，或作𪍿。」○疏曰：「趙岐云：『麰，大麥也。』《廣雅》云：『麳，小麥。』」**帝命率育。**蘇氏曰：「率育，徧養也。」**無此疆爾界，陳常于時夏。**朱氏曰：「陳其君臣父子之常道。」○陳氏曰：「時夏，中國也。」○李氏曰：「后稷教民稼穡，但養之而已，未及教之也。如舜命契敬敷五教在寬，則教之者，乃契之事也。《思文》之詩，推美后稷，乃以『陳常于時夏』言者，蓋無常産而有常心者，惟士爲能，若民則無常産，因無常心，苟無常心〔一〕，放僻邪侈，無不爲已。」

后稷人臣，而周人推以配天，疑於追崇之過，此詩發明之，言德莫大於文，后稷實有文德，能配於天，非虛尊之也。蓋民心莫不有是中，而阻飢則失其常心。自后稷播時百穀，存立衆民之命，而後各復其受中之性。是民之中，皆爾后稷之中也〔二〕。后稷遺我民以來牟二麥之種，此乃天命后稷徧養斯民。無此疆爾界之别，遂使人倫常道，得陳於中國也。后稷播百穀，獨舉來牟者，以其先熟，濟民之食尤切也。天能予民以中，后稷能全民之中，天以徧覆爲德，后稷則達天之德，推后稷以配天，信無慊矣。○

〔一〕「苟無常心」，諸本無。
〔二〕「爾」，諸本作「是」。

中者，民心所自有，特因后稷有以養之而勿喪耳，非后稷以己之中予之。而曰「莫匪爾極」，何也？后稷之心，與斯民之心，同此一中，非二物也。斯民既全其中，則斯民與后稷同此心，亦同此理，更無差別。民之中，即后稷之中，故曰「莫匪爾極」。康衢所詠「爾極」，《洪範》所謂「汝極」，《天保》所謂「爾德」，《君牙》所謂「惟爾之中」，其意一也。

《思文》一章八句。

詩緝卷之三十三

嚴粲述

臣工之什　周頌

《臣工》，諸侯助祭，遣於廟也。譙郡張氏曰：「先王深知禮義之本，原起於稼穡之際，故其於農事，常首先天下之政。諸侯助成王祭，其歸而戒之以農事者，由此故也。先王巡守，較諸侯之善惡，其慶始於土地辟、田野治，其罰始於土地荒蕪、田野不治。夫惟戒諸侯之事，莫急於新畬之勤，制諸侯之賞罰，莫先於田野土地之政，則夫先王之意，概可見矣。」

嗟嗟臣工，《傳》曰：「嗟嗟，勑之也。工，官也。」〇疏曰：「嗟而又嗟，重歎以呼之。將勑而嗟歎，非訓爲勑也。不直戒其身，爲其太斥。」〇朱氏曰：「諸侯之羣臣百工也。」〇今曰：「諸侯之臣，莫非王臣。」**敬爾在公。**朱氏曰：「在公，凡公家之事也。」**王釐爾成，**蘇氏曰：「賜爾成法也。」**來咨來茹。**音孺。〇《箋》曰：「咨，謀也。茹，度也。」**嗟嗟保介，**《箋》曰：「保介，車右也。《月令》：『孟春，天子親載耒耜，措之於參保介之御間。』」〇疏曰：「措之於參乘之人保介之與御者二人間。君之車上，止有御者與車右一人而已。今言保介與御，明保介即車右也。不勑御人，偏勑車右者，以御人本主御車，不主輔君，故專勑車右，明其衛君車也。人君左載，御在中央，明其遠君措之，故繫於車右。因『御』字單言之，以便文。」〇朱氏曰：「保介，見《月令》。《吕覽》其説不同，然皆爲籍田而言。」○《補傳》曰：「命臣工以王事，命保介以民事。」**維莫之春。**莫音暮。○朱氏曰：「莫春，在夏正爲建辰之月，在周正爲建寅之月，然先儒謂商、周雖改正朔，特以是月爲歲首。至於朝聘烝享，猶用夏正。祭用仲月，則春祠宜在建卯之月。祭畢遣之，時春已向莫，農事不可緩也。」**亦又何求？**曹氏曰：「言不可捨農事而他求也。」**如何新畬？**音餘。○《釋地》曰：「田二歲曰新田，三歲曰畬。」○釋曰：「畬，和柔之意也。」○朱氏曰：「今既莫春矣，爾之田事如何哉？」**於皇來牟。**於音烏。○《箋》曰：「皇，美也。」○來牟，解見《思文》。**將受厥明。**朱氏曰：「來牟當夏而熟，且將受上帝之明賜也。」**明昭上帝，迄用康年。**迄，欣之入。○錢氏曰：「迄，終也。」○《傳》曰：「康，樂也。」○今曰：「《孟子》云『樂歲』。」**命我衆人，**王氏曰：「諸侯之衆，莫非王人。」○錢氏曰：「衆人，庶民也。」**庤乃錢鎛。**庤音耻。錢鎛音剪博。○《傳》曰：「錢，銚也。鎛，鎒也。」銚，七遥反，《廣韻》音挑。鎒音槈，乃豆反。○疏曰：「《説文》云：『錢，銚，古田器。』《世本》云：『垂作銚。』宋仲子注云：『銚，刈也，刈物之器。』《管子》云：『一農之事，必有一銍一鎒一銚，然後成農。』《釋名》云〔一〕：『鎛，鋤類也。』《世本》云：『垂作耨。』李巡云：『鋤也。』鎛、耨當是一器，但諸文或以爲鎒即鋤，或云鋤類。古器變易，未能審之。」**奄觀銍艾。**奄如字，鄭音淹。銍艾音窒乂。○《傳》曰：「銍，穫也。」○《説文》曰：

〔一〕「名」，原作「文」，據薈本及《毛詩正義》卷十九之二改。薈本校云：「刊本『名』訛『文』，據《釋名》改。」

「銍，穫禾短鎌也。」

諸侯朝正於王，因助祭於廟，祭終而遣之，不直戒其身，而戒其臣之共事者，以警切之。爾諸侯歸其國〔一〕，有王事，有民事。臣工者，諸侯之羣臣百工，所與共治其國者也，故以王事戒之；保介者〔二〕，車右之士，載耒耜以輔君耕籍者也，故以民事戒之。先嗟歎而戒臣工，曰：爾臣工與聞國政公家之事〔三〕，爾其敬哉〔四〕！王賜爾侯國之成法，皆一定不易矣。其有疑焉，當來咨謀茹度於王朝，勿自專以亂章改度也。此以尊王之義告之也。又嗟歎而戒保介曰：爾保介與聞耕籍〔五〕，今助春祠而還，既莫春矣，他又何所求乎？唯農事不可緩耳。爾國之新田、畬田，今如何也？二者皆新墾之田，用力尤難，故首問之，欲其土地闢、田野治也。於乎美哉！來牟二麥，夏初即熟，今已莫春，將受天之明賜矣。夏麥者，秋稼之占也。天意昭明，終必有年，豈可不

〔一〕「爾」，畬本作「耳」，從上讀。
〔二〕「介」，原作「戒」，據畬本、仁本、復本改。
〔三〕「國政公家之事」，味本作「國政家之事」，他本作「國家之政事」。
〔四〕「哉」下，諸本有「歟」字。
〔五〕「曰爾保介」，諸本無。

盡人事以承天意乎？爾歸其國，命我衆農夫各具銚鎒之器，以治其田，奄忽之間，已觀其用短鎌以艾禾矣。此以重農之意告之也。

《臣工》一章，十五句。

《噫嘻》，音伊熙。**春夏祈穀于上帝也。**《箋》曰：「祈，猶禱也，求也。《月令》『孟春祈穀于上帝，夏則龍見而雩』是與〔一〕？」與音餘〔二〕。○疏曰：「春郊夏雩，以禱求膏雨而成其穀實。《月令》『仲夏大雩帝，以祈穀實』，是雩爲祈穀之明文，但雩以龍見爲之，當在孟夏之月，爲《月令》者錯置於仲夏，失正雩之月，故不引之。《左傳》稱『凡祀，啓蟄而郊，龍見而雩』。郊祀上帝於南郊〔三〕，所以報天德，而云『祈穀』者，報其已往，又祈其將來。襄七年《左傳》云：『夫郊祀后稷，以祈農事，故啓蟄而郊，郊而後耕。』是郊爲祈穀之事也。《月令》『孟春元日，祈穀于上帝』，是即郊天也。後乃『擇元辰，天子親載耒耜，躬耕帝籍』，是郊而後耕。」

噫嘻成王，王氏曰：「噫嘻，歎辭。」○曹氏曰：「所謂吁嗟而求雨也。」○《傳》曰：「成王，成是王事也。」

〔一〕「與」，原作「也」，據仁本、復本及《毛詩正義》卷十九之二改。按，嚴氏下文音注「與音餘」亦可證。

〔二〕「與」，李本、姜本、薈本作「雩」。按，「與音餘」爲《釋文》文。

〔三〕「郊祀」，《毛詩正義》卷十九之二作「祀」，且「祀」前有「書傳曰」三字。

既昭假爾。假音格。○朱氏曰：「昭格上帝。」○錢氏曰：「爾，語辭。」**率時農夫，**《箋》曰：「時，是也。」**播厥百穀。**《箋》曰：「播，猶種也。」○李氏曰：「百穀之種非一，故總而言之，謂之百穀。」**駿發爾私，**駿音峻。○《箋》曰：「駿，疾也。發，伐也。」○《傳》曰：「私，民田也。」○疏曰：「《冬官·匠人》云：『一耦之伐。』伐，發地，故云『發，伐也』。」言伐者，以耜擊伐此地，使之發起也。言私而不及公，令民知君於己之專，則感而樂業故也。」**終三十里。**《箋》曰：「竟三十里者，一部一吏主之。《周禮》云：『凡治野田，夫間有遂，遂上有徑，十夫有溝，溝上有畛，百夫有洫，洫上有塗，千夫有澮，澮上有道，萬夫有川，川上有路。』計此萬夫之地，方三十三里少半里也。言三十里者，舉其成數。」○疏曰：「一夫百畝，方百步，積萬夫方之，是廣長各百夫，以百乘百，是萬也。既廣長皆百夫，夫有百步，三夫爲一里，則百夫爲三十三里餘百步，即三分里之一爲少半里，是三十三里又少半里也。」**亦服爾耕，**《箋》曰：「服，事也。」**十千維耦。**《箋》曰：「一川之間萬夫，故有萬耦。」○朱氏曰：「本以二人並耕爲耦，今乃萬人畢出而耕也。」

農事爲王道之本，故嗟歎而言之。我周家以農事開國，致王業之成，既昭格于上帝矣。今我不敢廢墜前功，將率是農夫以播其百穀，令疾發其私田，終竟一部方三十里之地。服爾耕事，萬夫同時而耕，吾民盡力於田事如此，天其念之，祈穀之後，即躬耕帝籍，故言「率時農夫」以張本也。言「駿發爾私」，不及公田，爲民祈也。蘇氏曰：「言人事盡矣，所不足雨耳，是以告之天也。」○「發」不諱，解見《雝》〔一〕。

《噫嘻》一章八句。

《振鷺》，二王之後來助祭也。《箋》曰：「二王，夏、殷也，其後杞也、宋也。」○疏曰：「《樂記》稱『武王伐紂，既下車，封夏后氏之後於杞，投殷之後於宋』。《史記·杞世家》云：『武王克殷，求禹之後，得東樓公，封之於杞，以奉夏后氏之祀。』是杞之初封，即爲夏之後矣。其殷後則初封武庚於殷墟，後以叛而誅之，更命微子爲殷後。《書序》云：『成王既黜殷命，殺武庚，命微子啓作《微子之命》。』是宋爲殷後，成王始命之也。」○曹氏曰：「必存二代之後者，所以尊其先世受命之君，俾承祀而不廢，且示天下公器，不主於一姓，使時君常以覆車爲鑒，兢兢然務脩其德耳。」

振鷺于飛，《傳》曰：「振振，羣飛貌。」○錢氏曰：「振，自振其羽也。」○《釋文》曰：「鷺，一名舂鉏。」**于彼西雝。**《傳》曰：「雝，澤也。」○《箋》曰：「西雝之澤。」○王氏曰：「西雝，蓋辟廱也。」○朱氏曰：「先儒多謂辟廱在西郊，故曰西雝。」**我客戾止，**《傳》曰：「客，二王之後。」○疏曰：「諸侯之於天子，雖皆有賓客之義，但先代之後，時王偏所尊敬，特謂之客。昭二十五年《左傳》宋樂大心云：『我於周爲客。』《皋陶謨》

〔一〕「蘇」至「雝」二十五字，諸本無。

云：『虞賓在位。』此及《有瞽》皆云『我客』，《有客》之篇以微子爲客，皆以二王之後，特稱賓客也。」○李氏曰：「二王之後，不純臣待之，故謂之我客。」○《箋》曰：「戾，至也。」**亦有斯容。**《箋》曰：「興者，喻杞、宋之君有潔白之德，來助祭於周之廟，得禮之宜也。其至止，亦有此容，蓋威儀之善，如鷺然。」○曹氏曰：「鷺之爲物，羽毛潔白，而容止舒閑，其譬則修潔之君子也。振者，矜持修飾之意。『我客戾止，亦有斯容』，則有潔白之德，而能文之以禮者也。」**在彼無惡，**烏路反。○《箋》曰：「在彼，謂居其國，無怨惡之者。」○曹氏曰：「國人安其豈弟也。」**在此無斁。**音亦。○《箋》曰：「在此，謂其來朝，人皆愛敬之，無厭之者。」○曹氏曰：「周人惜其將去也。」○黄氏曰：「周公居東，東方之人欲其留，西方之人欲其歸，是亦『在彼無惡，在此無斁』之意。」**庶幾夙夜，以永終譽。**《箋》曰：「永，長也。」

興也。振振然羣飛之鷺，集于西郊辟廱之澤，其羽毛潔白〔一〕，容止舒閑可觀也。杞、宋之君，於周爲客，皆來助祭於周廟。其至此，亦有此容也。此杞、宋之君在彼國，無怨惡之者。來朝在此，人皆無厭之者，然猶庶幾其能夙夜敬戒，以長終此美譽，愛之以德也。朱氏曰：「陳氏云：『在彼，不以我革其命而有惡於我，知天命無常，惟德是與，其心服也；在我，不以彼墜其命而有厭於彼，崇德象賢，統承先王，忠厚之至也。』」○曹氏曰：「《微子之命》云：『作賓

〔一〕「潔」，仁本作「精」。

于王家，與國咸休，永世無窮。』與『以永終譽』，其戒之之意一也。」

《振鷺》一章八句。

《豐年》，秋冬報也。李氏曰：「鄭氏謂報者，嘗也，烝也；蘇黄門謂秋祭四方，冬祭八蜡；王氏則以謂祭上帝。三説不同，鄭氏謂烝嘗者，以詩言『烝畀祖妣』也。然《載芟》祈社稷，亦曰『烝畀祖妣』，豈亦祭宗廟乎？至於謂秋祭四方，冬祭八蜡，固是報成百穀之祭，不如王氏以爲祭上帝。」○陳氏曰：「《噫嘻》祈之於春夏，《豐年》報之於秋冬，是一體之詩也。祈曰上帝，而報不言者，省文也。」○曹氏曰：「季秋大享于明堂〔一〕。秋祭四方，冬祭八蜡，天地百神，無所不報，而同歌是詩，故不言其所祭耳。」

豐年多黍多稌，音杜。○《傳》曰：「豐，大也。稌，稻也。」○《箋》曰：「豐年，大有年也。」○稌稻，解見《唐・鴇羽》。○李氏曰：「《天官・食醫》云：『牛宜稌。』鄭司農注云：『秔也。』王氏以爲豐年之時，或高燥而寒，或下濕而暑，無所不熟，故所以爲豐年〔二〕。《職方氏》謂雍、冀之地高燥，其穀宜黍；荆、揚之地下濕，

〔一〕「季秋」，原作「秋季」，據畲本改。按，葉校云：「按，『秋季』蓋『季秋』之倒。」又，胡承珙《毛詩後箋》卷二十八引曹氏説正作「季秋」。

〔二〕「年」，原無，據李樗《毛詩集解》卷三十八補。

其穀宜稌。是黍利高燥，稌利下濕也。黍、稌無所不熟。」**亦有高廩。**音凜。○《釋文》曰：「廩，倉也。」○《傳》曰：「廩所以藏齍盛之穗[一]。」○疏曰：「《禹貢》『百里賦納總』，即禾稼也；『二百里銍』，即穗也。此言藏穗，則廩唯藏粟也。而《地官・廩人》注云『藏米曰廩』者，對則藏米曰廩，藏粟曰倉，其散即通也。」**萬億及秭。**音姊。○《傳》曰：「數萬至萬曰億，數億至億曰秭。」○《箋》曰：「以言穀數多。」**爲酒爲醴。**音禮。○曹氏曰：「酒正辨三酒之物，惟清酒以供祭祀，鄭氏以謂中山冬釀接夏而成者。又辨五齊之物，惟醴酒最濁，鄭謂成而汁滓相將，如今之甜酒也。」齊音劑。**烝畀祖妣。**音匕。○《箋》曰：「烝，進也。畀，予也。」○《詩故》曰[二]：「周以后稷爲祖，以姜嫄爲妣，然祭祀則無不在也[三]，故總以祖妣言之。」**以洽百禮，**解見《賓之初筵》。**降福孔皆。**《傳》曰：「皆，徧也。」

黍宜高燥而寒，稌宜下濕而暑，大有之年，黍稌皆熟，則百穀無不熟矣。亦有高大之倉廩，其中穀數之多，有萬與億及秭也。有此黍稷，以之爲酒，又以之爲五齊之醴齊，

〔一〕「齍」，原作「齊」，李本作「資」，據姜本、畲本、薈本及《毛詩正義》卷十九之三改。「穗」，原作「穟」，據仁本及《毛詩正義》卷十九之三改。

〔二〕「詩故」，諸本作「詩記」。按，吕祖謙《吕氏家塾讀詩記》卷二十九無此語，此當引自董逌《廣川詩故》。

〔三〕「無」下，諸本有「所」字。

進於先祖先妣而祭祀〔一〕**，所以會合其事神之衆禮，百物皆所以爲禮，而行禮以酒爲主也。豐年故有此，是上帝之降福，無所不徧也，敢忘報乎？**

《豐年》一章七句。

《有瞽》，音古。**始作樂而合乎祖也。**《箋》曰：「合者，大合諸樂而奏之。」○疏曰：「周公攝政六年，制禮作樂，合諸樂器於太祖之廟奏之。經皆言合諸樂器奏之事也，言合於太祖，則特告太祖，不因祭祀，且不告餘廟。以樂初成，故於最尊之廟奏之耳。此太祖謂文王也，毛以爲始作《大武》之樂。」○曹氏曰：「周人祖文王而宗武王，則祖者，文王之廟也。」

有瞽有瞽，《傳》曰：「瞽，樂官也。」○《箋》曰：「瞽，矇也。以爲樂官者，目無所見，於聲音審也。《周禮》『上瞽四十人，中瞽百人，下瞽百六十人』。有視瞭者相之。」瞭音了。**在周之庭。**疏曰：「周之廟庭。」**設業設虡，**音巨。○疏曰：「皆眡瞭設之〔二〕。」○業虡，解見《靈臺》。**崇牙樹羽。**《傳》曰：「崇牙上飾卷然，可以縣也。樹羽，置羽也。」卷音權。○崇牙，解見《靈臺》「維樅」。○疏曰：「置羽者，置之於栒虡之上

〔一〕「於」，原作「與」，據諸本改。

〔二〕「眡」，《毛詩正義》卷十九之三作「視」。

角。《漢禮器制度》云：『爲龍頭及頷口銜璧，璧下有旄牛尾。』《明堂位》於崇牙之下又云：『周之璧翣。』注云：『周人畫繒爲翣，載以璧，垂五采羽其下，樹翣於簨之角上。』」**應田縣鼓，**縣，胡涓反。○《傳》曰：「應，小鞞也。田，大鼓也。縣鼓，周鼓也。」鞞音皮。○疏曰：「《釋樂》云：『大鼓謂之鼖，小鼓謂之應。』《大射禮》應鞞在建鼓東，則爲應和。建鼓〔一〕、應鞞共文，是爲一器，其鼓懸之虡業。《明堂位》云：『夏后氏之足鼓，殷人楹鼓，周人縣鼓。』是周法鼓始在懸。」**鞉磬柷圉。**鞉音桃。柷音蓄。圉音禦。○《傳》曰：「鞉，鞉鼓也〔二〕。柷，木椌也。圉，楬也。」椌音羫。楬，苦瞎反。○疏曰：「《春官・小師》注：『鞉如鼓而小，持其柄搖之，旁耳還自擊。』《書・益稷》云〔三〕：『合止柷敔。』注云：『柷，狀如漆筩，中有椎，投椎於其中而撞之。敔狀如伏虎，背上刻之，所以止鼓。』」○朱氏曰：「磬，石磬也。」**既備乃奏，**疏曰：「皆設之於庭宇，既備具，乃使瞽人擊而奏之。」**簫管備舉。**《箋》曰：「簫，編小竹管，如今賣餳者所吹也。管如篴，併而吹之。」餳，夕清反，乾糖也。篴字又作笛。○疏曰：「管謂並吹兩管也。」○王氏曰：「簫也，管也，尤其器之小者，言其小，所以爲備也。」**喤喤厥聲，**喤音橫，又音黄。○《執競・傳》曰：「喤喤，和也。」**肅雝和鳴，先祖是聽。我客戾止，**《箋》曰：「我客，二王之後也。」○疏曰：「助祭之人多矣，以二王之後尊，故

〔一〕「鼓」下，原有「也」字，衍，據授本及《毛詩正義》卷十九之三刪。
〔二〕「鞉」，李本、薈本、仁本作「小」。按，據阮元《毛詩正義校勘記》，以作「鞉」爲是。
〔三〕「書益稷」，《毛詩正義》卷十九之三作「臯陶謨」。

特言之。」**永觀厥成。**朱氏曰：「成，樂闋也，如『簫韶九成』之成。」○李氏曰：「成，猶終也。徧更而奏焉，故謂之成。」

重言有此瞽人者，非一人也。其瞽人皆在周之廟庭矣，乃使眡瞭爲之設其垂鐘鼓之具。其以板加於栒上者，業也，其植者，虡也，其業之上齒，刻爲崇牙也，其栒虡之上角，有置羽之飾也。又有應之小鼓，田之大鼓，其鼓皆縣之虡業也。又有持其柄而摇之者，鞉鼓也。又有石磬也，有起樂之柷也，有止樂之圉也。設之備具，乃使瞽人擊而奏之也。又有編竹之簫，併竹之管，已備舉作之也。樂聲喤喤然和，皆恭敬和諧而鳴，不相奪倫。先祖之神，於是降而聽之。於時，我客至止，永觀我樂闋之成，以先代之後來觀樂爲盛事也。

《有瞽》一章十三句。

《潛》，季冬薦魚，春獻鮪也。《箋》曰：「冬魚之性定，春鮪新來，薦獻之者，謂於宗廟。」○疏曰：「冬言季冬，春亦季春也。《月令》『季春薦鮪於寢廟』。《天官·漁人》『春獻王鮪』。冬言薦，春云獻者，皆謂子孫獻進於先祖，其義一也。冬則衆魚皆可薦，故總稱魚。春唯獻鮪而已，故特言鮪。冬寒，魚不行，乃性定而肥充〔一〕。《月令》『季冬，乃命漁師始漁，天子親往，乃嘗魚，先薦寢廟』。言春鮪新來者，陸璣云：『河南鞏縣東北崖上山腹有穴，舊説云此穴與江湖通，鮪從此穴而來，北入河，西上龍門，入漆沮。』」

猗與漆沮，音醫余七趨。○《那・傳》曰：「猗，歎辭。」○今曰：「與，辭也。」○《箋》云：「猗與，歎美之辭，猶言美哉也。」○《傳》曰：「漆、沮，岐周之二水也。」○疏曰：「漆、沮自豳歷岐周，以至豐、鎬，以其薦獻所取，不宜遠於京邑，故不言豳。言岐周者，鎬京去岐不遠，故繫而言之。」○漆沮，有考，見《緜》正解。**潛有多魚。**王氏曰：「潛，言取之深也。」○李氏曰：「王氏以爲潛藏之潛，故言取之深也。」○《解頤新語》曰：「魚喜潛。」○今考《傳》云：「潛，糝也。」《釋文》云：「魚之所息謂之橬。橬，槮也〔二〕。謂積柴水中，令魚依之止息，因而取之也。」今不從。糝〔三〕，素感反。橬，疏蔭反。**有鱣有鮪，**鱣音旃。鮪音委。○鱣鮪，解並見《碩人》。**鰷鱨鰋鯉。**音條嘗偃里。○《箋》曰：「鰷，白鰷也。」○山陰陸氏曰：「鰷形狹而長，

〔一〕「乃」，原作「孕」，據授本、聽本、仁本、復本及《毛詩正義》卷十九之三改。
〔二〕「槮」，原作「糝」，味本同，據他本及陸德明《經典釋文》卷七改。按，《經典釋文》云：「舊《詩傳》及《爾雅》本并作『米』傍『參』。……郭景純因改《爾雅》从《小爾雅》作『木』傍『參』。」「魚之所息謂之橬。橬，槮也」爲《小爾雅》文，故當作「槮」。
〔三〕「糝」，李本、姜本、薈本、授本、聽本、仁本、復本作「槮」。按，據陸德明《經典釋文》卷七，此是注「糝」字之音。

若條然。魚性浮，似鱨而白。」○鱨鰋鯉，並解見《魚麗》。**以享以祀，以介景福。**歎美此漆、沮岐周之二水，於其深潛之處，有此多魚，有鱣鮪，有鮪鮥，有似鱨之鰷，有鱨揚，有似鮎之鰋，有三十六鱗之鯉。我取之以獻享，以祭祀，而神明饗之，助以大福也。言魚以見萬物衆多，猶《魚麗》也。《魚麗》當文武之時，頌聲未作，故云可以告神而已，《潛》則告神之樂歌也。

《潛》一章六句。

《雝》，禘大祖也。禘音第。大音泰。○《箋》曰：「禘，大祭也，大於四時而小於祫。」○李氏曰：「鄭氏以爲大於四時，其説固是，以爲小於祫，則非矣。禘之祭，則大於祫。天子之祭有禘、有祫、有四時之祭，諸侯之祭則有祫、有四時之祭，至於郊禘，則非所當講也。按《春秋》書『大事于太廟』，大事者，必祫也。『有事于太廟』，有事者，必四時之祭也。祫于太廟，不言祫而謂之大事，四時之祭，不斥其名而曰有事，言諸侯之事也。郊禘非諸侯之祭，故斥其名，以見其僭也。觀此則禘大於祫可知矣。」○劉氏曰：「先王重宗廟之享，爲疏數之制。春祠夏禴秋嘗冬烝，四時之祭厚矣，以爲未也。於是有三年之祫祭，未毀廟之主，皆升合食於大祖。祭之所及，可謂衆也。又以爲未也，於是有五年之禘祭，審禘昭穆以及其祖之所自出〔一〕，祭之所及，可謂遠矣。」○陳氏曰：「周之太祖，則后稷也。禘其祖之所自出者，若稷之所自出者嚳，於周無廟，故禘於太祖之廟。又遷羣廟之主以配之，若祫，則既遷之主，皆得合食於太祖之廟焉。禘祫之義，如斯而已。」○朱氏曰：「《祭法》『周人禘嚳』，周之太祖即后稷也。禘嚳於其廟，以后稷配，所謂『禘其祖之所自出，以其祖配之』是也。」

有來雝雝，《箋》曰：「雝雝，和也。」**至止肅肅。**《箋》曰：「肅肅，敬也。」**相維辟公，**相去聲。辟音壁。○《傳》曰：「相，助也。」○辟公，解見《烈文》。**天子穆穆。**穆穆，解見《文王》。○王氏曰：「穆穆，敬和也。」**於薦廣牡，**於，鄭如字，王音烏。○《箋》曰：「薦，進也。」○《傳》曰：「廣，大也。」○王氏曰：「廣牡，碩大肥腯之謂也。」**相予肆祀。**朱氏曰：「肆，陳也。」**假哉皇考，**假如字，毛音暇。○蘇氏曰：「假，大也。」○《箋》曰：「皇考，斥文王也。」**綏予孝子。宣哲維人，**朱氏曰：「宣，通也。哲，知也。」**文武維后。**蘇氏曰：「大哉皇考之安我也，其臣宣哲，其君文武。」**燕及皇天，**《傳》曰：「燕，安也。」○朱氏曰：「安人以及于天。」**克昌厥後。**《箋》曰：「昌，大也。」○蘇氏曰：「周人以諱事神，文王名昌，而此曰『克昌厥後』，何也？曰：周之所諱，不以其名號之耳，不遂廢其文也。諱其名而廢其文者，周禮之末失也。」○李氏曰：「周人所謂以諱事神者，如稱文王則不斥曰文王昌，如此而已。《書》之所稱『惟有道曾孫周王發』，但

〔一〕「禘」，味本同，他本作「諦」。

曰元孫某，史官不敢斥其名故也。如穆王名滿，而當時亦有王孫滿；襄王名鄭，而當時亦有衛侯鄭；魯武公名敖，而後世之臣有公孫敖。觀此則知此詩言『克昌厥後』，《噫嘻》之詩言『駿發爾私』，昌，文王之名也，發，武王之名也，皆未嘗諱。孔子作《春秋》，如匡王名班，而《春秋》亦書曹伯班；簡王名夷，而《春秋》亦書晉侯夷吾，皆未嘗爲之諱。」**綏我眉壽，介以繁祉。**《箋》曰：「繁，多也。」**既右烈考，**《傳》曰：「烈考，武王也。」○疏曰：「《洛誥》云：『烈考武王弘朕恭。』」**亦右文母。**《傳》曰：「文母，大姒也。」

有從彼國而來，雝雝然和，既至於此，肅肅然敬者，是助祭之君公諸侯也。是時，天子之容，穆穆然敬而和，於我薦進大牡牲之時，其辟公助我肆陳祭祀之饌。言得天下之歡心，以奉其先王也。此由先王之德使然，於是贊美大哉皇考文王，綏安予孝子以已成之業〔一〕。其臣宣通明哲，其君有文武之德，故能安人以及於天，昌大其子孫，而安祐於我，使得秀眉之壽，助以繁多之福也。此又見右助於光烈之考武王，及見右助於有文德之母大姒故也。○古注以皇考爲文王，烈考爲武王，朱氏從之；王氏以皇考爲武王，烈考爲文王，《詩記》從之；李氏則以皇考、烈考皆稱其祖。三說不同，今考《祭法》「父曰考，祖曰王考，曾祖曰皇考，高祖曰顯考」，此說天子、諸侯、大夫廟制，

〔一〕「予」，畬本同，李本作「于」，他本作「於」。

其實考者祖父之通稱也，《康誥》云「丕顯考文王」，《酒誥》云「穆考文王」，顯考、穆考皆明稱文王也。《洛誥》既明稱「烈考武王」，《載見》始見乎武王廟，而言「率見昭考」，則烈考、昭考皆稱武王也。武王無競維烈，故稱烈考，猶商稱湯爲烈祖。文王當穆，故武王當昭也。唯皇考通稱文王、武王。此詩後稱烈考爲武王，則皇考稱文王矣；《閔予小子》言皇考能念皇祖，《訪落》言皇考能紹文王之直道，則皇考又皆稱武王矣。

《雝》一章十六句。

《載見》，賢之去。**諸侯始見乎武王廟也。**

載見辟王，《傳》曰：「載，始也。」○《補傳》曰：「諸侯始見，謂成王初即政也。」○《箋》曰：「君王，謂成王也。」**曰求厥章。**朱氏曰：「章，法度也。」○《補傳》曰：「諸侯始見，則欲求其法度而謹守之。」**龍旂陽陽，**龍旂，解見《出車》。○曹氏曰：「陽陽，色之鮮明也。」○今曰：「『我朱孔陽』。」**和鈴央央。**於良反，徐音英。○《傳》曰：「和在軾前，鈴在旂上。」○疏曰：「和亦鈴也。《釋天》云〔一〕：『有鈴曰

〔一〕「天」，原作「文」，據薈本、仁本、復本及《毛詩正義》卷十九之三改。

旂。』郭璞云：『懸鈴於竿頭。』央央然有音聲。」○曹氏曰：「臧哀伯云：『錫鸞和鈴，昭其聲也。』杜預云：『鸞在鑣，和在衡，鈴在旂，動皆有聲。』然此乃田車耳，若乘車則鸞在衡，和在軾。」錫音揚，馬面當盧。**鞗革有鶬**，鞗音條。鶬音鏘。○鞗革，解見《蓼蕭》。○《箋》曰：「鶬，金飾貌。」**休有烈光**。朱氏曰：「休，美也。」○李氏曰：「烈，大也。」**率見昭考**，昭如字。○《訪落·箋》曰：「昭，明也。」○朱氏曰：「廟制，大祖居中，左昭右穆。周廟文王當穆，武王當昭，故《書》稱『穆考文王』，而此詩及《訪落》皆謂武王爲昭考也。」○今考《小宗伯》「辨廟祧之昭穆」，古注昭音韶，朱氏《中庸章句》如字。**以孝以享**。《傳》曰：「享，獻也。」**以介眉壽，永言保之，思皇多祜**，李氏曰：「與『思皇多士』同，思，語辭也，皇，美也。」**烈文辟公**，解見《烈文》詩。**綏以多福，俾緝熙于純嘏**。《箋》曰：「純，大也。」

諸侯始見成王，以其初即政，欲求法度以歸而遵守之也。其所建交龍之旂，陽陽然鮮明，其軾前之和，與旂上之鈴，央央然有音聲，其轡首鶬然，以金爲飾。其來朝之車服如此，見成王得萬國之驩心，爲國之光華，故休美而有大光也。成王於是率之以見昭考武王，以致其孝敬，以行其獻享，以助我受福，而得秀眉之壽，長保享之。美哉多福如此，皆爾有功有德之諸侯，以時助祭而致之。是安我以多福，使之緝續熙廣于大福

也。朱氏曰：「蓋歸德于諸侯之辭〔一〕。」

《載見》一章十四句。

《有客》，微子來見祖廟也。見，賢之去。○曹氏曰：「微子啓，紂之諸兄，封於微而爵爲子。微，蓋商畿内國名。」○疏曰：「不言所祭之名，不指所在之廟，無得而知之也。」

有客有客，疏曰：「客止一人，而重言『有客有客』，是丁寧殊異以尊大之也。」○李氏曰：「按《左傳》云：『宋，先代之後，於周爲客。』」**亦白其馬。**李氏曰：「商人尚白，故微子來朝而乘白馬。《檀弓》云：『殷人戎事乘翰。』翰，白色馬也。以戎事乘之，則微子亦乘白馬也。《文王》之詩云：『殷士膚敏，祼將于京。厥作祼將，常服黼冔。』則是殷人助祭所服之冠也。微子助祭，故亦乘其白馬。蓋其一代之所尚，雖已易代矣，而其臣猶服其冠，乘其馬也。」翰，平、去二音。**有萋有且，**萋音妻。且音取。○《傳》曰：「萋且，敬慎貌。」**敦琢其旅。**敦音堆，徐又音彫。琢音卓。○曹氏曰：「旅，微子之卿大夫也。」**有客宿宿，**《傳》曰：「一宿曰宿。」**有客信信。**《傳》曰：「再宿曰信。」**言授之縶，**音執。○《傳》曰：「欲縶其馬而留之。」○《箋》曰：「縶，絆也。」絆音半。**以縶其馬。薄言追之，**《箋》曰：「追，送也。」○疏曰：「餞送之。」**左**

〔一〕「朱氏」至「之辭」十一字，諸本無。

右綏之。《箋》曰：「左右之臣，又欲從而安樂之，厚之無已。」○疏曰：「與之驪燕，以安樂其心。」**既有淫威，**《補傳》曰：「天道福善禍淫，王者體天而行賞罰，使淫人懼焉，善人勸焉。」**降福孔夷。**《傳》曰：「夷，易也。」易音異。○什方張氏曰：「自管、蔡以武庚禄父叛，周公誅之，故於微子之來見也，則告之曰：昔者既有淫威矣，而今也降福孔夷。蓋逆順之理如此，凡吾之威福，非苟而已也。」

微子，殷代之後，於周爲客。重言「有客」者，喜之也。仍殷之舊，乘其所尚白色之馬，見不純臣之也。又威儀萋萋且且然敬謹者，乃其隨行之衆，如敦琢之金玉然，稱其衆臣之有文，則其主之賢可見，猶杜詩云「侍立小童清」也。微子宿而又宿，信而又信，樂其留之久也。授之縶絆，以縶其馬，懼其去之速也。蓋至於行有日矣，又餞送之，左右之臣相與飲酒，以安樂之。殷勤無已也。昔紂、武庚爲亂，我周既有罰淫之威，今錫福於微子，則又甚易而不吝。此以見微子之賢，而且示吾之威福，一出於公也。○今考《棫樸·傳》云：「追，雕也。金曰雕，玉曰琢。」《箋》引《周禮·追師》「掌追衡笄」，則追亦治玉，與毛異義。追、敦同音，則此敦、琢，毛亦分金、玉矣，以敦、琢併爲治玉，自是《箋》義，非《傳》意也。追，堆〔一〕。

《有客》一章十二句。

《武》，奏《大武》也。疏曰：「謂周公攝政六年之時，象武王伐紂之事，作《大武》之樂，既成而於廟奏之。經之所陳，皆武王生時之功也。《明堂位》云：『周公攝政六年，制禮作樂。』以武王用武除暴，爲天下所樂，故謂其樂爲《武》樂。」○朱氏曰：「《春秋傳》以此爲《大武》之首章也。」

於皇武王，於音烏。○蘇氏曰：「皇，大也。」無競維烈。《傳》曰：「烈，業也。」允文文王，克開厥後。嗣武受之，錢氏曰：「嗣武，繼之以武。」勝殷遏劉，《箋》曰：「遏，止也。」○《傳》曰：「劉，殺也。」耆定爾功。耆，毛音指，鄭音其。○《傳》曰：「耆，致也。」○《箋》曰：「耆，老也。年老乃定女之此功。」

武王以武功定天下，故樂名《大武》。此《武》頌，《大武》之樂章，發明武王之功。言於乎大哉，武王有莫彊之功烈也。信乎文王有文德，以開其後人之基緒矣。然殷虐未除，則文王之文德未能盡達於天下，故必得武王繼之以武而受之，伐紂以止殺，然

〔一〕「追堆」，味本刻作大字，他本無。

後致定其功，所以歸重武王之功，明非武王之武，無以成文王之文也。《武》頌言文王之德，不可無武王之功，爲奏《大武》而言之；《維清》言周之成功，皆本於文王之德，爲奏《象舞》而言之，各有攸當也。

《武》一章七句。

詩緝卷之三十四

嚴粲述

閔予小子之什　周頌

《閔予小子》，嗣王朝於廟也。朝音潮。○《箋》曰：「嗣王，謂成王也。除武王之喪，將始即政，朝於廟也。」

閔予小子，《箋》曰：「閔，悼傷之言也。」○李氏曰：「《左傳》云：『寡君少遭閔凶，不能文。』是閔者居喪之稱。」○曹氏曰：「《曲禮》云：『天子未除喪曰予小子。』然《洛誥》云：『予小子其退，即辟于周。』蓋成王常以幼沖自處[一]，故每稱之耳。」**遭家不造。**《箋》曰：「造，猶成也。」○李氏曰：「王氏以爲武王天下未集而終。」**嬛嬛在疚，**嬛音瓊。○李氏曰：「此嬛與『哀此煢獨』之義同，知嬛者[二]，孤獨也。左氏亦有『在疚』之文，亦是居喪之稱也。王雖朝于廟，然去喪未甚遠，故猶以死喪之辭爲言。」○《傳》曰：「疚，病

[一]「幼沖」，原作「沖幼」，據畲本改。按，《尚書·大誥》曰：「洪惟我幼沖人，嗣無疆大歷服。」又，元梁益《詩傳旁通》卷十三引曹說亦作「幼沖」。

[二]「知」，仁本同，他本作「嬛」。按，李樗《毛詩集解》卷三十九「知」上有「則」字。

也。」**於乎皇考，**於乎音烏呼。○《箋》曰：「皇考，武王也。」**永世克孝。**蘇氏曰：「終身能孝。」**念茲皇祖，**《箋》曰：「皇祖，文王也。」**陟降庭止。**《箋》曰：「陟降，上下也。」○《傳》曰：「庭，直也。」○張子曰：「『周道如砥，其直如矢』，聖人之心，至平至直，不難行，人自多巧曲耳〔一〕。」○李氏曰：「文王俯仰之間，皆盡其直道。《文王》之詩云『文王陟降，在帝左右』，文王之心，俯仰無間，無有愧怍，洋洋乎如在其上，如在其左右，而武王之所以繼志述事者，亦本於此。《易》曰『敬以直内』，能敬則莫不直矣。」○《補傳》曰：「止，語辭。」**維予小子，夙夜敬止。於乎皇王，**錢氏曰：「皇王，武王也。」○今曰：「《文王有聲》稱文王曰『王后』，武王曰『皇王』。」**繼序思不忘。**《傳》曰：「序，緒也。」○疏曰：「以世世相繼，如絲之端緒，故轉爲緒。」

成王除喪朝廟，感傷而言曰：可悼閔乎我小子耳！遭武王崩，家道未成，嬛嬛然孤特，在憂病之中，未知攸濟也。於是述武王繼文王之事，於乎可嘆美者，我皇考武王，終身能孝，能念我皇祖文王，一陟一降，直而無私。此武王之所以爲孝也。直者，純乎天理之公也。今我小子，當早起夜卧，敬謹而行之。於乎可歎美者，我皇王武王也，我繼其序，思其所行，不敢忘也。以武王能念文王，則我當不忘武王也。○說者

〔一〕「巧」，味本作「功」，他本作「邪」。

以「陟降庭止」爲若見文王陟降於庭，然下篇「紹庭上下」，其義難通。《大田》「既庭且碩」，《韓奕》「榦不庭方」，《周官》「四征弗庭」，庭，古注皆訓爲直，庭之爲直，見於經多矣，不必易也。

《閔予小子》一章十一句。

《訪落》，嗣王謀於廟也。《箋》曰：「謀者，謀政事也。」

訪予落止，《傳》曰：「訪，謀也。落，始也。」○朱氏曰：「訪，問也。」○曹氏曰：「凡宮室始成則落之，故以落爲始。君子以作事謀始，始之不謀，其終能無違者，鮮矣。」**率時昭考。**《傳》曰：「率，循也。」○《箋》曰：「昭，明也。」○疏曰：「昭考，武王也。」○朱解見《載見》。**於乎悠哉，**於乎音烏呼。○《傳》曰：「悠，遠也。」**朕未有艾。**音礙，徐音刈。○《釋詁》曰：「艾，歷也。」**將予就之，**曹氏曰：「將，扶將也。」○今曰：「《無將大車·箋》云：『將，猶扶進也。』」**繼猶判渙。**音喚。○《傳》曰：「猶，道也。判，分也。渙，散也。」**維予小子，未堪家多難。**如字，協韻去聲。**紹庭上下，**《箋》曰：「紹，繼也。」○疏曰：「武王能繼文王，以直道施於上下。」**陟降厥家。**朱氏曰：「家，猶言國也。」**休矣皇考，**《箋》曰：「休，美也。皇考，武王也。」**以保明其身。**朱氏曰：「保，安也。明，顯也。」○王氏曰：「保其身無危亡之憂，明其身無昏塞之患。」

成王始即王位，恐不能繼聖父之業，故於廟中與羣臣謀之。言我謀訪始初之法，在率循我明德之考武王，固也。然所歎者，昭考之道，悠遠而不可及，予幼稚未有所歷，爾羣臣幸扶將我以就之，尚恐繼其道而判渙不合也。又自言予幼稚小子，未堪王室之多難，其能紹文王之直道，施於上下，俯仰於家，未嘗少離者，唯美哉皇考武王，能以此保明其身也。李氏曰：「仰先王之盛德，歎眇躬之涼薄，苦前哲之高遠也。」○曾氏曰：「雖不言『繼序思不忘』，然嘆美皇考，則此意在其中矣。」

《訪落》一章十二句。

《敬之》，羣臣進戒嗣王也。陳氏曰：「嗣王於祭之明日，繹賓尸，而羣臣與焉。既作謀政之詩，以發羣臣之志，而作頌者又設爲羣臣進戒之詩以答之。又形容嗣王虛己求言之意，爲羣臣者當如何哉？」

敬之敬之，天維顯思。李氏曰：「天之道甚顯，善則福之，淫則禍之，栽者培之，傾者覆之，未有善而不獲福也，未有惡而不獲禍也，天之道顯矣。」○朱子曰：「思，語辭也。」**命不易哉，**易，毛音異，鄭音亦。○李氏曰：「惟天有顯道，故其命靡常，此命所以爲不易也。」**無曰高高在上。陟降厥士，**《傳》曰：「士，事也。」**日監在兹。**《箋》曰：「監，視也。」**維予小子，不聰敬止。**《解頤新語》曰：「不聞敬天之道也。」**日就月將，**朱氏曰：「將，進。」○《箋》曰：「日就月將，言當習之以積漸也。」**學有緝熙于光明。**王氏曰：「緝，續也。熙，廣也。」**佛時仔肩，**佛，毛如字，鄭音弼。仔音兹。○《箋》曰：「佛，輔也。時，是也。仔肩，任也。」**示我顯德行。**去聲。

作頌者設爲羣臣進戒之辭，曰：敬之哉，敬之哉！敬而又敬，勉之以誠之不已也。天道甚明，禍福不爽，故予奪靡常，其命不易保也。無謂其高高在上，遠人而不吾察也。王一陟一降之事，天無日而不監視于此，無微不顯，所以不可不敬也。於是又設爲成王答之之辭曰：維我小子，未聞敬之之道。謂羣臣所言當敬之事，乃天人精微之理，今聞所未聞也。所願學焉，庶幾日有所成，月有所進，習之以漸，緝續熙廣，以至於其道光明。我負荷天下，其任甚重，爾羣臣當輔佛我此任，有以正救之，無爲面從容悦，必示我以顯然之德行，使我有所則效也。○輔謂之佛者，言正救其失，不專順從之也。《學記》云「其求之也佛」，佛，不順也，猶《孟子》所謂「法家佛士」也。仔肩爲負荷之意，故爲任。《生民》「是任是負」，《黍苗》「我任我輦」，皆謂肩任之也。或以士爲人材，然「勿士行枚」只得訓事，古訓不可廢也。

《敬之》一章十二句。

《小毖》，音祕。**嗣王求助也。**《箋》曰：「天下之事，當謹其小，小時不謹，後爲禍大，故成王求忠臣早輔助己爲政，以救患難〔一〕。」

予其懲，《箋》曰：「懲，艾也。」艾音刈。**而毖後患。**《傳》曰：「毖，慎也。」**莫予荓蜂，**荓，今音烹，舊音俜。〇王氏曰：「荓，使也。蜂善辛螫。」〇曹氏曰：「成王之遇辛螫也，豈有使蜂螫之哉？實自求之而已。」〇今曰：「《抑》『莫予云覯』，莫，無也。《桑柔》『荓云不逮』，毛云：『荓，使也。』普耕反，音烹。徐，補耕反〔二〕，音絣也〔三〕。《洛誥》『伻來，以圖及獻卜』，音義同。今毛以荓蜂之荓爲𢊁曳，孫炎云：『謂相掣曳入於惡〔四〕。』故音俜。今從王氏，荓蜂爲使蜂，當音烹。《說文》「俜，使也」，則荓讀作俜，亦可也。𢊁音翅，尺制反〔五〕。」**自求辛螫。**音釋。〇疏曰：「辛苦毒螫也。」**肇允彼桃蟲，拚飛維鳥。**拚音藩。

〔一〕「難」下，畲本下有：「〇沈氏曰：『《訪落》，謹始也，所以處常；《小毖》，謹後也，所以處變。』」

〔二〕「補」，味本、仁本作「輔」，他本作「蒲」。

〔三〕「也」，淵本作「書」，從下讀。

〔四〕「入」，原作「之」，據《爾雅注疏》卷四改。

〔五〕「尺」，原作「只」，據李本、姜本、薈本、授本、聽本、復本改。按，陸德明《經典釋文》卷七曰：「𢊁，尺制反。」

○《箋》曰：「肇，始也。允，信也。」○《傳》曰：「桃蟲，鷦也，鳥之始小終大者。」鷦音焦。○《釋鳥》曰：「桃蟲，鷦，其雌鴱。」鴱音艾。○郭璞曰：「鷦鶹，桃雀也，俗名爲巧婦。鷦鶹，小鳥而生鵰鶚者也。」鶹音苗。○陸璣《疏》曰：「今鷦鷯是也。微小於黄雀，其雛化而爲鵰，故俗語『鷦鷯生鵰』。」○山陰陸氏曰：「《説苑》云：『鷦鷯巢於葦苕，繫之以髮。』鳩性拙，鷦性巧，故鷦俗呼巧婦，一名工雀，一名女匠。其喙尖利如錐，取茅秀爲巢。巢至精密，以麻紩之，如刺韈然，故一名韈雀。其化輒爲鵰鶚。」紩音秩，縫紩也。○錢氏曰：「拚與翻同。」○張氏曰：「猶言初爲鼠，後爲虎，不必謂桃蟲化爲鳥也。」○今曰：「此與舊説異，姑兼存之。」**未堪家多難，**《傳》曰：「堪，任也。」**予又集于蓼。**音了。○《箋》曰：「集，會也。」○疏曰：「集會，謂逢遇之也。」○《傳》曰：「集于蓼，言辛苦也。」○朱氏曰：「蓼，辛苦之物也。」○錢氏曰：「蓼味辛而苦。」

成王即政而求助於賢臣，曰：予其懲創於往時，而畏謹後患矣，指管、蔡之事也。人近蜂則被其螫，信小人則受其惑。蜂不可使，前日之事，無人使蜂螫我，乃我自取其辛螫也。我今始信桃蟲之微，能翻飛爲鳥，言小物之能成大，不敢不毖也。予未堪王室多難，又會遇于辛苦之地，爾羣臣可不助我乎？○「莫予荓蜂」，猶云「莫予毒也已」。古文「莫予」「莫我」之類，皆倒提「予」「我」字以便文耳。「莫我肯德」，言無肯德於我，「莫予荓蜂」，言無荓蜂於我；其他如「莫我知」「莫予云覯」之類[一]，皆倒辭也。

《小毖》一章八句。

《載芟》，音衫。**春藉田而祈社稷也。**《箋》曰：「藉田，甸師氏所掌。王載耒耜所耕之田，天子千畝，諸侯百畝。藉之言借也，借民力治之，故謂之藉田。」○疏曰：「《月令》：『孟春，天子躬耕帝藉。』天子祈社稷以仲春[二]，與耕藉異月，而連言之者，雖則異月，俱在春時，故以春總之。《祭法》云：『王爲羣姓立社曰泰社，王自爲立社曰王社。』此二社皆應以春祀之，但此爲百姓祈祭[三]，文當主於泰社，其稷與社共祭，亦當謂泰社社稷。」

載芟載柞，音窄。○《箋》曰：「載，始也。」○《傳》曰：「除草曰芟，除木曰柞。」○疏曰：「隱六年《左傳》云：『如農夫之務去草焉，芟夷蘊崇之。』是除草曰芟。《秋官·柞氏》『掌攻草木及林麓』，是除木曰柞。」○曹氏曰：「《秋官·薙氏》『掌殺草，秋繩而芟之』，除草木，是初墾闢而爲田者也。」薙音替。繩音孕，注：「含

[一]「覯」，原作「見」，味本、仁本同，據他本及《詩經·抑》改。

[二]「稷」，《毛詩正義》卷十九之四無。

[三]「祈」，原作「所」，據李本、姜本、授本、仁本、復本及《毛詩正義》卷十九之四改。

實曰繩。芟其繩則實不成。」**其耕澤澤。**音釋。○《釋文》曰：「耕，犂也。」○《箋》曰：「澤澤然解散。」○曹氏曰：「草木之根既去，而後耕之，土則澤澤然解散矣。」**千耦其芸，**耦音偶。芸音云，本又作耘。○今曰：「長沮、桀溺耦而耕，謂二人爲耦而並耕。此『千耦其耘』，亦謂千人爲耦而並耘，與『十千維耦』同。」○《釋文》曰：「芸，除草也。」○曹氏曰：「反土之後，草木根株有芟柞所不盡者，則復耘之，其多至于千耦也。」**徂隰徂畛。**音軫。○今曰：「下濕曰隰。」○疏曰：「《地官・遂人》云：『十夫有溝，溝上有畛。』」**侯主侯伯，**疏曰：「侯，維也。」○《傳》曰：「主，家長也。伯，長子也。」**侯亞侯旅。**《傳》曰：「亞，仲叔也。旅，子弟也。」**侯彊侯以，**《箋》曰：「彊，有餘力者。《地官・遂人》云：『以彊予任甿。』以謂閒民，今時傭賃也。」予音與。甿音氓。○疏曰：「謂其人彊壯，治一夫之田，仍有餘力，能佐助他事者也。《太宰》『以九職任萬民，其九曰閒民，無常職，轉移執事』，鄭司農云：『閒民，謂無事業者。轉移爲人執事，若今時雇力也[一]。』僖二十六年《左傳》云：『凡師能左右之曰以。』」**有嗿其饁。**嗿音醓，他感反。饁音葉。○李氏曰：「嗿，衆人飲食聲。」○《箋》曰：「饁，饋饟也。」饟亦作餉，式亮反。**思媚其婦，**錢氏曰：「思，語助。」○《箋》曰：「媚，愛也。」**有依其士。**今曰：「依，就之[二]。」○曹氏曰：「士不辭耕稼之勞，而知愛其婦；

[一]「雇」，薈本及《毛詩正義》卷十九之四作「傭」。

[二]「之」，味本同，他本作「也」。

婦不憚饁餉之煩，而知依其士，有和樂之風焉。」**有略其耜，**音似。○《傳》曰：「略，利也。」○曹氏曰：「利則入土也深。」**俶載南畝。**俶音觸。○俶，解見《大田》。南畝，解見《七月》。**播厥百穀，**《箋》曰：「播，猶種也。」○曹氏曰：「百穀之性，其寒暑、濕燥、高下、早晚，各有所宜，而水旱豐凶，不可豫料，故悉種之，所以爲備也。」**實函斯活。**函音含。○《箋》曰：「實，種子也。函，含也。活，生也。其種子皆含生氣。」**驛驛其達，**驛音亦。○蘇氏曰：「驛驛，苗生貌。」○《箋》曰：「達，出地也。」**有厭其傑。**厭去聲，下同。○王氏曰：「厭，受氣澤厭足也。」○《箋》曰：「傑，先長者。」長音掌。○疏曰：「苗之傑也。」**厭厭其苗，**《箋》曰：「厭厭其苗，衆齊等也。」○錢氏曰：「積疊之貌，苗齊等動摇，厭厭然若積疊之。」**緜緜其麃。**音標，表驕反。○《傳》曰：「麃，芸也。」○疏曰：「孫炎云：『緜緜，言詳密也。』」○王氏曰：「前曰『千耦其芸』，則既耕而芸。」○今曰：「緜緜其麃，則既苗而芸。既苗而芸，則以緜緜爲善，恐傷苗也。」**載穫濟濟，**穫音獲〔一〕。○朱氏曰：「濟濟，人衆也。」○曹氏曰：「衆而整也。」**有實其積。**音恣，又如字。○《箋》曰：「有實，實成也。」○今曰：「上言『實函斯活』，此言『有實其積』，皆以實爲穀實。」**萬億及秭，**音姊。**爲酒爲醴。烝畀祖妣，以洽百禮。**四句並解見《豐年》。**有飶其香，**飶音離別之別。

〔一〕「獲」，原作「穫」，據姜本、薈本、仁本改。「穫音獲」，李本作「穫如字」。

○《傳》曰：「飶，芬香也。」○《詩故》曰：「飶，香也，謂酒之氣也。」**邦家之光。有椒其馨**，曹氏曰：「飶、椒皆酒醴芬芳之氣。」○疏曰：「椒是木名，非香氣也，但椒木氣香，作者以椒言香。」○《詩故》曰：「椒之氣烈，故古者謂椒酒，取其香且烈也。」○《補傳》曰：「《楚辭》云：『奠桂酒兮椒漿。』」**胡考之寧**。《傳》曰：「胡，壽也。考，成也。」○李氏曰：「胡考者，老人也。《士冠禮》祝云：『永享胡考。』注云：『胡，遐也。』」○疏曰：「僖二十二年《左傳》云〔一〕：『雖及胡耇。』《周書·謚法》：『保民耆艾曰胡。』胡考，老而有成德也。」○《解頤新語》曰：「《說文》云：『胡，牛頷垂也〔二〕。』又老狼亦垂胡，今老者或有此狀，故詩人取之。」**匪且有且**，如字，又咀之平。○《傳》曰：「且，此也。」**匪今斯今，振古如茲**。《傳》曰：「振，自也。」○朱氏曰：「猶言『自古有年』也。」

此祈社稷之詩，言人事已盡，神其念之。芟柞草木，是新墾闢之田。專言新墾闢之田者，其用力尤難故也。始芟以除其草，始柞以除其木，草木之根既去，然後耕犁之，其土氣烝達，釋釋然解散矣。既耕犁以反其土，猶有草木根株，芟柞所不盡者，又千人爲耦而芸以去之。耦以言並作，千以言其多。或往下濕之隰，或往溝上之畛，言耕夫

〔一〕「二」，原作「三」，據仁本、復本及《毛詩正義》卷十九之四改。
〔二〕「牛」，原作「生」，據仁本、復本及許慎《說文解字》卷四下改。

徧于原野，無曠土也。其往者何人乎？維主則家長也，維伯則長子也，維亞則仲叔也，維旅則衆子弟也，維彊則借助之彊壯也，維以則傭雇之閒民也。言衆力競勸，無游民也。當饁餉之時，有嗿然衆人飲食之聲。其耕夫則愛其婦，其饁婦則就其夫，夫耕婦饁，驩然相愛，見治世和樂之氣象焉。有略然剡利之耜，始有事於南畝而耕之，前言其耕澤澤，謂犂轉新墾之土〔一〕；此言俶載而耕之，謂始耕而將種也。前所耕猶荒地，今所耕乃成田，故稱南畝也。百穀皆播種之，其種子曰實，皆含生氣，驛驛然而生，出土而條達。乃有厭然受氣澤厭足者，是先長傑特之苗也；厭厭然齊等者，是其衆苗也。既苗則又綿綿然詳密而芸之，不詳密則傷苗也。芟、芸、麃，皆除草也，芟與柞並言，是新闢爲田，先除其地上之草木也；既耕而言芸，是反土之後，除其土中之草木根株也；既苗而言麃，是除其苗間之草也。至於成熟，則穫刈之，濟濟然其人之衆。其穀實皆積聚之，其數之多，有萬與億而及秭也。乃以爲酒〔二〕，以爲五齊之醴

〔一〕「犂」，諸本無。
〔二〕「乃」，諸本作「及」。

齊，進于先祖〔一〕、先妣而祭祀，所以會合其事神之衆禮。衆物皆所以爲禮，而行禮以酒爲主也。此酒醴有飶然之香氣，以饗賓客，則時和禮備，而爲邦家之光；有如椒之馨，以養耆老，則老人之安寧。以上皆秋冬豐熟之事而春祭言之，蓋以此祈於神也。又言非特此方有此豐年也，非特今方有今豐年也，自古以來皆如此，言神之降康久矣，繼此以往，願其勿替也。李氏曰：「《噫嘻》《豐年》其説爲略，《載芟》《良耜》其説爲詳。蓋祈上帝，所以尊之也，故其辭略，祭社稷所以親之也〔二〕，故其辭詳。」

《載芟》一章三十一句。

《良耜》，音似。**秋報社稷也。**疏曰：「經言『百室盈止，婦子寧止』，乃是場功畢入，當十月之後，而得言秋報者〔三〕，作者先陳人事使畢，然後言其報祭，其實報祭在秋，寧止在冬也。」

〔一〕「于」，原作「予」，據淡本改。又，葉校亦云：「今案，『予』當爲『于』。」

〔二〕「社」，原作「祀」，淡本同，據他本及李樗《毛詩集解》卷三十九改。

〔三〕「得」，李本、姜本、畲本、薈本、授本、聽本、復本作「專」。仁本校云：「『得』，一本作『專』。」「報」下，原有「也」字，衍，據畲本及《毛詩正義》卷十九之四刪。

畟畟良耜，畟音測。○曰：畟畟，猶測測也。○疏曰：「畟畟，是刃利之狀。」○舍人曰：「畟畟，耜入地之貌。」○《箋》曰：「良，善也。」○耜，解見《七月》。**俶載南畝。播厥百穀，實函斯活。**三句並載見《載芟》〔一〕。**或來瞻女，**音汝。○《箋》曰：「瞻，視也。有來視女，謂婦子來饁者也。」○錢氏曰：「視，猶省也。」**載筐及筥。**筐筥音匡舉。○《箋》曰：「筐筥，所以盛黍也。」**其饟伊黍，**饟音餉。○《箋》曰：「豐年之時，雖賤者猶食黍。」○疏曰：「《少牢》《特牲》大夫、士之祭禮，食有黍，明黍是貴也。《玉藻》云：『子卯，稷食菜羹。』爲忌日貶而用稷，是爲賤也。賤者當食稷耳。」**其笠伊糾。**音九。○《傳》曰：「笠所以禦暑雨也。」○《補傳》曰：「糾，繚也，以繩繚而成也。」○錢氏曰：「其緣糾結〔二〕。」**其鎛斯趙，**鎛音博。趙，迢之上濁，又如字。○鎛，解見《臣工》。○《傳》曰：「趙，刺也。」**以薅荼蓼。**音蒿徒了。○《說文》曰：「薅，拔田草也。」○疏曰：「蓼是穢草，荼亦穢草，非苦菜也。《釋草》云：『荼，委葉。』王肅云：『荼，陸穢。蓼，水穢〔三〕。』然則所由田有原有隰〔四〕，故並舉水陸穢草。」○三荼，考見《邶·谷風》。○《箋》曰：

〔一〕上「載」，味本同，他本作「解」。

〔二〕「糾」，原作「繆」，據李本、姜本、畬本、薈本、授本、聽本、復本改。葉校云：「后章指稱『饟者見農夫所載之笠，糾結其緣』，即本錢說，而亦云『糾結』，則嚴書此固作『糾』不作『繆』矣。」

〔三〕「穢」，《毛詩正義》卷十九之四作「草」。

〔四〕「由」，《毛詩正義》卷十九之四同，而仁本校云：「『由』恐『生』誤。」

「鎡者見載糾然之笠〔一〕，以田器刺地，薅去荼蓼之事，言閔其勤苦。」刺，七亦反。**荼蓼朽止，黍稷茂止。****穫之挃挃，**音窒。○《傳》曰：「挃挃，穫聲也。」**積之栗栗。**積音恣。○今曰：「《聘義》言玉云『縝密以栗』，注云：『栗，堅貌。』是栗栗爲堅實之貌。」**其崇如墉，**《箋》曰：「崇，高大也。」○《傳》曰：「墉，城也。」**其比如櫛。**比音備。櫛，側瑟反。○《箋》曰：「比，迫也。」○《説文》曰：「櫛，梳篦總名。」○疏曰：「其比迫如櫛齒之相次。」○朱氏曰：「理髮器，言密也。」**以開百室，**《箋》曰：「一族同時納穀。」○疏曰：「《地官·大司徒》『五家爲比，五比爲閭，四閭爲族』〔二〕，是百室爲一族。於六鄉則一族，於六遂則一酇。《遂人》云：『百夫有洫。』故知百室共洫間而耕。」酇音纂。○曹氏曰：「百室在六鄉爲族，而族師掌以歲時校登其夫家之衆寡；在六遂爲酇，而酇長掌趨其耕耨〔三〕。與其戒令政事，莫不同之，故使之同時納穀，所以示親睦，均有無也。」趨音促。**百室盈止，婦子寧止。****殺時犉牡，**犉，閏之平。○《傳》曰：

〔一〕「載」，畬本作「戴」。按，仁本校引阮元《毛詩正義校勘記》云：「諸本『戴』誤『載』。」而葉校云：「《絲衣》『載弁俅俅』，《箋》云：『載，猶戴也。』作『載』不誤，《箋》、疏並作『載』，不作『戴』。《校勘記》之云，不知何所指也。」今仍其舊。

〔二〕葉校云：「孔疏但舉《周禮》，不云《地官·大司徒》，此嚴之所改，取易曉耳。」

〔三〕「而酇」，原無，據畬本補。葉校云：「『爲酇』下當奪『而酇』二字，『而酇長』與上『而族師』爲類，今無者，蓋奪之。」按，元許謙《詩集傳名物鈔》卷八、清顧棟高《毛詩訂詁》卷八、清朱鶴齡《詩經通義》卷十二引嚴書亦皆有「而酇」二字。

「黄牛黑脣曰犉。」○疏曰：「《地官・牧人》云：『凡陰祀，用黝牲毛之。』注云：『陰祀，祭地北郊及社稷也。』然則社稷用黝牛，今用黄者，蓋正禮用黝，至於報功，以社是土神，故用黄色，仍用黑脣也。」○曹氏曰：「古之人享其成，必思其所自，以爲百室盈而婦子寧者，社稷之功也，故於是而報焉。地之色，以黑爲正，以黄爲美，故陰祀用黝牲，正其義也，社稷用犉，美其功也。」○黄氏曰：「《載芟》言『以洽百禮』者，願其豐年之慶，而百神之祀，皆無所闕也；《良耜》言『殺時犉牡』者，則專主祭社稷而言也。」**有捄其角。**捄音求。○《大東・傳》曰：「捄，長貌。」○《傳》曰：「社稷之牛角尺。」**以似以續，**蘇氏曰：「興來歲，繼往歲也。」**續古之人。**曹氏曰：「續古之人，則先農、先嗇之功，永永無窮矣。」

此詩爲報社稷，必陳農功之本末，故當秋時而追述春耕，預言冬穫也。言農人以畟畟然刃利之善耜，始有事於南畝而耕之，以播種其百穀。其種子曰實，皆函生氣而生。農人在南畝之時，有來省視汝者，乃其婦也。載其方筐及其圓筥，所盛之饟，維是黍也。黍，貴者之食，農人食黍，見豐年也。饟者見農夫所載之笠[一]，糾結其緣，以鎛鋤之器，趙刺其地，薅去陸草之荼、水草之蓼。荼、蓼皆穢草，既朽敗矣，黍稷乃茂盛

〔一〕仁本校云：「『所』下『載』，亦當作『戴』。」葉校云：「今按，嚴于章指作『載』，證知小注必是作『載』也。」今仍其舊。

矣。及其成熟，乃穫刈之，其穫聲挃挃然，及積聚之，栗栗然堅實。所積聚者，其崇高如城雉，其比迫如櫛齒，於是開一族之百室，一時而納之，百室既盈矣，婦與子則安寧矣。年熟民安，乃殺是黄牛黑脣之犉牡，其角捄然而長，用之以報祭社稷，求嗣歲之豐，續古人先農、先嗇之功也。

《良耜》一章二十三句。

《絲衣》，繹賓尸也。《箋》曰：「繹，又祭也。天子、諸侯曰繹，以祭之明日；卿大夫曰賓尸，與祭同日。周曰繹，商謂之肜。」○疏曰：「祭宗廟之明日，又設祭事〔一〕，以尋繹昨日之祭，謂之爲繹。以賓事所祭之尸。經之所陳，皆繹祭始末之事也。」高子曰：「靈星之尸也。」疏曰：「子夏作《序》，唯一句而已，後世有高子者，别論他事，云『靈星之尸』，言祭靈星之時，以人爲尸。後人以高子言靈星尚有尸，宗廟之祭有尸，必矣。故引高子之言，以證賓尸之事。必是子夏之後，毛公之前，有人著之。高子者，不知何人。孟軻弟子有公孫丑者，稱高子之言以問孟子，則高子與孟子同時。趙岐以爲齊人。此言高子，蓋彼是也。靈星者，不知何星。《漢書·郊祀志》云：『高祖詔御史，其令天下立靈星祠。』張晏云：

〔一〕「事」，原作「祀」，據仁本、復本及《毛詩正義》卷十九之四改。

『龍星左角曰天田，則農祥也。晨見而祭之。』史傳之説靈星，唯有此耳，未知高子所言，是此否〔一〕。」

絲衣其紑，孚浮反。〇《傳》曰：「絲衣，祭服也。紑，絜鮮貌。」〇疏曰：「爵弁之服，玄衣纁裳，皆以絲爲之，故云絲衣也。」〇曹氏曰：「餘衣皆用布，惟冕與爵弁服用絲。大夫以上祭服謂之冕，士祭服謂之弁。其首服弁，則其衣用絲，故知絲衣爲士助祭之服也。」**載弁俅俅。**載如字，又音戴。弁音卞。俅音求。〇《箋》曰：「載，猶戴也。弁，爵弁也。爵弁而祭於王，士服也。繹禮輕，使士。」〇疏曰：「若正祭，則小宗伯省牲，眡滌濯，逆齍省鑊，告時于王，告備于王。彼正祭禮重，使小宗伯，此繹祭輕，故使士，蓋亦宗伯之屬。戴弁者俅俅，則俅俅人貌，故爲恭順。言卑者恭順，則尊者可知。」齍音咨。〇曹氏曰：「《雜記》云：『大夫冕而祭於公，弁而祭於己；士弁而祭於公，冠而祭於己。』注云：『弁，爵弁也。冠，玄冠也。』爵弁，冕之次，其色赤而微黑，如爵頭然，其制與冕同，而其前不俛。」〇《傳》曰：「俅俅，恭順貌。」**自堂徂基，**《箋》曰：「使士升門堂，視壺濯及籩豆之屬，降往於基，告濯具。」〇《傳》曰：「基，門塾之基。」塾音孰。〇疏曰：「《釋宮》云：『門側之堂謂之塾。』孫炎云：『夾門堂也。』直言『自堂徂基』，何？知非廟堂之基者。以繹禮在門，不在廟，故知非廟堂也。《郊特牲》云：『繹之於庫門内，祊之於東方，失之矣。』繹於門内爲失，明其當在門外；祊以東方爲失，明其當在西方。是祊之與繹，一時之事。《禮器》云：『爲祊乎外。』注云：『祊祭，明日之繹祭也。謂之祊者，於廟門外之傍，因名焉。』基是門塾之基，謂廟門西夾之堂基也。」祊音絣。**自羊**

〔一〕「此」下，《毛詩正義》卷十九之四有「以」字。

徂牛，《傳》曰：「自羊徂牛，言先小後大也。」○《箋》曰：「又視牲，從羊之牛，反告充。」○疏曰：「自堂徂基，但言所往之處，不言所爲之事；牛羊但言所視之物，不言所往之處，互相足也。」**鼐鼎及鼒。**鼐音耐。鼒音兹。○《傳》曰：「大鼎謂之鼐，小鼎謂之鼒。」○《箋》曰：「已乃舉鼎冪告絜，禮之次也。鼎圜弇上謂之鼒。」冪，亡歷反。弇，古掩字。**兕觥其觩，**音求。○兕觥，解見《卷耳》。○《箋》曰：「繹之旅，士用兕觥〔一〕，變於祭也。」○曹氏曰：「旅酬之後，恐有失禮者，以此罰之。」○觩〔二〕，解見《桑扈》。○疏曰：「兕觥，罰爵。觩然徒設，無所用之。」**旨酒思柔。**朱氏曰：「思，語辭也。柔，和也。」**不吴不敖。**吴如字，又音話。敖去聲。○《傳》曰：「吴，譁也。」○李氏曰：「大聲也。」○曹氏曰：「言語則謹默而不譁，威儀則恭敬而無敖。」○疏曰：「祭末舉其不慢，則當祭敬明矣。」**胡考之休。**胡考，解見《載芟》。

此述繹祭之事。上五句言祭之初，下四句言禮之末。方繹祭之初，使士行禮，在身之服，以絲爲衣，其衣紑然而鮮絜，在首戴爵弁，其人俅俅然恭順。此士從門堂之上，既視壺濯及籩豆，又降往於門塾之基，告君以濯具也。又更視三牲，從羊而往牛，所以

〔一〕「士」，原作「大」，據薈本、授本、聽本、仁本、復本及《毛詩正義》卷十九之四改。「觥」，原作「觩」，味本同，李本作「俅」，據他本及《毛詩正義》卷十九之四改。

〔二〕「觩」，諸本作「觥」。按，上文已言「兕觥，解見《卷耳》」，且《桑扈》釋「兕觥」亦曰「解見《卷耳》」，嚴書定不如此疊牀架屋。

告充也。充，肥也。有大鼎曰鼐，小鼎曰鼒，又發舉其冪，所以告絜也。反覆展視，所以致勤敬也。祭初，卑者恭順，則尊者可知矣。至於祭末旅酬之節，兕觥罰爵，觩然上曲，徒設而不用，由此助祭飲美酒者皆柔和，不吴而讙譁，不敖而倨慢，故每事如禮，無所用罰。祭末不慢，則當祭敬明矣。恭敬獲福，宜其得壽考之休也。

《絲衣》一章九句。

《酌》，告成《大武》也。言能酌先祖之道，以養天下也。

説者多以《酌》即是《勺》，然《勺》是成王之樂，而此詩言「告成《大武》」，其説難通。今考《象》者，文王之舞也，故《維清》，《象》舞之樂章，其詩言文王之典；《武》者，武王之舞也，故《武》頌，《武》舞之樂章，其詩言武王之烈；《勺》是成王之舞，樂莫盛於《韶》，勺者，謂皆繼治世之事，故爲樂之盛也。若《酌》頌果爲《勺》舞之樂章，必當述成王繼承之事，今其詩止述武王用兵創業，《首序》又云「告成大武」，則此《酌》亦是武舞之樂章，非《勺》舞之樂章矣。《禮記》言「十三學舞《勺》」，《漢・禮樂志》言「周公作《勺》」，其字皆單作「勺」，此「酌」其字從西傍，雖皆爲斟酌之義，然所斟酌之事則不同。《勺》舞言成王能酌文武之道，以保太平之治也；此《酌》頌言武王初則遵養，繼則蹻蹻，酌其時措之宜也。《左氏傳》以《武》頌爲《武》之卒章，以《賚》爲《武》之三，以《桓》爲《武》之六，朱氏謂《桓》《賚》二篇皆《大武》篇中之一章，其言信而有證。朱氏又以《酌》及《賚》《般》皆不用詩中字名篇，疑取樂節之名，如曰《武宿夜》云耳，然則《酌》與《賚》《般》一體，亦《大武》篇中之一章，明矣。但古人制樂，皆沿襲前王之樂而爲之。張子謂《勺》是周公制禮樂時，於《大武》有所增添，其說是也。如漢《武德舞》，高祖所作，象其除亂，蓋武舞也。其後孝景采《武德舞》爲《昭德舞》，以尊太宗孝文之廟，則爲文舞矣。周公增損《大武》以爲《勺》，亦猶是也。《勺》舞必自有樂章，今不得而考耳。講師見此頌名《酌》，遂以「酌祖道，養天下」之說攙入之，此正説成王之《勺》，非武王之《酌》也，兼此詩所言「遵養」，亦非謂養天下也。

於鑠王師，於音烏。鑠，舒灼反。○朱氏曰：「鑠，盛也。」○疏曰：「毛以爲武王，鄭以爲文王。」○今曰：「『王師』『王之造』，皆武王也。」**遵養時晦。**《傳》曰：「遵，率也。」○朱氏曰：「言武王之初，有於鑠之師而不用。」○蘇氏曰：「退自循養，與時偕晦。」**時純熙矣，**《箋》曰：「純，大也。」○蘇氏曰：「熙，光也。」**是**

用大介。《箋》曰：「介，助也。」○蘇氏曰：「天下無不助之。」**我龍受之，**《箋》曰：「龍，寵也。」○李氏曰：「武王寵而受之。」**蹻蹻王之造。**蹻音矯。造，毛音早，鄭音慥。○《傳》曰：「蹻蹻，武貌。造，爲也。」**載用有嗣，**李氏曰：「是用後世嗣續而不絶。」**實維爾公。**句。**允師。**李氏曰：「其所以傳嗣而不絶者，蓋能合天下之公而信於衆也。」

於乎盛哉！武王之師也。其初有衆而不用，退自循養，與時偕晦，非有心於得天下也。既而時大熙明，天下之人無不助之，武王乃不得已而寵受之。於是蹻蹻然威武，以興事造業，是用嗣續，以傳之後世，實由爾武王之至公，足以信於衆也。順天人之心者，公也。信者，公之洽。允者[一]，信之固也。

《酌》一章九句。

《桓》，講武類禡也。禡音罵。○《箋》曰：「類也，禡也，皆師祭也。」○疏曰：「武王將欲伐殷，講習武事，又爲類祭於上帝，爲禡祭於所征之地。治兵祭神，然後克紂。至周公、成王太平之時，詩人追述其事而爲此歌焉。《王制》云：『天子將出征，類乎上帝，禡於所征之地。』《春官·肆師》云：『類造

[一]「允」，原作「嗣」，據李本、姜本、畬本、薈本、授本、聽本、復本改。

上帝。』類禮，依郊祀而爲之者。《春官·肆師》云：『凡四時之大甸獵，祭表貉〔一〕，則爲位。』注云：『貉，師祭也。於立表處爲師祭，祭造軍法者，禱氣勢之增倍也。其神蓋蚩尤，或曰黄帝。』禡，《周禮》作貉，又或爲貊，字古今之異也。」甸音田。貉，莫駕反，鄭音陌。**桓，武志也。**王氏曰：「『桓，武志也』，而曰『綏萬邦，婁豐年』，則其爲武志也，異乎人之武志矣。」〇《解頤新語》曰：「講武而類于上帝，禡于所征之地，皆師祭也。此爲武王伐商之事明矣。然是時有其事而無其詩，以頌聲未作故也。至成王制禮作樂，於是作此頌以歌其事，以告於武王。序詩者謂之『武志』，蓋發明武王將出征而講武類禡〔二〕，其志已欲保厥士而用四方，定厥家而昭于天，後果能如其志，可謂善得詩人之旨也。」〇朱氏曰：「《左傳》以此爲《大武》之六章。」

綏萬邦，《箋》曰：「綏，安也。」**婁豐年。**婁音屢。〇《箋》曰：「婁，亟也。誅無道，安天下，則亟有豐熟之年，陰陽和也。」亟音棄。〇李氏曰：「綏萬邦，言武王之用兵，所以安萬邦，故能享豐年之報。《老子》云：『大兵之後，必有凶年；軍旅所處〔三〕，荆棘生焉。』蓋以大兵之後，殺戮爲多，傷天地之和氣，此所以凶

〔一〕「祭」，原無，據李本、姜本、畬本、薈本、授本、聽本、復本及《毛詩正義》卷十九之四補。
〔二〕「類禡」，味本作「禡」，他本作「焉」。
〔三〕「處」，原作「起」，據仁本及李樗《毛詩集解》卷四十改。按，《老子》第三十章作「師之所處，荆棘生焉；大軍之後，必有凶年」。

年也。武王之用兵，在於容民畜衆〔一〕，非快一己之私欲。蓋爲天下除害，故能召天地至和之氣，所以獲豐年之報也。孔氏舉僖十九年《左傳》云：『昔周饑，克殷而年豐。』是伐紂之後，即有豐年也。孔氏徒見左氏之言與詩合，然不知周豈有饑哉？如其有饑，則不足爲婁豐年矣。」**天命匪解。**音懈。○蘇氏曰：「天命之於周，久而不厭也。」**桓桓武王。**錢氏曰：「桓桓，威武貌。」**保有厥士。**李氏曰：「士與熊羆之士、虎賁之士同。」**于以四方，克定厥家。於昭于天，**於音烏。**皇以間之。**間去聲。○《箋》曰：「皇，君也。」○《傳》曰：「間，代也。」○今曰：「《多方》云：『有邦間之。』」

武王克商，以安天下，數有豐年，是天命之於周，久而不倦也。天命所以不倦者，由桓桓然有威武之武王，能保有其衆，以用之於四方，而安定其國家，故歎美其德昭明于天，遂君天下而代商也。

《桓》一章九句。

《賚》，音賴。**大封於廟也。**《箋》曰：「武王伐紂時，封諸臣有功者。」○疏曰：「大封，則所封者廣。宣十二年《左傳》云：『昔武王克商而作頌，其三曰：「敷時繹思，我徂維求定。」』昭二十八年《左

〔一〕「在」上，諸本有「志」字。

傳》云：『昔武王克商，光有天下，其兄弟之國者十有五人，姬姓之國者四十人〔一〕，皆舉親也〔二〕。』廟謂文王廟也。《祭統》云：『古者明君必賜爵禄於大廟，示不敢專也。』」〇李氏曰：「宣王之時，命孝公爲侯伯，命之於夷宫，亦是不敢自專也。爲天子者，封功臣，必告於廟；爲諸侯者，班爵禄，亦在於廟。衛之封功臣〔三〕，既服，將命，則知亦在於廟，然不知所任者非人也。」**賚，予也。** 予上聲。**言所以錫予善人也。** 疏曰：「武王大封功臣以爲諸侯，周公、成王太平之時，詩人追述其事而爲此歌焉。」〇李氏曰：「語云：『周有大賚，善人是富。』」〇朱氏曰：「《左傳》以此爲《大武》之三章。」

文王既勤止， 錢氏曰：「止，語辭。」**我應受之。** 《傳》曰：「應，當也。」**敷時繹思，** 朱氏曰：「敷，布〔四〕。繹，尋繹也〔五〕。」〇錢氏曰：「繹，紬繹也〔六〕。」**我徂維求定。** **時周之命，** 《箋》曰：「是周之所以受天命，而王之所由也。」**於繹思。** 於音烏。

〔一〕「四」，原作「曰」，味本、李本同，據他本及《毛詩正義》卷十九之四改。
〔二〕「皆舉親也」，葉校云：「今案，此嚴氏據《左傳》補入，疏不引此句。」
〔三〕「封功臣」，原作「周治」，畲本同，據仁本及李樗《毛詩集解》卷四十改。「衛之封功臣」五字，授本、聽本無，空四小字格。
〔四〕「布」下，原有「也」字，衍，據諸本及朱熹《詩集傳》卷十九删。
〔五〕「尋繹」，諸本作「習」。
〔六〕「繹」，諸本無。

武王既封諸臣於廟，因戒勑之。言文王勤勞天下至矣，我當而受之，敷布其事，而紬繹思念之，不敢忘也。敷，言所思之廣也。我自今以往，維求天下之安定而已。此周之受天命也。又歎使諸臣受封賞者繹思之，亦不可忘也。念文王創業之難，又念上天安民之意，則所用皆善人可知矣。

《賚》一章六句。

《般》，音槃。**巡守而祀四嶽河海也。**巡守音旬狩。○蘇氏曰：「般，遊也〔一〕。」○疏曰：「武王既定天下，巡行諸侯所守之土，祭祀四嶽河海之神。神皆饗其祭祀，降之福祚。至周公、成王太平之時，詩人述其事而作此歌焉。中嶽無事，故《序》不言。《漢書·溝洫志》云：『四瀆，河爲宗。』然則河爲四瀆之長。言河可以兼之。經無海而《序》言海者，海是衆川所歸，經雖不説，祭之可知。」○曹氏曰：「《時邁》爲武王巡守之頌，則《般》頌成王矣。」

於皇時周，於音烏。○《箋》曰：「皇，君也。」**陟其高山。**《箋》曰：「陟，登也。」**嶞山喬嶽，**嶞，駝之上。○《釋文》曰：「嶞，山形狹長也。」○《傳》曰：「山之嶞嶞小者也。」○《箋》曰：「喬，高也。」**允猶翕**

〔一〕「般遊」，原作「遊般」，據薈本及蘇轍《詩集解》卷十九改。

河。《箋》曰：「允，信也。」○李氏曰：「猶，謀也。」○《傳》曰：「翕，合也。」○蘇氏曰：「翕河，大河受衆水者也。」○今曰：「《禹貢》『河自大陸，北播爲九河，同爲逆河』，注云：『同合爲一大河，名逆河。』然則翕河即逆河也。」**敷天之下，**《箋》曰：「敷，徧也。」**裒時之對。**裒音掊。○《傳》曰：「裒，聚也。」○《箋》曰：「對，配也。」○疏曰：「配祭之。」**時周之命。**《箋》曰：「徧天之下，衆山川之神，皆如是配而祭之，是周之所以受天命而王也。」○錢氏曰：「周之所以爲百神主也。」

於乎君哉！是周家也，其巡守所至，則登其高山，又及墮然狹長之小山，與喬高之四嶽，皆徧祭之。高山、墮山，則《祭法》所謂「山林丘陵能出雲爲風雨，皆曰神」者也。喬嶽，則四嶽也。又以誠信謀猶大河而祭之，謀，如「載謀載惟」，謂討論其禮也。徧天之下，凡山川之神，皆裒聚而昭對以祀之。此周之所以受天命而爲神主也。對者，有對越無愧之意，以天命在焉故也。

《般》一章七句。

詩緝卷之三十五

嚴粲述

魯頌

《譜》曰：「魯者，少昊摯之墟也。周公歸政，成王封其元子伯禽於魯，其封域在《禹貢》徐州大野蒙羽之野。自後政衰，國事多廢，十九世至僖公，當周惠王、襄王時，而遵伯禽之法，養四種之馬，牧於坰野，尊賢禄士，脩泮宮，守禮教。僖十六年冬，會諸侯于淮上，謀東略，公遂伐淮夷。僖二十年，新作南門。又脩姜嫄之廟。至於復魯舊制，未徧而薨。國人美其功，季孫行父請命於周而作是頌〔一〕。」○疏曰：「脩泮宮，《春秋》不書者，脩謂舊有其宮，脩行其教學之法，功費微少，非城郭都邑，例所不書也。《春秋》經傳，僖公無伐淮夷之事，案《左傳》僖十六年冬，公會諸侯于淮，未歸，而使師取項，公爲齊所止。十七年，方始得還。《傳》云：『書曰「公至自會」，猶有諸侯之事焉，且諱之也。』經傳無伐淮夷文者，當是史脱漏。脩姜嫄之廟，《春秋》不書者，魯國舊有此廟，更脩理之，用功少，例所不書也。」○朱氏曰：「魯，今襲慶東平府沂、密、海等州，即其地也。夫子云：『魯之郊禘〔二〕，非禮也，周公其衰矣。』而程子亦云：『成王之賜，伯禽之受，皆非也。』蓋不與其僭也。然則删詩之際，何取乎此而著于篇乎？曰：著之，所以見其僭也。《春秋》書郊、禘、大雩、雉

〔一〕「是」，《毛詩正義》卷二十之一作「其」。
〔二〕「禘」，原作「祀」，據仁本、復本改。按，此句出《禮記·禮運》。

門、兩觀，猶是意也，削之則没其實矣。抑魯於天子禮樂，有得用之文，而是頌之作，又嘗請命于天子而爲之，其辭特以贊美當時之事，其體猶列國之風，非若商、周天子之頌，用於祭祀，以詠歌先祖之功烈也。聖人於此，以爲其文若可以無嫌者，故其文予之，而實則不予也。况夫子魯人，亦安得而削之哉？或曰：魯之無風，何也？先儒以爲時王褒周公之後，比於先代，故巡守不陳其詩，而其篇第不列於大師之職，是以宋、魯無風，其或然歟？或謂夫子有所諱而削之，則當時列國大夫賦詩相屬，及吴季子觀周樂於魯，皆無曰魯風者，其説不通矣。」〇曹氏曰：「《明堂位》云：『成王命魯公世世祀周公以天子之禮樂，祀帝于郊，配以后稷，天子之禮也。』若魯公果受成王之命，則當自伯禽以後，踵而行之矣。由伯禽至僖公，凡十有八世，考諸《春秋》《史記》皆未嘗行郊禮，而惟僖公行之，豈成王之命獨豫加於僖公歟？故知其僭自僖公始也。夫以諸侯而僭天子之禮，天子雖不能討，而天亦吐之。是以僖三十一年夏，四卜郊，不從，乃免牲。宣三年春，郊牛之口傷，改卜牛，牛死，乃不郊。成七年春，鼷鼠食郊牛角，乃不郊。襄元年春，鼷鼠食郊牛角。定十五年，鼷鼠食郊牛角，牛死，皆改卜牛。然則天之不歆其祀，亦可見矣。夫祭天，天子之大禮也，而猶敢僭焉，則其僭而作頌，抑其次也。」

《魯頌》，頌之變也。周之王也，積累深久，由風而雅，雅而頌，及其衰也。至懿，風始變；至厲，雅始變；至平，雅遂亡。頌聲之息，前乎風、雅之變矣。越桓、莊、僖、惠至襄，而魯乃有頌。雅頌，天子之詩也。頌非所施於魯，况頌其郊乎？考其時則非，揆其禮則誅，汰哉克也，不如林放矣。聖筆不删，其以著魯之僭，而傷周之衰歟？是故雅變而亡，頌亡而變，雅之亡甚於變，頌之變甚於亡也。《駉》實風耳，存其頌名而謂之變頌，可也。

《駉》，古熒反。**頌僖公也。**疏曰：「舒瑗云：『魯不合作頌，故每篇言頌，以名生於不足故也〔一〕。』僖公名申，莊公子。閔公卒，季友立之，當惠王、襄王時。」**僖公能遵伯禽之法，儉以足用，寬以愛民。**疏曰：「儉以足用，寬以愛民，説僖公之德，與務農重穀爲首引，於經無所當也。」**務農重穀，牧于坰野。**坰、駉同音。**魯人尊之，於是季孫行父請命于周，**父音甫。○《箋》曰：「季孫行父，季文子也。」○朱氏曰：「請命之事，不見於《春秋》，豈行父使人請之歟？」**而史克作是頌。**《箋》曰：「史克，魯史也。」○疏曰：「此頌之作，在僖公薨後，知者以大夫無故不得出境，上請天子，追頌君德，雖則羣臣發意，其行當請於君。若在僖公之時，不應聽臣請王，自頌己德，明是僖公薨後也。文六年，行父始見於經，十八年，史克名見於傳，則克於文公之時爲史官矣。然則此詩

〔一〕「以名」，原作「明」；「故」，原無，據《毛詩正義》卷二十之一改、補。仁本校云：「『明』，今疏作『以名』二字，『足』下又有『故』字。」

之作，當在文公之世，其年月不可得而知也。《駉頌・序》云『史克作是頌』，廣言作頌，不指《駉》篇，則四篇皆史克作。《閟宮》云『新廟奕奕，奚斯所作』，自言奚斯作新廟耳，而漢世文人班固、王延壽之等，謂魯頌是奚斯作之，謬矣。文十八年《左傳》稱季文子使太史克對宣公，知史克魯史也，此雖借名爲頌而體實國風〔一〕，非告神之歌，故有章句也。」

孔氏考《魯頌》作於僖公身後，非也。今觀《閟宮》等篇，多未有事實，而願其如此，如曰「俾爾耆艾，黄髮兒齒」，曉然爲生前祝頌之辭。蓋生前作之，後乃聞之天子，以文過耳，未必得請而後作也。牧馬一事耳，頌於何有？

駉駉牡馬，《傳》曰：「駉駉，良馬腹幹肥張也。」**在坰之野。**《傳》曰：「坰，遠野也。邑外曰郊，郊外曰野，野外曰林，林外曰坰。」〇《箋》曰：「必牧於坰野者，避民居與良田也。《周禮》云：『以官田、牛田、賞田、牧田任遠郊之地。』」〇李氏曰：「坰之野，其水草甚美，既不害於農，又使馬得其所養。詩言務農重穀，但觀牧馬於遠方之地，則可見矣。」**薄言駉者，**程子曰：「薄言，發語辭。」〇劉氏曰：「薄言者，聊言之而已。」**有驈有皇。**驈音聿。〇《釋畜》曰：「驪馬白跨，驈。黄白，皇。」跨，苦化反。〇疏曰：「孫炎云：『驪，黑色。』郭璞云：『跨，髀間所跨據之處。』」〇皇，解見《東山》。髀，比、陛二音。**有驪有黄，**《傳》曰：「純黑

〔一〕「借」，原作「昔」，畬本、仁本作「僭」，據李本、姜本、授本、復本及《毛詩正義》卷二十之一改。

曰驪，黄騂曰黄。」○疏曰：「其驪與黄，《爾雅》無文。《月令》：『孟冬，駕鐵驪。』象時之色。《檀弓》云：『夏后氏尚黑，戎事乘驪。』騂，赤色也。黄騂，謂黄而雜赤色者。」**以車彭彭。**如字，音棚，考見《出車》。○蘇氏《出車解》曰：「彭彭，壯盛也。」**思無疆，**曹氏曰：「思無疆，言其思之廣也。」**思馬斯臧。**《箋》曰：「臧，善也。」

有駉駉然腹幹肥張之牡馬，其牧養之，乃在遠野之坰，不以妨農也。略言其駉駉者，是何馬乎？乃有驈、皇、驪、黄之四色，用之以駕車，則彭彭然壯盛。此由僖公思慮廣大無疆，所思乃至於馬牧之得所，而馬斯善，然僖公未能思無疆也。

駉駉牡馬，在坰之野。薄言駉者，有騅有駓。騅音追。駓音丕。○《釋畜》曰：「蒼白雜毛〔一〕，騅。黄白雜毛，駓。」○郭璞曰：「騅，即今騅馬也。駓，今之桃華馬也。」○疏曰：「二者皆云雜毛，是體有二色之毛相間雜，上云黄白曰皇，黄騂曰黄，止一毛色之中，自有淺深，與此二色者異。」**有騂有騏，**音其。○《傳》曰：「赤黄曰騂，蒼祺曰騏。」○疏曰：「騂、騏，《爾雅》無文。騂爲純赤色，上云『黄騂曰黄』，謂黄而微赤；此云『赤黄曰騂』，謂赤而微黄。騏者，黑色之名，蒼騏曰騏，謂青而微黑，今之驄馬也。」**以車伾伾。**音丕。○《傳》曰：「伾伾，有力也。」**思無期，**曹氏曰：「思無期，言其思之久也。」**思馬斯才。**《傳》曰：

〔一〕「毛」，原作「色」，據薈本、仁本、復本改。薈本校云：「刊本『毛』訛『色』，據《爾雅》改。」

「多材也。」○朱氏曰：「材，力也。」

駉駉牡馬，在坰之野。薄言駉者，有驒有駱。驒音駝。駱音洛。○《釋畜》曰：「青驪驎，驒。白馬黑鬣，駱。」驎音鄰，郭良忍反。○疏曰：「孫炎云：『色有淺深，似魚鱗也。』郭璞云：『色有淺深，班駁隱鄰，今之連錢驄也。鬣謂馬之騣也。』」**有駵有雒，**駵音留，亦作騮。雒音洛。○《傳》曰：「赤身黑鬣曰駵，黑身白鬣曰雒。」○疏曰：「駵、雒，《爾雅》無文。駵爲赤色，若身鬣俱赤則騂馬，故赤身黑鬣曰駵，即今之駵馬也。」**以車繹繹。**音亦。○《傳》曰：「繹繹，善走也。」**思無斁，**音亦。○《箋》曰：「斁，厭也，無厭倦也。」**思馬斯作。**蘇氏曰：「作，奮起也。」

駉駉牡馬，在坰之野。薄言駉者，有駰有騢。駰音因。騢音遐。○《釋畜》曰：「陰白雜毛，駰。彤白雜毛，騢。」○孫炎曰：「陰，淺黑也。」○郭璞曰：「駰，今之泥驄也。彤，赤也。」**有驔有魚，**驔音簟。○《傳》曰：「豪骭曰驔。」骭，閑之去，音莧。○疏曰：「驔，《爾雅》無文。骭者，膝下之名，謂毫毛在骭而白長。」○《釋畜》曰：「一目白，瞷。二目白，魚。」瞷音閑〔一〕。○郭璞曰：「似魚目。」**以車祛祛。**起居反。○《傳》曰：「祛祛，强健也。」**思無邪，**朱氏曰：「『《詩》三百，一言以蔽之，曰：思無邪。』蓋取諸此。」○蘇氏曰：「昔之爲此詩者，則未必知此也。孔子讀《詩》至此，而有會於其心，是以取之，蓋斷章云爾。」**思馬**

〔一〕「瞷」，原作「瞯」，據姜本、李本、仁本改。

斯徂。《箋》曰：「徂，猶行也。」

《駉》四章，章八句。

《有駜》，音弼。**頌僖公君臣之有道也。**《箋》曰：「有道者，以禮義相與之謂也。」

《有駜》止述燕飲，《序》辭衍矣。

有駜有駜，《傳》曰：「駜，馬肥彊貌〔一〕。」○《詩記》曰：「興僖公有臣之壯盛也。」**駜彼乘黄。**乘去聲。○疏曰：「四馬曰乘。黄，黄馬也。」**夙夜在公，**《箋》曰：「早起夜寐，在於公之所。」○錢氏曰：「在公家也。」**在公明明。**李氏曰：「職事皆脩明。」**振振鷺，**振振，解見《周頌·振鷺》。**鷺于下。**歐陽氏曰：「振鷺，取其能自脩潔，翔集有威儀也。」○曹氏曰：「于下，其初翔而集也。」**鼓咽咽，**音淵。○《傳》曰：「咽咽，鼓節也。」○朱氏曰：「鼓聲之深長也。」**醉言舞，**錢氏曰：「言，語助。」○蘇氏曰：「僖公於是燕之以禮樂，士之來者如鷺之集，其醉者或起舞以相樂，和之至也。」**于胥樂兮。**樂音洛。○《箋》曰：「于，於也。胥，皆也。」

〔一〕「貌」下，畲本有「駜音弼」三字。

有駜然而肥强者，維何乎？其駜然肥强者，是彼一乘之黄馬也。連言「有駜」，非一馬也。馬肥强則致遠，喻臣壯盛則勝任也。其臣自早逮夜，在於公家，其在公家，相與脩明其職，言忠勤也。僖公於是燕之以禮樂，羣臣之來燕者，皆脩絜而有威儀，如振振然羣飛之白鷺，翔集而來下也。燕樂之時，鼓聲咽咽然深長，其醉者或起舞以盡其歡，於是君臣之間，皆喜樂也。

有駜有駜，駜彼乘牡。王氏曰：「牡，剛强之材也。」**夙夜在公，在公飲酒。**《箋》曰：「言臣有餘敬，君有餘惠。」**振振鷺，鷺于飛。**《箋》曰：「飛喻羣臣醉欲退也。」**鼓咽咽，醉言歸，于胥樂兮。**

有駜有駜，駜彼乘駽。音絢。○《釋畜》曰：「青驪，駽。」○孫炎曰：「色青黑之間。」○郭璞曰：「駽，今之鐵驄也。」**夙夜在公，在公載燕。**《箋》曰：「載之言則也。」**自今以始，**句。**歲其有。君子有穀，**句。○《箋》曰：「穀，善也。」**詒孫子，于胥樂兮。**

羣臣既燕而祝頌其君，以爲自今以始，歲事其當豐稔。君子僖公有善道，可以遺孫子，於是君臣皆喜樂也。

《有駜》三章，章九句。

《泮水》，泮音判。**頌僖公能脩泮宮也。**曹氏曰：「泮宮、頖宮皆魯所舊有，僖公因而脩之，非大功業，故《春秋》不書。」

思樂泮水，樂音洛。○王氏曰：「思，語辭也。」○《傳》曰：「泮水，泮宮之水也。天子辟廱，諸侯泮宮。」○《箋》曰：「辟廱者，築土壅水之外，圓如璧，四方來觀者均也。泮之言半也。半水者，蓋東西門以南通水，北無也。」○疏曰：「辟廱者，築土爲堤，以壅水之外，使圓如璧。《釋器》云：『肉倍好謂之璧。』孫炎云：『肉，身也。好，孔也。身大而孔小。』然則璧體圓而内有孔，此水亦圓，而内有地，是其形如璧也。言四方來觀者均，則辟廱之宮，内有館舍，外無牆院也。泮宮必疑南有水者，以行禮當南面，而觀者宜北面，蓄水本以節觀者，宜其先節南方，故知南有水而北無也。」好，去、上二聲。《冬官・玉人》注云：「璧孔也。」**薄采其芹。**音勤。○《箋》曰：「芹，水菜也。」○解見《采菽》。**魯侯戾止，**《臣工・傳》曰：「戾，至也。」**言觀其旂。其旂茷茷，**音旆。○李氏曰[一]：「茷茷，飛揚也。」○錢氏曰：「茷茷，草葉多貌，旂下垂，如葉之多也。」**鸞聲噦噦。**音誨，呼會反。○王氏曰：「噦噦，有節也。」○朱氏曰：「和也。」**無小無大，從公于邁。**《箋》曰：「于，往也。邁，行也。」○李氏曰：「漢明帝開辟雍，冠帶搢紳之人，圜橋門而觀聽者，蓋億萬計。」

[一]「李」，畬本作「朱」。按，朱熹《詩集傳》卷二十亦有此語。

魯人以僖公能脩泮宮而喜之，言樂哉此泮水，我往觀之而采其水中之芹也，非以采芹爲樂，樂其脩泮宮，而託采芹以言之也。僖公來至此泮宮，我則觀其所建之旂，其旂茷茷然飛揚，其鸞鈴之聲，噦噦然有節。稱其儀物之美者，喜其來至之辭，如所謂「聞車馬之音，見羽旄之美，舉欣欣然有喜色」也。國人無幼無長，皆從公往行，而至泮宮以觀行禮，言人心翕然樂從之也。

思樂泮水，薄采其藻。音早。○藻，解見《召南·采蘋》。**魯侯戾止，其馬蹻蹻。**音矯。○《傳》曰：「蹻蹻，言强盛也。」**其馬蹻蹻，其音昭昭。**音沼。○李氏曰：「見其聲音之好。音者，聲也。」○今曰：「《孟子》云：『何其聲之似我君也。』」**載色載笑，**《傳》曰：「色温潤也。」○王氏曰：「載色載笑，《洪範》所謂『而康而色』也。」○黄氏曰：「即之也温。」**匪怒伊教**[一]。曹氏曰：「猶『夫子循循然善誘人』也。」

僖公在泮宮笑語，其聲音昭昭然明亮，載色而和，載笑而樂，未嘗有怒，唯教之而已。

思樂泮水，薄采其茆。音卯。○曰：茆，蓴也。○《傳》曰：「鳧，葵也。」鳧音符。○疏曰：「陸璣《疏》云：『茆與荇菜相似，葉大如手，赤圓。有肥者，著手中滑不得停。莖大如匕柄。葉可以生食，又可鬻，滑美。

[一]「伊」，原作「匪」，味本同，據他本及《詩經》定本改。

江南人謂之蓴菜，或謂之水葵，諸陂澤水中皆有。』」○曹氏曰：「醓人有茆菹麋臡，以爲朝事之豆。」**魯侯戾止，在泮飲酒。既飲旨酒，永錫難老。**疏曰：「天長與之以難老之福。」**順彼長道，屈此羣醜。**王氏曰：「屈，服也。醜，衆也。」

僖公既來至泮宮，則與羣臣飲酒。既飲美酒，皆祝頌僖公，願天長錫之以難老之福，順從長遠之道，以屈服此魯國之羣衆也。

穆穆魯侯，疏曰：「穆穆，美也。」**敬明其德。敬慎威儀，維民之則。**《箋》曰：「則，法也。」**允文允武，昭假烈祖。**假音格。○朱氏曰：「假，感格也。烈祖，周公、魯公也。」**靡有不孝，自求伊祜。**音户。

穆穆然美者，僖公也。能敬明其德，又敬謹其威儀，内外皆善，爲下民之所法則也。信有文矣，信有武矣，昭格於功烈之祖周公、伯禽也。僖公所行，無不盡其孝道，以此得福，乃自求之也。

明明魯侯，克明其德。既作泮宮，淮夷攸服。矯矯虎臣，矯，居表反。○《箋》曰：「矯矯，武貌。」○今曰：「『蹻蹻王之造』，字異音義同。」**在泮獻馘。**音國。○解見《皇矣》。**淑問如皋陶，**音遥。○《箋》曰：「淑，善也。」○疏曰：「善問獄者。」**在泮獻囚。**《傳》曰：「囚，拘也。」○疏曰：「所馘者，是不服之人，須武臣之力，殺其人而取其耳，故使武臣如虎者獻之。所囚者，服罪之人，察獄之吏當受其辭而斷其罪，故使善聽如皋陶者獻之。」

有明明之德者，僖公也。能益明其德，既作泮宮之後，將伐淮夷而服之，有矯矯然威武如虎之臣，於此泮宮，獻其所已殺而截其左耳以爲馘者。又有善問獄之臣如皋陶者，於此泮宮，獻其所生執而囚之者。古者受成于學，故出征執有罪，反釋奠于學，以訊馘告，詩人因其脩泮宮，可以爲獻功之地而頌禱之耳。自此以下皆然，非有實事也。

濟濟多士，克廣德心。 李氏曰：「夫人心可謂廣矣，以其無所不至，無所不有也。惟其爲血氣所使，一有毫釐之利則忿而争，其心於是乎隘。惟其寬厚，未嘗褊躁，此其心所以廣也。」**桓桓于征，**《傳》曰：「桓桓，武貌。」**狄彼東南。** 狄音剔。○《釋文》曰：「狄，遠也。」○王氏曰：「攘而逖之。」○蘇氏曰：「古狄、逖通。」○曹氏曰：「敵人畏而遠之。」○《箋》曰：「東南，斥淮夷。」**烝烝皇皇，**《箋》曰：「烝烝，猶進進也。」○李氏曰：「皇皇，大也。」○曹氏曰：「其並進而嚮敵也烝烝然，其合衆而爲大也皇皇然〔一〕。」**不吴不揚。** 吴如字，又音話。○吴，解見《絲衣》。○李氏曰：「揚，輕揚也。」**不告于訩，** 音凶。○《箋》曰：

〔一〕「大」，味本、仁本作「次」。仁本校云：「《傳説彙纂》引曹氏作『其合而大之也皇皇然』。」又，李本「大也皇皇然」作「大者也」。

「訩，訟也。」○李氏曰：「《左傳》襄公二十六年，楚子侵鄭，鄭皇頡戍之，出與楚師戰，敗。穿封戌囚皇頡，公子圍與之爭之。正於伯州犁，伯州犁曰：『請問於囚。』乃立囚。伯州犁曰：『所爭，君子也，其何不知？』上其手曰：『夫子爲王子圍，寡君之貴介弟也。』下其手曰：『此子爲穿封戌，方城外之縣尹也，誰獲子？』囚曰：『頡遇王子，弱焉。』蓋爭其功者，戰士之常也。僥倖一勝於萬死一生之間，惟圖厚賞而已，則其爭功，無所不至。」**在泮獻功。**

濟濟然衆盛之多士，能廣大其德心，並無褊躁忿爭之失。桓桓然有威武之容，而往行征伐，攘遠彼東南之淮夷，使之不得侵近邊境。此多士勇於嚮敵，烝烝然而進，其勢之合，皇皇然而大，不吴而諠譁，不揚而輕浮。無有告於治訟之官者，無爭訟也，唯在泮宮之内，獻其戰功而已。

角弓其觩，音求。○《箋》曰：「觩然，言持弦急也。」○蘇氏曰：「弓健貌。」**束矢其搜。**音蒐。○《傳》曰：「五十矢爲束。」○疏曰：「孫卿《論兵》云：『魏氏武卒，衣三屬之甲，操十二石之弩，負矢五十箇。』是一弩用五十矢矣。孫則毛氏之師，故從其言，以五十矢爲束也。《大司寇》云：『入束矢於朝。』注云：『古者一弓百矢。』其百箇與？則鄭意以百矢爲束。《尚書》及《左傳》所言『賜諸侯以弓矢』者，皆云『彤弓一，彤矢百』，以一弓百矢，故謂束矢當百箇。而在軍之禮，重弓以備折壞，或亦分百矢以爲兩束，故不易《傳》也。其發則搜然而勁。」○《箋》曰：「搜然，言勁疾也。」○蘇氏曰：「矢疾聲。」**戎車孔博，**朱氏曰：「博，廣大也。」**徒御無斁，**《箋》曰：「無厭倦也。」**既克淮夷，孔淑不逆。**《箋》曰：「淑，善也。」**式固爾猶，**《箋》曰：「猶，謀也。」**淮夷卒獲。**

言角弓觩然而健，一束五十之矢皆發之，其聲搜然，言勁疾也。其戎車甚博大，徒行者、御車者皆競勸而無厭倦〔一〕，故能克勝淮夷，甚善而不逆者。兵凶戰危，疑於逆而不善，今僖公伐所當伐，以順而動也。自今益審固其謀猶，則淮夷可以盡獲也。皆頌禱之辭。

翩彼飛鴞，翩音篇。鴞音遥。〇《傳》曰：「翩，飛貌。」〇曰：鴞，怪鴟也。解見《陳·墓門》。**集于泮林。**疏曰：「泮林，泮水之林。」**食我桑黮，**音甚，字亦作葚。〇《傳》曰：「黮，桑實也。」**懷我好音。**《箋》曰：「懷，歸也。」**憬彼淮夷，**憬，坰之上。〇李氏曰：「《説文》云：『憬，覺悟也。』」**來獻其琛。**勑金反。〇《傳》曰：「琛，寶也。」**元龜象齒，**《傳》曰：「元龜尺二寸。」〇疏曰：「《漢·食貨志》云：『龜不盈尺不爲寶。』」**大賂南金。**賂音路。〇《傳》曰：「賂，遺也。南謂荆、揚也。」遺音位。〇《箋》曰：「大猶廣也。廣賂者，賂君及卿大夫也。荆、揚貢金三品。」〇疏曰：「《左傳》襄二十五年，晉帥諸侯伐齊。齊人賂

〔一〕「競」，畬本、李本同，他本作「兢」。

晉侯，自六正、五吏、三十帥、三軍之大夫、百官之正長、師旅及處守者，皆有賂。金三品，彼注云：『銅三色。』王肅以爲金、銀、銅。」

有翩然而飛者，惡聲之鴞鳥。今來集止於泮水之林，食其桑實，乃改其鳴，歸就我以善音，喻淮夷慕泮宮之化，改惡從善也。淮夷世爲魯患，未必慕泮宮之化，詩人張言泮宮之美，以爲淮夷亦將來慕也。能悟覺而從化者，彼淮夷也。今就魯國獻其琛寶，有尺二寸之大龜，有象齒，又大遺以南方之金，亦頌禱之辭。

《泮水》八章，章八句。

《閟宮》，閟音祕。**頌僖公能復周公之宇也。**《箋》曰：「宇，居也。」○疏曰：「謂土地居處也。」○蘇氏曰：「所謂居常與許，復周公之宇者，人之所以願之，而其實則未能也。」○李氏曰：「魯以諸侯之國而祀姜嫄、后稷、周之先王，不可也。郊天之祭，亦不可也。此詩示誇耀，不亦過乎？」○黄氏曰：「僖公在位三十三年，伐邾者四，敗莒、滅項者一，此魯之自用兵也。其四年伐楚侵陳，六年伐鄭。是時齊桓公方稱伯主兵，率諸侯之師，而魯亦與焉爾。二十八年，圍許。是時晉文公方稱伯主兵，率諸侯之師，而魯亦與焉爾。《春秋》所記，凡魯之自主兵者，皆邾、莒、項之小國，至其所伐大國〔一〕，皆齊、晉主兵，則膺戎狄，懲荆舒，奄龜蒙，荒大東，荒徐宅，至于海邦，淮夷蠻貊，及彼南夷，莫不率從，在僖公果有是乎？」

《閟宫》止爲僖公能脩寢廟，張大其事而爲頌禱之辭，猶《斯干》之意耳。《序》摘詩中「復周公之宇」一語以題之，非事實也。

閟宫有侐，音洫。○《傳》曰：「閟，閉也。侐，清静也。」○朱氏曰：「閟，深閉也。」○吕氏曰：「閟宫，魯廟，非姜嫄廟也。」**實實枚枚。**蘇氏曰：「實實，鞏固也。」○《傳》曰：「枚枚，礱密也。」礱音聾。**赫赫姜嫄，**音元。○《箋》曰：「赫赫，顯著也。」**其德不回。上帝是依，無災無害。彌月不遲，**《箋》曰：「彌，終也。終十月而生子，不遲晚。」**是生后稷。降之百福，**曹氏曰：「后稷以此開國，以至子孫爲帝王，所謂百福也。」**黍稷重穋。**重平聲。穋音六。○今考「重」字亦作穜，「穋」字亦作稑。**稙稺菽麥。**稙音植。稺音雉。○《傳》曰：「先種曰稙，後種曰稺。」○疏曰：「重穋稙稺，生熟早晚之異稱耳，非穀名。先種曰稙，後種曰稺，當謂先種先熟、後種後熟，但《傳》略而不言其熟耳。《七月·傳》曰：『後熟曰重，先熟曰穋。』《天官·内宰》鄭司農注云：『先種後熟謂之種，後種先熟謂之稑。』是《傳》亦略而不言其種，與此互相明也。」**奄有下國，**朱氏曰：「堯封之邰也。」**俾民稼穡。有稷有黍，有稻有秬。**音巨。○《箋》

〔一〕「其」，原作「於」，據黄櫄《毛詩集解》卷四十一改。仁本校云：「『至於』，《集解》作『至其』。」

曰：「秬，黑黍也。」**奄有下土，**劉氏曰：「『奄有下國』，《書》言后稷『建邦啓土』是也。夫如是，則民附之而『無此疆爾界』矣，故能『奄有下土』也。《語》言稷『躬稼而有天下』是也〔一〕。『奄有下國』，所以原其始；『奄有下土』，所以要其終。」**纘禹之緒。**《傳》曰：「緒，業也。」○錢氏曰：「至武王，遂能奄有天下，繼禹之業。」

作者將美僖公，追述遠祖，上陳姜嫄、后稷，至於大王、文、武，爰及成王封建之辭，魯公受賜之命，言其所以有魯之由也。魯之羣廟，其宮深閟，侐然清淨，又實實然鞏固，枚枚然細密。既言其廟，遂推本周家所由興。言赫赫乎顯著者，姜姓之女名嫄也，其德不回而有常，天用是憑依其身，使之有子，無災殃，無患害，彌終十月而生子，不遲晚，其所生者，乃是后稷。天降與之以百種之福，使之有黍有稷，有先種後熟之重，後種先熟之穋，先種先熟之稙，後種後熟之穉，又有菽與麥。以此覆有下國，而受封於邰，使民知稼穡之道也。復申說其事，有稷黍稻秬，後世脩后稷之業，遂有天下，繼禹之業也。

后稷之孫，實維大王。大音泰。**居岐之陽，實始翦商。**《箋》曰：「翦，斷也。大王有王迹，故云是始斷商。」斷音短。**至于文武，纘大王之緒。致天之届，**音戒。○王氏曰：「届，至也。」○今曰：

〔一〕按，「躬耕而有天下」出《論語·憲問》，疑「語」字上脫「論」字。

「《小弁》『不知所屆』。」**于牧之野。無貳無虞，**《箋》曰：「虞，度也。」**上帝臨女。**音汝。**敦商之旅，**敦，鄭音堆，徐如字。**克咸厥功。**《箋》曰：「敦，治也。旅，衆也。咸，同也。」○今曰：「敦商，謂治而正之，言伐商也。伐商之衆，謂我之士衆。旅，猶『敦琢其旅』之旅，『十亂一心，三千同德』是也。同其功，謂共成其功也。」

后稷之孫，實維大王，自豳而來居於岐山之南，民往歸之，初有王迹，實始有斷商之萌兆也。至于文王、武王，纘繼大王之緒業，前乎此，天雖眷周，而大命未至，及牧野之戰，天命至矣。實文武之德，有以致之，故曰「致天之屆，于牧之野」也。唯天命已至，故武王無有疑貳，無有虞度。上帝實臨之，上順天心也；與伐商之羣衆同其功，下順人心也，豈武王之私欲哉？

王曰叔父，《傳》曰：「王，成王也。」○《箋》曰：「叔父，周公也。」**建爾元子。**《傳》曰：「元，首也。」○李氏曰：「元子封於魯，其餘則凡、蔣、邢、茅、胙、祭焉。」祭音再。**俾侯于魯。大啓爾宇，**《傳》曰：「宇，居也。」○今曰：「《箋》謂『封以七百里』，今不從。」○王氏曰：「《孟子》云：『周公之封於魯，爲方百里也，地非不足也，而儉於百里。』」○李氏曰：「詩人言『大啓爾宇』，不過謂公侯方百里耳〔一〕。」**爲周室輔。**

〔一〕「謂」，原作「諸」，據仁本、復本及李樗《毛詩集解》卷四十一改。

乃命魯公，《箋》曰：「魯公，伯禽也。」**俾侯于東。**《箋》曰：「東，東藩，魯國。」**錫之山川，**導江鮮于氏曰：「山川，謂境内之山川也。」**土田附庸。**導江鮮于氏曰：「《孟子》云：『不能五十里，不達於天子，附於諸侯曰附庸。』」○疏曰：「《論語》云：『夫顓臾，昔者先王以爲東蒙主，是社稷之臣。』顓臾，魯之附庸，謂之社稷之臣者，以其附屬於魯，亦謂魯之社稷。」○李氏曰：「春秋之時有邾國，亦魯之附庸也。」**周公之孫，莊公之子。**《傳》曰：「謂僖公也。」**龍旂承祀，**曹氏曰：「《司常》言『日月爲常，王建之；交龍爲旂，諸侯建之』。僖公雖僭郊天之禮，而猶以龍旂承祀，不建大常，猶不敢全僭天子禮也。而《明堂位》乃曰『日月之章』，則又過矣。」**六轡耳耳。**六轡，解見《駟驖》。○《傳》曰：「耳耳然至盛也[一]。」**春秋匪解，**音懈。○《箋》曰：「春秋，猶言四時也。」○疏曰：「錯舉春秋，以明冬夏。」**享祀不忒。**《箋》曰：「忒，變也。」○李氏曰：「差忒也。」**皇皇后帝，**李氏曰：「皇皇，大之至也。」○《箋》曰：「后帝，謂天也。」**皇祖后稷。享以騂犧，**《傳》曰：「騂，赤也。犧，純也。」○《箋》曰：「魯郊祭天，配之以君祖后稷，其牲用赤牛純色，與天子同也。」○李氏曰：「《祭統》亦云：『昔者周公旦有勳勞於天下，周公既没，成王、康王追念周公之所以勳勞者，而欲尊魯，故錫以重祭。外祭則郊社是也，内祭則大嘗禘是也。』《明堂位》《祭統》皆漢儒所作，故其所言皆未可信也。《禮運》又曰：『魯之郊禘，非禮也，周公其衰矣。』《禮記》之書，如《禮運》以爲魯

[一]「然」，原無，據《毛詩正義》卷二十之二補。按，嚴氏本章章指云「所乘四馬，其六轡耳耳然至盛」，可證。

不當郊禘，如《明堂位》《祭統》以爲魯當郊禘〔一〕，其異同如此，當從《禮運》之説。伊川嘗謂説者以周公能爲人臣所不能爲之功，故得用人臣不得用之禮，夫人臣豈有不能爲之功哉？使功業過於周公，亦人臣所當爲之，天下之事，非人臣爲之而誰爲之？以此觀之，則知賜魯之禮樂者，非成王爲之。《春秋》書郊多矣，大抵譏其僭。《春秋》以爲僭，而《詩》乃以爲美，則知所美非美也。左氏云：『「皇皇后帝，皇祖后稷」，君子曰：「禮，謂其先帝而後稷也。」』夫先天而後稷〔二〕，固足以爲禮，然不知諸侯而用郊禘〔三〕，果可以爲禮乎？僖公三十一年四月，四卜郊，不從，乃免牲。夫以四月之時而卜郊，足以見非禮也。卜至於四，尤以見其非禮，安在其爲『春秋匪懈』也哉？安在其爲『享祀不忒』也哉？詩人之言，大抵失之誇也。」○《詩故》曰：「魯之郊，是僖公之僭禮也。《春秋》自隱、桓以下，不書郊，亦不譏其廢禮，知魯之郊，自僖公以始，其得謂成王以錫周公乎？《公羊》云：『魯郊，非禮也。』」**是饗是宜，**劉氏曰：「言其安而適之也，與『公尸來燕、來宜』同。」**降福既多。周公皇祖，**《箋》曰：「此皇祖，謂伯禽也。」**亦其福女。秋而載嘗，**《箋》曰：「載，始也。」○疏曰：「毛以爲則。」**夏而楅衡。**楅音福。○《釋文》曰：「楅，逼也。」○《傳》曰：「楅衡，設牛角以楅之也。」「楅之」之楅，音逼。○《箋》曰：「秋將嘗祭，於夏則養牲。楅衡其牛角，爲其觸觝人

〔一〕「位」，原無，據畬本及李樗《毛詩集解》卷四十一補。葉校云：「今案，『明堂』下蓋奪『位』字。」
〔二〕「天」，姜本同，他本作「帝」。按，李樗《毛詩集解》卷四十一正作「天」。
〔三〕「禘」，原作「帝」，據諸本及李樗《毛詩集解》卷四十一改。

也。秋嘗而言始者，秋物新成，尚之也。」○疏曰：「《地官・封人》注云：『楅設於角，衡設於鼻。』」**白牡騂剛**，《傳》曰：「白牡，周公牲也。騂剛，魯公牲也。」○疏曰：「文十三年《公羊傳》云：『魯祭周公，何以爲牲，周公用白牡，魯公用騂剛，羣公不毛。』何休云：『白牡，殷牲也〔一〕。周公死，有王禮，謙不敢與文、武同也。魯公諸侯，不嫌也，故從周制。』《説文》云：『剛，特也。』白牡謂白特，騂剛謂赤特也。」**犧尊將將。**犧，王如字，鄭素河反。將音鏘。○朱氏曰：「犧尊，畫牛於尊腹也。或曰：尊作牛形，鑿其背以受酒。」○疏曰：「將將，盛美也。」**毛炰胾羹，**炰音包。胾音恣。羹音庚。○《傳》曰：「毛炰，豚也。胾，肉也。羹，大羹、鉶羹也。」○疏曰：「《封人》祭祀，有『毛炰之豚』，注云：『爓去其毛而炰之也。』《曲禮》注云：『胾，切肉也。』大羹湆〔二〕，煮肉汁，不和。鉶羹，肉味之有菜和者也。大羹謂大古之羹，鉶羹謂盛之鉶器。其大羹，則盛之於豋〔三〕。」爓，徐廉反，字亦作燖。燂，湯中瀹肉。**籩豆大房。**《傳》曰：「大房，半體之俎也。」○《箋》曰：「玉飾俎也。」○疏曰：「《明堂位》云：『俎，有虞氏以梡，夏后氏以嶡，殷以椇，周以房俎。』注云：『梡，斷木爲四足而已。嶡，謂中足爲横距之象。椇，謂曲撓之也。房，謂足下跗也，上下兩間，有似於堂房。』然是俎稱房也。《周語》云：『禘郊之事，則有全烝；王公立飫，則有房烝；親戚燕享，則有殽烝。』如彼

〔一〕「殷」，原「牡」，據李本、薈本、授本、聽本、仁本、復本及《毛詩正義》卷二十之二改。
〔二〕「湆」，原作「者」，仁本校云：「『者』，今疏作『湆』，《校勘記》云：『明監本作湆，是也。』」據改。
〔三〕「豋」，原作「登」，據畬本、仁本、復本改。按，《毛詩正義》卷二十之二亦作「登」，誤。

文次，全烝謂全載牲體，殽烝謂體解節折，則房烝是半體可知。禘郊乃有全烝，宗廟之祭，唯房烝耳。《明堂位》稱『祀周公於太廟，俎用梡嶡』，此云大房，蓋魯公之廟用大房也。」梡音款。嶡音蹶。椇音矩。撓音擾。踦音乎。**萬舞洋洋，**今曰：「《詩記》以萬舞爲二舞之總名，解見《邶·簡兮》。《箋》以爲干舞，今不從。」〇《傳》曰：「洋洋，衆多也。」**孝孫有慶。俾爾熾而昌，**熾音幟，尺志反。〇疏曰：「熾，盛也。昌，大也。」**俾爾壽而臧。**《箋》曰：「臧，善也。」〇曹氏曰：「壽而好德也。」**保彼東方，**《箋》曰：「保，安也。」**魯邦是常。**《箋》曰：「常，守也。」**不虧不崩，**疏曰：「虧，損也。崩，落也。」〇《箋》曰：「虧、崩，皆謂毀壞也。」〇曹氏曰：「不虧則如日之常盈[一]，不崩則如山之常固。」**不震不騰。**《傳》曰：「震，動也。騰，乘也。」〇朱氏曰：「震騰，驚動也，皆不安之意。」〇曹氏曰：「不震則如地之常静，不騰則如水之常平。」**三壽作朋，**《箋》曰：「三壽，三卿也。」**如岡如陵。**

此説封魯之事。成王告周公曰：叔父，我今立汝首子，使之爲侯於魯國，大開女之土宇。言封以百里，爲周家之藩輔也。既告周公，乃策命魯公伯禽，使爲侯於東方之魯國，賜之以境内之山川，又賜之以境内之土田，又賜之以小國之附庸，使四鄰小國附屬之。至於今日，周公之孫、莊公之子，謂僖公也。其車建交龍之旂，承奉宗廟祭祀，

[一]「日」，原作「月」，據畲本改。按，張壽鏞輯曹粹中《放齋詩説》卷四、劉瑾《詩傳通釋》卷二十引曹説亦作「日」。

所乘四馬，其六轡耳耳然至盛。春秋四時，非有解怠，獻享祭祀，無有差忒。皇皇至大之天帝及君祖后稷，獻享以騂赤純色之牲。天與后稷，於是歆而饗之，安而宜之，其降與之以福，既甚多矣，非特天與后稷，降之多福，而周公與君祖伯禽，亦福於女僖公矣。復説祭祀得禮之事，將於秋而始嘗祭，先於夏而豫養牲，其所養之牛，設横木於角以逼之，謂之楅衡，令其不得觝觸人也。所養者，是祭周公白色之牡牲，與魯公赤色之剛特。其祭之時，有盛酒之尊，其尊腹之上，飾畫犧牛，將將然而盛美也。其饌則有爓去其毛而炰之之豚，又有切肉之胾，又有大羹、鉶羹，其食器則有籩豆，又有載半體之大俎，如堂房然，謂之大房。鼎俎已陳，籩豆已列，於是奏樂舞，執干戚而爲萬舞者，洋洋然衆多。由此祭祀得禮，故祖考祐之，令孝孫僖公有福慶也，使爾熾盛而昌大，使爾壽考而臧善，保安彼東方，魯國是守，不虧損，不傾頽，不震動，不乘騰。國有壽考之三卿與作朋友，皆如岡陵之固，祝其君臣同慶也。

公車千乘，去聲。○《傳》曰：「大國之賦千乘。」○疏曰：「大國之賦千乘，《司馬法》『兵車一乘，甲士三人，步卒七十二人』，計千乘有七萬五千人，則是六軍矣，與下『公徒三萬』數不合者，二者事不同也。禮，天子六軍，出自六鄉，萬二千五百家爲鄉，萬二千五百人爲軍。《地官·小司徒》『凡起徒役，無過家一人』，是家出一人，鄉爲一軍，此則出軍之常也〔一〕。天子六軍既出六鄉，則諸侯三軍出自三鄉，下云『公徒三萬』，自謂鄉之所出，非此千乘之衆也。此云『公車千乘』，自謂計地出兵，非彼三軍之事也。二者不同，故數不相合。」○李氏曰：「按《司馬法》『六尺爲步，步百爲畝，畝百爲夫，夫三爲屋，屋三爲井，井十爲通，通十爲成』，成出革車一乘，則千乘其地方二百一十六里有奇，若以《孟子》所言『周公封於魯，地方百里』，則無緣有千乘也。若以《明堂位》所言『封周公於曲阜，地方七百里』，則又不啻有千乘。《司馬法》之言，既不合於《孟子》，又不合於《禮記》，不足信也。」○今曰：「《魯頌》多夸大之辭，不必求其數之盡合也。」**朱英緑縢**。音騰。○《傳》曰：「朱英，矛飾也。縢，繩也。」○疏曰：「絲纏而朱染之，以爲矛之英飾。弓束以緑繩。《小戎》『竹閉緄縢』，謂約之以繩，非訓縢爲繩。」**二矛重弓**，《傳》曰：「重弓，重於鬯中也。」○《箋》曰：「二矛重弓，備折壞也。」**公徒三萬**。《箋》曰：「大國三軍，合三萬者〔二〕，舉成數也。」○疏曰：「今以《春秋》檢之，則僖公無三軍，襄十一年，《經》書『作三軍』，明已前無三軍也。昭五年，又書『舍中軍』〔三〕。鄭以周公、伯禽之世，合有三軍，僖公能復周公之宇，遵伯禽之法，故以三軍解之，其實於時唯二軍耳。」○李氏曰：「天

〔一〕「軍」，原作「車」，據授本、聽本、仁本、復本及《毛詩正義》卷二十之二改。

〔二〕「合」下，《毛詩正義》卷二十之二有「三万七千五百人，言」八字。按，嚴氏本章章指即全引《鄭箋》之文，有此八字。

〔三〕「舍」，原作「作」，據授本、聽本、復本及《毛詩正義》卷二十之二改。

子之國，不啻有六軍，所用者惟六軍而已。大國不啻有三萬公徒，所用者惟三萬而已。使舉國之人而盡用之，則但可以一役，苟不幸而敗，則安得人人而復用之哉？此天子之國，所以止用六軍，大國所以止用三軍也。自伯禽以來，已有三軍，僖公興其國，所以有公徒三萬，觀詩曰『大啓爾宇』，既謂之大啓爾宇，豈得無三軍？即伯禽以來，已有三軍，襄公所以作三軍者〔一〕，則以魯國三卿專魯國之權，分三軍以爲己之賦，故作三軍，非是自襄公以來方有三軍也。」**貝冑朱綅，**冑音宙。綅音纖，又音侵。○《傳》曰：「貝冑，貝飾也。朱綅，以朱綅綴之。」○疏曰：「貝者，水蟲，甲有文章也。冑謂兜鍪，貝非爲冑之物，故知以貝爲飾。朱綅，直謂赤綫耳，謂以朱綫連綴甲也。」**烝徒增增。**《傳》曰：「增增，衆也。」**戎狄是膺，**《傳》曰：「膺，當也。」**荆舒是懲，**疏曰：「楚一名荆。羣舒，楚之與國。」○《箋》曰：「懲，艾也。」艾音刈。**則莫我敢承。**《傳》曰：「承，止也。」○李氏曰：「《泮水》之詩，美僖公能服淮夷，皆無是事而美之，則膺戎狄而懲荆舒，未必不如其服淮夷也。辭如是之重複者，蓋祝頌之辭，其例如此也。」**俾爾昌而熾，俾爾壽而富。黃髮台背，**解見《行葦》。**壽胥與試。**《箋》曰：「胥，相也。」○曹氏曰：「老人髮白而更黃，背皺如鮐魚皮，如是者相與試用，則不特『三壽作朋』而已，其所用皆老成之人也。」鮐音臺。**俾爾昌而大，俾爾耆而艾。**五蓋反。**萬有千歲，眉壽無有害。**

〔一〕「三」，原作「二」，味本同，據他本及李樗《毛詩集解》卷四十一改。

公之兵車，有大國千乘之賦矣。每一車上皆有三人，右人持矛，其矛有朱色之英飾，左人持弓，其弓有綠色之繩縢約之。此朱英綠縢者，是二矛重弓也。必二必重者，備折壞也。又公之徒衆，有三萬人矣，萬二千五百人爲軍，大國三軍，合三萬七千五百人，言三萬，舉成數也。此徒衆，其胄以貝飾之，其甲又以朱綫連綴之。進行之徒，增增然衆多，西戎、北狄有來侵者，以此膺當之，荊楚羣舒叛逆者，以此懲創之，無有於我敢禦止之者。此皆頌祝之辭也。又祝使汝昌大而熾盛，使汝壽考而富足。又髮有黃色，背有鮐魚文之壽者，相與試其才，以爲之用，欲其所用皆老成人也。又重慶之，使汝昌而且大，使汝耆壽而且老艾，萬有千歲，得秀眉之壽，而無有患害也。萬有千歲，猶曰千歲萬歲也。

泰山巖巖，疏曰：「泰山在齊、魯之間，二國皆以爲望也。」**魯邦所詹。**《傳》曰：「詹，至也。」**奄有龜蒙，**《箋》曰：「奄，覆也。」○《傳》曰：「龜山也，蒙山也。」○疏曰：「《春秋》定十年，齊人來歸鄆、讙、龜陰之田，謂龜山之北田也。《論語》説顓臾主蒙山也。魯之境内有此二山。」**遂荒大東。**《傳》曰：「荒，有也。」○《箋》曰：「荒，奄也。大東，極東也。」**至于海邦，**《箋》曰：「近海之國也。」**淮夷來同。莫不率從，魯侯之功。**

言泰山之高巖巖然，魯之邦境所至也，又奄有龜山、蒙山，遂荒奄極東之地，至於近海之國。淮夷舊不服者，亦内向而不爲異。凡此東方之國，莫不相率而順從，是魯侯僖公之功也。願之之辭也。

保有鳧繹，鳧音符。繹音亦，字又作嶧。○《傳》曰：「鳧山也，繹山也。」○疏曰：「《禹貢》徐州『嶧陽孤桐』，謂嶧山之陽有桐木也。」**遂荒徐宅。**《傳》曰：「宅，居也。」○曹氏曰：「《禹貢》徐州之地而魯宅之，故曰徐宅。」**至于海邦，淮夷蠻貊。**音陌，**及彼南夷，**疏曰：「南夷謂荆楚。」**莫不率從。莫敢不諾，**《箋》曰：「諾，應辭也。」**魯侯是若。**《傳》曰：「若，順也。」

僖公又安有鳧山、繹山，遂荒奄徐州之居。至于近海之國，若淮夷也，南夷之蠻也，東夷之貊也，又及彼南方之夷荆楚也，莫敢不相率而順從，莫敢不應諾其命令，唯魯侯僖公之是順。此亦願之之辭也。

天錫公純嘏，音假。○《箋》曰：「純，大也。受福曰嘏。」**眉壽保魯。居常與許，**《傳》曰：「常、許，魯南鄙、西鄙。」○《箋》曰：「許，許田也，魯朝宿之邑也。常或作嘗，在薛之旁。《春秋》魯莊公三十一年『築臺于薛』是與？周公有嘗邑，所由未聞也〔一〕。六國時，齊有孟嘗君，食邑於薛。」○疏曰：「常爲南鄙，

〔一〕「所由」，原作「許田」，仁本校云：「《校勘記》云：『「許田」，相臺本作「所由」，是也。』」據改。

許爲西鄙，或當有所依據，不知出何書也。桓元年，鄭伯以璧假許田。《公羊傳》：『許田者何？魯朝宿之邑也。此魯朝宿之邑，曷爲謂之許田？諱取周田，繫之許，近許也。』《春秋》於僖公之世，不書得許田，蓋經傳闕漏，故無其事也。」○朱氏曰：「常、許皆魯之故地，見侵於諸侯而未復者，故魯人以是願僖公也。」**復周公之宇。魯侯燕喜，令妻壽母。**朱氏曰：「僖公娶於齊，曰聲姜，母曰成風。」**宜大夫庶士，邦國是有。既多受祉，黄髮兒齒。**兒音倪，《字書》作齯。○《箋》曰：「兒齒，亦壽證。」○《釋文》曰：「兒齒，齒落更生細者。」

言天賜僖公以大福，使有秀眉之壽，而保守魯國，又能居常邑與許邑，以復周公之故居。常、許，魯之故地而未復者也。僖公燕飲而喜樂，內有令善之妻，壽考之母，又外有大夫衆士，與之相宜。魯之邦國，僖公常保有之，既多受其福，又有黄色之髮，落而更生之齒，皆壽證也。此願其壽考，以復魯之侵地，宜其室家臣庶，以保有其國也。

徂來之松，《傳》曰：「徂來，山也。」**新甫之柏。**《傳》曰：「新甫，山也。」**是斷是度，**斷音短。度音鐸。○疏曰：「斬斷之，量度之。」**是尋是尺。**《傳》曰：「八尺曰尋。」**松桷有舄，**桷音角。舄音昔。○《傳》曰：「桷，榱也。舄，大貌。」**路寢孔碩。**《傳》曰：「路寢，正寢也。」○《箋》曰：「碩，大也。」**新廟奕奕，**音亦。○朱氏曰：「僖公所脩之廟也。」○《傳》曰：「新廟，閔公廟也。」○《箋》曰：「脩舊曰新，所新者，姜嫄廟也。」○疏曰：「奕奕，廣大也。」**奚斯所作。**疏曰：「奚斯，公子魚也。」○《傳》曰：「有大夫公子奚斯者，作是廟也。」○《箋》曰：「奚斯作者，教護屬功，課章程也。」**孔曼且碩，**曼音萬。○《傳》曰：「曼，長也。」**萬民是若。**

僖公於是乃脩造寢廟，取徂來山之松，新甫山之柏，於是斬斷之，於是用八尺之尋、十寸之尺以量之。既量其材〔一〕，乃用松爲榱桷，有舄然而大，爲君之正寢，甚寬大而碩。又作新廟，奕奕然廣大，此寢廟乃是公子魚所作，謂監護工役之事也。此寢廟甚長曼而碩大，萬民以爲順，無咨怨，不憚勞也。○新廟，或以爲閔公廟，或以爲姜嫄廟，皆不可知。或以爲新作之，或以爲脩舊而新之，然《春秋》不書，則知其非大工役，脩舊之説得之。

《閟宫》八章，二章章十七句，一章十二句，一章三十八句，二章章八句，二章章十句。

〔一〕「材」，原作「林」，味本同，據他本改。

詩緝卷之三十六

嚴粲述

商頌

《譜》曰：「商者，契所封之地。至湯則受命。武王封微子啓爲宋公，其封域在《禹貢》徐州泗濱，西及豫州盟豬之野。自從政衰，散亡商之禮樂。七世至戴公，時當宣王，大夫正考父者，校商之名頌十二篇於周太師，以《那》爲首，歸以祀其先王。孔子録《詩》之時，則得五篇而已，乃列之以備三頌。」盟音孟。○朱氏曰：「太史公云：『宋襄修仁行義〔一〕，欲爲盟主，其大夫正考父美之，故追道契、湯、高宗之所以興，作《商頌》。』蓋本《韓詩》之説，諸儒多惑之者。今考此頌皆天子之事，非宋所有，且其辭古奥，亦不類周世之文，而《國語》閔馬父之言，亦與今《序》合。《韓詩》、太史公之説謬矣。張子云：『《商頌》之辭粹。』」○曹氏曰：「契爲堯司徒，敷五教，賜姓子氏，封之於商，今上雒商是也，在漢屬弘農郡。十四世而至湯，凡八遷都，湯始居商丘，後徙居亳，從先王居。蓋帝嚳嘗都之也。自湯十九世而至盤庚，其間又復五遷，盤庚始居河北，其後遷河南，復居亳之殷地，即湯之故都也。後世或稱商，或稱殷，或兼稱殷商。先儒謂商有三亳，二在梁國，一在河、洛之間，故穀熟爲南亳，湯所都也；蒙爲北亳，亦曰景亳，湯所受命也；偃

〔一〕「修仁行義」，顧本作「修仁義」，畬本作「修行仁義」。葉校云：「今案，此引《史記·宋微子世家》太史公語，『修行仁義』倒爲『修仁行義』。」

師爲西亳〔一〕，所謂河、洛之間，盤庚所遷也。按《九域志》云：『今南京有亳城，古景亳也〔二〕，本帝嚳之墟，湯從都之。有高辛城，有帝嚳高辛氏廟，有湯廟，有伊尹冢。』南京去亳三十里，則北亳其是歟？其後武王伐紂，成王黜殷，殺武庚，封微子於宋，以主殷祀。宋即商丘，唐火正閼伯之墟，契孫相土因之，湯亦嘗居焉。後雖遷都於亳，而商丘寔爲湯居〔三〕，且合於契初受封之號，故稱商云。」〇《解頤新語》曰：「或者謂周成王始封熊繹於荆，至周惠王之時、魯僖公元年，始有楚號，遂疑商時未有荆楚，乃欲假此以實韓氏宋襄公之説〔四〕，殊不思荆自帝嚳九州，已有荆州之名，至《禹貢》分別山川，則『荆及衡陽爲荆州』，乃在南，即荆楚也；『荆、岐既旅』『至于荆山』，乃在西，蓋雍州之荆，非荆州之荆也。詩人以有二荆，故以荆楚別荆岐耳，既自古有荆，孰謂周封熊繹始有荆哉〔五〕？」

《那》，乃河反。**祀成湯也。微子至于戴公，**疏曰：「凡十君，除二及，餘八君，是微子之後，七

〔一〕「西」，底本殘泐，據復本補。
〔二〕「古景」二字，底本殘泐，據復本補。
〔三〕「居」，原作「後」，據畲本改。
〔四〕「氏」，授本、聽本、仁本、復本作「詩」。按，顧棟高《毛詩訂詁》卷八引《解頤新語》作「氏」，而劉瑾《詩傳通釋》卷二十引《詩緝》、何楷《詩經世本古義》卷四引《解頤新語》作「詩」。
〔五〕葉校云：「案，此條全見《逸齋詩補傳》，不云出《解頤新語》。」

世至戴公也。」**其間禮樂廢壞，**《箋》曰：「禮樂廢壞者，君怠慢於爲政，不脩祭祀、朝聘、養賢、待賓之事，有司忘其禮之儀制，樂師失其聲之曲折，由是散亡也。」**有正考甫者，**疏曰：「孔子七世之祖。」**得《商頌》十二篇於周之大師，**大音泰。○《譜》曰：「周用六代之樂，故得有《商頌》。」**以《那》爲首。**疏曰：「祀成湯之樂歌也。大師先以《那》爲首矣。」

猗與那與，猗音伊。與音余。○《潛．箋》曰：「猗與，歎美之辭。」猶言美哉也〔一〕。○《傳》曰：「那，多也〔二〕。」○今曰：「《桑扈》『受福不那』。」**置我鞉鼓，**置如字，鄭作植。鞉音桃。○朱氏曰：「置，陳也。商人尚聲，臭味未成，滌蕩其聲，樂三闋，然後迎牲，即此是也。」○《傳》曰：「鞉鼓，樂之所成也。」○疏曰：「《王制》云：『天子賜諸侯樂，則以柷將之；賜伯子男樂，則以鞉將之。』注云：『柷、鞉皆所以節樂。』是樂成亦由鞉也。」○曹氏曰：「置則方設之而已，既設而奏之。《春官．小師》『掌教鞉、柷、敔、塤、簫、管、弦、歌』，又《眂瞭》『凡樂事，播鞉，擊頌磬、笙磬』，皆以鞉爲先。鄭康成注《大射禮》云：『賓至則摇鞉以奏樂，故天子賜伯、子、男樂，則以鞉將之。』是以商人亦首奏焉。」頌如字。**奏鼓簡簡，**《箋》曰：

〔一〕葉校云：「今案，《潛．箋》云：『猗與，歎美之言也。』作『言』不作『辭』，『猶言美哉也』句，則嚴所申成《箋》義者，非《潛．箋》有是言也。凡嚴書所引《傳》《箋》，或字多寡，與本書有小出入者，皆可以是推之。」

〔二〕「也」下，畲本有「那，徒河反」四字。

「簡簡，和大也。」○今曰：「《執競》『降福簡簡』。」**衎我烈祖。**衎，看之去聲。○《傳》曰：「衎，樂也。」○《箋》曰：「烈祖，湯也。」○疏曰：「湯是殷家有功烈之祖。」**湯孫奏假，**音格，毛如字。○歐陽氏曰：「湯孫，斥主祀之時王爾。自太甲以下至紂，皆可爲湯孫，不知所斥者何王爾。」○今曰：「《傳》謂湯爲人子孫，今不從。」○朱氏曰：「假，感格也。」**綏我思成。**《箋》曰：「綏，安也。安我心所思而成之，謂神明來格也。《禮記》云：『齊之日，思其居處，思其笑語，思其志意，思其所樂，思其所嗜。齊三日，乃見其所爲齊者。祭之日，入室，僾然必有見乎其位；周旋出户，肅然必有聞乎其容聲；出户而聽，愾然必有聞乎其嘆息之聲。』此之謂思成。」齊音齋。僾音愛。**鞉鼓淵淵，**王氏曰：「淵淵，深也。深以言其聞之遠。」**嘒嘒管聲。**嘒音諱。○朱氏曰：「嘒嘒，清亮也。」○王氏曰：「細也。」**既和且平，依我磬聲。**《傳》曰：「依，倚也。」○王氏曰：「殷尚聲。」○《箋》曰：「磬，玉磬也。與玉磬之聲相依。玉磬尊，故異言之。」○疏曰：「磬非樂之主，而云『依磬聲』，明此異於常磬，非石磬也。《書》云『戛擊鳴球』〔一〕，謂玉磬也。」○朱氏曰：「玉磬，堂上升歌之樂也。張子云：『玉磬，聲之最和平者，可以養心也。其聲一定，始終如一，無隆殺也。』蓋鞉鼓管籥作於堂下，其聲依堂上玉磬之聲。」**於赫湯孫，**於音烏。○歐陽氏曰：「『於赫湯孫』者，謂於赫

〔一〕葉校云：「今案，疏引作『《皋陶謨》云』，此亦嚴氏所改也。」

湯之孫也，不應自稱盛美之孫，以誇其先祖。」**穆穆厥聲。**《箋》曰：「穆穆，美也。」○疏曰：「穆穆然而美者，其樂之音聲。」**庸鼓有斁，**庸如字，依字作鏞。斁音亦。○《傳》曰：「大鐘曰庸。斁斁然盛也。」○解見《靈臺》。○《箋》曰：「斁斁然有次序。」**萬舞有奕。**音亦。○萬舞，解見《邶·簡兮》。○今曰：「毛、鄭以奕爲閑習，王氏以爲綴兆衆大，今從王。」○奕，解見《車攻》。**我有嘉客，**《箋》曰：「嘉客，謂二王後及諸侯來助祭者。」**亦不夷懌。**今曰：「夷，平也。懌，悦也。」**自古在昔，**錢氏曰：「自古，謂古已後也；在昔，謂今已前也。」**先民有作。温恭朝夕，執事有恪。**《傳》曰：「恪，敬也。」**顧予烝嘗，**疏曰：「秋嘗冬烝。」**湯孫之將。**蘇氏曰：「將，奉也。」○曹氏曰：「『自古在昔，先民有作』者，先王有作於前也，顧予湯孫也。」

商人尚聲，故猗與那與，歎而多之，美其設此鞉鼓也。鞉雖小鼓，所以節樂，故首言之。既設此鼓，而後奏之，簡簡然其聲和大，以衎樂有功烈之祖成湯也。時王湯孫，奏樂以感格于祖考。祭祀則思其祖考，若神不來格，則所思不遂，今神明來格，是安我所思而成之也。其鞉鼓之聲，淵淵然深，其管聲嘒嘒然清亮，皆和平不相奪倫。又依此玉磬之聲也。歎美此赫赫成湯之孫，其作樂祭祀之時，其聲穆穆然美，鏞與鼓斁斁然盛，爲萬舞者奕奕衆大。二王之後及諸侯來助祭者，亦不平夷悦懌乎？「先民」，猶言前人也。「作」，承上文，謂作樂也，言聲樂之盛，非今日始作之，乃古昔之時，前人所作也。謂湯之功大，人聞其樂而悅懌，其來久矣。今温恭於朝夕之間，執事必敬，以省眂烝嘗之祭者〔一〕，乃湯孫之所將奉也。謂湯之澤無窮，故子孫世世奉祀焉。

《那》一章二十二句。

《烈祖》，祀中宗也。《箋》曰：「中宗，殷王大戊，湯之玄孫也。有桑穀之異，懼而脩德，殷道復興，故表顯之，號爲中宗。」○疏曰：「祀中宗之樂歌也。禮，王者祖有功，宗有德，不毁其廟。」

嗟嗟烈祖，《補傳》曰：「言烈祖而云『嗟嗟』，以簡朴故也。若《周頌》則言『於穆』『於皇』，乃近於文矣。」○《箋》曰：「功烈之祖成湯。」○今曰：「《那》『衎我烈祖』〔二〕，亦成湯。」**有秩斯祜。**音户。○《傳》曰：「秩，常也。」○蘇氏曰：「秩秩，無窮之福。」○《箋》曰：「祜，福也。」**申錫無疆，**《傳》曰：「申，重也。」**及爾斯所。**《箋》曰：「及女之此所。女，中宗也。言承湯之業，能興之也。」○朱氏曰：

〔一〕「眂」，顧本空缺一格，畬本作「視」。
〔二〕「衎」，原作「徂」，味本同，據他本改。

「斯所，猶言此處也。」○今曰：「及，猶與也，猶『生甫及申』之及。」**既載清酤，**音户。○《傳》曰：「酤，酒也。」**賚我思成。**《傳》曰：「賚，賜也。」○思成，解見《那》。**亦有和羹，**《箋》曰：「和羹者，五味調，腥熟得節。」○疏曰：「昭二十年《左傳》晏子云：『和如羹焉，水、火、醯、醢、鹽、梅，以烹魚肉，燀之以薪，宰夫和之，齊之以味，濟其不及，以洩其過。君子食之，以平其心。君臣亦然。』故曰『亦有和羹，既戒既平』〔一〕。」燀，闡、展二音。齊音劑，又如字。○曹氏曰：「鉶羹也。」○《詩故》曰：「祭之物備矣。其曰和羹，則合衆味而成者，惟羹爲然。」**既戒既平。**朱氏曰：「戒，宿戒也。平，平和也。」○《詩記》曰：「《儀禮》載祭祀燕享者，每始言羹定，蓋以羹熟爲節，然後行禮。定即戒平之謂也。此所謂『既載清酤，亦有和羹』，皆言祭之始也。」**鬷假無言，**鬷音椶。假，鄭音格，毛如字。○《傳》曰：「鬷，總也。」○《箋》曰：「假，至也。」○今曰：「《玄鳥》『四海來假』。」**時靡有争。綏我眉壽，黄耇無疆。約軧錯衡，**軧音祁。○解見《采芑》。**八鸞鶬鶬。**音鏘。○《箋》曰：「鸞在鑣，四馬則八鸞。」鶬鶬，聲和也。」○八鸞，解見《采芑》。○疏曰：「鄭於《秦風·駟鐵》之箋云：『置鸞於鑣，異於乘車。』《禮記》注云〔二〕：『鸞在衡。』則鄭以乘車之鸞必在衡，而此之鸞在鑣者〔三〕，以鸞之所在，經無正文，而殷、周或異，故

〔一〕下「既」，原作「且」，據李本、姜本、顧本、薈本、授本、聽本、復本及《毛詩正義》卷二十之三改。
〔二〕「注」，原無，據授本、聽本、復本及《毛詩正義》卷二十之三補。
〔三〕「在鑣」二字，底本殘泐，據復本補。

從舊説，以爲在鑣，以示不敢質也。」**以假以享，我受命溥將。**蘇氏曰：「溥且大也。」〇歐陽氏曰：「我時王受天命溥將。」**自天降康，**《箋》曰：「下平安之福。」**豐年穰穰。**如羊反。〇《執競·傳》曰：「穰穰，衆也。」〇疏曰：「穰穰，每物豐多也。」〇朱氏曰：「天降以豐年，黍稷之多，使得以祭也。」**來假來饗，**歐陽氏曰：「上云『以享』者，謂諸侯皆來助祭[一]，致享於神也；下云『來饗』者，謂神來至而歆饗也。」**降福無疆。顧予烝嘗，湯孫之將。**疏曰：「中宗之饗此祭，由湯之功，故本言之。雖中宗之子孫，亦是湯遠孫，故亦得言湯孫也。」

嗟乎我烈祖成湯，有秩秩之常福，以申錫後人於無窮也。時祀中宗，故以此所指中宗，言及爾中宗者[二]，謂湯創之，中宗興之，商祚久長，皆湯及爾中宗爲之也，以中興配創造，所以大中宗之功也。今我祀中宗之時，既載清酒於樽以酌獻，故神明賜我所思而成之，謂其來格也。亦有和羹，其事既戒謹而不苟，其味既和平而適宜，執事之臣，總至而無譁，又不交侵其職位，以有紛爭，所以神明安我以眉壽黃耇之福也。諸

〔一〕「皆」，原作「者」，據李本、顧本、畬本、復本改。葉校云：「《詩記》引歐陽説云『謂諸侯皆來助祭，致享於神也』，然則『者』爲『皆』之誤字，『來助』下又奪去『祭』字，故覺其不可通耳。」「祭」，原無，據顧本、畬本、復本補。

〔二〕「言」，諸本作「故」。

侯來助祭者，其車以皮纏約其軝，又有文錯之衡，其八鸞之聲，鶬鶬然和，以此格神，以此獻神，我時王受天命廣大。天降以康安之福，使豐年黍稷之多穰穰然也。年豐則民安，故以年豐爲降康，亦謂之康年也。以格神而神來格，以享神而神來饗，降以無窮之福也。今省顧烝嘗之祭，無所不致其謹者，乃湯孫之所將奉。辭與《那》頌同，而意各有所主。《那》美湯，此詩美中宗，謂湯之子孫，世世奉烝嘗之祭者，以中宗中興之功也。

《烈祖》一章二十二句。

《玄鳥》，祀高宗也。《箋》曰：「高宗，殷王武丁，中宗玄孫之孫也〔一〕。有鳴雉之異，又懼而脩德，殷道復興，故亦表顯之，號爲高宗云。」○疏曰：「祀高宗之樂歌也。」

此詩祀高宗而先述祖德，謂其能中興，不墜先烈也。

天命玄鳥，《傳》曰：「玄鳥，鳦也。」鳦音乙。○李氏曰：「燕也〔二〕，其色黑，故謂之玄鳥。」**降而生商，**

〔一〕「丁中」二字，底本殘泐，據復本補。

〔二〕「燕」上，畬本及李樗《毛詩集解》卷四十二有「玄鳥」二字。

《傳》曰：「春分，玄鳥降。湯之先祖有娀氏女簡狄，祈于郊禖而生契，故本其爲天所命，以玄鳥至而生焉。」○《箋》曰：「契有功，封商。」○疏曰：「記其祈福之時，美其得天之命，故言天命玄鳥，使下生商也。玄鳥之來，非從天至，而謂之降者，重之若自天來然。」**宅殷土芒芒。**《箋》曰：「湯始居亳之殷地而受命，國日益以廣大。」○疏曰：「殷是亳地之小別。」○《傳》曰：「芒芒，大貌。」**古帝命武湯，**《箋》曰：「有威武之德者成湯。」**正域彼四方。**今曰：「以四方爲疆域。」**方命厥后，**鮮于氏曰：「隨其所在之方而命羣后也。」○朱氏曰：「方命厥后，四方諸侯無不受命也。」**奄有九有。**《傳》曰：「九有，九州也。」○《箋》曰：「覆有九州，爲之主也。」**商之先后，**疏曰：「先后，成湯也。」**受命不殆，**疏曰：「殆，危也。」**在武丁孫子。**《傳》曰：「武丁，高宗也。」○疏曰：「毛以爲湯受天命，所以不至危殆者，在此武丁善爲人之孫子也。」**武丁孫子，武王靡不勝。**毛音升，鄭去聲。○疏曰：「毛以爲武丁善爲人之孫子，行其武德之王道，無所不勝任之也。」**龍旂十乘，**去聲。○龍旂，解見《出車》。○《箋》曰：「十乘者，二王後，八州之大國。」○疏曰：「八州大國，謂州牧也。」**大糦是承。**糦音熾。○《箋》曰：「糦，黍稷也。」○李氏曰：「武丁中興，諸侯莫不助祭于京師。」**邦畿千里，**《傳》曰：「畿，疆也。」**維民所止。**曾氏曰：「人於其所歸赴則止焉。商之盛時，邦畿千里，民所歸之也。」**肇域彼四海，**疏曰：「肇，當訓爲始。王肅云：『殷道衰，四夷來侵。至高宗，然後始復以四海爲境域也。』」○朱氏曰：「言王畿之内，民之所止，不過千里，而其封域，則極乎四海之廣也。」**四海來假。**音格。○《箋》曰：「假，至也。」**來假祁祁，**《箋》曰：「祁祁，衆多也。」**景員維河。**員，毛音圓，鄭音云。○《傳》曰：「景，大也。員，均也。」○朱氏曰〔一〕：「河，商所都，如《盤庚》民不肯涉河以遷，即此河也。景員維河，則以諸侯輻湊而至于河也。」**殷受命咸宜，百禄是何。**河之上濁。○《傳》曰：「何，任也。」○《箋》曰：「謂擔負天之多福。」

契母簡狄，於春分玄鳥至之日，祈于高禖而生契。故推本言之，謂殷之興，非人所能爲也，乃天命此玄鳥，使下而生此商國。契封於商，其後因之，以爲一代有天下之號。言生商，謂生契也。契封於商，而商因以興，是生契所以生商也。其後子孫遂居亳之殷地。國土芒芒然廣大，謂湯也，湯始居亳殷也〔二〕。古者上帝命其威武之湯，令其正域於四方，謂以四方爲界域，天下一統也。湯承帝之命，乃隨其方以施命令於諸侯，遂覆有九州，即所謂「域彼四方」也。以四方爲界域，則九州在其

〔一〕仁本校云：「『朱氏』疑『李氏』訛，《集解》可徵。」

〔二〕「湯」，諸本無。又，仁本校：「『湯也』之『也』恐衍。」按，嚴氏上注引《箋》云：「湯始居亳之殷地而受命，國日益以廣大。」章指「國土芒芒然廣大，謂湯也」，是指湯之事。仁本是因缺下「湯」字而誤校。

中矣。天命湯以四方爲域，湯能命其諸侯，而奄有九有，成天意也。先后即成湯。成湯之興，天實命之，其後中微，天命幾危矣。武丁能振起之，故言成湯所受天命，不至於危殆者，在武丁能爲人之孫子，盡繼述之義也。又言武丁所以能爲人之孫子者，以有威武之王德，無所不勝任，故當時諸侯服從，皆來助祭。有建龍旂者十乘，於祭之時，有大黍稷之食，諸侯奉承而進之也。十乘，舉諸侯之尊者言之，謂二王後及八州之牧也。邦畿之内，地方千里，維是民之所安止也。言民志定也。湯本以四方爲域，今言始以四海爲域者，殷道中微，侯國必有畔者，故疆土非先王之舊，至高宗中興，始復之也。京師，諸夏之根本，王畿之内，人心安定，則四海之大，皆在統理之内。故四海皆來朝覲，其至也，祁祁然而多。河都有廣大均平之象，諸侯輻湊，則京師氣象盛大。於是總美殷家前後相承，受天之命，無有不宜，能負何天之百福，謂成湯至高宗也。○或以「武丁孫子」爲武丁之孫子，然子孫祀其先王，而夸言己之武德，義未爲安，況武丁之後無顯王乎？○今考自湯至盤庚五遷，湯遷亳，仲丁遷囂，河亶甲居相，祖乙遷耿，盤庚又遷亳。亳、囂皆在河南，相、耿皆在河北。自盤庚之後，傳三世至武丁，又傳四世至庚丁，凡八世皆居亳。庚丁之子武乙，始去亳，徙河北。此詩所言河，正指亳也。亳有三：蒙爲北亳，穀熟爲南亳，偃師爲西亳。湯自南亳遷西亳，盤庚所遷，即西亳偃師是也。

《玄鳥》一章二十二句。

《長發》，大禘也。 禘音第。○疏曰：「大禘之樂歌也。」○王氏曰：「《雝・序》以爲禘大祖，周無四時之禘故也。」今曰：「大禘，則商有四時之禘故也。四時之禘爲小，則禘其祖之所自出爲大。」○横渠張氏曰：「禘其祖之所自出，則禘嚳〔一〕。」○吕氏曰：「古者，天子、諸侯三年喪畢，皆合先祖之神而享之，以生時有慶集之懽，死應備合食之禮，故時祭之外，復爲禘祫也。虞、夏、商皆以間歲爲之，周則五年而再盛祭。」

濬哲維商， 濬音峻。○《傳》曰：「濬，深也。」○李氏曰：「猶《書》所謂『濬哲文明』也。惟其德之深，故不溺於褊淺；惟其德之明，故不至於昏塞。商之先世，皆有深智之德。」**長發其祥。** 《箋》曰：「長，猶久也。久發見其禎祥矣。」**洪水芒芒，** 《傳》曰：「洪，大也。」**禹敷下土。** 呂氏《書説》曰：「禹先分布九州之土

〔一〕「禘」，原作「帝」，據諸本改。

地，規畫既定，然後用工。」**方外大國是疆，**《傳》曰：「諸夏爲外。」○疏曰：「對京師爲外也。疆，謂弼成五服之時也。詩言商興所由，止須言契而已，乃述『禹敷下土』者，以契、禹俱事帝堯，皆有大功，故將欲論契，先言洪水也。」**幅隕既長。**幅音福。隕音圓，徐音雲。○《傳》曰：「幅，廣也。隕，均也〔一〕。」○疏曰：「幅，如布帛之廣也〔二〕。禹平治水土，中國既廣平且長也〔三〕。」**有娀方將，**娀音菘。○《傳》曰：「有娀，契母也。將，大也。」○疏曰：「有娀，契母之姓，婦人以姓爲字。」○《箋》曰：「禹敷下土之時，有娀氏之國，亦始廣大。」**帝立子生商。**今曰：「子，女也。《大明》『大邦有子』。」○疏曰：「天爲之生立其子，而使之生商，謂上天祐契，使賢而生有商國也。」

有深濬明哲之德者，維我商家也，久發見其興王之祥矣。時未興王，其祥先見也。蓋自洪水芒芒，禹分布下土而治之，其方外諸夏之大國，皆畫其疆界，各正其守，使中國廣大均平而且長遠。當此之時，契母有娀氏之國方大，而天爲之立其子簡狄，使之生商。商者，一代有天下之號，生商，謂生契也。契封於商，而商因以興，是生契所以生

〔一〕「也」下，畲本有：「○徐氏曰：『自其直方言之曰幅，自其周圍言之曰隕，猶云廣輪也。』」
〔二〕「廣」，《毛詩正義》卷二十之四作「幅」。
〔三〕「平」下，《毛詩正義》卷二十之四有「均」字。

商也，此非祥之久發見乎？

玄王桓撥，《傳》曰：「玄王，契也。撥，治也。」○疏曰：「《國語》云：『玄王勤商，十四世而興。』玄王爲契，明矣。《國語》又云：『我先王后稷。』又曰：『我先王不窋。』是其爲王之祖，非追號爲王也。」○歐陽氏曰：「《書》稱『格王』『寧王』，蓋古人往往以美稱加王爾。玄者，深微之謂也。老氏言『玄之又玄』是矣，不必爲黑也。」○蘇氏曰：「桓，武也。」**受小國是達，受大國是達。**王氏曰：「『受小國是達，受大國是達』者，隨所受大小，能達其道也。達，與『在邦必達』同意。」**率履不越，**王氏曰：「循行無所踰也。」○錢氏曰：「不越於道。」**遂視既發。相土烈烈，**相去聲。○《傳》曰：「相土，契孫也。烈烈，威也。」**海外有截。**《箋》曰：「截，整齊也。相土居夏后之世，承契之業，入爲王官之伯，出長諸侯，其威武之盛烈烈然。」○疏曰：「相土止爲一國之君而已，不得威行海外。今云『海外有截』，故知入爲王官之伯，出長諸侯也。僖四年《左傳》管仲説太公爲王官之伯，云：『五侯九伯，汝實征之，以夾輔周室。』是王官之伯，分主東西，得征其所職之方。分主東西，則威加一面而已。而云『四海』者，不知所主何方，故總舉四海言之。截然整齊，謂守其所職，不敢内侵外畔也。王肅云：『相土在夏爲司馬之職，掌征伐也。説《春秋》者，亦以太公爲司馬之官。』與鄭異。」

玄王，尊契之稱。玄者，稱其德之深微也。契桓武而能撥治，受小國大國，皆能達其道，無往不宜，循行於道，無所踰越，從容中道也。斯民遂視傚之而感發矣。契之孫相土，入爲王官之伯，出長諸侯，其威武之盛烈烈然，海外率服，截然整齊。

帝命不違，蘇氏曰：「違，去也。」**至于湯齊。**蘇氏曰：「至湯而王業成，與天命會焉。」**湯降不遲，**《傳》曰：「不遲，言疾也。」○蘇氏曰：「湯之所以自降下者，甚敏而不遲。」**聖敬日躋。**《傳》曰：「躋，升也。」○李氏曰：「湯能降己不遲，故德日進。」**昭假遲遲，**假，毛音格，鄭音暇。**上帝是祗。**《箋》曰：「祗，敬也。」**帝命式于九圍。**《傳》曰：「九圍，九州也。」○李氏曰：「帝命之爲法於天下也。」

商自契以來，天命所嚮，未嘗去之，然至湯而後與天齊，謂王業至此而成，天命至此而集，天人適相符合也。湯之謙抑，所以自降下者，甚敏而不遲，故聖敬之德，日以躋升也。敬爲聖人之敬，言至誠也。日躋，言至誠無息也。德日新，又日新，是「聖敬日躋」之實，即文王之純，亦不已也。其昭格於天，遲遲甚緩，言湯無心於得天，付之悠悠也。湯無所覬倖，故唯上帝是敬，其誠專一，然天自命之，以爲法於天下，使爲王也。

受小球大球，音求。○《傳》曰：「球，玉也。」○王氏曰：「小國大國所贄之瑞也。」**爲下國綴旒，**綴，徐張衛反，本音輟。○《箋》曰：「綴，猶結也。旒，旌旗之垂者也。結定其心，如旌旗之旒縿著焉。」縿音杉。

著，直略反。○疏曰：「綴著於縿也。襄十六年《公羊》云：『君若贅旒然。』言諸侯反繫屬於大夫也。此言『綴旒』，文與彼同。《秋官·大行人》及《考工記》説旌旗之事，皆云『九旒七旒』，《爾雅》説旌旗云『練旒九』，是旌旗垂者名爲旒也。」○《詩故》曰：「斿所垂爲旒，衆旒所著爲縿。」**何天之休。**何上聲。**不競不絿，**音求。○《箋》曰：「競，争也。」○《傳》曰：「絿，急也。」**不剛不柔。敷政優優，**《傳》曰：「優優，和也。」**百禄是遒。**慈秋反。○《傳》曰：「遒，聚也。」

湯受小國大國所贄之瑞，諸侯心繫天子，如旌旗之旒綴著於縿。諸侯皆服屬於我，此所以負荷上天之福也。湯又不争競，不急躁，不太剛猛，不太柔弱，陳政教則優優而和，故百禄聚而歸之。

受小共大共，毛音恭，鄭音拱。○王氏曰：「小國大國所共之貢也。」○今曰：「《無逸》『萬邦惟正之供』。」**爲下國駿厖，**駿音峻，一音俊。厖，莫邦反。○《傳》曰：「駿，大也。厖，厚也。」○曹氏曰：「小國大國共貢賦，所以享上也，然皆出於民力，惟薄取之，而不使其傷財害民，則厚下之道也。」**何天之龍。**鄭作寵，毛如字。**敷奏其勇，不震不動。不戁不竦，**戁，奴版反。○《傳》曰：「戁，恐也。竦，懼也。」**百禄是總。**

湯受小國大國之共貢，惟薄取之，所以大厚天下，非謂既受而復散之也，故能何天之榮寵。又陳進其勇〔一〕，不震驚，不搖動，不戁恐，不竦懼，毅然以天下自任，此百祿所以總而歸之也。

武王載旆，蒲貝反。○《傳》曰：「武王，湯也。旆，旗也。」○疏曰：「載其旌旗。」○曹氏曰：「載旆，則指其所伐之國也。」**有虔秉鉞。**音越。○《補傳》曰：「虔，敬也。」○今曰：「鉞，揚也。解見《公劉》。」**如火烈烈，則莫我敢曷。**王氏曰：「曷者，誰何之謂也。」**苞有三蘖，**五葛反。○《傳》曰：「苞，本也。蘖，餘也。」○朱氏曰：「蘖，旁生萌蘖也。言一本生三蘖。本則夏桀，蘖則韋也、顧也、昆吾也。」**莫遂莫達。九有有截，**《箋》曰：「齊壹截然。」**韋顧既伐，昆吾夏桀。**《箋》曰：「韋，豕韋。彭，姓也。顧、昆吾，皆己姓也。三國黨於桀惡。湯先伐韋、顧，昆吾、夏桀則同時誅也。」

有威武之王成湯，載其旗旆，虔敬以秉持其鉞，恭行天討也。其威勢如猛火烈烈之盛，莫敢誰何者。一本生三蘖，桀爲亂首，韋也、顧也、昆吾也，以惡相濟，然莫能遂達其惡，於是九州截然齊一，以歸于湯。湯則先伐韋、顧，次伐昆吾、夏桀也。

昔在中葉，《傳》曰：「葉，世也。」**有震且業。**疏曰：「震，懼也。」○《傳》曰：「業，危也。」○業業，有考，

〔一〕「進」，畬本作「奏」。

見《常武》。○錢氏曰：「《書》云：『肇我邦于有夏〔一〕，若苗之有莠，若粟之有秕，小大戰戰，罔不懼于非辜。』所謂『震且業』也。」**允也天子，降予卿士。**《箋》曰：「下予之卿士，謂生賢佐也。」○疏曰：「言卿士者，三公兼卿士也。」○卿士，又解見《十月之交》。**實維阿衡，**《傳》曰：「阿衡，伊尹也。」○《箋》曰：「阿，倚也。衡，平也。伊尹，湯所依倚而取平，故以爲官名。」**實左右商王。**左右音佐又。○《箋》曰：「商王，湯也。」○劉氏曰：「禘于太祖，則功臣與祭，故言伊尹也。」

昔在中世，湯未興之前，國弱而震懼危業，信哉天愛湯而子之，乃爲之生賢，降予以卿士。卿士謂誰？實維伊尹，爲阿衡之官，而佐助成湯，以定天下也。

《長發》七章，一章八句，四章章七句，一章九句，一章六句。

《殷武》，祀高宗也。疏曰：「祀高宗之樂歌也。」

撻彼殷武，撻音闥。○《傳》曰：「撻，疾意也。」○曹氏曰：「言其兵威神速，所謂迅霆不及掩耳也。」○朱氏曰：「殷武，殷王之武也。」○錢氏曰：「謂殷之有武者，莫高宗若也。」**奮伐荆楚。**《傳》曰：「荆楚，荆州之楚國也。」○疏曰：「周有天下，始封熊繹爲楚子。於武丁之世，不知楚君何人也。」○李氏曰：

〔一〕「于」，底本殘泐，據復本補。

「荆楚在商、周之時，爲夷狄之國，世亂則先叛，世治則後服。當湯之時，必不敢抗衡中國，及商室中微，往往爲中國患。此高宗所以討之也。」**罙入其阻，**罙音彌。阻音俎。○《傳》曰：「罙，深也。」○《箋》曰：「阻，險阻也。」**裒荆之旅。**裒，蒲侯反。○《傳》曰：「裒，聚也。」**有截其所，**曹氏曰：「王師所在，截然無敢犯之者，猶《常武》所謂『截彼淮浦，王師之所』也。」**湯孫之緒。**朱氏曰：「湯孫，謂高宗也。」

撻然而疾者，殷王之武也。奮伐荆州之楚國，深入其險阻之地，裒聚其衆，伐罪而安其民也。故所伐之處所，截然齊一，此湯孫高宗之功業，謂其功足以繼湯也。

維女荆楚，女音汝。**居國南鄉。昔有成湯，自彼氐羌。**氐音低。○《箋》曰：「氐羌，夷狄國在西方者也。」**莫敢不來享，**《箋》曰：「享，獻也。」**莫敢不來王。**《箋》曰：「世見曰王。」○疏曰：「氐羌遠夷，一世而一見於王，《秋官·大行人》云：『九州之外，謂之蕃國。世一見。謂其國父死子繼，及嗣王即位，乃來朝，是之謂世見也。」**曰商是常。**朱氏曰：「此商之常禮也。」

二章言責楚之義。爾荆楚居國南方，比之氐羌，則近國耳。成湯之時，自彼氐羌，猶莫敢不來獻享，莫敢不來朝見，謂此禮是商之常也，況汝荆楚，曷敢不至哉？

天命多辟，音壁，下同。○《傳》曰：「辟，君也。」○《箋》曰：「多，衆也。衆君，諸侯也。」**設都于禹之**

績。《箋》曰：「禹平水土，弼成五服，而諸侯之國定，是以云然。」**歲事來辟，**《箋》曰：「來辟，猶來王也。」**勿予禍適，**音謫。○《傳》曰：「適，過也。」**稼穡匪解。**音懈。

既伐荆楚，諸侯畏服，故言天命諸夏之君，凡建國于禹功之内者，咸以歲事來見於王，以祈王之不譴〔一〕，曰：予稼穡匪解，庶可以免咎矣。王氏曰：「高宗能治夷狄，故天下無有不服。」

天命降監，《箋》曰：「降，下也。」**下民有嚴。不僭不濫，不敢怠遑。命于下國，封建厥福。**《傳》曰：「封，大也。」

上章言天命諸侯朝于天子，此章言天命天子以察諸侯。天命高宗降監諸侯之國，有嚴敬其民，賞不敢僭，刑不敢濫，不敢怠遑者，則命于下國，而封殖之以福也。○此章從王氏也。舊説謂天降監於民，命湯由七十里以王天下。此詩首章便從高宗説起，言「自彼成湯」者，述高宗援湯以責楚之辭耳，非專述湯事也，不當於此章攙入成湯，上下章文意皆不貫矣〔二〕。

〔一〕「祈」「譴」，畬本分别作「期」「謫」。
〔二〕「章」，底本殘泐，據復本補。

商邑翼翼，《傳》曰：「商邑，京師也。」○錢氏曰：「翼翼，整治貌。」翼翼，考見《采薇》。**四方之極。赫赫厥聲，**疏曰：「赫赫，顯盛也。」**濯濯厥靈。**疏曰：「濯濯，光明也。」○李氏曰：「大也。」**壽考且寧，以保我後生。**

商邑之治，翼翼然嚴整，乃四方之中。言政教取正於此也。聲譽赫赫乎顯盛，威靈濯濯乎光明，高宗中興之盛如此，宜享壽考康寧之福，而且可以安後嗣子孫也。

陟彼景山，疏曰：「景山，大山也[一]。」**松柏丸丸。**《傳》曰：「丸丸，易直也。」○錢氏曰：「圓直也。」**是斷是遷，**斷音短。○[二]《傳》曰：「遷，徙也。」○疏曰：「謂徙之來歸也。」**方斲是虔。**斲音卓。○疏曰：「方，正也。」○《釋文》曰：「斲，斫也。」○《傳》曰：「虔，敬也。」○錢氏曰：「虔，盡力也。」**松桷有梴，**丑連反。○《傳》曰：「梴，長貌。」**旅楹有閑，**《箋》曰：「旅，衆也。」○疏曰：「閑，大也。」○錢氏曰：「閑，整也。」**寢成孔安。**

升彼大山，取松柏丸丸然圓直者，斬斷之，遷徙之。又方正而斲之。工匠之事，莫不

[一]「也」下，畲本有：「○朱氏曰：『《春秋傳》云「商湯有景亳之命」，而此言「陟彼景山」，蓋商之所都之山名。衛詩亦言「景山」，乃商舊都也。』」

[二]「短」下，畲本有：「徐氏曰：『是斷，謂斷之于景山之上；是遷，謂遷之于造作之所。』」

虔敬，以松爲屋之榱桷，梴然而長，其衆楹柱，有閑然而大。廟中之寢既成，以安高宗之神也。此蓋廟成始祔而祭之之詩也〔一〕。

《殷武》六章，三章章六句，二章章七句，一章五句。

〔一〕「蓋」下，仁本有「特爲百世不遷之廟，不在三昭三穆之數」十六字；「也」下，仁本有「然此章與《閟宫》之卒章，文意略同，未詳何謂」十七字。葉校云：「仁壽館本『此蓋特爲百世不遷之廟』以下四十五字，與朱子《詩集傳》悉同，則未知爲嚴氏之所兼取者與？抑爲後人之所儳入者與？」「廟」，仁本作「既」。「祔」下，顧本有「之」字。

附録

一、作者傳記

袁甫《贈嚴坦叔序》

坦叔抱負才業，有志當世，以余耳目所睹記，才如坦叔蓋寡。坦叔有詩名，寓意推敲，細入毫髮，似非磊落度越繩墨者。及遇事，挺身直前，勇無與抗。喜接雄豪士，握手吐心肝，相期功名，人亦樂與共事。余每與語，深知其志向必不虚爲一世人。善謀能斷，密而通，敏而耐。坦叔之才，其細麄易劇，無施不宜者歟？士固以有用爲貴，雖然遇不遇時也，奚可有固、必、意？余老矣，同寮三年，坦叔之助，不可縷數。一日别余去，求書「悦心」二字，語余曰：「吾未爲參選計歸而繹故書求吾心之真悦，請大書，將揭諸所居之室。」余曰：「是得之矣。」乃書而序之。

《邵武縣志·人物·儒林》

嚴粲，字坦叔，舊志作叔旦，非。一字明卿，號華谷，由進士歷官全州清湘令，善爲詩，清迴絶俗，與羽爲羣從兄弟，而異曲同工。天台戴氏之贈以詩曰：「粲也苦吟身，束之以簪組。偏參諸家體，終乃師杜甫。」其相許如此。粲既工於詩，而經學尤深邃，嘗本吕祖謙《讀詩記》作《詩緝》，其自序曰：「二兒初爲《周南》《召南》，受東萊義誦之，不能習。余爲緝諸家説，句析其訓，章括其旨，使之瞭然易見。既而友朋之訓其子若弟者，競傳寫之。困于筆劄，胥命鋟之木。此書便童習耳。《詩》之興，幾千年於此矣，古今性情一也，人能會孟氏説《詩》之法，涵泳三百篇之性情，則悠然見詩人言外之趣。毛、鄭以下，且束之高閣，此書覆瓿可也。」嚴氏有羣從九人，皆能詩，惟粲以經學傳。崇祀鄉賢案，朱子《集傳》成於淳熙四年丁酉，粲書之出，在淳祐四年甲辰，見林希逸序，蓋相去六十七年。舊志云朱子《集傳》多采其説，未知何據。

二、序跋題識

顧楝高《書先母舅霞峯先生所書嚴氏〈詩緝〉本後》

先母舅倩人録嚴氏《詩緝》三十六卷爲十本，而於其上方朱書歐、蘇、朱、呂、李迂仲、黄實夫及有明楊升庵、茅鹿門，近世鄒肇敏、王金儒、顧麟士之説，凡數十家，間出己意爲論斷。凡嚴氏之未備者，補入之；紕繆者，駁正之，誠《詩》學之大備，而嚴氏之功臣也。壬辰春，余命沈生合璧録之。録既就，而沈生夭死。後八年，舅氏亦下世，遭家難，書籍散亡，《詩緝》失去一本，最後九本亦流落他氏。余門人孫生洙購得之，而苦殘缺，廼從沈假録之，是書始誠全璧。余更繕寫善本，藏於家，距壬辰凡三十有七年矣。余惟毛氏《小序》之説，孤行千有餘年，歐陽氏始辭而闢之，朱子更爲《辨説》，盡去毛、鄭之害理者，而《詩》之旨，如日中天矣。廼後之學者，妄思立異，牴牾朱子，專宗《小序》，是猶厭鍾、王書法而謂不如結繩之爲便，斥鸞輅之乘車而謂不如轉蓬之爲安也，不亦多事乎哉？夫朱《傳》之未安者，不過《衛》之《木瓜》，《鄭》之《子衿》《風雨》，俱斥爲淫奔，未愜乎人心之同然耳。其於大小雅，闢去正變及强分時世先後之説，真有摧陷廓清之功。若《小序》之説，則害理爲甚，以《出車》之王命爲殷王，則紂不應亡天下；以《楚茨》至《車舝》十篇爲傷今思古之作，則辭氣與音節俱不似；以《周南》之《卷耳》爲后妃輔佐君子求賢審官，則開婦人與政之漸；以《邶》之《柏舟》爲衛頃公之時，仁人不遇，小人在側，則爲怨誹君上之作，均足傷義而害教。嚴氏固宗《序》説，而引用朱氏十居八九。舅氏更博采衆説而折其衷，雖朱《傳》之初從古注者，亦必爲之援引博辨，以求至當。如《鴟鴞》之初從孔氏説，爲作於致辟管、蔡之後，寧從後説而不從前説。蓋不專主《小序》，亦不專從朱《傳》，惟平心酌理以求當日用意之所在，如權衡設而輕重不爽其毫釐，規矩陳而方圓不失其尺寸，視世儒之好爲立異，駁辨朱子，以自矜博雅者，其用心不啻什伯遠矣。舅氏於《周易》《周官》《儀禮》俱有成書，而是書第隨手劄記於《詩緝》之簡端，無定本，故不作《序》。又當散亡之餘，向非沈生之録之，則是書爲殘缺不全之物矣。余於敬録之後，爲識其緣起如此。沈生有子岵瞻，能讀父書，今補博士弟子員。孫生洙，登甲子京兆賢書。乾隆十三年戊辰又七月上浣十日，甥顧棟高百拜謹跋。

勵乃驥《跋顧棟高傳鈔本》

宋槧本嚴氏《詩緝》不易得，北平圖書館藏有元槧本八九兩卷，已覺可貴。明嘉靖間趙府刊于居敬堂，蓋出自宋槧也。後味經堂又影居敬堂本覆刊之，清嘉慶時又有味經堂之繙本，即聽彝堂本。嗣後所刊，錯誤甚多。明居敬堂本除《天禄現存書目》著録外，不多見。此係抄居敬堂刊本，卷末有附圖一卷，爲味經堂本所無，疑味經堂覆刊時摘去之。書眉并有無錫華霞峯學泉氏録諸家論詩之説，間附案語。其補正之功，具見於顧復初棟高氏跋語，兹不復贅。華氏著作等身，此乃未刊之稿，殊可寶也。書經那韶九氏收藏，其爲乾嘉時鈔本無疑。至盛昱之印不佳，或係書賈作僞，以求善價，不知華稿已可貴，伯熙氏收藏與否，固無關也。裝既竟，附記於此。民國二十六年三月二十七日象山勵乃驥識。

仁壽館本《刻詩緝序》

宋代説詩之書，凡若干種，其尤顯者，有廬陵《本義》、潁濱《詩傳》、東萊《讀詩記》，俱闡發詳悉，不遺餘力。而至於考亭《集傳》，備矣。華谷嚴氏所撰《詩緝》，亦其一也。是編以《讀詩記》爲主，而雜取諸説以發明之，附以己意，皆深得詩人本意，至於音訓疑似，名物異同，考證尤爲精核。蓋在士子爲不可闕之書矣。方今説《詩》諸書，流傳於我者不爲尠，而獨《詩緝》雖散見於他書所引，而覩其完帙者鮮矣。至近時往往舶載新刻本，訛繆極多，屬者姬路源公獲明槧一善本，命翻雕之，以藏於家，因屬鈗爲序。顧公幼時嘗執經於吾先考，夙馳好文之譽，今又有斯舉，益信公之崇學，其用心也篤矣。況是編參之朱《傳》，有所資益，學者由是而津逮焉。更進而折衷於諸家之説，其亦可矣。然則是書之出，必知皆争購競獲，時月之間，殆將遍布寰宇，其有嘉惠後學，孰謂匪公之賜耶？鈗因抃手樂而序之。

天保十五年龍集閼逢執除季秋月

大學頭林鈗敬撰

仁壽館本《詩緝》跋

余不肖，叨牧民之職，日夜兢兢恐墜祖烈，顧念教育人材之道，莫先於講學，因欲刊布好書以資生徒，未果也。壬寅之夏，官下令，俾有土列藩各開鍥典籍，於是與祭酒林先生議，定將刻華谷嚴氏所注《毛詩》，募其善本，聞愛日樓有舊儲，因借覽之，則字畫端正，迥非近時坊本之比。愛日老人與余有舊，乃懇求之。老人割愛見贈，余喜可知也。遄命侍臣重加釐正，遂就翻雕焉。蓋《毛詩》之解，朱、吕二家注本，早已鐫行，但嚴氏此述固稱博綜，而舶齎不多，學者以爲憾，今始入刻，庶幾於抱經之士或有裨益，則大府之令，鄙衷之私，一舉而兩得之也，滋爲可喜矣。剞劂告竣，乃題詹言如此。

天保甲辰三月

姬路城主源忠學識

三、書目著録

《天禄琳瑯書目》

粲自序作於宋理宗淳祐八年，稱「緝諸家説，句析其訓，章括其旨，使之瞭然易見，命録之木」云云，是宋時此書業經刊行，而此本固非宋槧。按音圖後别行有「趙府刊於居敬堂」七字，考《明史》，趙王祐棌子厚煜嗣封，事祖母楊妃以孝聞，嘉慶七年璽書褒予。厚煜性和厚，構樓讀書，文藻贍麗。則所刊趙府，或即厚煜所自記歟？書前載林希逸序、袁甫手帖，皆極稱粲深得風人之旨。淩迪《萬姓統譜》：「嚴粲字明卿，邵武人，精毛氏《詩》。」《閩縣志》：「林希逸，字肅翁，號鬳齋，端平間登進士第，歷官學士。」《宋史》：「袁甫，字廣微，鄞縣人，嘉定七年進士第一，由秘書省正字累官至禮部尚書，卒謚正肅。」

《四庫全書總目》

《詩緝》三十六卷，宋嚴粲撰。粲字坦叔，邵武人，官清湘令。是書以呂祖謙《讀詩記》爲主，而雜采諸説以發明之。舊説有未安者，則斷以己意〔一〕。如論大、小雅之别，特以其體不同，較《詩序》政有大、小之説，於理爲近。又如《邶》之《柏舟》，舊謂賢人自比，粲則以柏舟爲喻國，以汎汎爲喻無維持之人。《干旄》之「良馬四之」「良馬五

〔一〕「斷」，薈本作「别」；「意」下，薈本有「闡發」二字。

之」，舊以爲良馬之數，粲則以爲乘良馬者四五輩，見好善者之多。《中谷有蓷》，舊以蓷之暵乾喻夫婦相棄，粲則以歲旱草枯，由此而致離散。凡若此類，皆深得詩人本意。至於音訓疑似，名物異同，考證尤爲精核〔一〕。宋代説《詩》之家，與吕祖謙書並稱善本，其餘莫得而鼎立，良不誣矣〔二〕。

瞿鏞《鐵琴銅劍樓藏書目録》

《詩緝》三十六卷，明刊本。題朝奉大夫嚴粲述。前有林希逸序、自序、蒙齋袁先生手帖、條例、清濁音圖、十五國風地理圖、綱目。篇目下皆載《詩序》首句。其書集諸家之説，參以己意。大書經文之後，謂之章指，諸家字訓、句義則細書。經文各句之下謂之小注，稱書稱氏以著所從。其體與《讀詩記》頗異，其説亦多自抒心得，不襲前人。即如《關雎》次章章指，以「寤寐求之」爲后妃求内政之助，以見不妒忌，引楚莊王夫人樊姬之事以證之。且云：「説者多謂詩人思得淑女以配君子，如《車舝》之意，非也。《車

〔一〕「核」下，薈本有「非空談解經者可比也」九字。
〔二〕「宋代」至「誣矣」，薈本無。

肇》惡褒氏，故思得賢女以代之。太姒已爲文王妃，何待詩人思得之？」顯與東萊求賢妃之説不同。黄氏佐謂《詩緝》以《呂氏讀詩記》爲主，而集諸家之説以發明之，似不盡然。惟不廢《序》，與東萊略同。宋儒最尊《序》者，莫如逸齋《詩補傳》，書中多采其説，其指可知矣。是本爲味經堂所刻，其經文皆不似俗本之誤謬。如「何彼襛矣」「終然允臧」「遠兄弟父母」「不能辰夜」「不可畏也」「朔月辛卯」「家伯維宰」「以篤于周祜」「婁豐年」「降予卿士」之類，皆同舊本，蓋猶出自宋槧也。

耿文光《萬卷精華樓藏書記》

嚴粲《詩緝》三十六卷，宋嚴粲撰，谿上聽彝堂本，嘉慶庚午校刊。前有林希逸序、嚴氏自序、蒙齋袁甫字蒙齋手帖一通、條例、清濁圖全清、次清、全濁、次濁、不清不濁爲清濁四音、十五國地理圖，第一卷首爲《詩序》，有注。是書因呂氏《詩記》而作，而獨爲完帙。每詩各冠以《小序》，有注有總説，其音訓本之温公指掌圖，尤爲詳明，與呂氏《記》皆宋代説《詩》之善本，非他家所能及也。明刻有趙府居敬堂本，趙王厚煜所刊。圖後有毛氏綱目，多存宋本之舊，與後來誤本不同。

葉德輝《郋園讀書志》

《詩緝》三十六卷，宋嚴粲撰。明刊本，無年月，版心上有「味經堂」三字，每半葉九行行十八字，小字雙行，字數同，以版式字體論，蓋嘉靖時刻也。是書與吕祖謙《讀詩記》並稱，而即以《讀詩記》爲主，其中審定音訓疑似，考訂名物異同，皆非宋儒空談六藝者所能企及。而通志堂刻宋元以來經書，吕、嚴兩家均未之採入。因朱子於吕氏説《詩》，晚年多有不合，通志堂乃篤守程、朱之學者，以其派别同異，故牽連嚴氏，此書亦不取。然孤本流傳，上登四庫，至今説《詩》家有不取朱《傳》而轉取此二書者，毋亦是非之公不可泯滅歟？

四、歷代評述

姚際恒《詩經通論》

嚴坦叔《詩緝》，其才長于詩，故其運辭宛轉曲折，能肖詩人之意，亦能時出别解。

第總囿于《詩序》，間有齟齬而已。惜其識小而未及遠大，然自爲宋人説《詩》第一。

張舜徽《清人筆記條辨》

……治《詩》貴能以情度情，而超出於名物、度數、訓詁之外，慎思以通其意，此則宋賢之所長，而清儒之所短也。是以説《詩》必博關羣言，而不可存門户之見。漢不足則求之唐，唐不足則求之宋，以及於近代，取其長而不溺其偏，務在暢通大義而止。宋人治《詩》之集其成者，無逾嚴粲《詩緝》，實能熔鑄漢、唐舊義，兼録時人説《詩》之意，無適無莫，實事求是，揆諸先民吟詠之旨，最爲近之。余教學者治《詩》，必以嚴書爲守約之編焉。